金色梦乡

〔日〕伊坂幸太郎 著
代珂 译

南海出版公司

新经典文化股份有限公司
www.readinglife.com
出　品

金色梦乡

目录

中文版序 I

第一部 事件伊始 1
第二部 事件观众 13
第三部 事件发生二十年后 55
第四部 事件 71
第五部 事件发生三个月后 469

幸福的想象 独立的文学（代珂） 491

中文版序

大概十年前吧，我脑海中冒出一个想法——写一部与此前作品完全不同的小说，于是开始构思。那时候，我已经尝试写过与众不同的犯罪小说，以及发生在小小的世界中不可思议的故事。所以，我想创作一个与这些完全不同、如同好莱坞娱乐电影般的故事。

那段时期，我决定开始创作各种类型的小说，即便读者减少也没关系。

当然，要说完全没有犹豫踌躇，那是在说谎。我心中充满不安：简单直白的娱乐电影式小说有写作的必要吗？有意义吗？

说起来，好莱坞电影中有很多内容已成为定式，模仿只会毫无新鲜感。如果是与推理小说不同、犹如棒球比赛中的直线球的娱乐小说，任何作家应该都能写出来吧。

自出道以来一直负责我的编辑，在背后支持着我。对他提及此事之后，他立即说道："你一定可以创作出与好莱坞电影截然不同的作品。那一定会是只有伊坂幸太郎才能写出来的小说。"

作品完成后再来看，原本想呈现如同直线球一般的娱乐小说，路线似乎有点偏离了，最终成了一部像曲线球的小说。

我习惯以悲观的角度看待事情，对于描写一个美好圆满的结局有些许抵触心理。但同时，我也并不想写让读者心情沉重灰暗的东西。于是，我选择了一个折中的方案，决定去写“在悲观的舞台上努力活下去的故事”。以好莱坞电影式娱乐小说为目标的《金色梦乡》，或许也受到了这种想法的影响。

《金色梦乡》发表之后，在日本读者中反响各异。有的读者认为《金色梦乡》“充满伊坂幸太郎的风格”，也有的读者认为它“完全没有伊坂幸太郎的感觉”。对于我来说，什么样的感想都欣然接受。

我想象不出中国读者会对《金色梦乡》抱有怎样的感想，但如果您在阅读这部小说时可以稍稍忘记平日生活的艰辛，真正享受这个故事所带来的乐趣，我就满足了。小说的意义不正在于此吗？

伊坂幸太郎

2016 年 7 月

第一部　事件伊始

樋口晴子

樋口晴子和平野晶约在一家荞麦面店见面。迟到的平野晶并无歉意。“四年啦！一点都没变。”她坐下后招呼身穿白色工作服的店员道：“要两份今日特餐。”这家店位于仙台车站附近的人寿保险公司大楼地下一层，沿着餐饮一条街走到头便是，距离平野晶上班的地方——某家电制造商的办公楼很近。以前樋口晴子也在那家公司上班的时候，两人就常来这里吃饭。樋口晴子觉得时隔四年的重逢地点选在这里十分合适。

“真是一点没变呀。”平野晶又说了一遍。

“就是，菜单还是一样。不过，用来配冷荞麦面的芥末已经不再是手工磨的，换成芥末酱啦。”

“谁说芥末了？我是说你。你真的已经当上妈妈了？”

“四岁零九个月了。”

“我三岁零三百三十九个月。”

“心算吗？”

“哪儿啊，联谊的时候常用这招。”

联谊，真好啊。樋口晴子眯起眼睛，细细打量起四年未见的平野晶。身材娇小而纤细，烫卷的头发染成茶色，双眼皮十分明显，嘴唇略厚，化着淡妆。十一月下旬的仙台已微感寒意，街上大多数行人也裹起外套，平野晶却只套了一件黑色长袖针织衫。

“对啦，我老早就想问来着，以前一起在公司上班的时候，你是怎么看我的？我总坐在你旁边，聊男人的话题，你是不是在心里嘲笑我？有没有瞧不起我？你一直都叫我晶小姐，称呼那么郑重，是因为不想跟我走得太近？”

“是因为我佩服你呀。”

“什么意思？”

“充满了生命力。”平野晶虽跟自己同龄，却可以肆无忌惮地聊客户公司的帅哥、聊正交往的男友的性癖好、聊刚买的连她自己都觉得害臊的性感内衣，这一切都叫樋口晴子羡慕。

“充满了生命力——这种话通常都用来形容蟑螂吧。”平野晶垂下眼帘，一脸无奈的表情。

“男朋友一打来电话，就算是上班时间你都会大喊：‘科长，现在能请个带薪假吗？’就这样，公司里竟然没人看你不顺眼，我觉得很了不起。”

“我又不总是那样。”

“可不少呢。”樋口晴子笑了。

“其实呢，我也是有分寸的。心里多少也有底，知道什么时候早退也没事。”

“你还挺会揣测。”

“那是。不过，要真是碰上了什么事，有意思到让人连工作都顾不上了，那我肯定要早退的。”

“是吗？那如果下次我给你打电话，说我要离婚呢？”

“肯定立马吼一句：‘科长，现在能请个带薪假吗？’”

店里不算清闲，但工作日的正午也仅有这点生意，不禁让人替店家担心生计。然而再一看，高高挂在西面墙上的超薄电视还是新换的。

樋口晴子心想，既然有钱买这东西，意味着或许经营得还算顺利，于是又安下心来。电视里正播午间新闻。那是一档全国播放的民营电视台节目，出现在画面里的是她所熟悉的仙台站前。在荧幕上看到家乡的光景，有一种既新鲜又羞涩的奇妙感觉，就好像自家老旧的房屋被电视台曝光了一样。此时的电视画面上还有一排字："金田首相的游行即将开始"。

"今天的仙台为金田疯狂。"平野晶单手托腮，说出来的话好像一句歌词。"我们公司的人都趁着午休时间跑出去了，就为了看游行。"

"到处都戒严了，不让通行。"樋口晴子想起自己刚才在街道上目睹的警戒架势。警察们身着棒球捕手般的护具，胸口印着"宫城县警"①的字样。

"风头正劲的新首相驾到，万一有个闪失，警方的高层们麻烦就大了嘛。拼了呀，拼了。"平野晶歪头瞟了一眼电视，接过服务员刚好端来的今日特餐。

二人吃着荞麦面，聊起了平野晶的男友。据说他们是通过联谊认识的，他小她三岁，娃娃脸，是个勤恳踏实的上班族。只要是平野晶的要求，他一定想方设法地满足。

"他呀，以前肯定是住在灯里的，只要灯被擦拭了，他就会跑出来，还养成了言听计从的习惯。"

"那是阿拉丁神灯。"

"还有他的名字，竟然叫'将门'。是不是挺唬人的？正好我姓平野，要是跟他的名字凑一起，人听了还以为是平将门②呢。"

---

①仙台市是宫城县的首府。

②平将门，日本平安中期武将，桓武天皇的五代孙，自称新皇，扩张势力，后为平贞盛和藤原秀乡等人所讨平。日文中，"平野将门"的发音同"平将门"的发音相同。

“他做什么工作？”

“工作就更有意思啦。”平野晶的声音稍微大了些，好像终于找到了男友的可聊之处，“你知道安保探头吗？”

“你是说装在街道上的那种？”

“现在不是到处都有嘛。外形就跟《星球大战》里的R2-D2似的。”

“那玩意儿，真能截取情报吗？”樋口晴子歪起脑袋。当初说是为了保障民众安全才设置了这个系统，但靠这机器能获得多少信息，在警戒方面是否真的有用，晴子则一无所知。

“听将门说，好像也没有多了不起。”

看来的确是。其实真要想做，放一颗卫星上天从上头监视才是最好的方法，也更有效率。

“不过，探头可以拍摄四周的实时照片，好像还可以拦截手机信号。这可是货真价实的窃听风暴啊，这是一个监视社会。”

“所以将门就是效力于这监视社会喽？”

“……的清洁工。”

“监视社会的清洁工？”

“安保探头总有镜头之类的零部件嘛，他就负责擦拭那些，做做清洁。开着一辆面包车定期巡检，看看有没有出故障。怎么样，听上去是不是趣味无穷？”

“那你不打算跟这位将门结婚吗？”

“结婚？怎么结？”

“怎么结，那问得着我吗？”

“你孩子可爱吧？男孩还是女孩？”

“女儿。很可爱。”樋口晴子绷紧了脸，镇静地回答。她怕稍有松懈就会笑逐颜开，不停地唠叨起自己的孩子究竟有多可爱。“那么，你不打算跟将门结婚吗？”她将问题重复了一遍。

平野晶双眼皮下的眼睛瞪得很大，筷子夹着荞麦面送到嘴边，愣住了。她就那么直勾勾地盯着樋口晴子，不一会儿又动了动嘴，吞下了荞麦面。“牌，总是要一张一张地发嘛。”

“什么？”

“打个比方啦。比如说你手里先拿到了一张黑桃10，是就此罢手，还是要求换牌，是不是叫人拿不定主意？10这个牌面很尴尬啊，总让人觉得或许可以拿到更好的牌。如果手里拿的是A或者是4，那就好办多了。”

“所以将门在你眼里就是一张黑桃10喽。”樋口晴子想象着那位不在场的青年的沮丧模样，“或许人家其实是一张人头牌呢。”

“不可能。”平野晶坚决否定道，“唉，倒是长了一张J的脸。跟J的图案里那张脸差不多。”说着她笑了笑。那笑容似乎夹杂着对这位将门青年的慈悲。“所以说晴子你呀，算是第一把就抽到了一张人头牌。换都不用换，胜败就看它了。”

“也不是我的第一张牌，”樋口晴子苦笑，“不过来得还算早。”

“听着你津津乐道地讲老公，荞麦面都比平时好吃了。”平野晶吸着面条，刻意弄出动静来。“哦，对了！”吞下面条后，她打了个响指，“一起上班的时候你还跟我提起过呢。说大学时的男朋友虽然长得帅，但是靠不住。”

“是是。”樋口晴子点了点头，随即想起了青柳雅春的脸。她的脑海里仿佛出现了一只桶。

那是一只被摆在墙边、倒在地上的酒桶。桶上有一个凸起的木塞，只要将它拔起，桶里的红酒就会流将出来。因为平野晶的一句话，樋口晴子脑海中的桶被拔掉了塞子，她觉得同青柳雅春一起度过的时光和记忆全都溢了出来。樋口晴子慌忙找寻着木塞，用她不是被红酒而是被回忆沾湿了的手将塞子塞了回去。记忆在瞬间停止，可方才流淌出的回忆碎片却化成了几缕断断续续的画面，在脑海中飞扬轻舞。它们好像一张张被冲印出的相片，摇晃、坠落、时而翻飞。相片里印着刚进大学时初次见面还略显稚嫩的青柳雅春，还有听到分手的话语时不知所措的青柳雅春。

“大概两年前，我们这里的一个快递员突然走红，你还记得吗？”樋口晴子问。

正吸着荞麦面的平野晶皱起眉头，眼珠子滴溜溜转着，又打了个响指。“记得。也不是记得，是刚想起来。就是那个在送货时抓着个强盗，一下子出了名的家伙吧？人长得还挺帅，所以我还能记得。那家伙当时也是叫人疯狂呢，连我都被迷倒了。”平野晶说道，“明明长得挺帅，却有种说不出的木讷。对了，当时他到底为什么忽然出了名来着？”

“因为他从强盗手上救下来的是一个女明星。”

“女明星叫什么来着？”

“忘了。”

“我也忘了。”平野晶一边嚼着面条，一边将面汤倒入酱汁里。

“不管什么东西都有消失的一天，这话一点不假。”樋口晴子狠狠地点了点头，“女明星也好，快递员也好，前男友也好。”

“对于咱们来说是消失了，人家可还在某处好好地活着呢。啊，今天来这儿，你那可爱的女儿怎么办？”

“送幼儿园了。”

平野晶盯着樋口晴子，说了一句：“你居然真的做妈妈了。”

樋口晴子将视线转向电视机。画面上出现的建筑物都是她所熟悉的。那是仙台市区从南面的国道一直通往县厅和市政厅的主干道，沿路集中了很多公交站。十一月寒冷的道路两旁如今挤满了人。仙台究竟是怎么藏下这么多人的呢？樋口晴子感到惊讶的同时，又感慨即便这样多人跑去看热闹，这世间处处竟还能照常运转。她忽然想起一句挺有名的话，说忙碌的蚂蚁里其实有百分之三十都没真正干活。此刻她看着眼前的场面，茫然觉得那些跑去看游行的，会不会就是那没干活的百分之三十呢？

“人们就那么想看首相？”

“首相也是宫城县人，大家肯定是有种见自家人的感觉吧。”

“当初人家刚参加首相预备选举的时候，可没人关注他。人就是这样见风使舵。据说金田第一次来拜访县知事的时候，县知事还笑说‘你还年轻，以后还有机会’呢。结果一当上首相立刻就换了副嘴脸，跑去求人家一定要回老家举办一场游行。”

“毕竟是首相，和奥运会选手不一样。”

“不过，金田当首相都半年多了才肯回来，一定是故意的吧？”平野晶好像什么都懂似的，“他心里准在想：谁让你们当初都不支持我。”

“哦！金田来了。电视能不能拍到啊？”樋口晴子听到身后的顾客嘀咕了一声。

又宽又长的电视荧幕里，车流正由左向右行驶。马路两旁飘着细碎的彩纸，有那么一瞬间，樋口晴子还真以为是下雪了。那些优雅地折射着光芒、缓缓落下的彩纸和彩带，虽然有点朴素，令人想起乡下小镇的小型游行，但还是传递出了现场的华丽盛大，以及观众的躁动。领头的警车缓缓驶过镜头，已经可以看见跟在后方的加长敞篷车。

“来啦！来啦！金田！”身后再次传来一名男子的叫喊。由于电视的位置较高，声音并不能听得十分清楚，但樋口晴子还是能听到播报员正以兴奋的声调连呼“是金田首相”。

荧幕里出现了在敞篷车后座挥手示意的金田首相。摄像机给了特写，将他的侧脸放大。不愧是五十岁就当上了首相的人物，威严和气质都不同于常人。粗眉毛，高鼻梁，炯炯有神的大眼睛，沉稳的举止，他好似一名颇具魅力的帅气中年演员，在不经意间流露出洗练的清爽感和坚韧的狡黠。金田乌黑的头发自然不做作，一如他所属的自由党的议员们所嘲讽的：“没吃过苦头，连根白发都没有。”他的嘴抿成一条线，看不出是在笑还是表情严肃。身材纤细的夫人坐在金田身边，显得安静稳重、颇有教养，散发出令人不易接近的气质。

平野晶指着电视里的金田，开口道：“我很看好你哟。”

樋口晴子脑中闪过某个电视节目的画面，那是和竞争党派的候选人、位高且老练的鲇川真在电视上辩论的金田。虽说金田在学生时代曾因英式橄榄球成名，但身着西装的他却显得睿智，甚至给人一种高贵的感觉。他一直在微笑，给人以温和的印象，然而直视对手时的眼神却犀利无比。当被对手指责说“金田还是太年轻，满口都是不切实际的理想”时，他冷静又肯定地回应道：“我成为政治家，就是为了实现理想。”

“对了，我老公说了……”樋口晴子开口道。

“说什么？说有这么个漂亮老婆真是幸福？”

“不是不是。”樋口晴子苦笑着应道，“他说，为了国家而不顾自己的人生，能有这种想法的政治家很难得。”

“那是。政治家们如果要死，要么是病死，要么就是贪污受贿的行径败露后自杀。”

“我老公说，金田看上去像是挺难得的那一类。”

“这我赞成。”

一开始，樋口晴子并没看明白出现在镜头里的物体是什么。那是一个白色物体，从载着金田、如同蜗牛般缓缓前行的敞篷车上方落下。它就像一只在广告牌上逗留的鸟儿，被游行队伍吸引了注意，拍着翅膀飞落下来。但若是一只鸟，那尾巴似乎又有些长。樋口晴子感到茫然，她觉得那或许是和彩纸、彩带同属一类的装饰物，于是继续默默地盯着荧幕。

她听不见电视的声音。

那个物体由斜上方落下，靠近敞篷车。

“遥控飞机？”这一声嘀咕是来自平野晶还是身后的客人，樋口晴子无法判断，又或许是她自己内心的声音。

只见那物体缓缓转动着旋翼，懒洋洋地飘在半空，一点点地降低高度。是一架遥控直升机。电视里传出声响，是一阵短促的爆破声。白色的烟雾开始从电视画面中央蔓延开来。随后，直播画面开始扭曲。

樋口晴子以为店里的电视机出了故障，然而并不是。画面很快恢复正常，马路上满是烟雾，从烟雾的缝隙里能看见不知所措的人群。火光在闪烁。

荞麦面店里一片寂静。唯一能听见的，只有从电视里传出的播报员那机械般重复的声音：“是炸弹！是炸弹！”

第二部　事件观众

第一天

田中彻靠在枕头上，打量着被吊起的左腿，心想被绷带包着的地方还挺痒。他坐起身，寻找原本用来伸进绷带和皮肤的间隙挠痒的挖耳勺，可总也找不着。“田中啊。”旁边病床有人叫他。这里是医院的一间多人病房，病床间的帘子此时并未拉上。他转过脸去，见一名双腿被架起的白发男子仰面躺在床上，正朝他咧嘴笑着。男子长着一张圆脸，双目之间的距离有些宽。“你是在找挖耳勺吗？”

田中觉得一下子被猜中想法很没面子，于是表示否定。

那人名叫保土谷康志，在田中彻住院之前就已经躺在那张床上，双腿打着石膏。今年三十五岁的田中彻觉得，这个年过六十的男人明明跟自己的父亲差不多大，却表现出不合时宜的同志情谊，说二人是“骨折兄弟”。他总炫耀般强调自己的双腿骨折，说什么“我和田中你可不一样，我是双腿骨折，双腿哦，挺痛苦的”，或者“单腿骨折行动多少要自由些，跟我这种完全不一样”，十分招人烦。还有一起看将棋节目的时候，他还爱嘲笑选手“要被将死了”，让人耳根不清净。田中彻对将棋一窍不通，其实也不知道他说的究竟是否在理。

他翻身下床的身手十分矫健，出门却拄拐杖，常常很久都不回来，有时候连拐杖都不拄，仍走得十分轻快。每当这种时候田中都想质问他：“你这双腿骨折不是早都好了吗？”

“田中啊，你知道刚才来看我的那些人是干什么的吗？”保土谷康志问。

“我怎么知道。”

“田中啊，你听了肯定要吓一跳的。”

“那你还是别告诉我了。”

保土谷若是个上班族，现在也差不多该到退休年龄了。可他干的似乎是那种不太见得了光的营生，偏偏本人还总爱将那些事情拿出来分享。他说的那些事情也不知道真假，什么跟某某罪犯曾经是酒友啦，某某黑帮老大总找他做事啦，云云。确实来探望他的人很多都面相不善，每次他却都喜滋滋地说“又来了个不得了的”，在田中彻看来全都是麻烦。

二人正说着话，病房门口出现了一个身影。一个拄着拐杖的少年站在门口，敲了敲门。是住在他们隔壁单人间的少年。

“哎呀，有事？”首先招呼他的并不是田中彻，而是保土谷康志。

“田中。”少年开口叫道。被一名少年这样直呼其名，田中彻心里有些抵触，他只得告诉自己这是二人关系亲近的表现，勉强接受。“刚才你看电视了吗？”

“电视？”田中彻的视线移向左边那台放在小柜子上的电视机。他拿起遥控器，打开电源。这台电视需要事先付费才可以收看，插上耳机才能听到声音。

“出什么事了？”

“出大事啦。”少年回答道，“这下子终于可以打发住院时的无聊时间啦。”他笑了笑，转眼间便消失了。究竟是什么大事呢？田中彻正琢磨着，电视里出现了一名表情严肃的男子，手里拿着话筒，头上还包着绷带。田中觉得此人四围的景物似乎有些眼熟，很快便反应过来他身后是仙台市内的街景。是南北向的东二番丁大道。

保土谷康志在一旁开口道：“对啦，今天是游行的日子。”接着又补充道，“金田今天要来吧？金田首相。”

“哦。”田中彻刚应声，就注意到出现在眼前的一行大字：“金田首相遇刺，遥控飞机炸弹”。他一声惊呼，立刻下意识地拿起耳机戴上。

“混乱的场面终于有所好转，但道路仍然处于堵塞状态，一片狼藉。”电视里的播报员看上去像受了伤，声音却十分亢奋。

田中彻盯着电视目瞪口呆，等回过神来，发现保土谷康志正对着自己的电视插耳机。

直播画面里充斥着混乱与亢奋，警报声大作，警察们连连怒吼——这显然不是事先安排好的。一直盯着看了十多分钟，田中彻才搞清楚来龙去脉。

今天仙台市内举办金田首相的游行。半年前当上首相的金田，是在野党的第一位首相。就在众人都认为游行进展顺利的时候，突然出现了一架遥控直升机。

那架遥控直升机从一栋用于存放教科书的仓库上方落下，接近载有金田首相的敞篷车，随后爆炸。

电视节目里不断地循环播放爆炸时的影像，简直像是在炫耀捕捉到这一场面的功绩。敞篷车被炸得不成形，就连种在路旁的榉树那粗壮的枝干都断了。由于距离爆炸地点还有一段距离，路旁围观的群众似乎并无人因爆炸死亡，但有十几人在因恐慌而引起的骚乱中跌倒受伤，伤情严重者甚至昏迷不醒。据播报员报道，金田首相和夫人的遗体暂时还未得到确认。然而他使用“遗体”这个词时斩钉截铁的态度似乎已经说明了一切。

“这可真是出大事啦。”田中彻小声嘀咕道，“得密切关注。”

他觉得自己碰巧在住院真是太好了。想跟进事件发展始末，再没有比现在更好的时机。感谢上天给了自己骨折的机会。

电视台当晚就安排了特别节目，深入报道首相遇刺事件。这在田中彻的预料之中，或者说这正是他所期待的。

大规模的盘查活动迅速开展，以二八六号国道和四号国道为中心，通往四面八方的几条主干道上均配置了大量警力，简直多得令人不敢相信。特别节目里登场的嘉宾之一还专门称赞了警方的及时应对。他以一副什么都懂的样子点评道："五年前的女律师逃窜事件，就是因为盘查措施没及时跟上，才导致了事态的恶化。"这句话招致了一位女嘉宾的不满："为什么要专门在律师前加上女字呢？对此我表示抗议。"

节目里持续播放爆炸画面以及记者们在现场对目击者进行的采访，同时等待着警方召开记者会。在没有任何官方公告的情况下，他们也只能反复使用这些仅有的素材。

游行线路的两旁充斥着因堵塞和混乱而不知所措的群众，这使目击证词的获取变得轻松。人们显得十分亢奋，情绪高昂地描述着爆炸瞬间的声音和烟雾。关于爆炸之后的反应，他们的回答基本是选择逃命。几个年轻人骄傲地表示用手机拍摄了当时的情况，可细看之下全都是些模糊的影像，看不出什么名堂。

副首相海老泽克男仅在首相官邸面对过一次摄像机镜头。他虽已年近七十，体格却像现役橄榄球运动员，站在年轻的金田旁边时好似一名身材高大的保镖。外界常形容他是牛若丸手下的弁庆[①]。

①牛若丸为日本平安时代末期的武将源义经的幼名。弁庆是源义经的家臣，跟随源义经左右，体形高大。

因爆炸而失去了牛若丸的弁庆压抑住动摇的情绪，只留下简短的一句“眼下正在收集线索，后续消息请跟警方确认”，便没了身影。

下午两点，警方举行了记者会。这对于媒体从业者、广大听众观众包括电视机前的田中彻来说，都是事发后的第一次高潮。

出现在镜头前的并不是宫城县警本部的人，而是一名来自警察厅[①] 的男子。他说自己名叫佐佐木一太郎，隶属于警备局综合情报科，现任科长助理。

“这名字怎么跟电脑软件似的[②]。”保土谷康志戴着耳机自言自语道，“长得还挺像保罗呢。”

“图腾柱？”[③]

“保罗·麦卡特尼。”

可能是因为佐佐木一太郎的头发像烫过似的略微卷曲，大眼睛的眼角下垂，看上去又有些娃娃脸的关系吧。让他这么一说，这外形还真的有点像披头士的保罗。保土谷康志脸色难看地抱怨着怎么能让保罗办案，末了又加了一句：“就这小子，能抓到人吗？”

记者们接二连三地提问。佐佐木一太郎时不时地看表，并不怎么搭理。这一小小的动作似乎带给了记者们无形的压力。对于案情他并未擅自揣测，只做最小限度的回应，铿锵有力的说话方式让人很难反驳。

“那架遥控直升机是从哪里飞过来的？”

“应该是在爆炸地点那条路旁的教科书仓库大楼某处。”

“知道究竟是哪里吗？”

---

①日本国家公安委员会所属、统管警察行政的中央机关。

②日本有一款文字处理软件叫作“一太郎”。

③图腾柱，刻画有图腾形状或符号的柱子。保罗·麦卡特尼，著名乐队披头士的成员之一。由于“柱”与“保罗”的英文发音相似，所以文中对话出现了误会。

“可能是楼里面，也可能是楼顶。我们正在调查。”

“国道上已经开始了路检盘查，甚至连新干线和在来线[①]都停运了。这已经不是普通的路检，几乎等于封锁了整个仙台。物流方面先不说，这难道不会严重影响平民百姓的生活吗？”

面对质疑，佐佐木一太郎并未表现出动摇。“凶手有几人、现在何处都还无法确定，必须防止凶手逃离现场。现状最多持续几个小时。我们已对各相关企业及交通机关发出协助调查的请求，并获得了同意。几小时后，在强化盘查和监视的前提下，我们也打算让新干线恢复运行。现在被谋杀的可是国家首相，凶手却仍然在逃，事态紧急，我们只能手段稍微强硬一些。而且我们并非永久性地封锁。难道你是要我们为了看各企业和机关的脸色，而让凶手逍遥法外？”他瞪了一眼提问的记者，继续道，“如果这就是你的意见，我们会认真考虑。”

“跟宫城县警方的合作顺利吗？”有记者这样问道，“这次警察厅出动得够迅速啊。”

“不然呢？”佐佐木一太郎应道，“迅速出动有什么问题吗？”

提问者一下子没了声音。

“我们请求县警本部提供最大限度的协助。可能这样说并不合适……”佐佐木一太郎在发布会即将结束时说，“事件发生在仙台，或许是不幸中的万幸。去年在此投入使用的安保探头运转正常，情报的获取十分顺利。确定凶手并逮捕都不会花太长时间。我有这个信心。”

“而且，”他最后又补充道，“这次事态紧急，我们也希望各大媒体给予协助。请各位收集一切关于仙台市内居民的情报，然后向我们报告。我想这样也会加强市民的警戒意识。”

如此一来，电视媒体顺势打起了“协助调查”这面义正词严的大旗。

---

①原有铁路线。在日本，指对新干线而言的原来的铁路线。

特别节目的演播室内立刻针对发布会的内容进行了报道。播报员不停地复述着当前情况。

田中彻从床上起身，拄着拐杖朝厕所走去。小解之后他来到吸烟室，这里的话题自然也都与爆炸事件有关。

“命名可是很重要的。有了名字后就有了形象，形象这东西可以左右人的想法。”坐在椅子上说得头头是道的，正是直呼田中彻为“田中”的初中生。田中彻心想你一个初中生少来吸烟室，然而对方并不是来吸烟的。

“说什么呢？”田中彻在他身旁坐下。

“山田刚才说，这警察厅的综合情报科也不知什么时候成立的。”初中生说罢伸手指了指一个满脸皱纹、仙风道骨的老人。老人开口道：“我只知道公安和搜查一科。”竟然对这个老人都直呼其名，田中彻暗自在心里佩服。

“那究竟是什么时候成立的呢？”

“三年前。警备局重组的时候。”

“你小子为什么这么了解？”

“住院的病患可闲了，田中。”初中生表情严肃地回答，“你看这公安，不就已经在人们心中有多种形象了吗？治安维持、安全保障什么的，总带给人一种安全随时需要保障的紧张。还有国家这个词，也挺让人感到恐惧。”

“我说你小子，能不能像个初中生一样好好说话？”要说形象，眼前这个初中生跟他的少年形象并不相符。

“所以才总要起那种抽象的、让人不明所以的名字。比如综合情报科。一般人虽然不知道这个科到底是干吗的，但肯定会认为情报重要。这就已经建立起了一个还不错的形象。比公安科要好多了。”

“有这回事？”田中彻将烟点着。

“还有‘关怀预算’呢。”

“才没有呢。”田中彻并不知道那是什么，干脆否认。

“有的，田中。就是驻日美军的经费里由日本替美军负担的部分。你说把这叫作关怀预算，是不是听上去简直像慈善活动？可事实上这些钱都是替美军花的。关怀美国？这真叫人摸不着头脑。这个呀，肯定也要归功于命名的重要性。那些听上去还不错的名字背后，或多或少都有问题。关怀也好，故乡也好，青少年也好，白领也好。”

“挺得意忘形啊，这位青少年。”田中彻故意找碴儿。

“哼。”初中生皱了皱鼻头，“要我说，那些搞政治的大人物，遇到大事时从不对普通百姓解释什么，净在背地里耍着各式各样的手段，一定要多加防范才行哦，田中。”说完又看着那位老人道，“还有山田。”

田中，山田。这两个姓氏放在一起叫，竟让田中彻产生了错觉，好像那位老人是自己的同班同学或好友一样。

“还有那些安保探头，又是什么时候装上的呢？那样光明正大地监视他人隐私，居然没有人为此抗议，这才可怕呢。”

“嗯，也是。”田中彻懒洋洋地应着，嘴里吐出一缕细长的烟雾，“不过，总比再多出几件穷凶极恶的案子好吧？这不正是它的初衷嘛。”

“可是，当初那个连环杀人魔最后不还是没抓到嘛。”

仙台市装设大量安保探头，一举成为全国首个建立起情报监视区域的模范城市，全因为两年前发生的连环杀人案。

当时，在仙台车站附近，一到星期五晚上，就有人被刺杀，接连不断。被害人涵盖男女老幼，既有死后脸颊被划开的中年男子，也有脖子被锯断一半的女人。由于凶手总是用刀在被害人身上留下明显伤痕，因此被仙台市民称作“切割之男”，简称“切男”。这称呼随即广为流传，由于叫得顺口，竟让人生出某种不寒而栗的亲切，迅速成为全国关注的焦点。

好几位被害人有幸逃过一劫，没有丢掉性命。他们都证实说“凶手下手后还会问一句‘吓一跳吧？’”，这匪夷所思的行为进一步加深了人们的恐惧心理，也刺激着他们的好奇心。

警方全力搜捕切男，但他行凶时的随机性致使相关线索极少，即便一年内出现了二十多位被害人，最终还是没抓到。

据说，当时警方为了抓捕切男还专门组建了一支特种部队，他们不受法律约束，可以自由携带和使用武器。这事在当时就没什么可信度，也无法证实真假，而切男被捕的报道也始终未曾出现。

只有一次，某地下写真月刊杂志为博人眼球刊登了一篇“切男决战警察”的报道，登出一张美国漫画般的照片，照片中一个相貌平庸、看似上班族的中年男人，正从一个手持霰弹枪的高大男人面前逃离。“中弹负伤的切男好不容易才脱身，发誓向手持霰弹枪的男人复仇，至今一定还潜伏于仙台市内。”报道的结尾毫无新意，还故意恶作剧地将“吓一跳吧？”这句话制作成了漫画对话框。再加上刊登出的照片一团模糊，整个报道并未引起关注。

同时，某全国性电视台竟扬言要对凶手做独家访谈，引起舆论一片哗然。

据说起因是电视台收到一条密报，一个自称切男的男人声称要道出真相。起初电视台半信半疑，但随着交涉的深入竟愈发相信，还试图以不通报警方为合作前提将其请至演播室。一名电视台的内部员工意识到此行为的不妥，提前通知了警方，导致自称切男的人在节目即将播出时落网。随后的调查表明，他与切男并无任何关联，出于收视率以及同其他台竞争的目的做出此种行为的电视台受到了猛烈批判，最终以撤换高层收场。

到头来，连环杀人魔始终不明真身，市民受到惊吓，恐慌不知所措，导致夜晚出行的人数骤减，餐饮业的经营遭受直接打击。

终于有一天，当地某企业社长的千金也成了被害人，“以改善治安为目的的设备增设法案”才被提上国会议程。该法案的提出显得仓促而唐突，恐怕那位女儿被害的地方企业社长，多少怂恿了其身为劳动党元老级议员的岳父。针对此法案并未有人站出来公然反对。

“还要继续让那些无辜的人惨遭杀害吗？”——面对这样的质问，无论是谁也都只能选择闭嘴。

该法案是对个人信息及隐私的公然侵犯，若是在正常情况下，定会受到强烈反抗。但因切男而引发的恐慌已持续一年多，不仅仙台市民，所有国民都受到了波及。法案在国会顺利通过。

没多久，仙台市内街道社区就装上了用于收集情报信息的设备，也就是安保探头。其目的就是为了抑制犯罪，提升搜集情报的质和量。不分昼夜，街上行人的影像都经过压缩后储存在探头内部，手机以及个人移动设备的通讯内容也无一例外地被记录。

“美国就是因为9·11恐怖袭击事件，立刻出台了《爱国者法案》。”初中生雄辩道。

“听上去是个不错的法案呀。”

“这也是靠我刚才提到的命名艺术。一提起爱国，大家都觉得好，但内容根本就不是那回事。通过这个法案，政府可以窥探国民的通话记录、电子邮件通信记录，所有记录！”

“那怎么行！”

“以前面对怀疑对象，须取得搜查令后才可以掌握其个人信息。可现如今呢？什么地方藏着什么样的恐怖分子根本就搞不清楚。只有搜集所有人的信息，从中找出可疑的人。世道不一样啦，方法也变了。”

“美国不是挺重视人权自由的嘛。”田中彻愤愤地说道。

“可能很多人都觉得，只要能阻止恐怖袭击，接受政府监视也是没办法的事吧。事实摆在眼前，日本说要从仙台开始设置监控系统的时候，不也是毫无阻力吗？”

“老百姓才不知道自己被监视得那么严密呢！顶多也就觉得，为了抓凶手多少要做出点让步而已。”

“也许吧。不过我倒是觉得，切男那件事，或许根本就是早有预谋。”

“早有预谋？”

“让民众感到恐慌，以便让监控系统投入使用啊。肯定是这样。只要感到恐惧，大部分人都会言听计从，这个国家的人就这样。”

田中彻笑了。“事情才没有你这个初中生想象中那么简单呢。”他说，“民众是那么好骗的吗？”

“那你看，监控系统这不就投入使用了？”

回到病房后，田中彻立刻戴上耳机盯着电视。画面中已列出了电视台的电话号码、传真号码和电子邮箱地址，要求民众提供消息线索。电子邮箱地址的前半部分居然是“kaneda_tokudane@”[①]，简直毫无品格可言。

接下来，电视台演播室因铺天盖地的目击情报而气氛高涨起来：

游行开始前，在混乱的人群里有一名戴着口罩的魁梧男子，用手机的样子很可疑。

车站边一栋大楼顶层的瞭望台上，几个身着西装的人摊开了一张地图。

距离爆炸现场数十米远的一条小巷里，有两个男人在一辆白色小车内争吵。

---

①意思是“金田独家新闻”。

两名男子在天桥上讨论色狼的事情，其中一个人明显是刻意乔装。

爆炸发生前，一名女子忽然在人群中挥手，看上去像是某种信号。

关于目击的报告如洪水般涌入电视台，其中有不少甚至是自相矛盾的。

“还没弄清消息的真伪就贸然播出，这不反而更添乱吗？”一名担任节目助理主持人的女艺人质问道。主持人一时语塞，露出不快的神情。一位嘉宾立刻打圆场道：“事件刚发生不久，最重要的是抛弃一切顾虑，将所有可能性摆上台面，借此扩展视野。太过慎重，有可能就错过最佳时机了。”其内心潜台词恐怕是：只要节目有收视率，管它是真是假。

就在这时，劳动党的鲇川真召开了记者会。虽然在首相选举中意外败给金田，但劳动党作为战后日本最大执政党，其议员数量依然以压倒性优势领先于金田的自由党。鲇川真作为该党的党首，在镜头面前威风凛凛、从容不迫。

“我们对金田首相表示沉痛哀悼。”严肃的开场白之后，他继续道，“当下不是计较是劳动党还是自由党的时候。我们必须以最快速度抓捕凶手。”

“说不定就是鲇川真干掉了金田。你说是不是，是不是？”保土谷康志笑道。此时他们正关了电视打算去吃饭。

“就为了报首相选举落败的一箭之仇？”对于做好了万全准备、自信满满地准备第三次连任首相的鲇川真来说，选举败给了年轻的金田是莫大的耻辱。“恐怕没必要做那么绝吧。”

晚饭过后再打开电视时，几个熟知遥控直升机的人出现在节目当中。他们是仙台市内的遥控直升机发烧友。其中有绅士韵味十足、一头银发的男子，气质与黑框眼镜十分相符、看上去像销售员的男子，还有身着谈不上任何设计的普通 T 恤衫、看起来像学生的年轻男子。

“这应该是九〇式。”看完爆炸时的录像后，银发男子道。其余二人几乎同一时间点头。“对对，是九〇。”数字似乎指的是直升机所搭载的引擎规格。

“这种东西，可以确定生产厂家吗？”

“大冈的 Air Hover 吧……”不知是由于紧张还是急切，年轻男子的声音有些飘忽。其余二人立刻表示赞同。随后他们又看了好几遍录像，毫不顾忌地提出各种要求，“请将画面放大”啦、“请换从另一个角度拍摄的录像”啦之类，就消音器和回转仪等进行讨论。

“据说它是从这栋教科书仓库上方飞下来的。”主持人取出一张较大尺寸的板材，上面贴着照片。他指着遥控直升机后方的砖红色建筑。“若是使用遥控器，最大可以在多远的距离之外操纵呢？”

男子们互相交换着眼神，似乎是在这短暂的沉默中争夺着接下来的话语权。

“这跟遥控器性能有关，同时还取决于天线，不过，两公里之内应该是没有问题的。”

“不过，”银发男子又立即补充道，“基本上，遥控直升机这种东西，在看不见机体的情况下根本没办法操纵。操纵者必须位于能看见机体的位置，根据机体的方位来微调平衡，不可能在看不见机体的地方远程遥控。”

“今天是没什么风，还好操纵些。如果是风大或者天气不好的日子，操纵难度还是很大的。而且机身上还绑了炸弹，精神不高度集中肯定不行。”身着 T 恤的年轻人抿了抿嘴唇，似乎对未得到发言机会感到不快。

“确实确实。”其余几人都狠狠点头。随后他们又指着照片中遥控直升机的影子，说从形状上来看似乎跟大冈 Air Hover 的产品有细微出入，指出有差别的部位可能就是装炸弹的位置。他们还说遥控直升机的机体是本事件的关键，可惜早已因爆炸化为灰烬，如果机体还在，肯定能挖掘出更多线索。

“完全不懂的外行人如果想操纵这东西，很困难吗？”

“这得看操纵者需要花多长时间掌握空中悬停的技术。”

“如果能每周末都练习，持续两三个月应该差不多了。”

“话是这么说，”银发男子皱了皱眉头，“装上炸弹会导致机体极不稳定，而且这种大案只有一次机会，考虑到这些情况，外行应该是做不到的。我认为应该是经验丰富的老手。”

其余人也都表示赞同。

“操纵这种遥控直升机玩飞行的人很多吗？”主持人问道。

其中一人大声强调说：“多得很呢。”

“话是这么说，”银发男子再次以稳重的姿态补充道，“能飞行的场地却很有限。如果在机身上绑上炸弹并遥控飞行的人是仙台人，人数其实很有限。专卖店也就那么几家，从中筛选出购买了大冈 Air Hover 的客人应该是可能的。”

“那么通过网络购买的可能性呢？还有从外地带入仙台的可能性呢？”

“那当然是有的。”

“那么，想缩小范围就难了吧？”

“应该是。”

“能策划出这种事件的人，肯定都极为注意不留下蛛丝马迹。”主持人像是要说服自己似的说道。

时间已过了晚上十一点。出席记者会的佐佐木一太郎表示：“我们已经掌握了好几条重要情报，正在跟进调查。”他最后补充道，“接下来的几天，仙台市内，尤其是发生了爆炸的东二番丁大道将禁止通行。请各方面继续给予协助和支持。”他的话语里带着不容分说的力量。那张第一印象并不怎么可靠的保罗·麦卡特尼的脸，似乎一下子变得值得信赖了。

佐佐木一太郎的记者会结束后，或许是闹累了，又或许是对于无止境地反复播放爆炸场面这一行为感到内疚了，邀请嘉宾参与的特别节目也随之结束。取而代之的是回顾金田首相人生历程的节目，看上去似乎是临时赶工剪辑出来的，从他的出生讲起，叙述他成为公司职员，成为议员候选人，演讲时清晰的思路和果敢的姿态，同老奸巨猾的议员们争论时的模样，参与首相预备选举时的情形，在仙台地区戏剧性地获得胜利，最终大选时同鲇川真之间的辩论，就任首相时踌躇满志的站姿，还有最后的高潮——在仙台的游行队伍、遥控直升机爆炸时的场景。整个节目的流程不用看都能猜到。田中彻关掉电视，躺到床上闭起眼睛。

第二天

再睁开眼一看，已是早上七点。田中彻拉开分隔病床的帘子。隔壁床的保土谷康志正盯着电视。他见田中彻醒了，随即扭过身子扯下一边的耳机说道：“田中，简直太精彩啦。”那眼神，是一种对错过盛会开幕者的同情，“大概两小时前吧，警方发布了一个紧急通知。当时我们还在睡觉。”

“什么通知？”

“已经知道嫌疑人是谁了。”

田中彻打开电视。确实，嫌疑人已被锁定。电视上写着“青柳雅春”这个名字，还附有相片。田中彻心里正想怎么看上去还挺面善，电视上就播出了关于青柳雅春的影像资料，让他很是意外。人还没抓到，怎么就有了影像资料呢？他有些疑惑。画面右侧显示的日期是两年前的。那段影像资料既不是来自电视剧也不是来自综艺节目，而是一档纪实类节目的采访片段。两年前的青柳雅春正面对着记者的话筒。他穿着白底蓝色条纹的制服，一眼就看出是某家知名快递公司。

“就是眨眼间的事……”身材偏瘦、双腿修长的青柳雅春挠着额头，垂着眉，“脑子里一片空白。”

田中彻终于搞清楚了这是一段什么影像。

两年前曾有一个案子，红极一时的女偶像歌手家里闯进了一个强盗。她老家在仙台，休假时常悄悄回到仙台，在一栋租来的公寓里自我放松。当时她正一个人在公寓，结果遭遇强盗，受到了袭击。

千钧一发之际，正巧碰上有人来送快递，那人就是青柳雅春。

他上门送货，摁了门铃却没人应，于是打算留下联系单先回去。正写着，就听到门后咚咚的声响，似乎还夹杂着女性的惨叫。他以为是自己听错了，但又放心不下，于是再次摁响门铃，仍然没人应门。他怀着忐忑的心情试着转了转门把手，发现门并未上锁。朝里面一看，竟发现一名女子正被人压在身下，于是赶忙上前制伏了罪犯。

“偶像艺人凛香小姐住在那栋公寓里的事，您之前知道吗？”记者问他。

“不、不知道。”青柳雅春有些胆怯地答道。

“那您什么时候才注意到她的身份？”

“啊？嗯……”他显得有些为难，结结巴巴地回答，“我对那些并不是很了解，我不怎么看电视。”

记者们一阵哄笑。“她是很有名的偶像艺人。您对电视不感兴趣吗？”

青柳雅春稍稍低下头。“因为送快递非常忙……”他的声音变得更小了。记者们又是一阵嘈杂。他的发型有些随意，脸上也没什么表情，看上去就像一名颇具个性的男演员，然而面对采访时的生疏表现和朴实的应对方式却令人觉得新鲜。不仅是记者那些媒体工作人员，很多观众也开始关注他。于是他顺其自然地成了当时的红人。

该节目拍摄了青柳雅春平日里的工作情况，附上同事及上司的点评。他在仙台市内的送货路线曝光后，有人埋伏在他送货途中，甚至有人专门从外地赶来，就为了能在路上见他一面，这事随后也上了新闻。由于确实影响到了工作，他所在的公司还专门通过电视台呼吁广大观众停止这样的行为，但人们的热情丝毫不减。快递公司见状，打算干脆起用他参与宣传活动，由于青柳雅春的坚决反对最终未能实现。他的理由是“会影响自己送快递”，这再次提升了人们对他的好感度。

“凶手可是拿着刀，您不害怕吗？”旧视频片段里，记者的提问还在继续。

“就是眨眼间的事……”他回答道。

“您好像一下子就将其制伏了，以前练过柔道？”

“那是从我学生时代的朋友那儿学到的唯一一招。”青柳雅春蹭了蹭鼻子。他那不知所措的样子，让人看后有想冲过去保护他的冲动，即便他并非女性。“那是个柔道招式，叫大外刈。我朋友曾经教我，先用大外刈将对手放倒，接下来只要毫不留情地挥拳殴打就好了。”

都已经过去两年了，田中彻在心里感慨。人们对快递员事件的关注大概持续了半年，随后便悄然平息。突然走红的人，一旦过了相应的时间也就变回了普通人。

而那个人，居然在仅仅两年后，成了刺杀首相的嫌疑人。

“真没想到竟然是他。”视频播放完后，主持人如此感叹道。

“其实，”一个以采访演艺圈绯闻见长的女记者开口道，“当时我也去采访过他，给人的第一印象是非常开朗的好青年，但有时，举止表现会有一些躁郁。”

主持人立刻配合地发出连声惊呼。刚才播出的那段视频中的某一部分被再次回放。在这段回放里，青柳雅春正对着话筒说话，显得腼腆而紧张，其右手的画面被放大。这只手随意地拿着话筒，手指的动作很大，交叉的双腿也不时地改变前后位置。他说最后一句话时镜头慢放，画面里他的嘴角有些许笑意。只见他两边唇角微微扬起，双眼则瞪着，整个表情看上去就好像在蔑视那些记者。这种表情仅仅是一瞬间，只有通过镜头慢放才能捕捉到。

田中彻觉得自己似乎看到了青柳雅春阴险狡诈的本性，而以往这位快递员给人的唯一印象就是开朗帅气。

据主持人说，青柳雅春辞职正好是在三个月前。这对于快递公司来说是不幸中的万幸。跟“本公司员工的罪行”比起来，“本公司前员工的罪行”多少还值得原谅一些。

“田中，真是想不到哇。太有意思啦！”来到吸烟室，只见坐在椅子上的初中生开心地打着招呼，“这么快就锁定了嫌疑人，警方也挺拼命的。”

“连首相都遇害了，这可是关乎声誉的大事。不拼能行吗？”田中彻应道。“可是……”他心中一直有个疑问，“现在还无法肯定青柳雅春就是凶手吧？电视上就那样公开他的名字和其他信息，这样合适吗？”

“要么就是警方掌握了十分确凿的证据，要么就是因为这次情况紧急，他们决定哪怕无视人权也要抓到凶手。就这么两种可能性。”

“能有什么确凿证据？”

“谁知道呢。不过，现在好像正在通过安保探头分析电话录音，如果能让那些东西全面发挥功能，多少应该有点效果吧？”

“你还挺喜欢这种监视社会。”

“我不喜欢啊。难道，你更喜欢那种‘老大哥在看着你’[①]的世界？”

“什么老大哥，那是谁？”

---

①“老大哥在看着你”，英国作家乔治·奥威尔于 1949 年出版的小说《一九八四》中的一句名言。“老大哥”在书中自始至终都未真正出现过，他的存在是权力的象征和人们膜拜的对象。

“我是在给你敲响警钟。”

“你敲呗。敲响警钟的人是你[①]，是你哟。”

上午八点，佐佐木一太郎在记者会上公布了最新消息。

一天前正午过后，即金田首相的游行队伍在教科书仓库前遭遇爆炸之后不久，在非常接近爆炸地点的一条小巷里发生了另一起小型爆炸。一辆汽车起火，车旁边的围墙也遭到破坏。一开始警方以为是遥控直升机爆炸所致，但经调查发现，爆炸来自车体本身。

驾驶座上发现一具男性尸体。

“死者的头部有疑似中弹的枪伤，目前正在确认身份。被火烧过的驾驶证残片显示，其持有者是居住在仙台市青叶区的森田森吾。现已掌握这位森田先生是在逃的青柳雅春的大学同学。”

“将青柳雅春定为嫌疑人的决定性理由是什么？”有记者提问。

“昨天的爆炸发生后，警方在教科书仓库附近发现了一名可疑男子。在警察尝试对其例行检查时，该男子试图逃跑。警察立即协同随后急忙赶来支援的同事对其进行追捕，男子仍试图继续逃窜。”

“警方让他跑掉了吗？”

“一家酒类专营店的老板遭到枪击。”佐佐木一太郎面无表情，但其下垂的眼角中似乎流露出一丝困惑。

“后续情况如何？”

“几小时后，仙台市内的一家遥控模型店向我们提供了店内的监控录像。”

“是跟事件相关的那架遥控直升机吗？”记者们探出身子。

佐佐木一太郎略有深意地点了头。“店内的摄像头原本是出于防

①取自 1972 年的日本名曲《敲响钟的人是你》，由森田公一作曲，阿久悠作词，和田现子演唱。

盗目的，恰巧拍摄到一名男子购买了被用于爆炸事件的同型号遥控直升机。经调查确认，录像中的男子与从爆炸现场逃走的男子外貌十分相似。”

“是青柳雅春？”

“我们向受枪击的酒类专营店老板出示了照片，他断言行凶者就是青柳雅春无疑。”随后他又补充道，“我们调查了青柳雅春的个人经历，发现其学生时代曾在仙台市内一家名为‘轰烟火’的工厂打工。”

“轰烟火？”

“就是烟火大会时燃放的烟火。”佐佐木一太郎语气很平静，盯向记者们的目光似乎要将对方射穿，“也就是说，他有可能很熟悉用于制造烟火的黑色火药。”

“可以用于制造炸弹！”几名记者高呼道。

“现在还无法肯定，我们正在要求他当时的雇主给予协助，以进行更为详细的调查。”

“还有其他决定性的证据吗？”

一瞬间，佐佐木一太郎的表情中流露出面对野狗般的哀怜，仿佛在说：你们还不满足吗？他随后开口道：“其实，我们接到了他本人打来的电话。”

媒体方阵中一片骚动。

“具体细节不便透露，但青柳雅春已通过电话跟我们取得联系，并承认他就是凶手。”

之后佐佐木一太郎又补充说将放宽对仙台市周边的盘查、逐渐恢复交通网云云，但并未引起记者们的关注。比起交通网来，他们的心思全在青柳雅春身上。

节目进了一段广告。一个男人手持平底锅。“我亲手做的特制白汁酱，味道怎么样？”那张胡子拉碴的脸微笑着，“味道正宗，敬请品尝。”这是一家高档连锁餐厅的大厨，在仙台市内也开了分店。钻研本职工作才是正事，跑出来做这种广告可要不得啊——田中彻百无聊赖地想。

这下子电视节目更热闹了。原本只能靠爆炸时的影像资料做文章，如今再加上青柳雅春这档子事，内容构成更加丰富起来。以前媒体报道青柳雅春的片段陆续地播了出来。

送货途中的青柳雅春面对前来围堵的年轻女子们面无表情地挥手，告诉她们“现在是上班时间”，看上去就好像在驱赶小狗。类似这样的镜头特别多，全都被一一播出。若是在平时，这肯定不会引人注意，但在慢镜头回放下，他的表情中透出一种带有情绪波动的凶恶。

看上去挺帅气的，没想到还是个危险人物。田中彻心想。

差不多在同一时间，青柳雅春曾经任职的快递公司的高层召开了紧急记者会。这段时间净是各种记者会，会不会过两天媒体也要召开一次记者会，发布“去参加各种记者会的记者已经不够用了”的消息呢？田中彻心想着，暗自觉得好笑。

快递公司的社长首先强调了青柳雅春已于三个月前辞职，现在并不是公司职员。他对事件的态度也是置身事外，只说“如果他真是凶手，那我们表示遗憾”。而当记者质问“辞职前青柳雅春是否有可疑形迹”时，他曾经的直属上司表现出难以启齿的犹豫，但最终还是表示，当时青柳雅春遇到了一些麻烦。

“什么样的麻烦？”

“他所负责的配送区域内常出现寄件人不明的快件，也经常接到来自收件人的投诉，表示对这些快件并没有印象。也不知道为什么，这些包裹上寄件人一栏里写的都是他的名字。”

镜头给了上司脸部特写。他那悲壮的表情和领带上的小猫花纹形成了十分滑稽的对比。

“寄件人一栏写了青柳雅春的名字？”

“是。不过，很难想象那是他本人干的，所以一直觉得是有人恶作剧。”

“你们就没有怀疑过吗？真的不是青柳雅春自己寄送的吗？”

“他怎么会……”上司有些结巴，手指摩擦着领带上的小猫花纹，这似乎是他窘迫时无意识的动作，“那也太不合理了。”

记者们猛地开始躁动起来，好像是在质疑他看人的眼光。

青柳雅春居住的公寓的大门不时地出现在镜头里。由于警方正在搜查，摄像机无法进屋，只得包围了整栋建筑。

一台摄像机试图从公寓对面的办公楼以长距离镜头拍摄内部情况，可惜出现在镜头里的都是鉴定人员和侦查员。不过镜头最终还是透过这些身影，捕捉到挂在他们背后墙上的一张不大的照片。镜头进一步放大，虽然画质很粗糙，但仍能辨识出那是金田首相的照片，并且其面部被画了一个叉。看到这一镜头，节目里一下炸开了锅。

“他跟金田首相有私仇吗？”有嘉宾表示疑问。“恐怕是他个人的妄想吧？”另一位嘉宾回答。

一名作为前警察厅侦查员参与节目的男子发言道：“大约一年前，为了缓解城市内因路边停车而引起的拥堵，曾频繁发起活动，要求加大取缔路边停车的力度。当时金田首相积极推行了这些活动。或许，对于要开车送货的快递员青柳雅春来说，金田首相成了妨碍他工作的敌人吧。”其他几位嘉宾对这一看法很是赞同。

购入遥控直升机时的监控录像也在节目中曝光，电视台表示不确定这和警方获得的是否为同一段录像。录像的画面是黑白的，但清晰地拍摄到一名男子正将一个盒子抱到收银台。男子应该没有注意到有摄像头，但他侧身对着柜台，好像不想让脸暴露，同时做出用手遮住嘴角的动作。他付钱所购买的，正是一架大冈 Air Hover 遥控飞机。

“现在还无法断言，但是的确很相似。”嘉宾的语气已经很笃定了。

在田中彻看来，那也是同一张脸。

还有消息称，就在事发前，在离游行地点东二番丁大道不远的一条小巷里，青柳雅春曾在一家猪排店用餐。

“由于时间还未到正午，所以店里还挺空的。他就坐在那个位子上一边看电视，一边吃炸猪排套餐。”一个穿着白衣服、头发稀疏、戴眼镜的男人说道，看样子应该是店主。他瞪着那张桌子，似乎很不愉快，觉得晦气。“那时游行还没开始，每当金田首相出现在电视里时，他都要厌恶地咂嘴，让人感觉很不舒服。我呀，从一开始就感觉要坏事了。”

“确定是青柳雅春吗？”女记者将话筒对着他，再次确认。

“你还不相信我吗？当然是真的啦。我们家米饭是可以随便添的，他就添了两次。米饭吃得一粒都不剩。真是的，干得出那种事的家伙，跟普通人就是不一样。一般谁在杀人之前还能有食欲添好几次饭，还吃得一粒不剩？嗯？你说？”

“真的、确定就是青柳雅春？”

“还不信？你也太没礼貌了。好好，你等着。”店主跑回厨房，找出一张卡片，又走了出来。“你瞧瞧，这个，这是那家伙丢在这里的。”

手持话筒的女记者接过卡片。镜头慌忙给特写。是一张信用卡。上面印着“MASAHARU AOYAGI”字样，的确是“青柳雅春”的拉丁字母拼写。

“怎么样？”店主趾高气扬地问。

“您早拿出来呀。”女记者拿着话筒，一不留神说出了心里话。

“那小子，嘴里一直嘀咕着金田这个呀金田那个的，原来真是个危险人物呀。”

“您还管那些。请赶紧把这张卡交给警方！”

同时曝光的还有来自某公寓的监控录像。安置在停车场里用于防盗的摄像头，于事发前一天傍晚拍摄到一个形迹可疑的人。

“我听到声音，好像哪家的玻璃碎了，就打开窗户看，结果看到一个男人正在停车场里拉车门。”发言者应该是公寓住户，脸上打着马赛克。

监控录像的黑白画面偏暗，细节部分并不能分辨得很清楚，但的确可以看到一个人影在停好的车之间跑动，还试图拉开其中几辆车的车门。

“这是在找可以用来逃跑的车呢。”一位嘉宾表情肯定地说。

“警方的搜索仍在进行，如今，青柳雅春又身在何处、作何打算呢？”旁白的语气沉重而严肃，画面停留在青柳雅春的面部特写，随后切换到广告。

田中彻长长地舒了口气。电视节目比想象中吸引人，他的肩头一直紧绷着。在他旁边的保土谷康志也同样发出了一声悠长的叹息。

“你说他究竟经历了什么，才会干出这样的事呀？两年前还是个不大不小的红人，挺招人喜欢呢。”

“一开始被媒体捧成那样，风头一过就不闻不问，本人的心理落差应该挺大吧。说不定是想再品尝一次当初那种备受瞩目的感觉？”

“如果仅仅因为那种理由被杀，金田首相也真够倒霉的。你说是不是？”

“是呀。”还是出于政治斗争或者国家机密等原因的暗杀更符合首相的声望。

“看样子很快就要被将死了。”保土谷康志故意说得好像在看将棋比赛一样。

广告播完了。电视画面并未切回演播室，而是出现了一名男子。镜头只给了他从脖子往下的身体部分。是事先录好的片段，声音并没有加工。

“说起来，”男子愤愤地说道，“我早就觉得那次入室行凶的事有蹊跷，说起来。”

电视画面的右侧通过文字说明了这位发言者的身份，两年前凛香公寓的入室抢劫事件发生时，他就住在隔壁。

“那公寓虽说是出租公寓，但隔音措施还是很好的，声音基本不会传到外头。所以，那位快递小哥说是从外面听到了声音才进去救人，我就觉得有点可疑了，说起来。”

爱重复“说起来”的他一直说个没完。采访是在某住宅区进行的，男子背后是一栋崭新的独门独院住宅。

“那件事啊，说起来，该不会是有预谋的吧？肯定有什么原因。”

画面再次切回演播室。主持人正为刚才播出青柳雅春的信用卡时未对卡号部分做处理的行为道歉。他强调，这张卡现在已无法使用。

“就在刚才，我们从观众那里得到一条非常宝贵的视频记录。”主持人表情慌张地报告。他说视频是现居住于仙台市泉区的一位妇人通过邮件提供，是几个月前，她在仙台北郊的河滩拍摄的。

视频内容是一场在河边举行的少年棒球比赛。可以看到球场边的护网、身着队服的少年们的背影，听到为干扰对方投手而发出的呼喊声。

远方的天空自然也作为背景被摄入其中。

有一架遥控直升机。在点缀着云朵的淡蓝色天空中，它缓缓上升，悬停。有人说了一句：“那是遥控直升机吧？”说话者应该是拍摄视频的女子。镜头改变了角度，接下来出现了一名站在河边的男子。镜头拉近。男子手持遥控器，正操纵遥控直升机。

那名操纵者看上去有些焦虑不安，给人一种不可靠的感觉，酷似青柳雅春。

“这是在练习操纵直升机呢。”画面切回演播室，一位嘉宾立刻说道，“这可是决定性证据。”

接下来出现了一名餐厅女服务员，她开口道：“昨天晚上他来过的，就我们店。就坐在那边，点了意面。”她略带兴奋地指了指店里的一张桌子，“我去招呼他。感觉他很冷淡，让人不舒服。不过没一会儿警察就来了，闹得可凶了。”

“怎么闹的？”手持话筒的女记者问道。

“椅子乱扔，玻璃都碎了。”

“哦！真是的！实在太过分了。”

此时镜头转向碎了玻璃的窗户。玻璃碎成这样根本不可能注意不到，记者却还装出一副刚看到的模样，说什么“真是的”。田中彻不禁失笑。

随后，青柳雅春给警方打电话的录音带也被公开了。

录音并不连贯，与事件调查有关的部分似乎被剪掉了。

“我是青柳雅春。我就是凶手。”

录音带里传出的声音确凿无误。电视台准备得很充分，还专门请来声波纹专家做对比，高声宣布录音带里的声音同两年前接受媒体采访时的青柳雅春的声音一致。

特别节目还在继续。自由党的弁庆——海老泽克男在首相官邸前召开了记者会。他宣布，依据法律，身为副首相的自己将就任代理首相，强调现阶段正着手收集相关线索。

“关于青柳雅春，我们自由党也提供了一些线索，协助警方的侦破工作。”

“可以透露是什么样的线索吗？”记者如此提问恐怕也只是出于职业性的条件反射，并未期待能得到回答。所以当海老泽克男开口说“我们提供的线索是……”的时候，所有人都很意外。连旁观者都能感觉到，现场媒体对公布线索这一举动表现出的困惑。海老泽克男点了点头，附着在下巴和脖子间的赘肉都挤了出来。

“从两个月前开始就有人不定期向党内寄信，中伤金田首相。金田首相家中也收到了类似信件，现从中发现了青柳雅春的指纹。”

记者们沸腾了。

这么大动静连田中彻都觉得耳朵痛，不得不摘下耳机。他伸了个懒腰，手摸到拐杖站起身子。扭头一看，隔壁床的保土谷康志早已关掉了电视，正翻着漫画呢。“上厕所？”保土谷康志问道。

“嗯。”田中彻回答，“你怎么不看电视？”

“没意思。”

“好戏这不才刚开始吗？”田中彻真心觉得事件结束还早着呢。

“反正也快抓着了。就算快递小哥拼了命地跑，说到底也还是个外行嘛。”保土谷康志说得好像自己很内行似的。田中彻不由得警惕起来，心想他那一套莫名其妙的自吹自擂该不会又要开始了吧。果然，他立刻就以一副很懂行的语气道：“要是我啊，就从地下走。”

“地下道吗？”真有那种玩意儿倒是省事。田中彻感觉挺好笑。

结果对方撑大鼻孔，哼笑了一声。“田中呀，你要知道，不管是哪里的街道，下面可都有下水道。唉，严格来说，应该分为专门流通雨水的雨水管道和流通厕所等生活污水的污水管道两种……”

“你接下来的话会不会很长？我忍不住了，要上厕所。”田中彻觉得很烦，走开了。

因为顺路，小便过后田中彻来到一楼小卖铺。如今他已很习惯拄着拐杖行走了。他扫了一眼店里的杂志。翻翻周刊，果然都还没有刊登金田首相爆炸事件的相关报道。昨天刚发生的事，作为杂志来说肯定是来不及的。他又继续翻了几家体育类报纸。

在他旁边有两名年轻女子。或许是来探病的吧，找杂志的时候手里还提着果篮。

“我还挺受打击的。”其中一人说，“报道一个接着一个。我以前好喜欢他呢。两年前还是高中生，迷快递小哥迷得不行。”

“我也是粉丝呀。当时快递小哥很有人气的。”

田中彻在一旁听着，心知是在聊青柳雅春的事。

“炸弹什么的我也不太懂就算了，但是非礼女性就太差劲了吧。色狼啊！”

“简直叫人绝望。比知道他是爆炸事件的凶手还绝望。居然是色狼！”

色狼？田中彻因这条自己并不知道的消息皱起眉头。是其他台？或许是其他某个电视台的新闻。他等不及了，拄着拐杖以最快速度回到了病房。

“大概两个月前吧，嗯，两个月前。我正在去打工的路上，搭乘仙石线。虽然是傍晚，但车上还是有些挤。然后车上一个靠窗坐的女人就喊了句‘住手’。”田中换了个台，一名戴着墨镜、留着短发的年轻男子正对着话筒讲述。“车上的人都盯着看，心想应该是色狼吧。就在离仙台大概还剩几站路的时候，那个女人就拽着一个男人的手腕下车了。两人在站台上争执。这时我才发觉男人有些眼熟。结果就是他呀，那个送快递的。”

类似的目击证词还有好几条，主持人将那些通过邮件发送的内容一一读了出来。几乎所有邮件都表示“两个月前，看见一名疑似青柳雅春的男子在车上非礼女性，并被拽下了车”。

除此之外还有其他目击证人。一名身材娇小、皮肤白皙、看上去像是公司职员的女子将手机画面展示给摄像机，说：“应该是两个月前吧，我发现站台上有一男一女起了争执，觉得有意思就拍了下来。”

手机拍摄的照片并不算很清晰，但可以确定是一男一女面对面站在站台上。确实，那个男人看上去像青柳雅春。

“我观察了一会儿，后来来了另外一个男人替他解围，两人就那么跑了。”女职员接着说。

一位身为女演员的嘉宾道：“这算什么男人？太差劲了！”她的表情看上去很生气，“色狼本就不可原谅，还逃跑，简直太差劲了。”

“的确是不可原谅。”主持人似乎并没把女嘉宾的话当回事，只是敷衍地应了一句。随后，他忽然发出“啊”的一声。只见他单手按着挂在耳朵上的耳机，好像是有消息通过无线电传了过来。“就在刚才，来了一条新消息。”

田中彻吞了吞口水，睁大眼睛，调整了一下耳机。主持人念出来的消息大致内容是：几十分钟前，一名疑似青柳雅春的男子在仙台市青叶区柏原町附近被目击。警察立即出动，男子驾驶汽车逃窜，逆向驶进一条单行道。该汽车同一辆正常行驶的汽车相撞后，撞到了墙上，男子随即抢了另一辆车继续逃跑。该事故导致一名在路边行走的老妇被撞倒并负伤，随后由救护车运走。

“看来他还潜伏在仙台市内。我们还有安保探头，落网的概率还是很高的。”一位嘉宾道。

“据说昨夜在仙台市区内还发生了一起车辆相撞事故，其中一辆是警车。具体情况还未得到确认。这起事故，或许也是青柳雅春引起的。”

“是有这个可能性。”

田中彻拿起遥控器想换一个台看看。结果看到一位从未见过的女播报员正报道：“就在刚才，有观众报告说目击到疑似青柳雅春的男子驾驶着汽车沿四号国道向南行驶。”

虽说是全国联播的节目，但在仙台进行实况转播的都是来自地方电视台的播报员。一切就好像一场突如其来的校园文化节，全国性电视台只得在慌乱之下同地方电视台联手向全国播报。

接下来是对爆炸发生前曾与青柳雅春交谈过的中年男子的采访。该名男子留着邋遢的胡茬，似乎是经营个人快递业务的。“我跟青柳先生，以前经常在送件路上碰到。”他声音低沉地说道。他看上去应该比青柳雅春大两轮，却在称呼青柳雅春时加了“先生”。“当天上午他在路上叫我，因为好久没见了我还挺开心的。”他继续说着，“当时他好像是跟另一个男人一起。”

“男人？”

“应该是男人吧。唉，他也挺麻烦呀，现在。”

“看来您是站在青柳雅春那一边了？”拿话筒对着他的记者显得有些意外。

“没那回事。”男人歪了下嘴，“我要送的货都给压坏啦。说真的，让我挺头疼的。”

他究竟在说什么谁都不大明白，不过他看上去并非像所说的那样不快，嘴角还带着笑意。

继续换台。

出现了一名中年女子。体格健硕的她指着右边说：“往那边跑啦，那边。”最后她又语速很快地添了一句，“我告诉你呀，是个大个子，拿着好大一把枪，往那边跑啦。”

“那是嫌疑人青柳雅春吗？”记者当然得跟她确认一下。

“或许是吧。反正我被吓着了，路都走不动了。”

田中彻忽然意识到，电视都忙成这样，网络上肯定已经闹得不可开交了吧。他舒了口气，觉得此时在医院真好。要是现在能用电脑，肯定得二十四小时守在网上。

快傍晚时，播报员忽然大吼了一声：“观众又提供了一条线索！”

田中彻很是不解，播的净是些不大可信的消息，亏他们每次表情都能那么严肃。不过此刻电视上播出的这段画面，确实有些特别。

视频是一名住在仙台市北部住宅区的男子在自家阳台上使用家庭摄像机拍摄的。

时间大概是几个小时之前。画面中出现了数名男子，应该是警察，有穿制服的也有便衣。每个人都举着佩枪，形成一个半圆形包围圈。他们的前方站着两名男子。两人一前一后，后方的男子紧紧勒住前方的男子，刀架在脖子上。可以看到他们身后停着一辆快递公司的货车。

“这很明显是青柳雅春嘛。”播报员道，似乎在极力压抑着兴奋之情，“青柳雅春好像绑架了人质以威胁警方，随后伺机逃脱了！”

从画面中可以看出，那就是青柳雅春本人。他站在一名体形瘦弱的男子身后，手里握着一把刀。摄像机的画面不时抖动，但当时的情景还是很清楚地拍了下来。僵持了不一会儿，青柳雅春就拽着人质后退，逃进了住宅区里的小路。

“人质在距离对峙现场数十米处被救了下来，似乎并无大碍。”

“好家伙，这青柳雅春现在不知又跑哪儿去喽。”隔壁床的保土谷康志以看热闹的口气大声说。

“搞不好躲在什么地方自杀呢。”田中彻随口应道。

"哼，死了还有什么意思。"

"到了这地步，活着也没多大意思了。"

"唉，也有道理。真没意思。"

保土谷康志可能本就是个没耐性的人，事到如今似乎也对电视里的报道失去了兴趣，只一个劲地捣鼓手机。每次他接电话时，田中彻总是提醒他"这里可是医院"，不过他好像并不在意，只是笑笑便继续跑到走廊上讲电话。对此田中彻也是十分心烦。

又过了几十分钟，科长助理佐佐木一太郎再次召开记者会。"事态正朝着解决的方向发展，"他说道，"但同时，严重性和危险性也在增加。"这番补充说明让人觉得矛盾。"青柳雅春已经处于自暴自弃的状态。"说完他直视镜头，眼神看上去十分严肃，"非常遗憾，青柳雅春的逃窜已导致五人负伤，还有两人丧命。"

有人立刻问死者是否是警方人员。佐佐木一太郎回答说是普通群众。记者们立刻紧咬不放，质问无关人员因此事而死亡的责任所在。问责，这正是媒体所擅长的。

"事情发生在昨晚。青柳雅春抢来的轻型汽车[①]同警车相撞，他只得下车继续逃窜。我们在轿车内发现了高中教师加贺幸代的尸体。"

"是撞击导致的死亡吗？"

"不是。"佐佐木一太郎摇头，"她的胸口有被刺的伤痕，应该是一把很锋利的刀所致。"

媒体群中传出一阵嘈杂，听上去更像是某种欢呼。

"根据现在的情况，"佐佐木一太郎扫视着对面的骚动，还是一张保罗·麦卡特尼的脸，看上去是那么无害而温顺，"我们已对负责追

①指日本 K-car 车型，日文写作"軽自動車"，排气量为 660cc 以下。

捕的警员下达指令，允许他们使用对人用麻醉枪。”

记者中传来一阵表示意外的声音。

田中彻也发出了同样的惊呼。

或许是因为“对人用”这三个字使人成了单纯的标靶，给人以冷酷的印象；又或许是因为“麻醉枪”这个词将人等同于猛兽般对待，带着一丝残暴。听到那句话后，田中彻竟有种“狩猎开始了”般的兴奋。

虽然恶性犯罪一直在增加，但由于民众对警方开枪一事抱有强烈抵触情绪，无奈之下才开发了高效且高精度的麻醉枪作为替代，这条新闻田中彻是看过的。对肉体的损害被降至最低限度、不致命、只使对象昏睡，或许这一方法对普通民众来说从感情上更容易接受吧，研究开发的进展十分顺利。

这种对人用麻醉枪已结束试验阶段并投入量产，如今又被用来追捕青柳雅春。记者们的眼中再次放出光芒。

这下子，从今晚到明天早上，节目里估计得出现一大堆枪支专家了吧，田中彻心想。

白天被青柳雅春当作人质的那名男子后来也上了电视。据说他还是青柳雅春以前在公司时的前辈。“青柳这小子，跟以前上班时相比简直像换了个人。”他不住地摇头，“他是真打算对我下手。那小子疯了。”

晚上八点过后，田中彻看了看旁边床位的保土谷康志。只见他也没开电视，好像已经睡了一觉。看样子他是对爆炸事件完全没了兴趣，虽然还是自吹自擂地问田中彻“知不知道今天谁来过”，可语气间完全感觉不到当初的霸气。

“不看电视？”

“越来越没意思了。”

“因为播的东西净是些重复的嘛。”

那之后保土谷康志也没对电视表现出多大兴趣。他攥着手机走出病房已经好一段时间了，还没回来。他那副模样反而让田中彻产生了某种使命感，觉得自己一定得关注这件事到最后一刻。

电视上出现了青柳雅春的父亲接受采访时的画面。应该是录像。竟然没有第一时间关注直播，田中彻对自己的疏忽大意感到一丝自责。

埼玉市某老住宅区的一栋独立住宅前，青柳雅春的父亲正对着话筒。这位只身挡在蜂拥而至的记者和播报员面前的父亲显得有些渺小，但看得出体形保持得不错，没有赘肉，皮肤被阳光晒出健康的颜色，浓眉，头发剃得很短，好像一名海军陆战队员。面对来自媒体的质问，他的回复生硬粗鲁。田中彻理解他坚信儿子清白的心情，但只一味主张“不是我儿子干的”，并不是明智的做法。这样只会招致反感。并且他似乎还表示了对儿子的支持，教唆他逃走，这令记者们更加骚动起来。

儿子能干出那种事，老子是这样也说得过去。田中彻在心里感慨。这对父子这下子可是与全国为敌了。

过后的一段时间里，电视新闻节目播报了几条仙台市内的事故和消息。开车载着儿童四处游荡的三十多岁男子因警方的盘查而落网；几个青年试图对停在路边的车实施盗窃，结果遭目击者举报被捕；就连几年前因在东京犯下私刑杀人罪被通缉的诈骗集团的头目，都突然在仙台市某酒店内被发现了。

几条新闻都和金田遇刺事件没关系，但似乎又都是因为如今仙台处于高度警戒状态，市民的危机意识很强，一有可疑情况立即上报，才使这些犯罪分子撞上了枪口。

“通过那些安保探头，可以细致入微地调查周围居民哦。”夜间的吸烟室里，初中生还在感叹当今的监视社会，“邮件啦电话啦，全都受到了监视，这不，顺带连好多其他案子都破了。”

区区一个初中生，神经兮兮的。田中彻不屑地想。

“网上现在好多自称是青柳雅春的留言呢。”不知这初中生又在哪个网站看来的消息。“唉，跟追查那些行踪不定的恐怖分子还不一样，现在只要找出一个青柳雅春来就行，对那些实施监视的人来说应该也不是那么难吧。”他嘿嘿笑道。

第三天

田中彻感觉有人在猛拍自己的右肩膀，醒了过来。对方拍得很用力，简直像在连续地出拳。虽然意识还十分模糊，田中彻仍感到一丝愠怒。保土谷康志那张满是皱纹的脸就贴在旁边。明明都六十多了，可那张脸看上去就像个爱恶作剧的顽童。

“你这是干什么呀！”田中彻丝毫没有隐藏内心的不满，“现在几点？”他太困了，感觉随时都可以睡过去。

“四点啦。”

“四点？早上？”

“当然是早上啦。”

“什么事？”说是早上，四点这时间可不是一般的早上。田中彻十分不满，也十分不解。“外头天还没亮吧？”

保土谷康志并不理会田中的抗议，从床边取出遥控器按下按钮。“你快看电视，有好戏了。”

“能有什么好戏？”田中彻将手指伸进石膏的缝隙处挠着，看了一眼电视画面。他终于在枕边找着了挖耳勺，正准备久违地用它来挠一挠腿，却一下子让电视里传来的紧迫感给镇住了，手也停止了动作。

画面里出现的是市政厅前的中央公园。那里很宽敞，经常举办活动和演唱会。公园里没有碍事的健身器具和墙壁，视野很好。现在天还很暗，说不上是黑色还是深灰色。这应该是早上四点的实时画面。

有探照灯打向公园方向，使那里好像是汇集了聚光灯的辉煌舞台。

镜头缓缓地转向公园周边的建筑物。这些环绕在公园四周的建筑物的屋顶上，站着很多身着制服的人，端着枪。那些全是带瞄准镜的狙击枪，从市政厅到银行大楼，散布在四周的建筑物顶楼。

"这就是现场情况，狙击手们已准备好麻醉枪，正在待命。"

公园周边区域应该已经戒严了。手持话筒的现场记者站在离公园还有段距离的马路边。可以看到盘旋在半空的直升机，刚才那些画面应该就是从直升机上拍摄的。

"青柳雅春是否真会在此现身并就范呢？"现场记者兴奋地说，"据说他将带着人质一同前来，我们暂时无法靠近。"

事情在不知不觉间竟已发展至如此地步。"这……怎么变成这样？"

"几十分钟前警方公开的消息。说是接到青柳雅春的电话，说要自首，好像还联系了电视台。"

"好好的为什么忽然要自首了？这阵仗也太大了吧。居然有那么多灯。"那些从四周的屋顶照向公园方向的探照灯究竟有多少，数都数不清。一想到那些都是靠自己交的税，田中彻就来气。"而且这场面不一般啊。枪都准备好了。这是打算要干掉青柳雅春吗？"

"嗯，不过想开枪也没那么容易。这不成了公开处决了？电视直播着呢，是不是，田中？"

"也是，电视播着呢。"

"对吧。这种情况下真开了枪，可就不好收场了。"

"不过，也许他们会选择好收场的方式呢。"

"可能吗？"

"哎呀，就是麻醉啊，麻醉枪。那就算不上公开处决，顶多是公开麻醉而已。”

“麻醉枪？”保土谷康志立刻反问道。他好像从没听说过这回事。

“昨天电视上不是说了嘛。警方打算用最近新开发的麻醉用子弹。”

“我没看呀。”保土谷康志叹了口气，还说失算了什么的。

“青柳雅春或许觉得在这种大众关注的情况下不需要担心被枪击，但他肯定没想到麻醉枪这回事吧。”

“是呀。”保土谷康志面无表情地应道，“可惜。”

“可惜吗？”

“你看，那里是不是有个下水道井盖？”保土谷康志伸出食指指向电视画面。仔细观察，确实可以在公园中央附近看到一个圆形轮廓。

“那是下水道井盖？”

“那玩意儿通向下水道。地底下六米左右深的地方有雨水管道。”

“你为什么知道这些？”

“以前干活的时候曾经研究过。”

“看你都干些什么活。”田中彻重新将耳机戴上。正好传来现场记者高亢的声音。“来了，来了！”记者似乎一直在重复这句话。

忽然间，一切都安静了下来。耳机里的声音似乎在一瞬间全消失了。画面里出现了一名男子，高举双手，站在宽广的公园内，也不知道他究竟是从哪里跑出来的。他很瘦，着装也随意。上身黑色针织衫，下身好像是牛仔裤。他看上去是那么普通，跟此刻紧张的气氛格格不入。

“这下子真要被将死了。”保土谷康志冷不丁地来了一句。

青柳雅春缓缓地走向公园的正中央，只见他停下脚步，抬头环视着四周建筑物的顶部，似乎在寻找正瞄向自己的枪口。或许是因为太过疲劳，他那犀利的神情，看上去就像一只狰狞的狂犬。

唉，这场骚乱终于平息啦。田中彻心想。他很兴奋，同时又感觉些许落寞。挖耳勺伸向绷带下面。究竟哪里痒，他也根本搞不清楚。

第三部　事件发生二十年后

二十年前，金田贞义首相在仙台被暗杀，媒体一阵大乱。如今冷静地回顾一番才发现，那场骚乱可以说是近乎疯狂。电视和报纸将警察厅发布的消息随意播放，真伪不明的群众线索一股脑地全部播出，煽动了观众的情绪。用来举证青柳雅春是凶手的全都是些间接证据，电视台却从事发之初就一直对其进行实名报道，这种行为着实令人震惊，但即使放在当下其实也不能算是稀罕事。

为写这份报告，我重新调查梳理了当时的情况。虽然我只是区区一名纪实文学作家，也还是体会到了整个事件的不同寻常。四平八稳的日子里，谁都能讲出几句大道理。主张人权，占领道德高地很简单。但当暴风雨来临之时，人们就慌了手脚，再无力顾及所谓的正确，只能随波逐流。人就是这样。

金田贞义遇刺事件的真相直到二十年后的今天，仍然未能大白于天下。事发一个月后，金田首相的后任者海老泽克男设立调查委员会，很快便公开了调查报告。由于该调查委员会以最高法官鹈饲为核心，所以这份调查报告一般被称为“鹈饲报告书”。然而这份报告书中有太多抽象描写，到最后也只是列举了诸多理由来解释“我们为什么没能找出真相”。

海老泽克男首相下令，百年之内不公开以调查委员会及警察厅为首的各机关所收集的一切资料，等于没留下任何可用来追究真相的线索。到底这百年不公开的根据是什么呢？关于这点同样没有定论。应该可以理解为，当时政府所选择的唯一方针就是“淡忘”吧。

现如今要说国民最相信的真相，那无疑是时任副首相海老泽克男策划了整个事件这一阴谋论。就在几年前，海老泽克男的前顾问律师山本实首次在他的自传中提及此事，暗示了海老泽克男同金田首相遇刺事件的关联，成为当时的热门话题。

如果将金田贞义比作牛若丸，那么海老泽克男就是一直在背后支持他的弁庆。如果身为弁庆的海老泽克男果真是最渴望实施暗杀的人，那必然会引起舆论哗然，也会强烈刺激公众的好奇心。再考虑到海老泽克男忌妒心强的性格以及作为政界人物的过往，这样的猜测竟显得并不是那么不切实际。

海老泽克男在战后脱离一党独大的劳动党，凭一己之力成立自由党，之后便一直作为在野党领导人率领着一批议员独当一面。每当首相选举时他都代表自由党同劳动党候选人竞争，有时全面落败，也有因微弱差距和胜利失之交臂的时候。

二十年前的那个时候，是一次千载难逢的机会。

劳动党因为草率推行税制改革而葬送了自身。税制改革势在必行，却招致了国民的愤怒。既实现增税又稳定民众情绪是极其困难的，执政中的劳动党以为自己可以，结果还是一塌糊涂。

政权更替的条件已经具备。海老泽克男当时一定胸有成竹，相信坐上首相之位的时机终于到了。

可就在这个节骨眼，党内竟然有人半路杀出。年轻的金田贞义冒了出来。海老泽克男无论如何也不会想到，自己竟然在党内选举时落败，心中必定充满悔恨。

他表面上大度，表示“金田这样的年轻一辈开辟了崭新的道路”，还强调自愿退居副首相之位，在幕后支持金田同劳动党在首相选举中正面对决。然而据他的顾问律师在自传中所叙述，当时的海老泽克男竟私下同竞争对手劳动党的干部勾结，向对方提供自由党选举宣传活动的情报。

自传中还提到，当时曾有周刊杂志爆料金田贞义的母亲过去是陪酒女，因同熟客起了争执而被刺身亡。将这条消息散布出去似乎也是海老泽克男的意思。或许他觉得，与其让乳臭未干的金田功成名就，倒不如让自己的宿敌——劳动党的鲇川真当选才是正确的选择吧。

所谓正确，还要看对谁而言。

是对日本吗，还是对国民，对党派？

顾问律师在自传中的回答是——不。那是对海老泽克男的自尊而做的正确的选择。

接下来，金田贞义在大选中获胜，海老泽克男同样做出了“正确的选择”——暗杀金田首相。随后自己作为替补夺得首相之位。

顾问律师在自传中做出了以上暗示。

二十年前，事发当天首相的出行路线曾经临时更改过，知道这件事的人并不多。决定变更路线的是当时的仙台市长佐藤左千夫，他是海老泽克男的大学同学。因市长的这一决定才出现在路线中的教科书仓库，其所有人佐藤祐子则是佐藤左千夫的妹妹。这些事实使得海老泽克男阴谋论显得更为真实可信。

还有消息称，人们一直以为，在仙台举办凯旋游行是负责金田贞义宣传活动的事务官决定的，但实际上就此事提出议案的是海老泽克男。或许让金田出现在由自己交往密切的朋友担任市长的城市，正是海老泽克男所希望的。

除海老泽克男阴谋论外，劳动党才是主谋的观点同样相当具有说服力。人们都认定事件背后有另一股强大力量存在。每当日本国内发生无法解决的问题时，这股力量都会被指责为主谋或黑幕。这股力量，就是美国。

笔者曾听几个年轻人这样感叹自身境遇："只要有坏事，就全怪到我们头上，我们跟美国有什么两样？"或许，这就是美国的宿命吧。

二十年前，核武器的持有问题是困扰日本的一大难题。金田贞义首相赢得选举的前一年，时任首相鲇川真曾在同美国总统会谈后，突然表示"日本应该从自卫的角度出发讨论核武器的持有问题"，引起一阵非议，受到来自媒体和自由党的批判自不用说。他声明"只是说应该讨论，并非主张应该持有"，还强调说"避而不谈、对实际问题视而不见，这不是政治手段，更谈不上外交手段"，在当时引发各种争议。

针对他的观点，有人批判说让日本持有核武器只不过是美国打的如意算盘。美国让日本持有核武器，只是针对中国的战略。金田贞义正是提出这一主张的人之一。

"美国对于亚洲的态度阴晴不定。他们自己都没有搞清楚究竟该如何处理亚洲的问题。自太平洋战争之后一直如此。为什么总要针对日本的宪法争执不休？还不是美国为了修正自己在战略上的误判吗？"金田所说的，其实也是所有人心知肚明的事实——二战后美国为去除日本军事力量而撰写了日本宪法第九条，使日本放弃军队。但很快冷战爆发，日本成为其在亚洲的重要军事据点，结果又不得不在遵循宪法第九条约束的同时，设法增加军备力量，最后发展到要推行修宪的地步。

"日本人以为自己是在独立思考，其实这样的独立思考只是被施舍的假象。"金田曾这样批判鲇川真的观点。

金田贞义是维宪派，对日本军事化的态度给人以消极印象，但实际上他一直强调："追随美国的政治路线，不但让美国瞧不起，更让其他国家瞧不起。关于亚洲问题，美国从一开始就没有任何长远打算，日本需要制定自己的军备方针。"他更提出了"在此基础之上，有必要持有核武器，以此获得话语权"的主张。

如果持有核武器的计划难以实现，那么就要积极推进情报侦查及监控部门的技术研发，这也是金田贞义的主张。他表示，这些虽然并不是用以攻击外敌的武器，但应该建立一个能够应对各国的导弹攻击、迅速而正确地把握对方军事动向的系统。这才是军备同宪法的共存之道。导弹防御技术只是基础，还应致力于获取除弹道导弹之外的一切情报。以日本的技术实力，这些并非不可能。他强调："即便没有武力，只要有高精度情报，同样会为他国所依赖，成为他们必不可少的同盟。"

当选首相的金田贞义曾决心访问中国和朝鲜，就历史及领土问题进行更深层次的会谈。这是海老泽克男的顾问律师在自传中明确提及的。不过，金田贞义似乎并不打算一味让步，而是主张："不再进行不必要的谢罪。中国本就和其他一些国家有着战争历史，英国也曾发起过鸦片战争。单单强调对日本的仇恨的原因是什么？英国谢罪了吗？"

"日本政界从来都是对内强硬，对外交既没有兴趣，也没有相应的使命感，从未想过要同海外政界进行交流，"金田贞义曾在选举时这样说过，"这样的人不配搞政治。"

归根结底一句话，金田贞义的这种政治态度触及到了逆鳞。

谁的呢？

美国。

所以他才遭到暗杀。这也是一种观点。

还有人关注金田贞义首相被害的地点仙台。他们的意见是，金田贞义是被盘踞在仙台的某个强大势力抹杀的。

既年轻、知名度也不高的金田贞义能够在首相选举中获胜有几个原因。首先是前文提及的税制改革遭遇国民抵制，部分掌握实权的人逐渐脱离劳动党，这是社会背景。更为实际的原因是他来自仙台，仙台地区的预备选举是全国最早公布开票结果的选区，可以说仙台是金田贞义在首相选举制度上的一大优势。

日本的首相公选和美国总统大选一样，大致可分为两个阶段。

劳动党和自由党的党员们首先通过预备选举选出本党派候选人代表，随后在最终大选中由全国选民对两名候选人代表进行投票。

预备选举中候选党员们按选区参与投票选举，获得最高票数者视作在该选区获胜。当所有选区的投票结束后，在最多选区获胜的候选人当选候选人代表。但是，预备选举并不是全国同步进行。最先开始预备选举的是宫城县仙台选区。

金田贞义的参选计划周密而谨慎。距开选大约半年前，他就开始周旋于老家仙台的各大企业，多次开展活动，通过举办演讲等方式提升自身知名度。他的外貌本就年轻而干练，再加上一副擅长打动人心的好口才，自由党党员自不用说，就连劳动党的支持者都开始对他抱有好感。

而和金田贞义同为自由党候选人的海老泽克男作为资深议员，本应摆正姿态正面迎战，但自信满满四处游说的金田贞义似乎令他察觉到了危险。他打着“未来是否应该交给年轻人”的口号搞起了针对性的消极宣传，结果适得其反，这对金田贞义来说自然是件大好事。

不管是预备选举还是最终大选，针对竞争对手的消极宣传是十分常见的。但海老泽克男在宣传广告中，将表情高傲的金田贞义和躺在床上接受看护的老人的画面剪辑到了一起，令观众产生了心理上的厌恶。

但是令推行消极宣传的海老泽克男团队意外的是，观众们的厌恶情绪所针对的竟是制作广告的海老泽克男一方。

最后公布结果时，金田贞义在仙台选区以巨大优势获胜。

无名小辈金田贞义战胜了堪称自由党王牌的海老泽克男，这自然是一条值得关注的新闻，但在整个选举过程中却只是一个选区的胜利而已。仙台选区的投票数在全国票数所占的比例也并不大。

但是，这次在仙台的胜利却决定了金田贞义的预备选举，甚至是最终大选的胜利。

为什么呢?

媒体。

那段时间里，不管是社会还是体育等各方面均无太大的新闻，这对选举事件的发酵产生了影响。苦于没有素材支撑早晚专题节目的电视台，一股脑地将注意力全放在了金田贞义在仙台的大获全胜上。成为电视关注的焦点后，其知名度自然跟着上升，结果又为下一场选举拉得更多选票，胜利得以持续。这是媒体报道所引发的雪崩效应。

连续获胜之后，媒体又以“新时代”这样更为夸张的标题扩大报道，金田贞义越来越有名了。他的知名度如雪球一般越滚越大，就如同当初吉米·卡特在美国掀起热潮时一样。

所以综合看来，正是最初在仙台的胜利以及之后的媒体效应，推动金田贞义成了首相。

在自由党预备选举仙台选区，支持金田贞义的最主要势力是仙台医师会和地方公营赌场的管理层。医师会和公营赌场的骨干分别是金田贞义大学和中学时期的好友，此事外界并无太多报道但早已众所周知。其中地方公营赌场的高层之一还在金田贞义参加首相大选之前接受写真周刊采访，称“初中时老师们全对我不闻不问，年级同学中唯一没疏远我的就是金田贞义”，在当时还成为一个不大不小的话题。

教养气质俱佳的金田贞义和纸醉金迷的赌场扯到一起，不但没有引发民众的反感，反而让人感到新鲜。

然而金田贞义在就任首相之后，却开始站到这两大势力的对立面。因此他才被除掉了。这是继前两个假说之后颇具说服力的第三个假说。

有消息透露，金田贞义刚上任就和党内关系较近的议员讨论过医疗改革的问题，并且还找海老泽克男商议削减地方公营赌场预算。这一消息出现之后，第三个假说才开始受到关注。

金田贞义当然没有背信弃义的意思。他从很久以前就开始关注妇产科医生数量不足、急救医院的劳动条件过分苛刻之类的问题，认为有必要对医生的经营场所及待遇给予一定的政府调控。

至于公营赌场，因为其在全国范围内的客流量均有上升，收益呈大幅增长趋势，所以金田一直在考虑削减国家预算在这方面的投资，将节省下来的部分转而投入医疗改革。

或许在预备选举中曾支持他的朋友眼里，金田贞义此举就是背叛。就算他们没将金田看作白眼狼，至少也觉得他是忘恩负义，这种过河拆桥的行径可能令他们怒火中烧了。

“金田还是太天真”——在金田贞义首相遇刺的半年后，某记者私下同赌场高层见面时，对方这样评价道。

其他还有好多种猜测，关于金田贞义首相遇刺事件众说纷纭。

被外界认为是金田贞义情人的小林光子因为不满身份一直无法得到改善，于是在劳动党内买凶杀人；因为金田贞义不接受同性恋群体，对此表示不满的某组织决定作案——常常有人头头是道地抛出类似的猜测。小林光子在事发后不久便自杀了，而遭金田贞义解雇的某秘书也确实是同性恋，但除此之外再也没有其他线索。

事情过去二十年仍无法找出真相，最大原因是相关人员大部分都已死亡。自由党的海老泽克男、劳动党的鲇川真，包括金田贞义在医师会的那些朋友，除了部分随着年纪增长而因癌症、脑梗等不可抗因素死亡之外，还有不少人因各种原因丧命，可以说实在死得太多。

其中最为有名的是刚才提到的情人小林光子的自杀。在金田贞义被害两个月后，小林光子被发现在旅途中福冈的酒店房间内上吊自杀，现场未发现遗书。她在东京的公寓遭入室行窃，她妹妹事后声称姐姐一直放在书桌抽屉内的日记本遗失。

金田贞义首相因遥控直升机炸弹爆炸身亡时负责现场直播的大仓秀雄，事发的第二年，在步行街行走时遭遇拦路杀人魔被刺身亡。身为仙台地方电视台的现场记者，他当时就在事发现场，并声称“教科书仓库的楼顶上有可疑行迹”。鹈饲报告书称，事发当时，凶手青柳雅春就在教科书仓库的楼顶上操纵遥控直升机。但大仓秀雄接受地方杂志采访时却说：“在楼顶摆弄遥控器的人根本不像青柳雅春。”

遥控直升机模型店的店主也死了。店主年近六旬，在仙台市南郊经营一家小店。事件中的“大冈 Air Hover”据说就是在这里买的，店里还将监控录像提供给了电视台。半年后，店主落合勇藏在高速公路开车时撞上中央隔离带身亡。事后检查发现他体内含有大量酒精，但家人说他本人几乎没有饮酒习惯，表示不理解。而且在那种醉酒状态下，他是如何驶上高速公路的也不明了。

笔者通过调查得知，大仓秀雄所描述的操纵遥控模型的男子的特征，跟因酒驾车祸死亡的落合勇藏十分相近。

仙台市内的餐厅“KNOCKING”的女服务员楠见纯子，也是事件发生后的死者之一。她在自家附近的便利店购物时不巧遭遇抢匪，头部遭受铁锤重击身亡。后来抢匪落网，对于此事却予以否认。楠见纯子在爆炸事件发生时曾在电视台作证，说青柳雅春砸坏了玻璃并在店内闹事。她的朋友表示，楠见纯子对于此事十分后悔，还常常说“是警察拿着吓人的武器乱来”，应该是精神上产生了错乱。

久保田毅也是耐人寻味的事件相关人员之一。当年三十五岁的他是一名普通的公司职员，居住在仙台市内，屡次犯有盗窃罪。爆炸案发生两年前，他曾潜入偶像女星凛香的公寓，被刚巧来送快件的青柳雅春制伏。因为数罪并罚还有前科，当时立即宣判入狱七年，第五年时获得假释。他的出狱并未引起太大轰动，只有一家周刊杂志进行过简单的采访。但刚出来不到半个月，他就因卷入一场发生于闹市区的斗殴而身亡。据说他在入狱时常常提起青柳雅春，还自言自语说“出去后迟早要杀了那家伙”。

另外，名为苍田爱的女子也在两年后死亡。当初青柳雅春被爆出曾非礼女性，受害者就是苍田爱。

苍田爱在牡鹿半岛的山路上因为酒驾导致转弯不及时，从山崖摔落死亡。当时还有一名叫作井之原小梅的女子坐在副驾驶位置，但奇怪的是，她似乎和苍田爱并无任何直接关联。二人唯一的相同之处是都曾背负高额欠款，除此之外几无任何关系。

还有大河内恒夫，他是金田贞义首相大学时期的学长，据说大选时一直在背地里支持金田。关于他的议论也不曾中断，其中有一些颇耐人寻味。事发当时，即二十年前，他担任仙台医院中心[①] 的院长。后

①原文为“仙台病院センター”，此处直译为“仙台医院中心”。

来经医院内部人员告发才知道，当时他曾私下跟警察厅达成某项交易。交易内容并未公开，有人说他被要求将涉案的两具尸体当作普通患者的尸体处理掉。总之，当时他肯定是做过一些无法公之于众的事。某周刊杂志报道，被指当时协助他完成这一任务的两名医生，事后都相继上吊自杀。而大河内恒夫本人则在医师会内如日中天，直到最近才因肝癌死亡。

带着先入为主的观念去思考分析，总容易草木皆兵，原本正常的自然现象也可能被当作敌国的阴谋。但就金田贞义首相遇刺一事来看，相关人员在事件发生后陆续死亡这一事实的确令人深思。

当时将青柳雅春定为凶手实行抓捕的警察厅科长助理佐佐木一太郎也已离世。据说事件结束后佐佐木一太郎便悄然离职，隐居于宫城县北部的一个小镇，开了家花店。当初人们戏称他神似披头士的保罗·麦卡特尼，而那张脸苍老后更是酷似。

佐佐木一太郎辞职后就对整件事闭口不谈，引得外界议论纷纷。

追捕青柳雅春的过程中，他的独生子在东京遭遇了车祸，此事在事件结束后才被报道出来。虽然儿子最后保住了性命，但这件事令他将事业和家庭摆上了天平的两端，并且最终选择了家庭。这是外界的普遍观点。

也有人认为，或许在追捕青柳雅春的过程中，他无意间发现了某些机密。那三天里——严格说来，事件在第三天清晨就结束了，所以应该说是两天——整个仙台都启用了安保探头用以收集情报。当时所获得的情报内容至今仍未公开，其中包括数不胜数的电话监听、邮件监控以及针对公共道路的拍摄。很显然，当时的舆论默认了由此而产生的侵犯隐私问题。

正常情况下，这种对个人隐私的侵害必然要招致来自国民的强烈抵制，但在当时却并未被视作问题。或许是因为警方的通缉追捕集中在青柳雅春一人身上，令和青柳雅春无关的普通民众产生了“自己被排除在外”的安心感。

有猜测指出，或许佐佐木一太郎在如此庞大的情报之中，得知了一些国家机密。这令身为警察的他感到危险，因此以绝对保守秘密为条件，换得功成身退以及足以安度晚年的退休金。

也有人觉得是追捕青柳雅春的工作太过劳心费神，令佐佐木一太郎感到疲惫和厌倦。还有人认为佐佐木一太郎去做了整容手术，改头换面后至今仍在追查金田贞义遇刺事件的真相。在他们看来，经营花店的其实是整容成为佐佐木一太郎的其他什么人。

笔者认为，此种推测实在荒唐无稽，但经调查后发现确实有某整容外科医生牵涉此事件，侧面印证了猜测的可能性。事发十年后，即距今起十年前，那名医生在仙台悄然死去。据说他过去替偶像歌手和知名演员整容，之后从东京搬到仙台，继续干老本行，但并没有行医资格证。他死前不久，曾碰巧看到出现在电视里的佐佐木一太郎。那应该是某个关于金田贞义首相遇刺事件十周年的特别节目，他提到“自己跟这件事也有关系”，这才使人们开始猜测佐佐木一太郎接受过整容手术。若仔细思考，就会发现，将他这句话理解为他曾经给凛香即青柳雅春当快递员时所救下的女明星整过容，才更为合理。

另外，当时和佐佐木一太郎一同参与了事件调查的刑警近藤守，也是事件结束一年后就辞职的人之一。他的日记在他死后被家人公开在网络上。通过日记内容可大致猜测出近藤守曾接到命令，要求他就“警方曾对青柳雅春的学弟进行非法审讯”一事做好保密措施并销毁相关证据。此事令近藤守反感，他为保护那名学弟的人身安全和警方高层发生冲突，最终不得不主动辞职。他的日记最终被指缺乏事实根据，不过基本可以肯定，青柳雅春的学弟没有因“保密措施”而离奇丧命，就是因为近藤守的提议得到了采纳。

还有大约十年前，任职于宫城县警本部的刑警松本太郎因事故身亡一事成了网上的热门话题。据说他一直利用业余时间独自调查金田贞义首相遇刺事件。令他对此事件产生兴趣的原因，来自事发当时网络论坛里的一则署名“青柳雅春”的留言。事件发生后，网络上自称是青柳雅春的人不计其数，松本太郎认为其中有一些具有不可忽视的巨大价值，并以这些为线索开始了调查工作。他不顾自己警察的身份，还制作了一个专门用来探讨事件真相的网站。

因为他优秀的调查能力，再加上可能想象力也丰富，他一直坚持一套自己的主张：“金田首相遇刺后，青柳雅春成了替罪羊。但最开始这一角色其实另有人选。”他觉得，事发当日，一名在仙台地铁上因心脏病发丧命的中年男子，才是最开始选定的替罪羊第一人选。

也就是说，针对金田贞义的刺杀计划规模相当庞大，连替罪羊都有好几个候补人选。其中第一人选不巧因为心脏病发死亡，青柳雅春便顶替他成了凶手。“真正的凶手早设下了众多防线，就连主角的替补都有好几个。”松本太郎的这一看法在网上引起不少人的关注，最终他也因出租车事故身亡。

综上所述，在一干人等几遭灭口的今天，再想找出事件真相，也只能去刻着“青柳家之墓”的墓碑前双手合十，问上一句“究竟发生了什么”。笔者在写本文前，确实找到了那座森林中的陵园，双手合十祈祷过。当然没有得到任何答案，也听不到森林的声音。

只有一件事可以肯定。二十年前，因疯狂的媒体而遭全日本通缉的离职快递员青柳雅春是杀害首相的凶手——如今恐怕没有人会相信。

两天的逃亡之中，青柳雅春都想了些什么？没有人知道。

第四部　事件

青柳雅春

上午十一点。青柳雅春走过仙台站东口的一排二手电脑商铺，看到前方一辆停在路边的货车，不禁笑了起来。

“笑什么呢？”走在右边的森田森吾问道。以前上学时他就怕冷，现在也是早早就裹起了一件橙色羽绒服。十一月的风确实带着寒意，可是现在就穿那玩意儿，青柳雅春很好奇到明年二月时他还能穿什么。

“那边那个大叔，是我以前干快递时的熟人。”青柳雅春的眼睛看着前方。那名正往车上搬箱子的男子抬起头，“哟”地打了声招呼。“前园先生，您还是老样子呀，掐准了点来这里。”青柳雅春扫了一眼手表后走上前去说道，“真是一点都没变。”

“那还不是因为负责的片区一直没变嘛。”前园的嘴角已有了皱纹，在青柳雅春的记忆里，他今年应该五十五岁了，不过或许因为身板硬朗且笔直，看上去要年轻十岁。此刻他身上还是那套毫无特色的深蓝色工作服。“还是那几家的活，没多也没少。”

“这是好事呀。”

“那会儿你上电视成了红人后，我还担心自己的活会不会叫你抢去呢。”前园摸了摸那头已夹杂着花白的短发。他的五官轮廓分明，眼睛好似沧桑的树洞。他身后的货车载货台上盖着帆布，里面整齐地排列着纸箱。

“今天有一件货要求晚上送。”他轻声叹了口气，“晚上九点开始还有我必须看的电视节目呢。”

“您还每天按时看电视呢？”

“那当然了。”前园说，“嗨，货是送到北四番丁的公寓，稍微去早些八点半送到，马上再往回赶应该还来得及。”

“看电视比干活还上心。”青柳雅春露出无奈的笑。他发现身旁的森田森吾明显等不及了，于是打了声招呼说“那我先走啦”，就转身离开了。

“还是别太惹人注意比较好。”两人走开后森田森吾说。

“为什么？”

“对于现在的你来说还是别太惹人注意比较好。”

“是森林的声音这样告诉你的吗？”青柳雅春笑了。

“是。寂静湖畔的森林之声。”森田森吾点了点头。

我的名字里有两个“森”字，跟森林的感情很深的，所以呀，时常能听到来自森林的声音——从十多年前第一次在大学里见面开始，森田森吾就时常把这句话挂在嘴边。同年级的朋友们调侃他说“听见森林的声音又如何”，他一脸严肃地强调道：“能知道未来。即将发生的事都能知道个大概。”

每次跟女生联谊的时候，他总是耍这套不知所谓的把戏。女孩子们无奈只得配合说“那么森田是先知喽”，他每次都得意扬扬地回答“算是吧”，让场面很尴尬。

“今天见面到底是为什么事啊？”青柳雅春问道。一星期前森田森吾打电话来问下周是否能一起吃顿午餐，说有要紧事商量。他还特意强调“是跟你有关的大事”。大学毕业已经八年了，两人竟是第一次通电话，还是这样的内容，对于青柳雅春来说实在有些唐突。

“跟非礼那件事有关系吗？”青柳雅春问。两个月前他乘坐仙石线列车的时候，明明什么也没做却被人指责非礼。就是那时候，他在大学毕业后第一次和森田森吾重逢。

“是的，有关系。”

青柳雅春现在仍靠失业保险过活，时间倒有的是，和朋友见面也不是什么难事，只是见面的原因他一直没搞清楚。

“这家店不行吗？”两人走过某全国连锁餐厅时，青柳雅春问道。午饭的地点并没有事先定好，可森田森吾似乎完全没有进去的打算。

“那里人都满啦。”

“你都没进去看就知道啊。”

“我就是知道。”

“又是森林的声音？”

“是的。”

青柳雅春苦笑着。“你也是一点都没变呀。”

“人是不会改变的。”

“要说不会改变，刚才碰到的那个开货车的前园先生完全可以算是代表。”

“他怎么了？”

“他自己干一些送货的活，找他的基本上都是熟客。几点钟在哪里接货，几点钟送到哪里，都是定好的。十二点半到下午一点半，他一定停在我公寓附近的人行天桥下面，吃午饭睡午觉，到了下午四点就去国道边上那家书店蹭书看，六点去吃晚饭。他就这样子永远按照预定的时间行动。在我们这些快递员中间是出了名的。他的那辆货车几乎可以当钟表用。”

“这种分秒不差的人生开心吗？”

“前园先生曾经这样讲过：按照图纸一步步组装好模型后，是不是很有成就感？就跟那种感觉差不多。”

森田森吾指了指右手边一家快餐店说：“就这里吧。”青柳雅春没有反对，他觉得那里很适合跟森田一起去。有客人正在柜台结账，二人于是排在后面。点完餐，上二楼。楼上人不多，他们想都没想就选择了最里面那张桌子坐下。“现在你还会下意识地去观察店里的情况吗？”青柳雅春问。

“不会了，”森田森吾笑了笑，“那种事早不干啦。”他像是在回忆过去，又像是因自身的变化而不好意思。

“不知道‘青少年食文化研究会’现在还有没有呢？”青柳雅春忽然想起了他们的母校，仙台某私立大学。

“是快餐爱好者小组吧。”森田森吾脸上的笑意更浓了，“恐怕早就没啦。那时候，一直来参加活动的就只有你、我和樋口，后辈也只有阿一一人而已。”森田森吾提起的是他们学生时代所在社团里的学弟，叫小野一夫，所以管他叫阿一，简单粗暴。

“我可是听说，我们毕业后，阿一还拼了命地去招新，社团最后能有十来个人呢。”

“好像并没坚持太久。你想想，就这么一家家地去找市里和县里的快餐店，做记录，尝试每一个新商品，这样的社团能有人气？”

“当初可就数你最起劲。”

“我那时太年轻。”森田森吾将薯条对折，从中间弯折的部分咬了下去。

“你那个吃法也是一点没变哦。”青柳雅春说。

“怎么会变呢。”森田森吾应着，又问道，“你知道人最强大的武器是什么吗？”

“是什么？”青柳雅春咬了一口汉堡，反问道。

“习惯和信赖。”

"唔惯呵呵赖。"塞了一嘴汉堡的青柳雅春口齿不清地重复道。

"你也是没变啊。"森田森吾指了指青柳雅春。只见他先是顺着汉堡边咬了一圈，最后将中间留下来的那部分一口塞进嘴里。他从前就喜欢这样吃。

"不过，这家店好像不怎么样呢。"青柳雅春将包装纸叠好，"服务员都是老年人，这倒没什么不好，可他们说话时都不看着客人就不对了。还有你看，摄像头对着那边根本没意义嘛。"他说着，指了指二人上方的摄像头。

"C 或者 D 吧。"森田森吾搬出了大学社团时代的打分标准，"这个新菜品也一般般，C 吧。再加个点评：在接下来的人生里，如果某天心情好的话，或许会再点一次。"

青柳雅春打量着旧时好友的脸庞。毕业后已经过去八年了。他那烫了的长发让青柳雅春感觉很新鲜，不过比起发型来，他的黑眼圈更引人注意。

"话说回来，我真没想到森田你也在仙台。"

"我没跟你说过？"

"有一年寄给你的贺年卡给退了回来，我才知道你搬家了。当初上学的时候，恐怕想都没想过毕业后我们会这样互相不联系吧。"青柳雅春内心是责怪对方的，但从嘴里说出来时还是选择了开玩笑的方式。

"中间也确实发生了很多事。"森田森吾拿起吸管在杯子里来回搅动。

"很多事？"

"青柳和樋口分手啦、青柳救下女明星出了名啦、青柳……"

"都是我的错了？"

"还有，就是我在东京时一心忙着跑客户，没顾得上联系你们。

但是话说回来，你小子和樋口分手的时候肯定难过得想哭吧？给我打个电话什么的总可以吧。”

“我打啦。”青柳雅春立刻说，“变成空号了。”

“是嘛。”森田森吾稍稍低下了头，“我那时候确实很忙。”

“我可是真打了电话啊。”

“你还真爱计较。”

“是你接不到而已。”为了不使气氛太沉重，青柳雅春笑了笑，“现在还是干销售吗？”

“去年调到仙台分公司来了。”

“你到底适不适合干销售，我是一点也看不出来。”

看他那好似艺术家的发型，明显不适合跑客户，不过他那口吐莲花的本事好像又可以事半功倍。

“不适合呀。”森田森吾马上回答。他又折了一根薯条。

“为什么？”

“唉，对于将要发生的事情，我可是很快就知道。”

“因为森林？”

“差不多吧。所以，对方会做出什么样的应对我早就知道了。买还是不买，会不会生气，一目了然。这样子效率倒是高，可根本提不起干劲来。惰性难改呀，惰性。不过，该做的事情我一定都认真去做。你知道为什么吗？”

青柳雅春正准备问为什么，脑子里突然闪过一句话。“因为，你是专家。”他笑着说出那句话。

“因为，我是专家。”森田森吾说。“也不知道那个做烟火的轰厂长最近还好吗？”他问道。“我是专家”这句话是他们念书勤工俭学时的雇主轰厂长的口头禅。“也不知道他儿子回来没有。”

“谁知道呢。”青柳雅春也想起了那位让人感觉好像一头熊的轰厂长，“森田，你小子要是真能听到森林的声音……”

“我当然能听见。”

“那你去赌场啊。”

森田森吾并没有理会他这句话，露出悲伤的表情。这一刻他看上去特别苍老。“你可能还是半信半疑，但我可是凭着这份直觉才把你从非礼那件事中救了出来。”

“唉……”青柳雅春想起了两个月前的那件事，不禁哀叹起来，“那时候你为什么会在那里呢？”

“直觉啊，因为森林的声音。”森田森吾说得很严肃，“那时候我刚巧坐上那班列车。当然是另外的车厢。距离仙台还有一站路的时候，忽然来了感觉。我知道，我认识的某个人就要遇上麻烦了。所以我就下车，在站台上四周一扫，就看到了你。又发现你正跟一个穿着暴露的女人面对面站着，我一下子就明白啦。你小子肯定被冤枉成色狼了。”

“你连我被冤枉成色狼都知道？”

森田森吾平静地点了点头。“直觉。青柳啊，你当时为什么会在那班列车上？”

“因为一个奇怪的电话。”青柳雅春开始解释。那天，忽然有警察打电话去他家。一开始他并不知道是为什么事，后来警察说“我们在松岛海岸找到了青柳先生的驾照”，他大吃一惊，赶忙检查才发现确实不见了。他一直以为驾照就放在钱包里，有段时间没翻出来看了。

“那玩意儿为什么会跑去松岛呢？”森田森吾笑了。

“那就不知道了。”实际上他也真的不知道。松岛那边他最近几年都没去过。“放在那儿心里总是放不下，我才决定坐车去拿……”关于驾照的事，他到现在也没想明白。

“结果回来的路上就变成色狼了？”

“我是冤枉的。”

“非礼这种事，只要你的手被受害人抓住了，当场就可以算作对你实施了逮捕。当时你已经是罪犯啦。不信你就那样跟着抓你的人去警察那里，试着证明清白看看？他们会一直关着你，直到你认罪为止。”

“真的？”

“骗你干吗？只要被说成色狼，就几乎等于定罪。现在都是这样。所以我才揪着你逃跑。”

青柳雅春回想起当时在车厢里，那名女子喊出的那句“你干什么”。一开始他觉得完全跟自己没关系，直到忽然被抓住手腕还被瞪了一眼，才感到后背一阵发凉。对方接着指责他说：“刚才你就一直摸人家屁股，别再耍流氓了！”他不知道为什么会变成这样，一下子慌了神，脸红了，胃也开始绞痛。

“你呀，人长得还可以，但给人感觉傻乎乎的，很容易被骗。”

“她那是骗吗？”在站台上同他对峙的女子妆很浓，看上去很擅长“展示自我”。只见她怒目圆睁，一个劲地骂自己“色狼”，表情十分激动。

“那你就没怀疑过我真的非礼她了吗？”

“你干了吗？”森田森吾拿薯条指向青柳雅春。

“我当然没干。不过自从毕业以来，咱俩不是一直没见面嘛。搞不好你会觉得，这么长时间没见，我已经变成一个老色狼……”

“我才没有呢。”青柳雅春话还没说完，森田森吾就抢着说道，“念书的时候你最讨厌的不就是色狼吗？你可以原谅看不起学生的教授，可以原谅让女人哭泣的薄情汉，可以原谅想租的成人录像带总被别人借了没还，可以原谅车站附近的连环杀人魔，但就是无法原谅色狼。”

“别。我可不记得我原谅过连环杀人魔。”青柳雅春愣了一下后苦笑道。他很无奈，不知道对方为什么非得捎带上成人录像带的话题。“唉，我爸最看不惯色狼，我应该也是受了他的影响吧。”每当想起父亲揍那些非礼女性的色狼时的模样，青柳雅春都觉得后怕。“不过，都八年了，也许我也会变呢？”

“从原本讨厌色狼的人变成色狼？嗯，也不是不可能。要真是这样才刺激呢。”也不知道森田森吾说这话时有几分当真，“搞不好你跟樋口分手后，就那什么来着……就开始憎恨女人，结果就想到了去非礼她们，以此报复呢。”

“快别说了，好像真有那么回事似的。”

“对了，我在东京上班时在地铁站遇到阿一，从他那里听说了你们分手的事。我可是大吃一惊。”

“我自己才是那个最意外的人。”

“你不就是被甩了嘛。”

“你怎么知道？”

“森林的声音告诉我的啊。这还用说吗？”森田森吾皱了皱眉，“我还知道樋口已经嫁人了，孩子好像都有了吧。”

青柳雅春瞪圆了眼睛。“那也是森林的声音说的？”

“不是，我见到她了。”森田森吾若无其事地回答，“大概就是去年刚回仙台的时候，在车站附近的百货大楼碰见的。她跟丈夫一起带着女儿。”

“现在的人可不怎么用百货大楼这个词喽。”青柳雅春试图避开话题。

“你可能也知道……”

“应该不知道。”

“樋口还是樋口。”

“什么意思？”

“她丈夫也姓樋口。”

这一点着实让青柳雅春感到不可思议，发出一声惊叹。意外之余，又对于世上竟真有这样的事而心生感慨。

“樋口先注意到我，跑来打招呼。她还是那么爽朗，给我介绍了她丈夫。她丈夫人也挺大度的，还热情地跟我说‘常听她提起大学时候的事’呢。”

“她丈夫我从来没见过。姓樋口也是头一次听说。”

“那你想不想听听？”

“想不想听什么？”

“你跟樋口丈夫的比较啊。”

“不想听。”

“算是打个平手吧。”森田森吾眯起眼说道，“你没有的东西他有，他没有的东西你有。至于外表嘛……他稍微有些胖，看上去一般。”

“那他是那种可以豪迈地掰开巧克力的人吗？”青柳雅春皱着眉。

“巧克力？你说什么呢？总之，他也不是那种跟你完全不同的类型。”

“你今天叫我来，就是为了拿我过去的恋情找乐子？”青柳雅春夸张地做出不高兴的样子，“我们已经分手七年了，事情早已经过去啦。”

“那些先不管啦——”说着森田森吾探过身子来，语气还是那么轻佻，眼神却很认真。青柳雅春犹豫地往后避了避。“你小子，和那个女明星玩了吗？”

“什么玩了？”

“那还用说吗？你去送快递，结果从坏人手上把人家救下来了不是吗？你可是大恩人呀。之后两人关系越变越好也很正常。说，是不是玩过了？说、快说。”

一提到女人的话题就立刻起哄说“玩了没有”，森田森吾从学生时代起就这样。跟那张嘴比起来他本人要晚熟很多，跟不熟悉的女孩子单独相处时一下子就老实了，大部分情况下连手都没碰就各自回家。

“玩啦，好几次。”青柳雅春低下头，苦笑着回答。

森田森吾狼嚎似的吼了两声。“真的？和女明星？什么感觉？”

“你别看她平时那副样子，其实挺缠人的。那天我们一夜都没睡。好几次她都忍不住大喊说‘要死了、要死了’呢。”

森田森吾瞪圆了的眼睛眨了一下。“没想到，你小子还挺厉害啊。”

青柳雅春忍不住笑出了声。“是游戏啦，游戏。我说的是玩格斗游戏，对打的那种。游戏里的角色快不行的时候她都要大声喊‘要死了’。”

森田森吾的脸抽搐了一下。“这是我见识过的最不好笑的玩笑。”

“我们之间真的什么都没发生过。她说作为感谢想请我吃饭，但我又怕电视和新闻乱报。最后也就偶尔被叫去打打游戏而已。”

“你小子，真是老实得够可以。”

“性格是变不了啦。干快递时我也很认真。”

“但你最终为什么还是辞职了？”

“因为我总觉得给公司添了麻烦。”

“可当时你对公司来说简直就是免费代言人啊！”

“有人故意恶作剧，还挺棘手的。”青柳雅春挠了挠太阳穴。

青柳雅春

第一次大概是半年前。青柳雅春按照和以往一样的路线驾驶货车送货时，忽然手机响了。手机在他工作服左边的口袋里振动着，发出光芒，还有声音，简直像个小动物。他直觉反应可能是刚才去送快件时没在家的客户。

青柳雅春用右手捏住手机，拉了出来。车子继续往前驶出狭窄的单向车道，在尽头的十字路口左转处停了下来。随后他快速按下接听键。

“你就是青柳？”是个男人的声音。

“啊，是的。请问您是哪位？”回答对方的同时，青柳雅春一下子想起了当初被各新闻节目紧盯不放的日子。他感觉自己的胃似乎在痉挛，脸不自觉地紧绷起来。那场骚动让青柳雅春红极一时，他本人却痛苦至极。当时正值公司开始对快递员进行系统化管理之时，只要进入系统进行搜索，就能查到各快递员的负责区域、出勤时间和手机号码等信息。这套系统只有员工以及和公司签约的送货员才能进入，也不知是在哪个环节疏漏了，最后有人通过那套系统窃取了公司信息，青柳雅春的送货路线也流传了出去。

他常常在送快件的路上被拦住，手机上也总接到与工作无关的电话。有一些是诸如“我支持你”之类善意的信息，还有一些是类似“你小子不要太得意”的恐吓。不管是哪一种，光是应对就已经让青柳雅春疲惫不堪。如今电视上曝光的机会少了，电话也没有了，好不容易可以安下心来，如果再出现类似的情况那可真是受不了。

“请问您是哪位？”青柳雅春又问了一遍。

“我就问问，你送快递要送到什么时候？”

“有一些快件是指定了时间的，基本上到晚上九十点左右应该都在送。”他老实地回答。

手机里传来对方的冷笑声。“没问你那个。是问你还打算在公司干到什么时候？”

“干到什么时候？”

“你再不赶紧辞职，我可真生气了。”对方说完又补了一句，“惹毛了我，可不好收场。”随后电话便挂断了。青柳雅春愣住了，只能傻傻地盯着手机。

“这算什么事！哪有这样威胁人的。”森田森吾说着，仍旧将薯条折成V形。

“一开始我也以为只是普通的恶作剧……”

“不是吗？”

“结果他一直纠缠个没完，不停地给我打电话，公司也接到了要求我辞职的电话。唉，如果只是这样倒还好，后来快件配送方面也出了问题。”

“出了问题？”

“我负责的快件忽然多了起来。”

“生意兴隆不是很好吗？”

青柳雅春将原本用来装薯条的小纸盒叠得整整齐齐。“送到我负责区域的快件多得不正常。快递单上的字迹都差不多，全是在东京签收。而且也不知为什么，寄件人姓名竟然写的是我的名字。”

“同名同姓的人？”森田森吾的眉头紧锁，“哪有这么巧的事。里面都装了什么？”

“倒没有什么异常的物件。比如羊羹啦、酒之类。可是那些收到包裹的人自然莫名其妙，我当然也因为名字被擅自使用而觉得别扭，公司也很难办，毕竟不知道包裹里的东西究竟什么来路。”

“好家伙，这样的恶作剧也太浪费钱了吧。”

“是不是挺吓人？”

“真是莫名其妙。”森田森吾耸了耸肩，挠着那一头烫过的长发，“可是，你也犯不着因为那种事情辞职。”

“因为打恶作剧电话的人开始恐吓，说我如果再不辞职会产生更严重的后果。公司当然是第一时间报警……”

“我再说一遍，就算是那样，也不应该是你辞职。”

“你说得是没错。”青柳雅春诚恳地点头。任何情况下都不该仅仅因为对方蛮不讲理的威胁，就妥协屈服说“是是是，我知道了，我辞职就是了”。

“你不应该辞职。”

“说实在的，可能当时我自己也在寻找一个辞职的理由。”

“你们这种老实人总是这样。一门心思钻进某件事里，突然间又什么都要放弃。”

面对眼前这位语气斩钉截铁、偶尔又肆无忌惮地跟自己聊天的大学好友，青柳雅春忽然有种很怀念的感觉，心情也跟着好了起来。

“我负责的区域里，有一位稻井先生。”

“又怎么了？”

“你先听我说呀。那位稻井先生……”

“不在[①]先生？”

“就是如此。”青柳雅春笑了，“他总是不在，谁也不知道他究竟什么时候在家。可他又喜欢网上购物，快递非常多，可麻烦了。他家门缝里插了好多快递通知单，就像贴满了便笺的书似的。”青柳雅春笑着说。

“那又怎么样？”

“有一天，稻井先生真的不在了。”

“不在先生不在了？”

“他的门上贴了便条，上面写着‘最近出远门，快递请转交公寓管理员，长大之后我就回来’。你说好笑不好笑？”

“他那是犯什么傻？还长大，长大什么呀？难道还要长成个巨人

---

①日文中，“稻井”和“不在”的发音相同。

再回来不成？”

“现在想想，当时稻井先生的快递很多都是旅行用品，或者是从户外用品店网购来的。后来我们几个快递员还讨论过，结论是：他那是为了出门冒险做准备呢。”

“冒险……”森田森吾因为这幼稚的词汇而板起了脸，“又不是小孩子。”

“从那时起我也开始思索，自己就这样一直下去真的好吗？”

“都三十多了才考虑？”

“三十多勉强还来得及。”

“青柳呀，难不成你是被那个想变成巨人的怪人给感化了？”森田森吾开玩笑说，“做一个开车送货的快递员，你不满意？”

“不是那个意思。我只是在怀疑那个什么准备都没有、只知道没头没脑地生活的自己而已。”

“还需要什么准备？”

“总需要些什么准备。总需要些什么。”青柳雅春重复了一遍，似乎有些不好意思，“反正碰上了有人找碴儿，我就觉得这或许也是个好机会，就干脆辞职了。”

“也许是女明星的粉丝吧？那个找你麻烦的家伙。”

“如果是当初那事情刚发生的时候，倒是可以理解。都过去那么久了还来找麻烦？”他救下偶像歌手凛香成为众人关注焦点的时候，确实有一些看上去像是粉丝的男人来找过他。他们大多站在保护者的立场，对他表示“谢谢你替我们保护了凛香”之类的感谢，并没有太多露骨的挑衅。甚至青柳雅春还在心里感慨，原来粉丝是这样一类人。

“搞不好……哎呀，你被诬赖成色狼该不会也跟那家伙有关吧？你人本来就老实，长得也还可以。两年前因为帮了别人一把，一下子被大家当作英雄一样看待。是不是？如果你这样的人成了色狼，大家都会满心欢喜地凑过来看热闹。再没有什么比看大红人失足更让人开心的了。”

有那么一瞬间，青柳雅春几乎相信了森田的话。在松岛发现驾照，这离奇的事件或许也是计划的一环呢？“刚才那些，也是森林的声音的看法？”

“是我的看法。”森田森吾叹了口气，看了一眼店里的钟之后说，“走吧？”

青柳雅春听了自然地问了句“去哪儿？”这下子终于要切入正题了，他想。

“今天车站西口那边可了不得呢。都交通管制了，人还多。”

“金田来了吧。要游行呢。”

“没打算去看？”

“没，根本没兴趣。”青柳雅春实话实说道。对于电视里作为政治人物出现的金田，他多少有些兴趣，但还不至于为了见一面而专门跑去投身人海。就连首相的最终大选，他都忘记了投票日期，到底也没去成。“以前送快递的时候最怕的就是这样。交通管制后送快递可麻烦了。这东二番丁大道要是没法走，可就要命了。”

“我就是要去东二番丁大道有事。”

“什么事？”

“我的车还停在那边呢。我们过去再聊吧。不好意思呀。”大学时代的同学小声嘀咕着起身先走了。青柳雅春发现了他后脑勺上的几缕白发，感到有些落寞，甚至有些不知所措起来。

青柳雅春

几个月前。

青柳雅春将车熄火，看了一眼放在副驾驶座上的清单。该取下哪些货他早心里有数，不过还是得以防万一。“越是觉得万无一失的时候越容易犯错”——青柳雅春刚入职时，公司里的一位前辈这样告诉他。这位前辈梳着大背头，只比青柳雅春大一岁，二十岁时就已经成家有了孩子，却总一脸严肃地说什么“总有一天我要用摇滚撼动全世界”这种不着边际的话。他姓岩崎，因此便得意地炫耀说：“这‘岩’字要是用英语说就是‘rock’①，这就是命运呀。”

实习期一结束，青柳雅春便开始一个人送货。这下子他总算与这位摇滚的岩崎前辈疏远了，不过在后来几次酒席上还是碰到过。大家说好了去唱卡拉OK，他却把自己的吉他带了进去，在大家面前潇洒地弹起披头士的曲子，满脸的愉悦。每当看到他那副模样，青柳雅春都会觉得开心。

他的口头禅理所当然是“摇滚”。碰着费事的工作或者被使唤去做杂务时，他会生气地说“真是一点都不摇滚”；遇着开心的事，则

---

①“rock”既有岩石的意思，还是“rock and roll”（摇滚）的略语。

是点头说“真摇滚”；就连涨工资的时候，都要开心地说“真是太摇滚啦”。至于涨了点基本工资这事到底是如何跟摇滚扯上关系的，青柳雅春是没想明白。

总之，还是职场新人的青柳雅春从这位摇滚岩崎身上学到的东西，大部分已经同化进身体里，得以保留。包括如何搬纸箱以及如何用好小推车的技巧，又或者是工作心得：“送货上门的时候绝对不可以显出痛苦的表情，再重的东西都要若无其事，再热的天都要表现出清爽的感觉。服务就是这样。”再有就是忠告：“瞌睡的时候开车等于亲手毁掉人的一生，是最卑鄙的事。”他总在工具盒里放一把折叠刀，说是“有这玩意儿很方便”，可从来没见他用过，哪怕是削苹果。

还有一次，他忽然停车，跳到一旁的人行道上怒气冲冲地要求正走着路的上班族将烟掐掉。“你手里的烟头也许会烧到小孩的眼睛啊。太不摇滚了吧？”他说得口沫横飞，似乎很生气，那架势似乎要冲上去揪住对方的前襟。之后他才跟青柳雅春解释说：“我女儿就是因为有人那样边走路边抽烟给烫到了眼角，险些出大事。你说我能不管吗？”

“那是不能不管。”青柳雅春回答。

他理了理稍显凌乱的大背头：“你小子，还挺懂事。”

他还跟青柳雅春说过：“不准听嘻哈乐。”

“为什么？”

“感觉不怎么摇滚呗。”

对于他的这些偏见，青柳雅春也束手无策，他想起森田森吾以前似乎也讲过类似的话。

“说不定听了以后反而感觉不错呢？”

“你听好了，”他的语气更认真了，“不准听嘻哈乐。”

如今的青柳雅春特别怀念他那随心所欲的说话方式。

青柳雅春下车后，从载货台搬下一个小纸箱。他确认了一遍快递单上的送货地址，同时在心里默念了一遍：仙台市青叶区东上杉三丁目八番地二十一号，HASAMA 公寓三〇二室。

他将纸箱夹在腋下，朝公寓入口走去。稻井先生今天又不在——他差点将这句话提前说出口。

“您辛苦啦。”一名身着黄色工作服的男子出现在公寓楼里，是另一家快递公司的，不过可能负责的区域差不多，两人经常打照面。他年近五十，以前聊天时好像说过女儿马上要考高中。

“呀，您也辛苦。”

“去稻井先生家？”

“今天是不是也不在？”

“唉，据说暂时不会回来了。”

“暂时不会回来……什么意思？”

“他房门上贴了张便条，说有快递就交给公寓管理员。”

“还专门贴便条啦。该不会是旅游去了吧？长期旅行？”

“看那便条的话，感觉像是一场勇敢的冒险之旅。”

“稻井先生竟然去冒险？”

青柳雅春走进公寓的电梯，上到三楼。他走到稻井家门前，亲眼见到那张便条，苦笑的同时又觉得挺愉快。他按照要求将快件交给管理员，发现一脸青色胡茬的管理员正阴沉着脸。“真叫人难办。让我替他收快件，他自己什么时候回来我都不知道。”

“您也不知道他什么时候回来吗？”

“他提前交了一年的房租，搞不好一年都不回来呢。”

“那真是个大麻烦呀。”为了不惹管理员生气，青柳雅春只好顺着他说话，轻轻地将纸箱放到管理员室。

“对了，稻井家门前不是有个灭火器嘛。”管理员不高兴地说道。

“嗯？”仔细想想，好像确实放了一个。

“灭火器底下粘着一把备用钥匙，你去用那钥匙开门，然后把东西都放房间里吧。”

“这样好吗？”

“没事。”管理员的语气很是随意，但似乎又不容反抗，“哦，这个也麻烦你一起搬了吧。是刚才另一个快递员拿来的。”说着他推过一个纸箱。

这个纸箱倒是比预想中轻不少。

“说是一套飞镖用具。”管理员指了指青柳雅春手上的箱子，“单子上写了。”

青柳雅春看了一眼快递单，确实写着“飞镖用具一套”。

“飞镖，是那种照着靶子扔的飞镖？”

“除了那种飞镖还有什么飞镖？你倒是给我说说。”管理员有些不耐烦。他挥了挥右手，像是在扔飞镖似的。“就算去旅游，也先把快递都收完了再去嘛。这难道不是常识吗？”

“可能忽然来了兴致吧。”说完青柳雅春又想起了什么，问道，“对了，稻井先生出门的时候您见着了吗？”

“出门的时候？你说最后一次吗？哦，我见着啦。背着好大一个背包呢。”

“他看起来怎么样？”

“嗨！”管理员的表情稍微缓和了一些，“就跟个要去郊游的小学生似的，精神极了，简直是两眼放光。孩子气大概就是拿来形容他那种人的。”

“是嘛。”青柳雅春应着，开始往稻井家搬东西。

做完后他回到货车上，发动引擎，驶出停车场。如果我……他心想。如果我像稻井先生那样有一颗热爱冒险的心，她还会离开我吗？

青柳雅春

七年前。

青柳雅春送完快递后并没有回家，而是直接去了樋口晴子的住处。二人约好明天一起去看新片首映，今晚青柳雅春就住她那儿。

“累了吧？”樋口晴子开门迎接。青柳雅春从大学时就常来这里，跟自己家一样熟悉，就连鞋架也有自己专门的位置。

樋口晴子说她正准备叫比萨，顺势坐在了客厅地毯上。青柳雅春跟着坐在旁边。樋口晴子开始有一搭没一搭地抱怨起自己公司里的事。

“就因为是我负责策划，上司就一点不配合。”

“又不是你负责策划上司就一定要配合。”

“但他就给那么点预算，还要我拿出好结果来，这合理吗？”

“好像是有点不合理。”

“我跟他抱怨，他居然让我自己想办法。使唤人谁不会呀。”

电视是开着的，一帮搞笑艺人正肆无忌惮地闹。

“我去放洗澡水。”樋口晴子站起身。就在这时，青柳雅春无意间瞥见面前的小茶几上有一块板状巧克力。

“这个我吃一半行吗？”

“吃吧吃吧。你掰开。”浴室里传来回答。

青柳雅春从薄薄的包装盒里抽出那块包裹着锡纸的巧克力，双手拿好，小心翼翼地掰成两半。

“那是公司同事给我的。”樋口晴子回到客厅时说。

青柳雅春刚掰完巧克力，正在打量。他已经很小心了，但还是掰得有些歪。他比较了一下，将拿在左手的那一块递给她。樋口晴子站着没动，愣了一会儿后脸色忽然阴沉了下去，低头看着他递过来的那一半巧克力。

“嗯？怎么啦？”青柳雅春问，但对方没有反应。

“我看……”樋口晴子终于开了口，语气沉重。她短促地叹了口气，随后又以轻快的口吻继续说道：“我看，我们还是分手吧。”

“啊？”青柳雅春踌躇着，再次将手里的巧克力往前伸了伸，“给你……巧克力……”

“我老早就在考虑了。”

“你什么意思？”

“青柳，你刚才掰完巧克力，还特意比较了一下大小，然后将哪怕稍微只大那么一点点的那一半给了我，对吗？”樋口晴子的表情十分平静，甚至带着微笑。

“啊？嗯。是吧。”她说得没错，他只有点头。

“你总在这种小事上替我着想，很温柔。”

青柳雅春听得出来，她这并不是在夸赞自己的优点。樋口晴子将手里的巧克力用双手拿好，随意地再次掰成两半，巧克力断裂之处参差不齐，还飞出一些碎屑。她伸出拿在右手里的那一半。“好啦，这给你。”

“给我？”

“就是这种感觉。我觉得这种随意的感觉很好。那些小事都无所谓，也不必太在意。就算巧克力稍微小一点，我也不会生气。我和你，已经相处很久了，我们是在恋爱呀。毕业后因为要工作，相处时间是少了些，可基本上都在一起，犯不着那么拘谨。你不觉得吗？”

“可不都说要互相尊重……”

“说是那么说，但不是你这种。”

“只不过把巧克力掰两半而已，有必要这样？”

“哪怕只是那么一丁点，你也会把大的那块给我。”

“这反而惹着你了？”

“我知道我是在无理取闹。”樋口晴子的表情有些痛苦。

“巧克力只是个借口？”青柳雅春问。

“如果巧克力是真正的原因，那才吓人呢。之前你不是说过吗？送快递的工作干得时间久了就习惯了，慢慢地，竟连昨天和今天的事都分不清了。”

“嗯，当时的确是那种感觉。”

“我们之间就是习惯过了头。在一起的时间太多，两个人的共同生活反而成了日常，开始注意起对方身上那些可有可无的小事。”

“你先等等……”

“我总觉得，我们现在只是漫无目的地在一起而已。”

“你等等。”青柳雅春晃了晃手里那块银色锡纸包裹着的巧克力，“你说得太乱啦。感觉好像有点道理，又好像没有道理……”

“再这样下去，我们就跟互相倦怠了的老夫老妻没区别啦。”樋口晴子笑着，“我开始感到痛苦了。”

青柳雅春的脑子里闪过一个月前两人利用暑假去横滨时的画面。他们从导游手册里千挑万选出一家茶餐厅，结果服务态度简直恶劣。二人商量是否该跟店家理论，但又觉得坏了心情得不偿失，于是决定采取拖延时间的战术，一直霸占着座位，套餐里的那些茶点尽可能慢慢地吃。这样的抗议方式显然没什么意义，后来想想都忍俊不禁。那个时候的她，因为跟自己在一起而感到痛苦了吗？

不痛苦的日子，究竟是何时结束的呢？

“前段时间，我不是一直在玩一个游戏吗？”樋口晴子看了看放在房间一角的游戏机。机器是很旧的型号，不过她最近又将它从柜子里翻出，挺怀旧地玩了起来。

“你养了一条好丑的鱼。”青柳雅春点了点头。那是个很奇怪的游戏，内容就是饲养一条根本不可爱的、会说话的鱼。

“那条鱼之前说了一句话。”

“那条鱼一点都不像鱼。”

“反正，那条鱼在我喂完饲料后说了一句话。”

“说什么？”

“‘你呀，可不能安于现状。’”

青柳雅春听后有些哭笑不得。

“感觉好像一下子说到了心坎里。我还以为它就是在说我跟你呢。”

“安于现状有什么不好？”

“幼儿园的时候老师有没有给你盖过章？有的章是一朵小红花里面写着‘做得非常好’，有的只是‘做得好’。”

“有啊。”

“我看我俩这样下去，顶多只能得个‘做得好’而已。”

“这也太牵强啦……”

樋口晴子和青柳雅春对视着，沉默在继续。不知究竟过了多久，在比萨送来之前，青柳雅春说要回去。当时他心里既不难过也没孤独，只是混乱，真要说的话，倒是愤怒的情绪更强烈一些，他觉得一切都是樋口晴子的胡搅蛮缠。或许过段时间她就会联系自己，跟自己解释说“当时也不知怎么了，一时冲动”。

一个星期过去了。对方没有打电话来，青柳雅春并没太当回事。就算不是错的那一方，吵架或者争执之后主动认错的事一直都是自己在做，这次他一样天真地认为过段时间自己再去联系她就可以。另外工作繁忙也是一个原因。

十天过去了。青柳雅春打了电话，但事情并未如预料般发展，她的态度没有转变，执意要求“我们先分开一次吧”。难道还有两次、三次吗？青柳雅春这样想着，但事情已无可挽回。

樋口晴子的离去制造了巨大的空洞。青柳雅春的脑子里和心里都有无形的空洞。他故意对这些空洞视而不见，继续确认快件、卸货、扛货、搬运。有一个让身体一直动弹的工作真好，他这样想，可每每送货途中见着什么有意思的事情，例如被大白熊犬拽着走的妇人放弃了拉扯绳索，如水上滑板似的任狗拉扯自己；清扫大楼玻璃的高空作业人员，隔着一层玻璃跟办公室里的女职员相视，尴尬地点头致意。每当他发现这些有趣的小事，转而想到樋口晴子再不会听自己讲述这些了，就会感到一阵眩晕。心情太过抑郁的时候，他曾给森田森吾打过电话，结果听到的只是号码是空号的通知。

某个周日，他正坐在公园的长椅上发呆，看见一名路过的小学生不小心落下一张卷好的画纸。“哎，东西掉啦。”他将画纸捡起来递过去。

小学生看上去应该还是低年级，他将画纸展开给青柳雅春看，问道：“叔叔你看，是不是很厉害？”那是一幅蜡笔画，角落里盖着一朵小红花，里面写着“做得非常好”。

青柳雅春只能苦笑。“太羡慕你啦。我顶多只能得个‘做得好’而已。”

“你没得过小红花吗？”孩子的骄傲之情溢于言表。

小红花真是好呀，青柳雅春由衷地说。

大约半年过后，青柳雅春从二手店买了游戏机和软件。他也将那饲养丑鱼的游戏带回了家。那是一时的兴起，也是某种治愈的方式。或许他想看看内心的空洞究竟被填补了多少。

一开始他并没太当真，只是机械性地摆弄摆弄，不知不觉间他竟然对着那条鱼说起了每天的工作趣闻来，这让他自己都觉得意外。大概养了两个多星期后，某天晚上，游戏画面里的鱼忽然转了个身，对他说了一句话。

“你呀，可不能安于现状。”

“啧啧。”青柳雅春不满地咂嘴。除了苦笑，他什么也做不了。

“这话你跟樋口也说过吧？”青柳雅春指着鱼问，“都怪你。”

当然，画面里的鱼只是悠然地游来游去而已。“不过……”青柳雅春又忍不住嘀咕，“当时给她的巧克力，如果真的是比较小的那块，那她绝对也要生气的。你觉得呢？”

鱼还在游，一副事不关己的样子。不一会儿它忽然停住了，在画面的一角盯着青柳雅春，态度傲慢地说了一句话。

“嗯？你刚才说话了？”

青柳雅春

“你刚才说话了？”

这句话让青柳雅春醒了过来。

“我睡着了？不好意思。”青柳雅春晃着昏沉的脑袋，感觉有些头痛。他发现自己竟靠在放倒的副驾驶座椅上睡着了。

“你刚才一直在嘀咕呢。做梦了？”驾驶座上，森田森吾正手握着方向盘，两眼看着挡风玻璃。车没有点火，是静止的，可他的侧脸看上去十分严肃，仿佛在注意前进方向的路况一般。

或许是因为刚醒，青柳雅春感觉身体好像在摇晃，整辆车就是一艘摇摆不定的船。

他看了看表，已经快到中午。那么二人从仙台车站东口步行穿过小巷，一边看着游行前道路的交通管制一边走进市区街道，大概是十分钟前的事。

街道上到处是因为交通管制而被挡住去路的车辆，引起了小小的塞车。也有的地方因前来观看游行的人无法顺利过马路，而导致车道堵塞。不过除此之外并没有其他什么乱子。虽说能见着首相本人，但毕竟是工作日的正午，比起七夕祭典或烟火大会，拥堵和混乱的程度还算较小。从东口通过车站连接通道的时候，青柳雅春见到路边站着一个卖杂志的。那人站在电子游戏城的门口，身着红色运动服，背后还印着某运动品牌的黑豹标志。青柳雅春走过去买了一本，对方十分客气地向他行礼致谢。那是一本半月刊杂志，基本上靠流浪汉在路边兜售。

“那玩意儿能好看吗？”森田森吾看着攥着那本薄薄的杂志继续走着的青柳雅春，在旁边问道。

“只要三百日元，还挺实惠哟。”青柳雅春拿在手里的杂志封面上，印着在日本也很出名的某外国摇滚乐队吉他手。“听说那些卖杂志的能拿到一半的钱作为报酬。”

“那不是跟搞募捐的差不多？”森田森吾的语气中多少夹杂着一些嘲讽。

“确切地说，”青柳雅春补充道，“是劳动的等价交换。我买杂志，他卖杂志。”

“怎么感觉跟搞慈善似的。”

一开始青柳雅春还以为他说的是“伪善[①]”，不过好像并不是。对于森田森吾来说，“慈善”好像也是带有负面印象的词汇。

“像他那样大声吆喝着跟过路人卖杂志其实挺辛苦的。要是我，肯定干不过三天。”

“因为那帮家伙也没其他事可做嘛。”

“那帮家伙？”

“流浪汉们。”

“努力工作生活的流浪汉和在漫画咖啡店偷懒混时间的上班族，你觉得哪个更好呢？”

“如果让我选择成为二者之一的话，我选择成为漫画咖啡店里的

---

①日语中，“慈善”与“伪善”的发音相似。

上班族。”

“我也是。”青柳雅春说的是心里话。

“不过嘛……”森田森吾并未对关于流浪汉的态度感到愧疚，他补充道，“刚才的流浪汉不是把杂志的名字编进歌里唱出来了吗？他用来改编的歌是披头士的*Help!*。改编得还挺不错，而且特意选了首‘求助’的歌也算是有想法。”

“是嘛。”

“日本音乐著作权协会也不知道会不会去找他麻烦。”

“说得还挺吓人。”青柳雅春觉得，披头士应该跟日本音乐著作权协会扯不上关系。

“那些手中握有权力的家伙本就吓人得很啊。”

两人穿过西口，走过南町路，继续向西，不知不觉间已经走到了东二番丁大道后面的小巷。

森田森吾指着停在公园旁边的一辆老旧的轻型汽车说：“那就是我的车。”

坐上车后，森田森吾不知从哪儿摸出个塑料瓶来。

“你喝吧。”

青柳雅春记得自己当时接过来喝了水，但并不记得什么时候睡着的。

“你是不是在水里放什么东西啦？”青柳雅春笑着说。

“放什么东西？”森田森吾并未改变姿势，还是面向前方。

“哎呀，忽然间那么困，我在想是不是你在这瓶水里下药了呢。”说着说着，连青柳雅春自己都觉得实在是无聊，有些不好意思。

“我是下啦。”

“嗯？”

“我是下药啦。拿针管从瓶盖插下去，然后往里兑了安眠药。”

“我印象中的森田森吾可不会讲这样冷的笑话。”

“刚才，你做了什么梦？”森田森吾说话时脸转了过来。

青柳雅春感到自己的脸红了。“樋口跟我提分手。”

“分手的原因是一块巧克力？”

“嗯？”青柳雅春有些意外，“你怎么知道的？”

“你觉得呢？”

天气明明很晴朗，但不知为何总觉得车里很昏暗。或许是停在背光处的原因吧。森田森吾端坐在驾驶座上，烫过的卷发压榨着本就有限的空间。

“可能性有以下几种。一，”森田森吾面无表情，像在朗读条款一般，他伸出一根指头，“分手的原因我其实从樋口晴子本人那里听说了。”

“百货大楼偶遇的时候？我想她不可能说。”

“二，”森田森吾伸出两根指头，“从学弟阿一那里听说的。”

“阿一可不知道那么多。”

“三，就在刚才你说梦话的时候，嘀咕了巧克力的事。”

“是吗？”

“四，”好友伸直了右手的四根指头，“森林的声音告诉了我真相。”

“又来这一套。”

森田森吾叹了口气，短暂而沉重。青柳雅春下意识地联想起七年前他将掰开的巧克力递过去时，樋口晴子叹气的模样。这两声叹气那么相似，以至于青柳雅春心里闪过了和当初一样不好的预感，仿佛接下来对方将要宣布重要的大事一样。

“青柳，森林的声音根本就不存在。”森田森吾的脸颊抽动着，表情像要笑又像要哭。

“不存在？”

“反正你也从没当真过吧？森林的声音告诉我未来的事情什么的。”

“也不是完全不信。好多事情你不是也说中了嘛。”

“比如说？”

“大学一年级下学期的期末考试，信息处理课的题目你确实是押中了呀。”

“那个教授出的题都差不多，基本上每三年过后就稍微轮换一下花样。好多人不知道他那习惯，我也是看了往年的试题之后才发现。”

青柳雅春不明白森田森吾打算坦白的事情究竟是什么，感到有些害怕。“可是，我当初找你商量是否要跟樋口告白的时候，你也很肯定地让我去，说没问题。”

“那些都是随口说说。告诉你没问题才是最好的鼓励方式吧？还是说应该泄你的气，跟你说恐怕有难度才比较好？”

“还有那个……那些快餐店的新商品，你总能预言出往后的趋势。你说夏天会推出芒果味的甜点，或者到了秋天使用芝麻口味面包做成的商品会多起来，基本上都说中了啊。”

“干餐饮业，跟上外界的流行趋势基本上都得慢半步。预言芝麻那时候，是因为各种健康类节目早已开始在电视上做宣传了。我就想到还有将芝麻混在面包里这种方法，便随口说说。先有的情报，然后我说出了其中的一种实践方式，只不过结果碰巧猜中了而已。”

“夏天我们不是常一起去海边玩吗？沙滩附近的停车场到处都停满了。”

“你又想说什么呀，青柳？”

“每当那时候你都替我指路，说‘去那边看看’，结果一去还真就有空位。我一直都以为你是真的知道呢。”当时森田森吾也确实大言不惭地说过“是森林的声音告诉我的”。

“那时候我只是挑出车比较难开的路线而已。停车场里就是这样，越不好停的地方车越少去。是吧？只不过是概率和可能性的问题而已。肯定也有过车真的非常多，我那方法不灵光的时候。”

青柳雅春沉默了，他注视着面前的这位旧时好友。“你究竟想说什么？”为什么事到如今才来全盘否定森林的声音呢？

“你看，刚才我提到樋口的丈夫时，你不是自言自语了巧克力什么的吗？或许你自己以为表现得镇静，可我一眼就看出来你挺在意的。那么我自然会想，或许这跟你们分手的原因有关系，所以就唬了你一下。”

“唬我的？”青柳雅春稍微松了口气，“可是……对了！我被冤枉成色狼惹上麻烦的时候，不是你来救的我吗？那总该是森林的声音告诉你的吧？”实际上森田森吾自己也这样说过。

这时森田森吾忽然松开了抓着方向盘的手，表情像一个乖僻的孩子。

“喂，你该不是要说那也是骗我的吧！”

“你听好了。”森田森吾看了一眼自己的手表，“时间不多了，我就说重点。”他圆睁的双眼中充满血丝。

“什么重点？”

“当时你被冤枉成色狼，并不是什么偶然的事。你被人算计了。”

“是我刚才提到的那个在我送快递时来找麻烦的家伙吗？”

“对了，还得从那时候开始算起呢。”森田森吾抓着头发，“如果我没猜错的话，那些恶作剧也是事先安排好的。为了让你在公司干不下去，或者给你造成不好的影响，所以才故意策划了那些事。如果你同时还是个色狼那就更好了，所以才又计划诬陷你是色狼。”

“就更好了？谁觉得好？”

“我来找你是受了别人的指使。”森田森吾的语速越来越快。

是不要听为好。”

“别啰唆了！”森田森吾忽然大吼一声，以此逼迫副驾驶座上的青柳雅春保持沉默。“你听着。”

“你到底要让我听什么呀！”

“听我刚才想到的事情。”

“从没见你这么认真过。”

“你听好了。我们来的路上那么多人，你也看到了吧？大家都是来看游行的。今天金田要来仙台。青柳，你还记得上学时我们在快餐店里聊的那些话题吗？”

“那也太多了吧。”

所谓的青少年食文化研究会，就是一个聚集在快餐店里东聊西扯的小团体。除去那些有意义的，他们聊过的话题数不胜数。参加社团活动的也就是青柳雅春等四人，聊的话题却丰富多彩：其他专业的女学生、新上映的电影评价，或者是中了彩票后该买什么这种无聊的痴想，再就是关于宪法第九条和集体自卫权的讨论。总之他们聊过很多话题，有一些讨论其实并不适合身为学生的他们。他们总是围坐在最靠里的那张餐桌，大把挥霍着时间，觉得那才是最有意义的事。青柳雅春的脑海中甚至浮现出樋口晴子和阿一坐在桌边的模样。

“我记得比较清楚的，是那个……”青柳雅春回味着脑海中记忆的画面，“阿一说，他怀疑自己的女朋友脚踩两只船，想检查她的手机。”

“有这回事吗？”

“那次的事印象不是挺深的吗？你还聊得挺投入呢。真忘记了？”

“应该是很久以前了吧。”森田森吾一副心不在焉的样子。

“真不记得了？”青柳雅春有些不悦，“我们大家一起想办法，把他女朋友的手机……”

“不，我不记得了。”森田森吾似乎想结束这个话题。

“真的？”青柳雅春又重复了一遍。

森田森吾无声地摇摇头。“别再想那事了。”他大声地、一字一句地说，“肯尼迪遇刺和披头士。”

“啊？”

“有一段时间，阿一总爱聊肯尼迪遇刺的话题吧？披头士则是我们几个都喜欢的。”

“哦，是的。”青柳雅春想起来了。阿一不知是从哪里看来的，有段时间他总热衷于强调“刺杀肯尼迪的，绝对，不是奥斯瓦尔德[1]。可冤假错案竟在众目睽睽下就那么发生了，真是恐怖”。一开始大家只是随便听听，可渐渐地每个人都开始对肯尼迪遇刺事件产生兴趣，找来相关的书，不知不觉间在四人当中形成了一股小小的热潮。阿一竟站在了奥斯瓦尔德一边，愤愤地说什么：“肯定是觉得全推到奥斯瓦尔德身上就万事大吉了。只要不露出马脚就行。”

“谁这么觉得？”青柳雅春等人追问他时，他回答说：“某个大人物呗。”

“不是有人说，被认定为行刺肯尼迪的凶手奥斯瓦尔德，曾经是美国中央情报局特工吗？”

“是有这种说法。”

“事发前，奥斯瓦尔德曾在某条街道散发共产党的传单，因为那是他接到的命令。之所以有这样的命令，就是为了让奥斯瓦尔德看上

①李·哈维·奥斯瓦尔德，美籍古巴人，被认为是肯尼迪遇刺事件的主凶。事发两日后，奥斯瓦尔德在警察的严密戒备中当众被杰克·鲁比开枪击毙，而鲁比最后也因癌症死于狱中。之后的十年内，有一百多名与此事件有关的重要证人先后遭到不测，连番事件使肯尼迪遇刺事件变得更加曲折离奇。

去像是这一类运动的参与者，令人产生这种印象。”

“确实有这种说法。”

“你被诬赖成色狼，可能也是出于类似的目的。我被命令去带你逃跑的时候，或许我就已经隐约察觉到了，只不过，我选择了不去细想。”

“森田，你先冷静一下……”

“我觉得，这只是为了将你拖入某个更大的阴谋而做的准备工作。”

“森田，你到底在说什么……”

“你辞职后，没再遇到其他什么怪事吗？”

面对森田森吾那坚决的态度，青柳雅春根本无法反抗，只得仔细思索。要说怪事，也只有自己的驾照在松岛被发现这一件吧，他在记忆里寻找着。“为了领失业保险，我还常去 Hello Work[①]，不过……”话说到一半他忽然想起另一件事，“啊”了一声。出现在脑海里的是井之原小梅的模样。

“你在那害羞个什么劲。”森田森吾的观察力还是那样敏锐。

“没，我没害羞。”

“你在 Hello Work 碰着什么事了？”森田森吾说话的语气中，并没有挖出朋友的丑事时的愉悦，满是严肃认真。他双眼充血，看上去十分痛苦。“如果觉得有什么可疑的你就说，色狼的事也好，我的事也好，现在你周围的环境很危险。不管什么事，最好都别信。”

“也不是什么大不了的事。真的。”

“你说说看呀！”

青柳雅春觉得拗不过，轻声叹了口气，挠挠头。他想起以前上学跟女生联谊时，森田森吾每次都要在厕所里一脸兴奋地凑过来问自己

---

①日本厚生劳动省的下属机构，正式名称为公共职业安定所，免费进行职业介绍、就业指导，办理失业保险事务等。

“你看上哪个了？看上哪个了？我呀……”如今的森田森吾也处于兴奋状态，跟当初一样，只是兴奋的理由完全不一样。

“我在 Hello Work 认识了一个女人。”

“什么样的？”

青柳雅春原以为对方一定会吹个口哨，调侃自己说“什么呀，搞半天是这种事”，然而森田森吾的表情仍然紧张而严肃。

“什么样？就是普通那样呗，比我小五岁。”

井之原小梅个子不高，大概只有一米五左右，看体型甚至像十几岁的少女。

“是她主动接触你的？”

“在电脑上查招聘信息的时候，她正好坐在我旁边。”

“你俩在交往？”

“朋友。”青柳雅春耸耸肩。他说的是事实。

“我看有问题。”

“不，真的是朋友。”青柳雅春的语气稍微强硬了些。或许他内心里期待和她的关系更加亲密，但如今二人之间只能以朋友来概括。

“我又不是说你们俩之间的关系有问题，我是说那个女人有问题。”

“喂！”

“越是看上去无害的人，越可能是你的敌人。包括我在内。”

“你看上去挺有害的，所以你就不是敌人喽。是吗？”

森田森吾闭上了眼睛。他用手蹭了蹭鼻子，似乎在调整呼吸。“或许是我想多了吧。”他又睁开眼说道，“不过，小心驶得万年船。保持警惕，怀疑一切。不然你也会和奥斯瓦尔德一样。”

青柳雅春一时间不知该如何反应。他只能再看看手表。“只有十分钟啦。是不是我不该睡觉浪费时间呀？”他半开玩笑地调侃道。

“我看，金田会在游行途中被杀。”

“我现在应该笑吗？”

“这就是我能想到的结论。其实呢，刚才你睡着的那段时间，我检查了一下这辆车的车底。看到你喝了那瓶水后立刻就睡着了，我才开始考虑，这恐怕是一件挺危险的事。”

“车底怎么啦？”

“电影里不是常演吗？车底下事先装了炸弹，当重要证人或者相关人员坐上车时，就轰的一声。”

“常有的桥段，毫无新意呀。”

“我们现在就处在这种毫无新意的状况中。”森田森吾笑了。他太久没笑了，青柳雅春见状竟有些发愣，随即又因为他的话而震惊。

“那是一颗炸弹，是一颗连外行的我都能一眼就认得出的炸弹。”也不知森田森吾的话有几分是真，他竟还带着笑意，“就算知道是炸弹，但是不知道怎么拆，也还是白搭。”

“逃吧！”青柳雅春立即说道，“这也太危险啦！”

“你逃吧。”

“你也逃呀！”

“逃去哪儿？”森田森吾不像是在开玩笑，一脸严肃地说，“以前讨论披头士的时候，大家不是常常说起 *Abbey Road* 的组曲吗？”

“什么东西？”

“*Abbey Road* 里的组曲呀。”

披头士的第十一张专辑是 *Abbey Road*，在这张专辑之后推出的专辑是 *Let It Be*——披头士的最后一张专辑，但录音工作却是 *Abbey Road* 在后，也就是说，披头士最后录制的专辑是 *Abbey Road*。当时的保罗·麦卡特尼设法以这种方式让已四分五裂的乐队重新聚到一起。专辑后半部分中有八首曲子其实是乐队成员各自单独录音的，最后由保罗·麦卡特尼剪辑到一起制作成大型组曲。森田森吾常说，组曲中

的最后一首歌取名 *The End* 真是简洁有力。

“组曲中的那首 *Golden Slumbers*，刚才你睡着的时候我一直哼来着。”

“就因为那是摇篮曲？”如果直译的话，歌名应该可以翻译为“金色梦乡”，歌词内容大部分是摇篮曲。保罗·麦卡特尼以他细腻的声线高亢地歌唱，歌曲里充满了某种不可思议的力量。

“歌曲的开头你还记得吗？”森田森吾说完，自顾自地哼起了第一句歌词，“Once there was a way to get back homeward.”

“曾经有一条通往故乡的路。大概是这意思吧？”

“一下子让我想起了学生时代跟你们一起疯的日子。”

“学生时代？”

“如果说真的有某个值得回去的故乡，我能够想到的只有那时候的我们。”森田森吾眯起眼睛。似乎只要顺着他的目光一直往前，时间就会因某个原因而扭曲，就能看到学生时代在快餐店消磨时光的二十岁的自己。对话停止了。这次青柳雅春也没有主动去找话题。

森田森吾的手朝副驾驶座这边伸了过来。青柳雅春不知他要做什么，只是看着他打开手套箱，掏出了个什么东西。一开始他没明白那东西究竟是什么，看上去像大号的无线电对讲机。“枪？”盯着看了一会儿后，青柳雅春才反应过来。

“你说怪不怪？”森田森吾盯着手中的枪，苦笑着，“这玩意儿一般是搞不到的，就算搞到了，也不会放在手套箱里吧？”

“那是当然了。”青柳雅春微微点头。他生平第一次见枪，紧张得无法动弹。他生怕一不小心摸错了地方，会让手枪突然走火。

“这样子大概没法通过车检的。”

“你似乎搞错了重点吧。”

“有人让我在今天把你带来，关在这辆车里。那个人还说，可以让你喝瓶子里的水，如果不顺利的话，就用手套箱里的东西。之前我还在想呢，手套箱里的东西是什么呀？刚才打开来一看，就发现了这玩意儿。”

“这究竟是怎么一回事啊？”

森田森吾手中的枪泛着浓重的黑色，好像并不是转轮式的。“这里没有金属板，应该不是模型吧。”森田森吾盯着枪口嘀咕道，“也就是说，找我来的那些人，有本事轻易将这玩意儿搞到手。车如果交给他们，想必过车检也是小菜一碟。”

就在这时车摇晃了一下。外面传来巨大的声响。

空气似乎在某处破裂了，由此而产生的震动转化为波纹，摇晃着车。

“什么声音？”青柳雅春慌了。

森田森吾还是那样镇静。他尝试寻找声音的方位，但似乎并没有多大兴趣。“可能是爆炸吧。”他小声说。

“爆炸？”

“没时间了，你快逃吧。继续在这里耗下去恐怕没什么好事。”

“你也跟我一起逃啊！”

“我如果逃跑，家人就危险了。不按他们说的去做就没有好下场。就是这么回事。”森田森吾丝毫没有掩饰内心的不快。不过他似乎比刚才更从容了一些，青柳雅春甚至觉得以前总在食堂说着胡话、看上去那么快乐的朋友又回来了，心里感到怀念也有了底气。同时他也坚定了决心，曾经的朋友找回了自我，绝不能丢下他不管。外面很嘈杂。显然这不是什么普通的小事。四面八方传来不明缘由的声响，那些声音在脚下奔流，摇动了大地。

“说真的，我以为你喝完那些水后要睡上一个小时呢。如果真那样也没办法，只能丢下你，自己先走。可是如果你中途醒了，那也只能顺其自然，这就是命运。我就是这样想的。”

“这就是命运？”

“我稍微摇晃了一下车子，想试试你会不会醒，就坐在座位上扭动。没想到你还真就醒了。”

这让青柳雅春回想起，自己醒过来时车内的确像停靠在岸边的船似的在摇晃。森田森吾伸手调整着后视镜的角度。“好了，总之你快逃吧。”他挥了挥手中的枪，“我就留在这里。不知道把我找来的那些家伙会怎么想，不过就因为这点小事，他们应该也不会为难我吧。与其跟你一起逃跑，还不如老实点跟他们承认错误，道个歉就完啦。”

“我真不知道该怎么办了！”

森田森吾盯着后视镜的眼睛眯了起来。“两个穿着制服的警察正往这边走呢。要走的话就趁现在了。快走吧，不然我可就开枪了。你也知道我这个人脾气不好。”他笑了，又问道，“你还记不记得，以前我们勤工俭学，在市游泳馆打扫卫生？”

“你这又是要说什么？”

“你记不记得那时候我们在努力地打扫卫生时，头顶上都是有监控摄像头的？”

“不记得了。”

“那你也不记得我那时候说过的话了？”

“森田，你究竟是怎么啦？”

“我想说，你只有逃跑。知道吗？青柳，快逃吧。就算狼狈不堪也好，跑远些，活下去。人活着比什么都好。”

青柳雅春的脸在抽搐，他想说些什么却找不到合适的词汇，只有嘴不停地又张又合。

“对了，你小子当初救下女明星，接受采访时说过，制伏凶手用的是大外刈。”

“那还是……”青柳雅春努力让嘴听自己使唤，“那还是你教我的招数。”

“那时候我正抱着孩子看电视呢。见你接受采访时那样回答，我可是吹嘘了好一阵子呢。”

“现在说那些干吗。你没事吧，森田？”

“没事。”森田森吾回答的时候，脸上的表情带有一丝学生时代的从容，但仍旧沉重。“好孩子都可以上天堂。”他唐突地说了这样一句，咧嘴笑了，露出洁白的牙齿，“对吧？”

见青柳雅春沉默，他于是哼起了那首 *Golden Slumbers*。

“Once there was a way to get back homeward.”他唱着，平静地继续，“Golden slumbers fill your eyes. Smiles awake you when you rise.”那些英文歌词的意义，青柳雅春并不能正确地把握。他的脑海里只是条件反射般浮现出一句：“你醒来时，带着微笑。”

喂，森田——青柳雅春试图呼喊，但森田森吾已经将驾驶座的座位放倒，闭上了眼睛。他像是在歌唱一般说道：“晚安，别哭。”青柳雅春知道那是 *Golden Slumbers* 的歌词，但唯独这一句没用英语，又让他觉得这或许是森田森吾要对自己说的心里话。青柳雅春见到朋友紧闭的眼角渗出了小小的泪珠，他在那个瞬间打开了车门，冲出车外。

青柳雅春 

青柳雅春冲出车外，关上门后转身观察。两名身着制服的警察就站在不远处，似乎是刚折进这条小巷来。警察身后是一栋大楼，大楼的后方才是东二番丁大道。那里似乎发生了什么大事。由于建筑物的遮挡无法把握详细情况，但从大量左右冲窜的人群和叫喊声可以知道场面非常混乱。救护车的鸣笛声越来越近。青柳雅春往上看了看，发现有烟升起。他正琢磨着是不是火灾的时候，想起了森田森吾方才说过的“爆炸”。

青柳雅春又回头看看车，森田森吾正躺在驾驶座上，闭着眼睛。还是不应该自己一个人走——青柳雅春这样想着，手刚伸到副驾驶座的车门把手上，便听到了喊声。“不许动！”是两名警察之一，他正猫着腰对青柳雅春喊话，同时手摸向腰间的皮带。青柳雅春想都没想就站直了身子，举起双手。

“站着不许动！”警察拔出了枪。

青柳雅春有些疑惑：怎么动不动就掏枪？事态应该很严重。

“奥斯瓦尔德。”森田森吾的声音在脑海里回响，“你将成为奥斯瓦尔德。”

肯尼迪遇刺后被逮捕、押送途中被枪杀的奥斯瓦尔德。枪杀他的男人名叫杰克·鲁比。“独自”刺杀肯尼迪的奥斯瓦尔德，又被杰克·鲁比“独自”枪杀，最后两人均被认为同大型组织或政治家没有任何关系。

“事情能有这么简单？”当初在快餐店口沫横飞地如同辩护律师般控诉的是谁？是学弟阿一。

“那又有什么办法。历史这玩意儿，都是按需要编出来的。比如你一提到苏我马子或者苏我入鹿，大家是不是都没有好印象？中大兄皇子看上去像是个好人，但那搞不好也只不过是别人的杜撰而已。[①]”咬着汉堡回应的是谁？是森田森吾。曾经的记忆在脑海中翻腾。“要不，我就来替苏我氏唱首赞歌吧。”青柳雅春想起明明没人要求却毛遂自荐的森田森吾。他娴熟地替自己说出了开场白：“下面请大家欣

①苏我马子，日本飞鸟时代的政治家、贵族，后暗杀崇峻天皇。苏我入鹿，日本飞鸟时代的政治家，曾一度权倾朝野，杀死掌权的对立者山背大兄王，后被中大兄皇子等人暗杀。

赏《大化改新叙事曲》。”之后在无人喝彩的情况下，随意哼哼着唱起了“真是令人怀念呀，哎呀，苏我氏的繁荣呀……”。

枪响了。

在对巨大声响做出反应前，青柳雅春先注意到了碎裂的车尾，碎片散落在地面。警察开枪了。“不许动！趴到地上！”警察叫喊着缓缓靠近。

青柳雅春又看了一眼车内的森田森吾。轻易开枪的警察，因电视里的自己而向儿子吹嘘的朋友，该相信谁呢？

青柳雅春拔腿就跑。

青柳雅春沿着路斜向奔跑。将后背毫无保留地暴露给端着枪的人确实需要勇气，可现在也不是畏首畏尾的时候。不管怎么跑，该中弹的时候还是得中弹。要么躲进附近的建筑物里，要么逃进另外一条小巷。他思考着。现在冲进建筑物里太危险了。

“站住！”“不许跑！”警察的叫喊声从后方传来。他们的声音带着尖锐的穿透力，虽然还隔得很远，但青柳雅春总觉得他们的手臂似乎可以忽然伸长，穿过腋下，从后方反锁住自己。

已经可以看见拐角处的酒类专营店了。以前干快递员的时候，青柳雅春并不负责这片区域，但这条路也来回走过好几次。他搜索着脑子里的地图。左转，走不了几步右手边有条小路。应该没错。

酒类专营店里慢悠悠地走出一名白发男子。只见他一边在围裙上擦着手，一边回头招呼里头说：“哎呀，外头挺闹腾呀。”他似乎并未注意到正跑过来的青柳雅春，后者侧身避开，两人好险撞上。

又是一声枪响。青柳雅春愣了一下，转身发现一名警察正端着枪半蹲在地上。他以为自己中弹了，但身体似乎并没受到冲击。随后他瞥见身边的酒类专营店老板倒了下去。对方倒下的动作是那样缓慢，眼睛瞪得很大，似乎在询问青柳雅春：“哎？你说这算怎么一回事？”随后老板倒在了地上，斜侧着身子，左肩处渗出血液。一名女子发出惊呼，从店里冲了出来。青柳雅春停止了动作，打算在老板身旁蹲下，可眼角扫到警察的身影，又再次跑了起来。

“站住！”警察愤怒地吼道。

不对劲。警察竟然如此轻易地开枪，酒类专营店老板明明无辜负伤，他们却置之不理，只一心追捕青柳雅春。这实在不对劲。事情不一般。

跑进小路后马上右拐，下一个十字路口处左拐，一直跑下去便来到了一条东西朝向的大路。警察应该从后面追上来了，但还有一段距离。青柳雅春翻找着一直挎在肩上的背包，取出手机。

该打给谁呢？青柳雅春感觉喘不上气。他有些意外，才三个月没送快递，体力竟已衰退到这个地步。

道路两旁的建筑物里不时有人走出来。抬头看就会发现还有很多人正从窗户朝外眺望。有那么一瞬间，青柳雅春感到一丝恐惧，似乎他们正看着、盯着甚至是监视着自己，他们的存在就是为了向追捕者报告自己的行踪。对方人多势众，仅凭自己一人再怎么逃也逃不掉。青柳雅春有些想瘫倒在地，举白旗投降，可再仔细一看，那些人几乎全都一齐朝着东方，视线似乎落在很远的地方。人们所关注的，是东二番丁大道游行队伍里的骚乱。

究竟发生了什么呢？

森田森吾曾断言：“金田会在游行途中被杀。”

“森林的声音说的？”

“才没有什么森林的声音呢。”

面前是一条单行道。四周的骚乱甚至给人某种不真实的感觉。人们在道路上左冲右撞。不光是人行道，他们还从停在路上的车与车的缝隙间穿行，永无止境地来回横穿着整条马路。青柳雅春慌张地环视四周。刚才见到的那股白烟依然在缓缓地向上空爬升。

“请问……”青柳雅春叫住一名从右手边跑过来的身穿西装的男子。

“干什么？”对方虽然停下了脚步，但表情明显十分不情愿。

“这是出什么事了？”

“听说游行队伍里发生了爆炸。”

“那现在大家是要跑去哪里？”

“要么是去爆炸现场，要么是离开呗。”

“伤亡情况怎么样啊？”

“金田肯定是死了吧。”男子说罢，摆出一副“我不去怎么行”的架势，带着好事者的使命感跑远了。游行队伍发生爆炸，金田当场死亡，青柳雅春觉得自己听到的这些，作为语言可以理解，但要说真实感受却是一片空白。他的耳边再次回响起森田森吾说出“奥斯瓦尔德”时的声音。

就在这时，青柳雅春感觉自己的身后，也就是刚才一路跑来的方位，空气如气球般膨胀，飞散开来。他仿佛听见撕裂的声音，一阵风吹来。有人在惨叫。路上往来的行人都停下了脚步，微张着嘴望向天空。

“哎呀，又爆炸了？”不知是谁惊呼道。

“唉，这到底是怎么了呀！”另一个人喊。

青柳雅春有些不知所措，他先是往左走了两步，马上又改为向右。爆炸的声响和震动让行人们止步不前，青柳雅春的视线在人群的缝隙中穿梭，发现了一辆停在路边的出租车。“空车”的灯亮着。他无法再迟疑，钻进敞开的车门溜上后座。

“这位客人，好像又发生爆炸了吧。”司机说。他的头发很长，盖住了耳朵。青柳雅春瞟了一眼后视镜，首先看到的是对方的额头，还爬着几条皱纹。随后两人通过后视镜对视。

“刚才那一声……果然还是因为爆炸？”

“也不知道究竟什么情况。”

“车子走吗？”

“去哪儿？”

司机的这个问题总不能不回答，青柳雅春只得说“车站东口”。并没有理由。他只是单纯地想朝着跟现在所在之处相反的方位前进。如此一来，首先想到的自然是车站的另一面。不知为何，他特别想回到刚才跟森田森吾一起去过的那家快餐店。他总觉得，只要回到那里，眼前这些莫名其妙的事情就会全部清零，他还能见到那个将薯条折成V形的森田森吾。

“东口啊。也不知道去不去得了。其实我呀，压根儿没想起游行那回事，明明交通管制了，我还把车开到了这地方。现在我正想着该怎么绕出去呢。”

“先走吧，能走到哪里算哪里。”

“也是，能走到哪儿我就走到哪儿。”

很巧，前方的车就在这时候起步了。这时出租车司机才终于将车门关上，在发车的同时右转。“我们在这里掉头，绕到车站的另一面，行吗？”司机忽然来了精神。青柳雅春心想都已经掉头了还有什么好问的，嘴上却回答“那就这么办”。

青柳雅春任凭横冲直撞的出租车摇晃着自己的身体，脑子里想的是森田森吾。他说车底下装了炸弹，是电影里常有的桥段。事到如今，青柳雅春才想到，刚才那一阵爆炸难道就来自森田森吾乘坐的那辆车？他全身不住地发抖，将头靠在车窗上，完全搞不清楚情况。

“我说客人，刚才我在后视镜里看到警察了，我还是头一次看见他们掏枪呢。”

“嗯？”

“刚才客人您出来的那个位置，刚好走出来两名警察。可能因为情况紧急吧。看到手枪我就忍不住想：这里还是我所熟悉的仙台吗？”

青柳雅春

“这里还是我所熟悉的仙台吗？”

阿一手握方向盘，对坐在副驾驶座上的青柳雅春说。

“仙台倒是比想象中大很多呀。”青柳雅春回答。大学二年级的青柳雅春拉开抱在怀中的背包拉链，从中抽出刚从大学书店里买的小说。

“什么玩意儿？”驾驶座上的阿一看了一眼。

“书呗，书。天天啃汉堡，跟你和森田聊那些无聊的话题，脑子都要生锈啦，所以我得时不时地看书才行。”

“是陀思妥耶夫斯基吧？”

阿一的话让青柳雅春愣了一下。他盯着阿一的脸。

“说中了？”

“你为什么……”

“昨晚我和森田学长打电话来着，他说了这么一句话，‘青柳很快要开始读陀思妥耶夫斯基啦’。”

“他怎么知道……”

“三天前我们不是一起出去喝酒了吗？当时樋口姐说‘你们没读过陀思妥耶夫斯基吗’，她还说‘他的书可不能不看’。森田学长说‘青柳在旁边听到这些话后，肯定在心里下决心要赶紧去看陀思妥耶夫斯基了’。”阿一似乎只是随口说说，并没有什么太深的意思，“学长，没想到你有时候还挺可爱的嘛。”

“什么叫‘没想到’？什么‘可爱’？”

“不过那些话，好像其实是森田学长故意让樋口姐说的哟。他就是想试探一下青柳学长你会不会受影响。”

“你说什么？”青柳雅春的脑子一时间转不过弯来。

“樋口姐后来可开心了，说她自己可从没看过什么陀思妥耶夫斯基。”

“什么？真的假的？”

“不过，手冢治虫的《罪与罚》她以前倒好像看过。”

“漫画呀？”

“我呀，以前还以为陀思妥耶夫斯基是一个手持短刀的爱斯基摩人[①]什么的。”

青柳雅春觉得十分沮丧，恨不得把手中的书扔出去。

“阿一，你肯定走错路了。”

“你也这么觉得？”阿一手握着方向盘不好意思地笑着，看上去不但不着急，反而还挺享受迷路的感觉，“要怪就怪森田学长画的地图太抽象。”

“怎么抽象了？”

阿一从上衣口袋里掏出一张叠好的纸递给青柳雅春。青柳雅春打开来仔细端详。确实，再没有比这更抽象的地图了。地图上做了东西南北的记号，画了仙台站、弯弯曲曲的四十八号国道以及前进的箭头，在西北方向的某个地方写了两个大大的字：“这里”。沿途有一个好几

①日文中，“陀思妥耶夫斯基”与“手持短刀的爱斯基摩人”发音相似。

条公路相交的复杂路口，可地图上相应的位置却只画了个圈，并在旁边标注了“这里比较乱，挺麻烦的”。越是这样的地方不越应该详细明确地写好说明吗?

“话说回来，森田学长搬家搬得真偏僻呀。”

“那小子刚进大学时租的公寓可高级了。闹市区，房租也贵。”

“我知道。有一次聚会后他让我住过。那么便利的地方，离市中心又近，为什么要搬家呢？”

“可能他忽然想通了，便利不能当饭吃吧。”

“难道又是他那套‘森林的声音’的把戏？”阿一发出干巴巴的笑声，“森田学长那句‘我能听到森林的声音’，是从什么时候开始说的？”

“第一次见他的时候就在讲啦。”青柳雅春回忆着大学刚入学时的新生欢迎会，说道。当时剃着光头的森田森吾没头没脑地说：“我叫森田森吾，名字里有两个森字，所以深邃悠远的森林的声音总是指引着我。”青柳雅春不禁想，原来学生一时逞能喝多了酒就会变成这模样。酒真可怕呀，一定要小心。

“他说能听到森林的声音，青柳学长你怎么看？”

“太扯淡啦。”

“对吧。比起森林的声音，我更需要的是指引我找到森田学长新家的导航的声音。”

于是青柳雅春决定拿出手机打电话，跟森田森吾问清他家的路线。可对方不知为何没有接。

“森田学长怎么不用手机呀？”

“可能因为他有森林的声音？”

结果阿一到底还是开车走错了，进了一条死路。一切全因为他相信了自己毫无根据的直觉，认为“在这里右拐说不定就能到了”。路越走越窄，还在爬坡，青柳雅春感觉这明显不是对的路，可又没有劝阿一回去的自信。坡道的终点处好像一个登山口，两人走到车外。

“这里是什么地方？”

“你问我，我哪里知道。”

从坡上往下看，可以很清楚地看见上来的道路两旁零星地散布着一些小平房，屋外有砖砌的围墙围着。

只能掉头往回开了。刚回到车上，青柳雅春忽然“哎”的一声。他注意到一件事。路的右侧，停在一处围墙边的黄色小车他似乎见过，车牌他也认识。阿一好像也注意到了，喊道：“哎？那不是樋口姐的车吗？”

“应该是吧。”青柳雅春走到车旁，手指了指瘪掉的保险杠。

就在这时有人说话：“哎呀，这不是青柳和阿一吗？”两人一抬头，发现樋口晴子正站在坡下挥着右手。

青柳雅春和阿一面面相觑，都皱着眉头朝坡下走去。樋口晴子穿着牛仔裤，上身是黑色连帽外套。她身旁站着一个留着胡子的矮个子男人。男人的脸似乎从头发到鬓角再到下巴全都被毛裹住了似的，长鼻子、耷拉眼、厚嘴唇。说他是人，其实倒更像一头可爱的熊。青柳雅春正想得出神，那个好像熊一样的男人扯着嗓子说道：“哎呀，我为了不让人来烦才把工厂建到这偏僻的地方，怎么你们这些来路不明的家伙还一个接一个呢？”他看上去大概五十岁，几乎没有白发，脖子上缠着白围巾，让人一下子联想到亚洲黑熊[①]。

“就是就是。”樋口晴子在旁边点头，“我们可不希望你们随随便便就跑来。”

“你也是一样。”那个长相像熊的男人立刻说。

---

①亚洲黑熊胸部有一块V形白斑。

“请问……”阿一胆怯地问道，“您是哪位？是樋口姐的父亲？”

听到他这句话，青柳雅春下意识地站直了身子，还正了正衬衫的衣领。

“我才不是呢。”男人像是有些无奈，撇了撇嘴，“我经营这家工厂。”

“这位是轰叔呀，轰叔。轰烟火，你们竟然不知道？你们俩都不知道？”

“你也是刚刚才知道吧。”

“轰烟火？”青柳雅春重复了一遍自己听到的名字，并没什么头绪。一开始他还以为是演歌[1]的歌名呢。

“烟火呀，烟火。”樋口晴子的眼睛闪着光，急切地提醒道，“仙台的烟火大会上不都要放那种咚的一声窜上天的大家伙吗？这里就是做那些的烟火厂，也就是轰叔的地盘。”

仙台每年按惯例，在八月上旬的某三天举办七夕祭典。祭典开始的前一夜，要在广濑川岸边上举办一次烟火大会。大会持续将近两个小时，一个个烟火伴随着巨大声响飞上天空散成各种图案，场面十分壮观。这两年，青柳雅春都是和森田森吾以及班上的同学一起，在学校宿舍的屋顶上看。

“那些烟火……”青柳雅春小声嘀咕着，扫了一眼左右两边的房屋，“就是在这种地方制作的？”

“因为要用火药嘛，最近又不太平，所以我才找了这种偏僻的地方，还是在路的尽头。如果有不认识的车辆上来，我们会马上警戒。”轰叔皱着眉，抓了抓额头。

“所以呢，像青柳你们这样擅闯私人领地，是会给人家添麻烦的。你们肯定是迷路了吧？”樋口晴子伸出手指着二人说。

---

①日文中，“烟火”与“演歌”的发音相同。

“你不也是一样吗？”轰叔板着脸。

“烟火也叫焰火，那你们知道烟火里装填的火药还叫什么吗？”

“你肯定又是拿刚从轰叔那里听来的东西现学现卖吧？”

“他说叫星！多好呀，把星星装进去，放到天上。有意思。”

“烟火从很久以前就有了吗？”青柳雅春问轰叔，“印象中好像江户时代就放烟火，当时人们看烟火时都爱喊‘玉屋’和‘键屋’[①]。”

“以前可不像现在这样五颜六色，很单调。大名们会从全国各地召集烟火师傅，放烟火给民众看。仙台以前不是有伊达政宗[②]在吗？他对烟火大会这事还挺热心呢。”

“哎，轰叔，我们就帮您做烟火吧？”听了一会儿后樋口晴子说，“就当是打工。”

“这个主意好呀。”阿一立刻表示同意。

轰叔的眉头紧皱，不停摇头。“跟火药打交道，想帮忙也不是那么简单的。刚才我也说了最近不太平。不行不行，别再胡闹了。”

“那放烟火时让我们在旁边看吧。”阿一简直像一个不考虑别人、只知道一个劲要这要那的孩子，“我好想靠近点看呀。我还想看拿火点引信的时候。”

“要是这样的话……”轰叔很冷静，还是摇头，不过他又突然提议道，“铲雪你们干不干？”

“什么？”樋口晴子反问。

“每年年初下雪的时候，这附近都要积好多。我手下的工人们开工前都得先铲雪，很麻烦的。你们就替我铲雪好了。”

“那我们铲雪，就可以在旁边看你们放烟火了？”樋口晴子的表

---

①“玉屋”和“键屋”均为烟火商店的铺号，后来变成了烟火升空时观众的喝彩。后文中出现的“轰屋”“青柳屋”等与之呼应。

②日本安土桃山时代和江户初期的武将，仙台藩主。

情舒缓开来。

“也不是不可以考虑。”轰叔不置可否，怎么看都像是在开玩笑。

“我们其实就是铲雪社团的。”青柳雅春以夸张的口吻说着无聊的谎话。

“我们生下来就是为了铲雪。”樋口晴子附和道。

阿一也立即说：“只要有雪给我们铲，我们可以什么都不要。”

“那烟火也可以不看啦。”轰叔笑了。

几人聊了一会儿，青柳雅春的手机响了，是森田森吾。“喂喂，你们怎么还不来？迷路了？”他连珠炮似的问。

“目的地我们找到了。”

“胡扯。我人还在家呢，你们又没来。”

“你也赶紧来吧。”

“你们才赶紧来呢！”

“再不来，看不到烟火啦。”

“喂，你们现在到底在哪里？”

“你不来我们很着急呀，部长。”

“部长？我什么时候成部长了？”

“你不就是铲雪部的部长吗？”

青柳雅春

还是有难度呀，出租车司机说。青柳雅春睁开眼睛。不知什么时候，他竟再次闭上眼睡着了。

“很难吗？”

“现在是一点都动不了。路上挤满了车。”司机指着前方说。他计划从新干线的高架桥下面绕到仙台站东口，车在距离目的地不远处却怎么也走不动了。前方几米远的信号灯明明是绿色，可车流就是无法前进。前面和后面都是车。亏他竟还能开到这里来。

“首相被杀，这下子全乱套啦。到处都封路了，国道也不行。”司机拧着收音机的音量钮说，“刚才公司还通过无线电召集所有的车都回去，现在是想回也回不去呀。”

“真不好意思。”

“不是您的错。现在这情况肯定是走不了，与其在这里干等可能走路还好些。刚才无线电里说了，只要出了东口就通畅多了。所以我建议还是朝东口那边步行比较好。”

青柳雅春付了钱下车。外界的喧嚣一下子包围了他。急救车辆的警笛声、行人拥挤摩擦的动静和呼吸声，全都一股脑地铺天盖地。他感觉自己明明什么都没干，却被挤压在中间焦躁不安。走在路边的人们全都一副心事重重的表情，脚步飞快。受到他们的感染，青柳雅春也大踏步地前进起来。

回家，他想。应该先回到自己的公寓，理清楚头绪。通过电视和网络可以详细把握事态，森田森吾的情况他也很担心。

来到仙台站东口后才发现，情况和出租车司机预料的完全相反，车全堵在路上，看不到尽头。信号灯已经完全失去了意义，行人漫无方向地四处穿梭。

青柳雅春顺着家电商铺一条街往北走，距离公寓步行大概还需二十分钟。他取出手机，还没来得及细想就要拨森田森吾的号码。他想立刻确认对方的安危。

“森田，你什么时候也开始用起手机来啦？”

“我现在跑业务，可不敢再说什么坚决反对手机的话啦。”

这些话他们两个小时前才讲过。青柳雅春拨通那个刚保存的号码。只有拨号音。一个机械的声音回答说：“您所拨打的用户不在服务区。”不在服务区那是在哪里呢？青柳雅春的脸色很不好看。他总觉得，自己的好朋友已经消失在某个电波永远无法到达的地方了。

市区里的混乱并没有蔓延至青柳雅春的公寓附近。公寓前的小公园里，几个推着婴儿车的女人正站着聊天，还有一些孩子安静地玩着沙子。可能因为下个月圣诞节的关系，公园四周栽上了一圈圣诞树，树与树之间以相等的间距整齐地排列着。

青柳雅春朝公寓门口走去。在车里和森田森吾的对话、警察的追逐、所有的一切都那么不真实。如果刚才那些是真的，那么眼前的闲适又是怎么回事——他看着公寓楼那些阳台上晾晒着的衣物想。

他推开公寓入口那沉重的大门，朝信箱的方向一直走，随后来到电梯边，按下上行按钮。

过了好一会儿，他才意识到自己的两边分别站着一名男子。准确来说，这两名男子本身他是看见了，可一开始他只以为是这栋楼里的住户，并没有想太多。对方竟然叫了一声“青柳先生？”，这让他大吃一惊。

叫他的是右手边的男子。青柳雅春转头，发现这个浓眉、细眼、塌鼻子的男人也正瞧着自己。“嗯？”青柳雅春回应后，左边的男子又靠近了一步。

“你们干什么？”

“你是青柳雅春？”左侧男子是个高个子，戴着眼镜。他们两人都穿着深色西装，胸口佩戴着的似乎是公司徽章的东西，但也不知道究竟是哪里的。

“我是青柳雅春。”回答的时候青柳雅春的身体因紧张而无法动弹，“你们是干什么的？”

右侧男子忽然抓住了青柳雅春的右手手腕，夹在左边腋下一拧。青柳雅春感到一阵剧痛，弯下腰去。随后他以这种半弯着腰的尴尬姿势高呼了一声：“干什么?！”

“老实点。”抓他的男人说，“不许动。”

青柳雅春扭动着身体，男人的西装因为他的这一动作被扯开，露出了衬衫。只见他还穿着好似双肩背带一样的东西，在腹部附近挂着一把手枪。青柳雅春愣了一下。

左侧的高个子男人试图抱住青柳雅春的腰。

青柳雅春并没试图去思考什么，他的脑海里满是在车里歇斯底里地让自己快逃的森田森吾。

青柳雅春站稳脚步，试图直起身子。他用力摇晃着身体，用双手推向右侧男人的胸部。对方受他这么一推连连后退，最后一屁股坐在地上。

高个子男人立刻扑了上来，青柳雅春重新面对他调整好姿势，将一直挂在肩头的包挪到背后，双手又推了一下。对方也立刻推了回来。青柳雅春趁他做动作时将两手搭在了对方的肩膀。“当对手向前伸出右脚时，你的左脚就伸到他右脚的旁边。”脑海里有个声音说。那是森田森吾的声音。大学时在食堂他曾这样教过阿一，告诉他：“光用脚是不行的，还要用到上半身。”青柳雅春像两年前送快递时一样，自然而然地做出了动作。他迈出左脚顶到对方右脚边，在左手拉扯对方胸部的同时，用尽力气踢出右腿试图将其绊倒。“要拽他的上半身。”森田森吾的声音在脑子里回响。高个子男人仰面倒在了地上，青柳雅春也顺势被拉扯着倒在他身上。

青柳雅春什么也顾不得了。他往旁边一滚，翻身爬起来，跑了。成功啦！森田！他在心里想。不对，应该是：完蛋啦！森田！

冲出公寓后，青柳雅春顺着道路往右跑去。半路上和一个推着自行车的老人四目相对。是住在同一栋公寓的邻居，平常见面也打招呼，但不知道名字。对方见他后说了声：“哦，好呀。”

“老人家好。”青柳雅春并未放慢脚步，慌张地和对方擦身而过。

路笔直地朝前延伸。青柳雅春开始喘了，不一会儿就听见背后传来咣当一声。他边跑边回头看，是老人的自行车倒在地上。推倒自行车的正是刚才在电梯前夹击青柳雅春的两个人。他们绕开老人后继续跑着追了上来，似乎觉得蹲下身子扶车的老人很碍事。

青柳雅春跑上了县道。这是一条双向四车道的马路，车辆往来频繁，东二番丁大道上的堵塞似乎并未影响到这里，路上未见异常。青柳雅春沿着县道旁的人行道继续跑。他喘不过气来，每次呼吸都很痛苦。这份痛苦似乎也传递到了腿脚上，他开始迈不动步了。

见到人行天桥的时候，青柳雅春打算过去。此刻他只想跑得更远。可刚爬了几个台阶，他便把握不住平衡滚了下来，刚好滚到了一名正在下台阶的年轻女子旁边。对方似乎将青柳雅春当作大白天就酗酒的醉汉，小跑着离开了。

青柳雅春抓着栏杆重新站了起来，再次往上爬。他回头看了看后面，并没发现有人追上来，走到天桥上的时候，可以看见桥下往来的车辆。

腿脚的疲惫和喘息的痛苦让青柳雅春很想瘫坐休息。他只得在心里呵斥自己不能停，强行迈出脚步，却引来一阵眩晕。还好天桥两边有围栏，青柳雅春顺势靠在上头，打量着下面的县道。不知为何，马路看上去就好像一条摇晃的银色河川。它反射着阳光，缓缓向前流淌。河里的鱼儿们都带有商标，有本田，还有马自达，全都奋力往前方游去。

有人从对面上来了。是三名身着制服的警察，正在爬楼梯。青柳雅春原本想装作路人的模样跟他们擦肩而过，应该不会被怀疑，可其中一名警察看到青柳雅春后明显脸色都变了，青柳雅春也只有转身。警察似乎说了些什么，声音很大，就跟鸣枪警告似的。青柳雅春没有听清楚，但是他知道那些话肯定对自己没有任何帮助。

双脚再次发力，青柳雅春只得往回跑。可就在来时的台阶下到一半时，他又停下了脚步。

自己来时的路上，两个身着西装的人正跑过来，就是自己在公寓楼前用大外刈放倒的高个子和另一个家伙。

青柳雅春不由得轻呼了一声。“啊。”他仿佛看到自己的这句叹息顺着台阶咕噜咕噜地滚了下去，沾满尘埃和垃圾越滚越大，发出巨大的声响，朝着西装男们砸去。

被叹息声击中的西装男们正紧盯着天桥这边。青柳雅春只得一步步后退，再次爬上台阶顶端。可对面呢？警察们正在逼近。

大外刈——青柳雅春的脑子在飞转。这可以说是他唯一的救命本领，并且实际上除此之外也的确再没有其他什么手段。自己能摔倒他们吗？摔警察？连摔三个？他自己都觉得太不实际。青柳雅春觉得万念俱灰，无奈地望向下方的马路。

从对面马路来的三个男人穿着警服，而从公寓追过来的两个人虽然没穿警服，但腰上有佩枪，肯定也是警方的人。如果真是这样，那么自己又不是罪犯，就算被抓住了只要如实把事情说清楚，让他们好好查一查，应该很快就会放了自己吧？

青柳雅春这样想。他希望是这样。

可他又听见了森田森吾的声音。这位朋友曾断言自己将成为奥斯瓦尔德，还悲伤地哼起了 *Golden Slumbers*。他还说非礼这种罪就算是被冤枉的，只要被警察抓住，不承认是决不会放人的。接着，青柳雅春又想到了被枪击中的酒类专营店老板，鲜血从他的肩膀飞溅而出的瞬间。青柳雅春猛地打了个冷战——那颗子弹距离击中自己只差毫厘。

这并不是正常情况。快逃吧。就算狼狈不堪也好，跑远些，活下去。他觉得森田森吾似乎钻进了自己的身体里，正在竭力高呼。快逃吧，青柳。现在不是犹豫的时候。体内的森田森吾似乎对青柳雅春那停滞的身体十分不满。

就算让我逃，也没地方逃了。

青柳雅春看着在眼前向下延伸的台阶，西装男们已经爬了快一半，而且正在掏枪。从天桥对面来的三人也近了。青柳雅春只能高举双手，他抬头望向天空。

戴在左腕上的手表映入眼帘。差不多是下午一点十分。都已经这个时间啦——青柳雅春正想着，忽然“啊”的一声，脑子里灵光一闪。他连忙环顾四周，确认自己所在的地点。森田森吾正在自己的体内躁动不安。那并不是自己刚才见过的劳累而幽怨的森田森吾，而是学生时代侃侃而谈的森田森吾。他正煞有介事地告诉自己：“习惯和信赖。”

没错。青柳雅春告诉自己。他转身面向天桥的围栏，鼓足力气往上一蹿，脚搭在了围栏上。

有人在高喊“不许动”，还有人似乎正扑过来。青柳雅春没看见，但可以感觉得到。

一切都发生在瞬间。青柳雅春往下看了一眼，如此高的高度让他感到一阵发虚，但随即便一蹬腿跳了出去。

地面从脚底消失了，身体在下坠。体内的水分似乎在不断蒸发，好像连体温都变低了。下坠。速度越来越快。青柳雅春的脑海里闪过一丝恐惧，因为自己即将这样撞向地面，粉身碎骨。

他真想闭上眼睛，但却坚持睁着，往下看去。

目标是停在路边的货车的载货台。载货台上罩着帆布。

一丝不苟的前园先生总是按照时间表行动。跟预定时间一分不差，他就在那里。

青柳雅春缩成一团，身体陷入帆布中。他以抱膝的姿势砸了下来，随着帆布一同凹陷，撞上下面的纸箱。手臂很痛，心脏因下落时的恐惧而狂跳不已。一阵噼里啪啦的动静之后，帆布轻微地回弹了一下，青柳雅春借势尝试调整了姿势，从帆布上爬了下来。

樋口晴子

樋口晴子和平野晶一起在荞麦面店，目瞪口呆地盯着电视。一开始二人并未反应过来，还在互相询问："嗯？什么？为什么会爆炸？"等明白过来之后，店里其他人也都已经知道刚才发生了不得了的大事，躁动不安起来。老板也从厨房跑出来，在电视机前抱起双臂道："哎呀哎呀，这可不是在拍电影。"也有客人抗议："有那个时间你先把我的面给做了！"

"这里是地下，可能好多人还不知道，上面恐怕已经乱成一锅粥啦！"平野晶说，"大家肯定慌了。还有消防车和救护车。"

樋口晴子觉得店里似乎突然间变得昏暗了。这里是唯一的安全地带，外头已经不适合人类生存，而且想出也出不去——她竟开始胡思乱想起来。

"你还是赶紧趁早去幼儿园把女儿接出来比较好。一旦堵起来可能就回不去了。"

"呀！对！"樋口晴子实在佩服平野晶的冷静判断，点头附和道。她起身打算离开，店里的其他人似乎也都在考虑相同的问题，收银台前排起了长队。

"会是谁干的呢？"平野晶一边从钱包里掏出零钱，一边说。

“会不会是什么政治阴谋？”

“或者是有人自己想死，于是决定先干一票大的再死？”

“用遥控直升机？”樋口晴子的表情严肃起来，“也不是没有可能。”

轮到她们结账，二人各自付完钱后走出店面，顺着台阶往上走到大楼外面。等待她们的竟然是晴朗的天空，樋口晴子很是意外。

“那是烟雾吧？”朝东二番丁大道方向张望的平野晶伸手指着天空道。淡蓝色的天空上零星地飘着几朵云，而那烟雾就像是长在云朵上的尾巴，一直拖到地上。可能是爆炸产生的浓烟上升，和云混到一起后造成的视觉效果吧。

“真的是在这条街上……”樋口晴子觉得很不真实。顺着脚下这条路往前再走个十五分钟，就能到达刚才电视里出现的游行队伍的现场。她无论如何也无法想象，就在距离自己如此近的地方，竟然发生了一国首相被刺杀这样的大事。

“啊，短信。”平野晶说着，从口袋里取出手机。樋口晴子像是被她感染了似的，也掏出自己的手机来确认。这时平野晶笑出了声，于是她便问了一句：“怎么了？”

“短信是刚才提到的那个将门发来的。他问这个星期六打算去哪儿玩，去松岛看电鳗怎么样。”

樋口晴子也笑了。“真是够悠闲的。他可能还不知道吧？”

“可能吧。今天他好像休息，一直在漫画咖啡店消磨时间。不过，说来也是奇怪。不管发生了什么样的大事，我们还是照样去公司上班，工作，去看电鳗。哪怕有人说打仗了，原定在当天的联谊会恐怕还是会照常举行。个人的生活和外面的世界似乎是完全分裂开来的。二者之间真的有关系吗？”

“也是。”樋口晴子表示同意。即便发生了世界范围内的大动乱，我所担心的恐怕也还是女儿的健康状况、老公的出差计划、晚饭的菜单，还有网上那些化妆品的价格吧，她在心里想。

樋口伸幸打来电话是在晚上七点之后。电话是从他正出差的大阪打来的。“我一直在开会都不知道，刚才回酒店看到电视吓了一跳啊。仙台这下子可不得了啦。你和七美没事吧？”他在电话里确认道。

“真稀奇。”樋口晴子笑了，“从没听过你说话这么快。”

“那是当然了。我很着急啊，怕你和七美出什么事。”

“那你现在赶紧回来不就好了。”樋口晴子故意让语气显得强硬些，“你要是真担心就马上回来。要是我的话，我肯定选择回来。”

“喂——”樋口伸幸说。每当他不知道该怎么回答时，都会使这一招来拖延时间。“好像听不清楚啊。是信号不好吗？晴子你刚才说什么了？我没听清呀。”

樋口晴子见状将话筒递给了趴在腿边的女儿。“爸爸，你怎么还不回来？”七美说。

“嗨，七美，听话吗？爸爸在这边加油工作哪。”

“信号不是挺好的嘛。你听得很清楚啊。”樋口晴子再次将话筒拿到耳边，“你马上回来呗？”

“不行啊。明天还要开会。”

“可是，如果现在我和七美出了什么意外，你怎么办？”

“我肯定早回去了。”

“那你就当我们出意外了呗。”她继续刁难他，“你就是没诚意。”

“不行不行，反正就是不行啦。”

“知道啦。对了，外头现在不安全，七美的幼儿园明天放假了。其他也没什么事。”

“那我就放心了。”樋口伸幸的语气听上去似乎安下心来，挂断了电话。

“爸爸说什么了？”七美凑过去拽了拽妈妈的衣服。

“爸爸说，只要七美肯吃她最讨厌的黄瓜，就马上回来。”

“那还是让他别回来了。”

“你可真是无情呀。”

电视一直开着，里面不停地播放着金田首相游行队伍的画面，还有遥控直升机出现时的画面，看上去好像是发生在某个遥远国度的事。

本该是一件发生在遥远国度的事，但到了第二天，对于樋口晴子来说，却变成了跟自己密切相关的事。因为一大早打开电视后，出现在画面里的嫌疑人竟然是她认识的人。

“你这是在干什么呢？”樋口晴子下意识地对着电视嘀咕道。原本她正坐在饭桌旁，将果酱往面包上涂，可现在她却直勾勾地盯着电视动弹不得。“青柳，你这是在干什么呢？”

“这个人，是谁？坏人？”七美指着电视机，“干什么的坏人？”

樋口晴子试图将注意力集中在电视里传出的声音上。画面里的影像是两年前的。当时青柳雅春因为送快递时救了女明星，接受了电视节目的采访。

“真没想到竟然是他。”节目主持人发出难以形容的怪声。樋口晴子无意识地跟着点了点头。真没想到。那个青柳。这究竟是些什么乱七八糟的？

电视里还说青柳雅春在三个月前已从快递公司辞职。

为什么锁定他为犯罪嫌疑人，节目里并没有解释。

樋口晴子无法冷静。她放弃了涂果酱，胡乱咬了几口面包，可怎么也咽不下去。她只好喝了一口牛奶，强行全都灌到喉咙里。她站起身，拿起了手机。她第一反应是给青柳雅春打电话，可并不知道号码。

“妈妈给谁打电话？爸爸吗？”七美问，“怎么啦？老发呆。”

樋口晴子 

“怎么啦？老发呆。”

被这样一说，十一年前的樋口晴子才意识到自己心不在焉。说她的是竹田恭二，她打工的补习班的老师。和正上大学、仅在寒假时临时代课、按小时拿工资的樋口晴子不一样，竹田恭二是正式员工，年龄大概比她大五岁。听其他在这里打工的学生说，他是一年前专门从某个知名补习班挖过来的。实际如何并不知道，不过竹田恭二的确深受学生信赖，很有人气。

“也没有总发呆。”樋口晴子回过神来，慌忙整理着桌上的答题纸。

“小学生挺可爱的吧？”竹田恭二坐到樋口晴子旁边的椅子上。樋口晴子负责的是小学生班级的课程。

“等升到初中后，一下子就像大人了。”

樋口晴子回想起自己的初中时代。“好像确实是这样。”

“小学六年级和初中一年级，其实只差一年，可一旦成为初中生，气质一下子就变了，开始像大人了。你知道为什么吗？”

“因为开始有姿色了。”樋口晴子伸出食指快速地回答道。

竹田恭二的表情一下子松弛了不少，大笑起来。“嗯，说得也有点道理。”他开心地点着头，“人总是会受到来自身边的年长的人的影响。在小学里，六年级就是最年长的了。所以六年级学生对于自身的感受是完全自我的。可一旦进入初中，初三才是最年长的。这样一来，初三学长们的感受会刺激到他们，不管是好的还是坏的。也就是说，他们将正值青春期的初三学生们看作自己的榜样。所以，虽然年龄上只差一岁，但从自我感受上来说，六年级和初一却差了三岁。”

“你说的是那个吧。小学六年级的时候每天穿短裤上学，什么也没多想，可上初中之后一下子就害羞起来了。是那种感觉吗？”樋口晴子想起了自己可爱的学生们，小小的短裤服服帖帖地包裹住他们的屁股。可初中生就基本上都是学生装了。

“不过，姿色也的确是开始有啦。”竹田恭二咧嘴笑着。他的头发看上去很柔软，泛着淡淡的茶色，黑框眼镜给人以知性的感觉，但说话时又语气活泼，十分爽朗，感觉容易亲近。

“竹田先生为什么选择当补习班老师呢？”樋口晴子问，同时将课本往自己的包里塞。她其实并不感兴趣，不过觉得这个话题适合用来打发时间而已。

出乎她意料的是，竹田恭二似乎很认真地思考起来。“为什么呢？”他歪着头，“可能是因为喜欢十几岁的孩子吧，喜欢年轻人。”

是嘛。樋口晴子不置可否地附和着。她并不讨厌竹田恭二，但在他那种无论任何事都应对自如、似乎容不得任何缺陷的气势面前，她总觉得畏首畏尾。“竹田先生不也是年轻人嘛。”

“那是大家当着我的面故意说的客套话吧。”

“哪里，你不才二十几岁。”

“晴子小姐有没有比如多少岁时结婚之类的目标？”

“嗯……大概是三十岁吧。”这个问题樋口晴子从未想过，但是她却装出一副一直在考虑的模样回答道，“不过我总感觉，自己就算到了三十岁也还是单身，一个人无所事事。”

“那心里有没有想结婚的人选呀？”

“还没有呢。”樋口晴子试着做出为难的表情。

“哦？”竹田恭二突然瞪大了眼睛，“你还没有男朋友？”

有那么一瞬间，樋口晴子觉得对方的演技似乎有些夸张。“还没有呢。”她又重复了一次。随即她便感到某种压力，好像这种情况下再问回去才比较礼貌。“竹田先生有没有想结婚的人选呀？”

“还没有呢。”

“哦。”

四周的空气似乎噗的一声开了个洞，对话一下子停滞了。樋口晴子觉得别扭，起身要走。

“我送你吧，反正我也要回去。”竹田恭二见势说道。他说得是那么自然，没让人感到丝毫逞强或急躁。“到仙台车站可以吧？”

竹田恭二的视线转向了墙上的挂钟，樋口晴子于是受到影响，也望了过去。马上到晚上九点了。

竹田恭二车开得很好，一路顺利前行，不时变换车道将速度较慢的车甩在后面。“哦，对了。”车在立交桥下的红灯前停下时，竹田恭二开口道，“晴子小姐你一会儿有空吗？”

可能是因为车里的暖气很舒服，不知不觉间樋口晴子竟然睡着了。“嗯？”她迟钝地回应了一声，“有空……倒是有空。”只是有点困而已，她补充道。

“要不要去佛舍利那边看夜景？”竹田恭二的邀请还是那样自然。

为什么要去看夜景呢？樋口晴子感到疑惑，但并没问出口，就在她几乎要不合时宜地发出“啊？”的一声质疑时，信号灯变成了绿色。绿色的灯光穿过她那半开半合的眼帘时，她想起了青柳雅春。肯定是绿灯的“绿”字跟“青”字的日文发音一样，才让她联想到青柳的名字。她立刻坐直了身子，大声喊道：“哎呀！”

“怎么了？”手握方向盘的竹田恭二似乎惊到了，车随之左右摇摆了一下。

“我忘了。”

“忘了？”

“能不能麻烦你直接把我送到广濑路一番街那里？”樋口晴子双手合十地请求，“我事先有约了。”

她不敢看竹田恭二的脸，不知道他会是怎样的表情，只得紧闭双眼。

“行啊。”对方回答。可能是她的错觉，车速似乎加快了。樋口晴子觉得这是对方在替她赶时间，十分感激，忙说“谢谢、对不起”。

“嗯。”竹田恭二的回应突然间变得死板，随后竟掏出手机打起电话来。“喂？是我。现在能出来吗？对对。一起去喝两杯呀。”竹田恭二开始跟不知是哪里的谁聊了起来，仿佛樋口晴子根本没坐在旁边一般。

“还以为你不来了呢。”穿着黑色外套的青柳雅春站在一家商场大楼前，那是他们事先约好的见面地点。他将手插在口袋里，缩成一团的模样看上去还有些可爱。路灯在夜色下显得五彩斑斓。步行街上行人来来回回，广濑路上的车也很多。商场大楼附近因为相约碰头的年轻人显得十分热闹。

“怎么可能，当然会来啦。再怎么说也是我自己提出来的嘛。”樋口晴子像是说给自己听似的狠狠点头道。二十年前的一部经典恐怖片将在仙台再次上映，而且只上映一晚。听到这个消息，樋口晴子十分兴奋，向青柳提议：“这怎么能不去看？”结果到了当天，她本人却将此事忘记得一干二净，这种话她怎么能说得出口。

“说归说，现在可早都过了电影的开场时间啦。”

“哎？这么快就过了？”樋口晴子看看表，故意做出夸张的表情，好像她并不知道开场时间似的，“怎么也不稍微等一下呢。”

“哪有那样的电影院。”

“真是对不住啊，害你专门跑一趟。”

“我有几件事想问你来着。”

“请问请问。”站在夜晚寒冷的路边说话其实很痛苦，可毕竟是自己迟到了，樋口晴子决定再忍忍，先听对方把话说完。在他俩旁边还有好几个差不多年纪的年轻人，正围成一个小小的圈交谈着。他们的手都插在口袋里，需要用手示意对方的时候，都用脚踢来代替了。

“先声明一下，我刚才打你手机打了好多次，因为事先约好的时间到了你还没来。还发了短信。你看到了吗？”

“哎呀！”樋口晴子说着，手伸进口袋翻找了一阵，掏出手机，“看到啦看到啦，现在才看到。”

“现在才看到！”青柳雅春抱怨道。

“工作的时候总得调成振动嘛。”

“就算是那样，偶尔检查一下总可以吧。”

“本来打算到了九点半就看看来着。”

“看什么？”

“看手机呀。”

“你好像搞错了手机的使用方法吧。”

“这不挺好嘛。”樋口晴子肯定地说道，“哪有那么多急事。”

“万一真有急事的时候，九点半才拿出来看可就什么都晚了。”青柳雅春望着天，又叹了口气。可能是因为自己的短信没得到回复吧，他开始哼唱起来：“白山羊的信来啦，黑山羊看也没看吃掉啦……”唱着唱着，他将歌词里的白山羊换成了青山羊，唱成了“青山羊的信来啦，黑山羊看也没看吃掉啦”。[1]

“好啦好啦。还有什么要问的？”

“是谁？”青柳雅春的语气有些怪怪的。

“是谁？你问我是谁？我叫樋口晴子，初次见面请多关照。”

“不是问那个。问刚才那辆车……”

樋口晴子顺着青柳雅春手指的方向，向广濑路的车道望去。“哦——”她这才反应过来，“竹田先生，竹田先生。是补习班的老师。”

哼。青柳雅春装作若无其事的样子。他噘起嘴，好像个孩子。“我说，”他指了指樋口晴子，“你那是打工时才穿的正装吧？”

“对呀，我们那个补习班的老师都必须穿正装。”

“我因为今天要和你一起去看电影，为了选这件衣服可伤透了脑筋。”

“挺好啊，很适合你。”

“不是这个意思。”青柳雅春抓着头发，看他那副模样好像发脾气的孩子。“算啦算啦，咱们找个地方去吃晚饭吧？”

“好啊。我记得附近有家快餐店好像营业到很晚。”

“今天又不是咱们社团活动。”

“哦，也是。”

“对了。”青柳雅春似乎做出了一个谁也不知道的决定，“我和你单独见面去某个地方，这好像还是第一次吧。”

“哦，是嘛。”樋口晴子的回答还是老样子。她想想又补充道：“被你这么一说好像还真是。”

青柳雅春再次长舒了一口气，也不知为什么轻声笑了笑。“算啦。”他又说了一句，开始往前走去。

---

①此处引用了日本著名童谣《山羊的信》的歌词。日文中，“青山羊”与“青柳”的发音相同。

樋口晴子赶紧跟上，走在他旁边。

“九点半，你就会看手机了吗？”青柳雅春问道。

“那自然会看啦。”

“你呀，”青柳雅春道，“下次可得准时啊。”

“下次一定准时。”樋口晴子坚定地回答。

青柳雅春

看了看表，下午四点。青柳雅春望着窗户上挂着的厚窗帘，有些担心屋里的灯光在外面看来会不会很醒目。他靠着墙环视室内。迄今为止不知往这个房间送过多少次快递，如今居然连自己都进来了，这让他觉得不可思议。他甚至有种错觉，似乎门铃随时会响，那个一身快递员打扮的自己随时会来打招呼说：“有您的包裹。”

墙上贴着地图，是用图钉按上去的。青柳雅春没看出那是哪国地图，上面全是字母，不同的海拔高度以不同的颜色标识出来。那应该是一片广阔的土地。他盯着地图，似乎看到稻井先生正缓慢地走在那片土地上。

大约三个小时前，青柳雅春从人行天桥上跳下，落在前园停在下方的货车载货台的帆布上，拼命爬起来打算继续逃亡。他朝驾驶室望了一眼，前园正在里头悠闲地睡着午觉。有人砸在了自己车后的载货台上，他居然还能睡得那样熟，这是青柳雅春没想到的。青柳雅春打算敲敲车窗跟他打个招呼，想想还是算了，现在不是叙旧的时候。

青柳雅春突然跳了下去，这一举动虽然让桥上那些人吃了一惊，但再追上来也只是时间问题。青柳雅春翻过路边的护栏来到人行道上，很快又再次开始了奔跑，在拐角处钻进了一条小路。

怎么会这样，怎么会这样——青柳雅春念叨的同时一个劲地往前跑去。

应该找个地方休息一下，或许可以考虑再次打车，不过恐怕也是以堵在路上收场。要不要找个咖啡店或者电影院躲进去？不行，万一被人追上连逃都逃不了。

那么就只有去谁家里躲一躲了。跟人家把情况解释清楚，请求人家在事态稍微平息之前先让自己躲一躲。躲一躲——这句话让青柳雅春不禁苦笑起来。自己明明什么坏事都没干，为什么落到非躲起来不可的地步呢？

“这一切究竟是怎么回事嘛！”青柳雅春从背包里取出手机，却不知该打给谁。因为他不知道在这仙台，有没有人在听完他的解释后还愿意收留他。他首先想到的就是森田森吾，或者说，除了森田森吾之外他想不出其他可信任的人。他不禁愕然。不知所措，继而苦笑。他已经无法再去依靠森田森吾了。

阿一呢？他紧接着又想道。穿过几条小路之后，他一边继续跑一边对着手机操作起来。也不知道阿一如今还住不住在那栋公寓里。他已经两年没有联系过阿一了。青柳雅春频繁被电视台报道的时候，阿一曾打来一次电话调侃说：“青柳学长，这下子你可不得了啦。你见到凛香了？真是羡慕。下次联谊的时候，我可不可以跟女孩子吹嘘自己认识你？”那之后两人就再没有联系。青柳雅春翻出当时的号码，打了过去。

电话拨通了。由于正跑着步，青柳雅春有些上气不接下气。他的身体有些摇晃，注意力很难集中在电话上，不知不觉间便由跑变成了走。

阿一并没有接电话，自动转到了语音留言的提示消息。青柳雅春有些迟疑，不知该不该留下语音信息。刚巧这时候一只猫从旁边的矮树篱笆中蹿了出来，就在青柳雅春尝试避开的时候，留言开始的提示音响了。

“嗯……我是青柳。”只能说点什么，但又不知道说什么好，犹豫半天什么都还没说出口，提示音再次响起，语音留言时间结束了。

挂断电话。该怎么办呢？走投无路了。搞不好那些追捕的人就在附近呢。青柳雅春忽然开始担心起来。他看了看周围，发现这里是自己送快递时负责的片区。

通过灭火器下的钥匙进了稻井家后，青柳雅春如今正看着电视，房间里的窗帘拉得紧紧的。起初他还选择静音只看画面，没一会儿又开始好奇一脸严肃地讨论个不停的嘉宾究竟说了些什么。

房间里一片杂乱。堆在衣柜前的纸箱一看就是当初搬来时用来装行李的，桌子上也摆满了东西。

青柳雅春并不确定稻井是否仍在旅途中。据管理员说他走之前提前付了一年的房租，但那毕竟也可能只是为了保险起见，实际上回来的时间可能更早。而且即便是长期旅行，同样很有可能由于完全感觉不到自己的“长大”而失去兴趣，忽然回来。不过，假设稻井并非在旅行，青柳雅春推测下午这个时间段他可能也不在。以前他送快递时，这个时间从来没见过稻井在家。

在或是不在？青柳雅春选择赌一把，但其实心里早有预感应该没问题。来到门前时发现写有“最近出远门，快递请转交公寓管理员，长大之后我就回来”的便条，青柳雅春也只感觉自己的猜测得到了证实而已。纸条有些褪色，但并未破损。

桌上放着一台随身听。青柳雅春见到后便在旁边的抽屉翻找，果然找出了一堆电器用品的线材，又继续从中抽出一副看起来像耳机的物品。那是手机用的带有话筒的头戴式耳机。青柳雅春见过有人将话筒插到手机上打电话，他个人对此用法的舒适性表示怀疑。随后他又在抽屉深处翻出一副黑色的小型耳机来。

不管哪个台，都在不知厌倦地重复播放着金田首相游行时的画面。金田首相所乘坐的敞篷车缓缓行驶在东二番丁大道上。镜头给了金田脸部特写。他表情沉稳，满是意志坚定的威严。一架遥控直升机从教科书仓库的上空缓缓落下。

然后就是爆炸。

青柳雅春握紧了手中的遥控器。装有炸弹的遥控直升机，他在心里轻声念叨。他看着那段反复重播的画面，注意力全在那架遥控直升机的机体上。

这难道只是偶然？他皱眉心想。

青柳雅春拿起手机，有条不紊地按着按键。电话簿里有一个号码，姓名写的是井之原小梅。

“哎？这东西完全没反应，是我搞错了吗？难道是它对我有意见？”

井之原小梅说话有时郑重，有时又带有亲切的随意。她从一开始就那样。个子看上去并不高，但跟她那直率的语气和要强的性格似乎很搭配。她坐在 Hello Work 用来查询招聘信息的机器前，用手点了好几下操作面板后突然问起旁边的青柳雅春。

“怎么回事？”青柳雅春说着，点了点井之原小梅面前的屏幕。果然没有反应。他觉得奇怪，又点了点自己的屏幕，一切正常。

“哈哈，原来不光是我，这下放心了。”井之原小梅笑了。她的头发是浅棕色，长度不到肩膀。

“为什么没反应呢？在面试前就被这样冷漠地对待，实在是太无情啦。”她诉苦的模样挺好笑。

“可能是因为我刚才吃零食了所以没反应？”青柳雅春看完笑道。结果她轻轻“啊”了一声。“我刚才也吃零食了。原来都是零食的错。”

就这样，大约两个月前二人相识了。为查询招聘信息，青柳雅春常去Hello Work，见井之原小梅的次数也越来越多，还一起去吃过午饭。

“青柳你有没有什么兴趣爱好？”被她这样问时，青柳很快回答“没有”后又反问她。

“我呀——”她眯起眼睛，“可能你觉得挺意外的……”

“遥控直升机。”她卖了个关子后这样回答道。

青柳雅春按下了拨号键。他觉得，有必要联系一下井之原小梅。

“保持警惕，怀疑一切。”森田森吾这样说过。不。青柳雅春的心里有个声音在反驳。那个声音说这并不是怀疑，只是为了证实而已。拨号音在继续，好像没人接。提示语音留言的信息响了。又是你呀，青柳雅春只得苦笑。给阿一打电话时也这样。不管给谁打电话，最后都是语音留言。

“我是青柳，好久不见。刚才我看新闻呢，挺意外的。一架遥控直升机搞出这么大的事来。其实我也没什么大事……”青柳雅春也不知道自己究竟说了些什么，这条语音留言似乎也没什么意义。他挂断了电话。

“咱们一起玩遥控直升机吧，很有意思的。”井之原小梅发出邀请时的表情很真诚，再怎么看都只是一个单纯的邀请。

青柳雅春再次看着电视机。爆炸时的气流让金田首相乘坐的敞篷车消失了。画面里满是烟雾，慌乱的人影四处窜动。这起爆炸发生时，青柳雅春正和森田森吾在附近小巷的车里。青柳雅春想起了这之后的第二次爆炸。是森田森吾所在的那辆车吗？怎么会呢！他想反驳自己，但又觉得做不到，于是只得告诉自己别再去想。

国道已经全部封锁，新干线、在来线、公交等都停止运行。电视里这样说明。

“是个人作案还是有组织作案现在还不清楚，不过肯定有人负责操纵了那架遥控直升机，而那个人现在肯定还在仙台市内某处。”一位身为小说家的嘉宾在某个节目里表情严肃地说着。其实仔细想想就知道，这并不是什么独具一格的见解。但青柳雅春觉得对方在说这番话时，似乎就指着电视画面的另一端、正在稻井家戴着耳机的自己，不禁打了个冷战。

警方记者会的报道他也看到了，都是一些重复的镜头。

警备局综合情报科科长助理出现在话筒前，镇静地回答着记者提问。佐佐木一太郎这个名字出现时，青柳雅春笑着说“怎么好像打字软件似的”，回应他的只有房间里的寂静。

佐佐木一太郎的脸看上去年轻，但整个人却十分沉稳。

青柳雅春在两年前曾被媒体疯狂追逐，面对话筒时的压力他比谁都清楚和厌恶。被提问，话筒被伸到面前时，他总是下意识地认为必须回答些什么。包括那些没有必要回答或者无法回答的问题也必须回应，这让他感到窘迫。

所以，青柳雅春看见出现在众多话筒前的佐佐木一太郎，面对记者们如飞箭般的质疑仍能保持冷静，不禁感到十分敬佩。面对记者们近乎刁难的质问，以一句“如果这就是你们的意见，我们会认真考虑”来回应的态度，也堪称经典。

“事件发生在仙台，或许是不幸中的万幸。去年在此投入使用的安保探头运转正常，情报的获取十分顺利。确定凶手并逮捕都不会花太长时间。我有这个信心。”发布会结束时佐佐木一太郎这样说道。

关于安保探头，青柳雅春了解得并不多，但对其存在本身是知道的。街头连环杀人案的侦破陷入僵局，才决定紧急投入使用。酒店周围的花坛、地下通道的角落、公共设施里的停车场……探头被安放在市内的各个角落，像青叶路和广濑路这样的主干道上，安保探头甚至和绿化带里的榉树一样被等间距地安置。

“那些机器放在那儿好像什么都没干，其实咱们所有的信息都暴露啦。”曾经有一个快递员同事煞有介事地提醒青柳。

“所有的信息？”

“就跟交通摄像头一样，只要发现超速的，就自行开始拍摄车辆照片。”

“怎么会！”他不觉得安保探头能做到那个地步。

“至少违章停车肯定要被抓，还是小心点好。据说它连手机的通话内容也全都要查呢。”

“检查所有的通话内容？这涉及隐私问题，很严重的吧？”

“很有问题，所以要偷偷地进行。”

青柳雅春想反驳他：说什么偷偷地，现在不是正大光明地摆出来了吗？

他盯着自己的手机。谁在哪里打电话，这些信息又如何去利用，青柳雅春并不懂，只是他明白这手机无时无刻不在发射着电波，确实令他有些反感。他甚至打算干脆关掉电源以防万一。手已经放在了按键上，刚巧有人打来电话。没有响铃，只是振动着。液晶屏上显示的是“阿一”。

“喂，阿一。”青柳按下接听键后说。

“青柳前辈，这真是久违啦。”

“叫什么青柳前辈。”迄今为止从未被阿一这样称呼过，青柳雅春笑了，“这么见外。”

话筒里能听到阿一在咂嘴。“青柳前辈就是青柳前辈。”

现在没时间就称呼问题没完没了，青柳雅春于是说：“不好意思忽然给你打电话。其实我想去你家住一段时间。”

“我家？”

对方的语气里明显带有为难的意思。青柳雅春连忙道：“啊，不过应该可以解决，至少不会睡大街。”

“你怎么啦，被赶出来啦？”

“丢了钥匙。”这个临时想到的谎言还不错。“现在也不好找人来。你现在还是住在以前租的那个公寓吗？”

“嗯，是，就是那里。那你明天没问题吗？你又没钥匙进家。”

青柳雅春的大脑在飞转。稻井家似乎还能再住一段时间，没必要勉强往阿一家跑。“应该没问题。”

“最近你都忙什么呢，青柳前辈？”

青柳琢磨着怎么还这样叫，回答道：“快递的工作我辞掉了，现在靠失业保险过活呢。”

“哦？是吗？”

“你怎么样？”

“你现在打电话没问题吗？”

“电话？没事啊。”青柳雅春刚开始以为对方是在替自己担心话费，可电话是阿一打过来的。“好久没说上话了，跟我说说你最近怎么样？”

“青柳学长，你现在干什么呢？”

“刚才不是说了吗？现在还失业呢。”

“不是那个意思。是现在，这个瞬间，在干什么呢？”

“不是在跟阿一你打电话吗？”

“也是没错。那你现在在哪里？”

“酒店啊，一个人在酒店里。”

青柳雅春说谎了。他总不能说自己明明什么都没干却遭到警察追捕，还擅闯民宅躲了起来。最后阿一说了一句“那你有事再给我打电话吧”，随后就挂断了。

房间里一下子恢复了寂静。青柳雅春盯着手机。电视里依然在播放游行时的画面，他却不想戴上耳机了。

他只知道，现在谁都不知道真相，所以电视台才会永无止境地重复播放同样的镜头。究竟发生了什么，事情的真相又是什么，人们甚至没有时间去猜测，只是一片慌乱。他伸手拿起遥控器，关掉电视。

房间里的光亮瞬间萎缩，昏暗开始蔓延。他站起身，再次打量着稻井的房间。

面对着如山般堆积的纸箱，青柳雅春不禁苦笑。有一些箱子上的快递单据都还没撕掉，其中有几个似乎还是以前自己送来的。他有一种跟曾一起旅行过的老朋友再会的感觉，忍不住想打声招呼说：“哎呀，你也在这儿呀。”

青柳雅春并没有多想，只是无意识地从左往右扫视着那些箱子，这时他注意到左边角落处摆着一个印有某食品商标的箱子。他好似玩游戏似的将那些箱子左右移动，制造出空间以便搬出刚才发现的纸箱。打开盖子，发现里面装了一些便携式压缩食品。这种食品既有点像饼干又有点像膨化零食，以前没时间吃饭或者懒得找饭店时，青柳雅春也曾吃过好几次。眼前的这些或许是稻井先生一次性买了好多吃剩下的，又或者是参加什么活动中的奖品。青柳雅春抓了一些放进自己包里。就算稻井先生没在家，像这样偷拿人家东西，青柳雅春还是有些犹豫，但仔细看才发现那些东西已经过期半个多月了。不如自己先用着，回头再给他买新的补上好了，他这样安慰自己。

箱子被挪开后露出了后面被挡住的壁橱，里面堆了不少旅行手册以及关于野外生存的书籍，还摆着好多昆虫和植物的图册。稻井先生或许真是一名冒险家。下面一层有叠好的被褥，角落里塞着一捆白色的绳索。青柳雅春蹲下将绳索取出后，发现后面还有一个小小的好似圆柱形靠垫的东西，拽出来拿到屋子中间一检查才发现，原来是个睡袋。

他还在里头找到了叠好的衣服。毛衣和衬衫全都像服饰商店里那般叠得整整齐齐。还有针织帽，是用三种颜色的线织成的，颜色有些花哨，不过青柳雅春还是拿起来戴上了。

他来到盥洗室照镜子。用来遮脸倒是还不错，他想。

回到客厅，将绳索和帽子全塞进自己包里，结果拉链却拉不上。于是他又在屋里找起来，看是否有能装得下大件物品的背包或者袋子。

我怎么能在别人家里这样乱来呢？青柳雅春为自己的行为感到抱歉，但现在还是活命要紧。背包找到了，深蓝色的，样式老土，比青柳雅春现在用的更大。他拉开拉链将行李全转移到新背包里。

看着塞满 CD 的冰箱，青柳雅春惊讶极了。冰箱没插电，CD 也不至于变得冰凉，但为什么非得放在这种地方着实令人好奇。而且看上去是随意塞进去的，并没有整齐地分类排列。也不知道家里的食物又要放哪里，或许房子的主人从来都是在外面吃饭，用不着冰箱，所以拿来放 CD 了。再仔细一看，发现冰箱正面还贴了一张标签，上面写着“从今天开始，你就是 CD 柜”，还印有日期，不知这是拿来暗示冰箱还是提醒自己的。唯一清楚的是，稻井先生的确是个怪人。

发现 *Abbey Road* 的 CD 纯属偶然。青柳雅春正准备关上这个曾经的冰箱、如今的 CD 柜时，几张 CD 滑落出来，其中的一张上就印着那四个正过马路的披头士成员。

青柳雅春回客厅拔下插在电视上的耳机，插在旁边的迷你音响上，播放起了 CD 专辑。由于没找到遥控器，只有通过机器上的按钮操作，跳过前面的曲目，一直找到 B 面的组曲，从 *You Never Give Me Your*

Money 开始播放。

深沉的钢琴声响起，青柳雅春的身体跟着舒缓下来。不知不觉间，他已侧躺在地上，抱着膝盖蜷缩成一团。他将耳机往耳朵里推了推，听见了歌声。那歌声是如此寂寞、深情，在耳边轻声诉说。

青柳雅春的意识已被耳机夺走。曲目变得轻松而愉悦，虽然才黄昏，可人却已经困了，或许也可以说是疲劳。也许睡一觉后，一切都会恢复原样，青柳雅春在心里期待着。保罗·麦卡特尼反复地唱着“好孩子都可以上天堂”，听起来像是在耳语。

不知什么时候，CD 停止了旋转。青柳雅春几乎睡了过去，直到听见门铃响起。他惊呼一声坐起，朝门的方向看了一眼，摘下耳机，又看了一眼背包。随后他安静地站起身，视线对着走廊。走廊尽头用来脱鞋的地方是水泥地。

门铃又响了一次。

青柳雅春在走廊的墙上找了找。电灯开关的旁边就是可视对讲机的显示屏，专门用来显示门外来访者的实时画面。

“现在没人住的房间应该只有这里了。”有人在说话。是出现在屏幕角落里的公寓管理员。另外还有两个男人正对门口站着，都穿着西装，并不是青柳雅春在公寓门口碰见的那两个。

“把房门打开。”其中一个西装男严厉地对身旁的管理员说。

镜头角度是从上往下的，三人看上去都是大头还挺可爱，而青柳雅春当然没有闲心去玩味这些。他的心剧烈跳动，胃都开始痛了。

为什么会找到这里？这是最初出现在脑海里的问题。

这些人百分之百是为抓捕青柳雅春而来，找到这栋公寓楼的原因完全不清楚。当然也不排除他们采取地毯式搜索的战术，正在仙台市内挨家挨户搜查的可能性，若是这样，那么找来这里只不过靠大海捞针般的努力，可真有这么顺利这么快就能找上自己藏身的房间吗？这时屏幕自动熄灭了，可能是时间太长了。

青柳雅春选择毫不出声地向门口靠近。走廊给人的感觉是那么长。不知道对面那些人几时会冲进来，得时刻警惕，否则甚至可能被吓得趴下。青柳雅春缓慢地迈着脚步，终于走到了水泥地附近。隔着门可以感觉到对面有人。确定防盗链是插着的之后，他蹲下来拿起鞋再次回到内屋，把空纸箱压扁，踩在上面把鞋穿好。

抓起背包后，青柳雅春看了一眼窗户。从窗帘的缝隙可以看到一点外面的情况，天已经黑了下来。

背包里装着自己的行李和刚才借来的食品及绳索。青柳雅春再次看了看那些箱子，想看看还有没有其他什么应该装的物品。

门铃再次响起。青柳雅春转身看屏幕。

西装男在前，他们身后站着管理员。管理员搬起灭火器检查底部。“哎？没啦？”他大声道，“这里原本有一把备用钥匙。”

“那就是有人拿去用了。”一个西装男说。

“人应该还在屋里。”另一个西装男接话道。

画面里的管理员正低着头，手伸进怀里。他向西装男递过钥匙，随后便传来了门把手转动的声音。

青柳雅春起身看向窗户。现在不是犹豫的时候。他从背包里掏出绳索跑向阳台。

门似乎被打开了，随后听到防盗链被拉扯的声音。有人“哎”地喊了一声。“哼，是防盗链。”

青柳雅春背起背包，一个转身，将身边堆成小山的纸箱全推倒。纸箱比想象中要重，不过青柳雅春使劲一推还是倒了，形成一道屏障。虽然只到成年人的腰部左右，但至少可以拖延一些时间。有几个箱子径直砸落地面，箱体也破了，里面的东西撒落出来。青柳雅春不住地在心里念着“稻井先生对不起”，同时注意到了从某个小箱子里飞出的东西，想也没想就顺手抓了起来，塞进了外套口袋里。

这时防盗链被弄断，门完全打开来。有人大喊一声“青柳”，走廊附近传来脚步声。

青柳雅春慌乱地扯开窗帘，开锁，将窗户拉开。风一下子灌进室内，窗帘也跟着飞扬起来。他来到阳台，将绳索往栏杆上拴。三楼的景色并没什么新鲜，青柳雅春看看那一片街道，觉得那些夕阳下的民宅是那么闲适而安稳。

房间里传来那几名男子制造的响动。杂乱的纸箱拖延了他们的脚步。

青柳雅春将绳索在栏杆上缠了两圈，剩下的从外侧垂下去，虽不能完全够到地面，但距离已经很接近了。

一个近似于爆炸的声音响起。

青柳雅春还未反应过来，就发现旁边的玻璃碎了。有人开枪。青柳雅春双手抱头叫了一声。玻璃的碎片全落在了阳台上。

他已经什么都顾不上了，腿往栏杆上一架就翻了过去。绳索拴得紧不紧，他并没有自信。

“青柳！站住！”一个男人喊道。青柳雅春已经翻到栏杆的另一侧，吊在绳索上，制造出吱吱呀呀的动静。背后的背包比想象中沉很多，他在半空中横向摇晃了一下，栏杆随之发出了怪异的声响。

他用双手抓住绳索，双脚夹紧开始往下滑去。他心里很焦急，滑到了差不多二楼的高度。确认了一下地面的位置之后，青柳雅春在心里告诉自己：还差一点，还差一点，距离能往下跳的高度还差一点。

栏杆响得更厉害了。青柳雅春有些不放心拴在上面的绳索，抬头看了一眼。

上方出现了一张男人的脸。“别动！再动开枪了！”他从阳台朝下方看着。

青柳雅春心里一慌，手险些松开绳索。

男人探出身子，俯视着青柳雅春，枪口稳稳地瞄准。很显然，开枪并不只是他用来恐吓的话语。这名男子淡眉毛，长下巴，大概三十多岁，表情很像某种爬行类生物。

男子将枪口对准青柳雅春，手指放在了扳机上。

青柳雅春在发抖，觉得自己要被枪击中了。他改用左手单手抓着绳索，右手朝外套口袋摸去。抓着绳索的左手肌肉绷得很紧，这让青柳雅春找回了当初搬大件货物时的感觉。

在脑袋理清状况之前，身体首先感到了恐惧。被击中就完了，被击中就完了……青柳雅春心情十分紧张，右手从口袋里取出一样东西。是飞镖。

他调整飞镖的方向重新拿好，左臂再次发力，将身体拉起。对方何时会扣动扳机他不知道。就快被击中了，现在就要被击中了——青柳雅春的脑子里只有焦躁。抓着绳索的手使出了最大的力气，他努力挥了一下右臂，朝着阳台栏杆的方位将飞镖扔了过去。

“飞镖，是那种照着靶子扔的飞镖？”“除了那种飞镖还有什么飞镖？你倒是给我说说。”青柳雅春回想起了当初和公寓管理员的对话。为了投出飞镖，他使出了全身的力气，给绳索造成了很大负担。他似乎听到了螺丝松动的声音。栏杆散架了，绳索跟着脱落。

飞镖击中了持枪男子的耳边，当青柳雅春看到这一幕的瞬间，他发现自己正在坠落，双手紧紧地抓着几乎要挂不住的背包背带。

下方是花坛，种着大片的杜鹃花。膝盖一弯，他整个人落地了，下巴撞上了膝盖，冲击发生的瞬间他一下蒙了。杜鹃花的枝叶在腿上摩擦，他甚至来不及感到疼痛。

爬起来尝试活动关节，膝盖似乎没事。确认这一点之后，青柳雅春又跑了起来。

回头一看，稻井家的阳台上站着两名男子。其中一人正捂着耳朵，可能是被飞镖扎中了，而另一个人正拿枪朝自己的方向瞄准。或许是因为距离过远的关系，对方并未开枪。

公寓南面是一处地上停车场，车辆整齐地停在画在地面上的白线里。青柳雅春边跑边观察着每辆车的车门。他希望能开车逃走。警方在封路盘查的事他也想过，可跟当下的情况相比不值一提。不知何时才会遇到的盘查先不管，眼下的疲劳和恐惧亟待解决。

一包压缩食品从背包里掉落，青柳雅春也顾不上去捡。他找到一辆没上锁的车，打开了驾驶座一侧的车门。伸手在方向盘旁边一摸，钥匙还插着——当然不会有那种好事；遮阳板和手套箱内一找，结果发现了钥匙——这种好事也没碰上。

关上车门，再跑。

青柳雅春逃离公寓周边，在一条狭窄的人行道上奔跑。人行道靠马路的一边有护栏，右边是一排电线杆。他在奔跑时肩膀曾撞上过一次电线杆，差点倒地，但还是不敢耽误片刻，只是揉揉痛楚的肩膀，咬紧牙关继续前进。

为什么那里会暴露呢？青柳雅春只能想到一个原因。那个警察厅的佐佐木一太郎曾在电视上说过——在仙台投入使用的安保探头正常运转，事件发生在这里或许是不幸中的万幸。

青柳雅春一边跑一边从口袋里掏出手机。如果自己的行踪已经暴露，那么泄密的就只有这手机了。要么警方可以靠手机信号锁定位置，要么自己用手机打电话导致位置暴露。真正原因是哪个还不清楚，但至少可以肯定手机通信受到了监控。

显然，即使警方能靠手机信号定位区域，却也无法得知具体高度。

所以即便知道自己躲在那栋公寓，却无法判断是哪个房间。能最后找到应该是靠管理员的协助，得到了“那个房间最有可能”之类的线索。

青柳雅春想到了阿一，想给他打电话可又犹豫起来。或许自己刚按下拨号键，所在位置又会暴露。最后他还是决定关机，将手机塞回口袋。

他走上了一条大马路。马路中间有隔离带，双向四车道，两侧的人行道也很宽，有将近十米。青柳停下奔跑的脚步，从背包中掏出针织帽戴上，一直拉到眼睛上方。可能因为距离爆炸现场较远，也可能因为已过去较长时间，路上行人看上去并不慌乱。

右前方是个公交站牌，青柳雅春拽了拽针织帽走了过去。公交时刻表旁边站着一名脚踩高跟鞋的女子。明明是冬天，她却穿着背部裸露的衣服，裙子也短。真不知道她这是在跟谁较劲。

“公交快来了？”

“我还想问呢。”一直皱眉盯着时刻表的女子挺了挺胸，望向青柳雅春，“我等了这么长时间，一辆也没来。”

“好像在封路，可能公交公司也乱套了吧。”

“封路？为什么？”她再次皱起眉头。

“哎，中午不是发生了爆炸吗？国道好像全都封啦，而且还四处搞盘查呢。”

“爆炸？什么爆炸？”女子发出兴奋的叫喊，两眼发光，“为什么为什么？”

车辆在马路上行驶。公交没来，普通车辆还在正常行进。看来短距离移动没有问题，不过恐怕到处都在堵车。

“还问为什么？金田首相被炸死了你不知道吗？”青柳雅春的语气到最后竟不自觉地变重了。他有些担心这会不会引起对方的不快。

不过女子似乎并顾不上生气，而是为好奇心所驱使。“不知道不知道呀，你告诉我你告诉我。”她凑过身子问道，“金田是谁？炸弹又是怎么弄的？”

青柳雅春看了看左右，又回头看看身后。虽说成功从稻井家逃脱，但那些人随时可能追上来。

“嗯……我还有急事……”

“你急什么嘛。你不知道有个名人曾说过欲速则不达吗？”

“哪个名人说的？”

“上次电视上看到的。那个挑战多米诺骨牌世界纪录的人说的。”

“那是因为他当时的情况是真的不可以着急。”

“你说嘛，为什么会爆炸？谁干的？”女子的嘴皮子就在青柳雅春的眼前翻飞，好像某种舞蹈。

青柳雅春觉得背后有动静，于是偷偷扭头瞄了一下。是刚才在公寓拿枪指着他的两个西装男，相隔还有一段距离，似乎还没注意到这里。

“哎，你跑这种地方来干什么？”这句话让青柳雅春吓了一大跳。他转过头，看见一辆车正要停下。车靠到路边，司机打开窗户朝这边看。竟然是一辆左舵车[①]。“搭讪呢，还是被搭讪了？”开车的男子说道。只见他烫着卷发，从车窗伸出的左臂像圆木那么粗。他戴着墨镜，脸圆圆的，鼻子也圆圆的，就连车也给人一种圆圆的感觉，宛如一只巨大的蜗牛。

“公交一直不来，我正着急呢。”青柳雅春身边的女子说着，打了个响指便朝着大蜗牛走去。“你带我一段嘛，联谊马上要开始了。”

“哦，好啊，上车。”驾驶座上的圆脸男子道，“嗯？你还要去联谊？为什么呀？不是还有我吗？”

①在日本，车辆靠左行驶，一般多为右舵车。

“法律规定有你就不能去联谊啦？”女子说着朝车子走去，右手的小拎包来回摇晃。

“宪法里面好像真的提过。第九条还是第十条来着？”

“我看肯定不是第九条。”

“哦，我说的不是那个宪法。”

“你还有几部宪法？”

“哎，你又是干什么的？”驾驶座上的男子指着青柳雅春。

“我也不认识。对了，你知道一个姓金田的首相死了吗？”女子边朝副驾驶座的位置走边问。

“啊？不知道。”

你也不知道啊。青柳雅春有些哭笑不得。他们这种安乐又与世无争的生活叫人羡慕。女的去联谊，男的开着可爱的车子兜风，只有我一个人的日子乱七八糟。真是可笑。他心想。

“哦，怪不得呢，到处都是警察。”圆脸男恍然大悟。

“那小哥你也上车嘛。这么大的事，你上车慢慢讲给我听呀。”

还没等青柳雅春反应过来，女子就绕到他身后，将其往停在路边的车上推。青柳雅春并未反抗。

他坐上后座，感觉被芳香剂的味道包围了。虽还不到呛人的程度，却也令他一时间喘不过气来。座椅堆着如山般的CD，正雪崩似的滑落。为了不让外面的西装男发现，青柳雅春尽量平躺下身子。他凑到车窗边偷偷朝外看，发现他们还在人行道上停留。

“小哥要去哪里？”副驾驶座上的女子问，“我们送你去，你把刚才那事给我们好好说说呗。”

“太远可去不了。到处都有警察，很容易堵在路上。今天到底是什么日子？交通安全周吗？”驾驶座上的男人悠闲地歪着头。

“出大事了。”青柳雅春试探性地说。

“嗯，对对对。你快说嘛快说嘛。到底是谁死了？”

“哦？出人命了？谁干的？”

青柳雅春听着二人幸灾乐祸般的对话，反而稍稍感到一丝轻松。的确，不知警察通过何种手段得知了自己的公寓地址和藏身地点，当然也包括自己的名字和长相，更不知为何他们竟要对自己实施抓捕。但是对于包括车上这对男女在内的普通百姓而言，青柳雅春并不是什么特别之人。其实想想也知道这是理所当然，可如今青柳雅春已陷入一种错觉，以为任何人只要见到了自己都要上来抓，因而此时想明白之后才顿感轻松。他这才觉得“或许还有其他可藏身之处”。

阿一的家——他很快想到。应该先去阿一家看看。

青柳雅春

“怎么突然跑来了？”

阿一打开门，见是青柳雅春和森田森吾，表情明显不悦。

“你们知道现在几点吗？”阿一右手指着左手手腕，然而手腕上并没有手表。

“我看……”十年前的青柳雅春看了看自己的手表后笑着回答，“差不多夜里十一点吧。”阿一家距离仙台市中心大约步行三十分钟，是一栋木造公寓。

“你们今天不是有聚会吗？”阿一穿着一套古板的深蓝色运动服，头发还湿湿的。

“哎，你洗过澡啦？”森田森吾靠在青柳的肩上，脸上满是笑意，“打算睡觉了？”

“那当然是要睡觉。你们这是喝醉了吧？”阿一叹了口气。

“你先让我们进去再说。”森田森吾脸通红，撒娇似的说道，“十二月的仙台，寒冷的夜晚，将两位学长堵在家门外，这样好吗？”

“挺好的。”阿一说。虽然不高兴，但也不会太生气。这是阿一的优点，也是他性格上容易吃亏的地方。“稍等，我先收拾收拾房间。”

青柳雅春和森田森吾就这样留在了门外。两人肩并肩靠在二楼走廊的栏杆上，煞有介事地仰望着夜空。

“阿一要是就这样再也不出来了怎么办呀？森田。”

“真那样了，又多了个可以谈到老的回忆。”

“那应该再下点雪什么的，回忆就更惨烈啦。”

“下雪了，阿一肯定会让我们进去吧。”

“如果我是阿一，肯定不让进。”

“为什么？”

“想看看你被雪埋住的模样呗。”

“好像是挺好玩的，不过被埋的那个肯定不这样想。”

他们就这样有一搭没一搭地聊着。

“好啦，进来吧。”他们还没聊多久，阿一就出来了。

“要我说啊，”阿一坐在青柳雅春和森田森吾面前给他们上课，“这都十二月了，才想到圣诞节会寂寞，去参加联谊找女朋友？这也太想当然了吧。时间也来不及。”

这是一套两居室，一间有八叠大，另一间六叠大。室内摆设井然有序，只是壁橱拉门上竟破了个洞，让人感觉凉飕飕的。

“一点没错。”青柳雅春坦率地说道。

“这不是没办法嘛。”森田哭丧着脸，“青柳说要跟樋口一起过。阿一你肯定也不想陪我过圣诞吧？”

“那当然。到时候我要陪我女朋友甜蜜蜜。”

森田森吾听后嘴巴微张，下巴直抖，身子像犯了癫痫似的不住抽动。“你小子！你什么时候……”他的脸上满是遭到背叛后的悲壮。

“老早的事啦。在打工的地方认识的。”

“哼，运动服那么老土都行。”森田森吾酸味十足。

“这只是件睡衣而已。”

“要是我就肯定不穿这么老土的睡衣。”森田森吾不屑地嘲笑道，“我敢跟你打赌，就连设计这套衣服的人自己都不愿穿着它睡觉。”

阿一意识到这样跟森田森吾耍嘴皮子也不是办法。“青柳学长，到底出什么事了，你们怎么现在来了？”他问道，“你今天不是要给森田学长介绍女生吗？”

“这不是快圣诞了，森田说他一定得交个女朋友，”青柳雅春一脸痛苦地说，“所以樋口就介绍以前打工时一起工作过的女生给他。”

“结果呢？玩得不开心吗？”

“挺开心的。”森田森吾竖起手指来回晃着，好像一名交响乐指挥家，“反正我呀，我、我觉得很开心。”

“那个女生呢？”

“应该也挺开心的。森田比平常稳重多了，主动屏蔽了森林的妖精之类的话题。”

“是森林的声音，不是森林的妖精。妖精也太做作了吧。”

“我们在居酒屋吃饱喝足，然后又去唱卡拉OK……”青柳雅春解释道。

“森田学长唱歌那么好，感觉应该挺顺利啊？”阿一将马克杯递给二人，里面不知何时已放好了茶包，兑上了热水。随后他背靠着壁橱，将自己的杯子凑到嘴边。

“就是。森田唱得可投入啦，还唱了现在正流行的那个五人组合……”青柳说着，怎么也想不起那个组合的名字，嘀咕了半天。

“该不会是光纤乐团吧？”阿一瞪眼问道。

“对！就是那个。”青柳点头。

“哎呀？森田学长，你不是很瞧不起那什么光纤乐团嘛？”阿一的声调高了一个八度。

“嗯……”森田森支吾着。

“因为他听说那女生是光纤乐团的铁杆粉丝嘛。”青柳雅春强忍着笑意。

“那唱得成功吗？”

“嗯……”森田森吾的头垂得更低了，“事先练过。”

“森田学长，真的要这样拼吗？”

“森田他唱得棒极啦！”

“这节操都被践踏光啦！”

“你小子，”森田森吾满脸通红，带着淡淡的笑，“跟独自过圣诞的寂寞相比，高歌一首音乐巨星光纤乐团的歌算得了什么。”

“怎么就音乐巨星了？那后来呢？不顺利吗？”

“唱完卡拉 OK 后气氛也还挺好。”青柳说，“我跟樋口走在前面，森田跟那个女生走在后面。我看他们聊得投机还以为搞定了呢，不过看样子，那女生好像没看上眼。”

“是嘛。”阿一饱含同情地看了森田一眼。他的眼神那么慈祥，让青柳雅春都露出了些许笑意。阿一真是个为人正直又心地善良的男人，他想。

“结束后我给她发了一条短信。”

“森田学长，你不是不用手机吗？”

“借了青柳的。”

“你还打算用别人的手机追求女生？”阿一一脸茫然，这简直难以置信。

“反正她根本没回复。”森田森吾垂头丧气地说道，“肯定是不行啦。”

“也不一定啦。”阿一大声说，“你的短信怎么写的？”

“今天很开心，还想跟你多聊聊。”森田森吾面无表情地念道。

“这么普通，不像森田学长的风格呀。不过我觉得还行。”

“就是。可她就是没回复。”

“可能她就是那种不立即回短信的人呢，也有可能是手机接收的问题。有没有打电话给服务中心？”

“如果我是客服，肯定早被查烦了。查了好多次，每次都说没有新短信。我当然知道没有新短信啦。”森田森吾说着。青柳雅春则在旁边似笑非笑地听。

森田森吾低下头不说话了。青柳雅春也没再开口。厨房的冰箱发出低沉的声响，墙壁忽然嘎吱响了一下，可能是因为阿一挪动身体蹭到了壁橱拉门。

“不过，我倒是觉得……”阿一终于打破了沉默，“不会欣赏森田学长的好的女人，就随她去嘛。这样垂头丧气一点都不像森田学长的作风。”

森田森吾抬起了头。只见他皱着眉，似乎很失望地叹了口气。“不会吧……”

“嗯？”他的反应让阿一一头雾水。

“真没意思。”森田森吾胡乱地揉着头发。

“好！我赢啦。”青柳雅春拍起手来。

“啊？什么意思？”

“哎呀，其实……”森田森吾抓抓头，语气很失落，“其实跟女生喝酒的日子改明天了。”

“那这是怎么回事？”阿一完全摸不着头脑，不知所措。他以求救的眼神望向青柳雅春。

“明天的聚会让森田很紧张，所以我俩今晚就跑去先喝一场算是打气。森田很烦，一直问如果明天不顺利怎么办，我就说就算失败了还有阿一安慰你，可他却坚持说‘阿一可没那么温柔’。”

“什么乱七八糟的。”

“所以我们决定先做个实验，试探一下如果今天来你这儿说森田被甩了，你会有什么反应。”

“而且我们还打赌来着。青柳赌你一定会安慰我，我赌你不会。”

“阿一真是个好学弟。”青柳雅春点着头，发自内心地说道。

阿一作为当事人却还未回过神来，他感到震惊，同时内心充满了被骗的愤怒。“这算什么事嘛。”他嘀咕道。

青柳雅春喝了一口马克杯中的红茶，吐着温热的气息说道：“这下子你明天总可以安心赴会了吧，森田。”

“明天要是森田学长不开心了，你们还要跑我家来？”阿一诧异地问道。

“拜托你啦，要像今天一样。”

青柳雅春 

“怎么突然跑来了？”打开公寓大门见是青柳雅春，阿一问道。他先是瞪大眼睛，随后又讶异地皱起眉头。

“对不住啦。今天……还是想在你这儿住一晚。”

跟几年前相比，阿一的头发更长了，看上去更加成熟，好像还胖了一点。此时他的表情似乎有些哭笑不得。

“刚才突然给你打电话，真是不好意思。”

“后来我给你回了一次电话。”

“哦，我电话关机了。”

“青柳学长，先进屋……再说？”阿一伸手朝室内比出邀请的动作，语气有些不自然。青柳雅春于是跟在他身后脱鞋进屋，同时取下了背上的背包。

房间很整洁，地板上只放了一张取下了毛毯的被炉、一台电视机和一台应该是新型号的游戏机。青柳雅春坐在地上，靠着衣橱边的墙壁轻声嘀咕了一句“帮我大忙啦”。趁阿一进了厨房，他连续深呼吸了几次，这才发现撞到电线杆的肩膀已经瘀血。

“你突然来电话可把我吓坏了，这都多少年啦？”阿一拿着两个马克杯，将其中一个递给青柳雅春。杯里已经放好茶包，热气温暖着青柳雅春的脸。

“最后一次见面是什么时候的事了？是我要从之前的公寓搬出去，让你帮忙的时候吗？”

“应该是吧。”阿一坐下，抓起身边一个坐垫问，“要不要？”

青柳雅春推辞后问道：“今天单位放假？”阿一大学毕业后成了一名县厅职员。“你在家倒是帮了我大忙，不过，工作日的傍晚你不用加班？”

“我辞掉县厅的工作啦，大概是在两年前吧。”

“哦？为什么？”青柳雅春没想到他会这样回答，感到很惊讶。

“觉得没意思。”阿一似乎有些扭捏，“不是我自夸，我工作可认真了。专注又高效，不拖拉，按时下班。”

“那很了不起啊。”

“是很了不起啊。可那些年纪比我大的老职员却整天无所事事，就知道加班，混加班费。结果我每天比他们早走，他们竟然还以为我活不够多，不停地给我布置新任务。反而那些慢慢悠悠混日子的家伙手头上事更少了。这太不公平了吧？他们的加班费可都是老百姓缴纳的税金。”

“是嘛。”青柳雅春笑呵呵地含糊应道。阿一的语气很激动，就像一名淳朴的青年在大谈理想，他从上学时就一直这样。

“所以我就辞啦。我想让我的上司们明白，没了我他们的日子有多难过。”

“那你走后他们的日子难过吗？”

“嗯……”阿一笑了，“好像完全没有。”

“你太冲动啦，阿一。”

“确实是太冲动了。每天都后悔着呢。”阿一道。他说得似乎挺懊恼，也不知道是否真的发自内心。

“那你现在干什么工作？”

“服装店的店员。”阿一说了一个服饰品牌，在市区的时尚购物广场里有店面。青柳雅春说没听过这个牌子，阿一调侃他实在丢人。

“青柳学长，你长得挺帅的，如果多注意一下外表就更好啦。你看看你，背的那是什么包嘛。”

青柳雅春低头看着旁边的背包，摸了摸。“是呀。”他只能附和，“不过，我都三十的人啦，已经过了注重外表的年纪了。”

“青柳学长，这你就错啦。越不注重外表越容易老，到时候变老的速度可比从山上滚下来还快。对了青柳学长，你跟樋口姐分手后找过女朋友吗？”

青柳雅春几乎要忘记自己正被追捕，一瞬间找回了做学生时的闲适。“没有，不过有一个关系挺好的。”他想起了井之原小梅。他在心里期待着，跟这个 Hello Work 邂逅的喜欢遥控直升机、身材娇小、性格却好强的女生，有一天能成为恋人。

“觉得挺好就要积极主动一点呀。”面对阿一近似敷衍的鼓励，青柳雅春也不知该怎么回答。

“你最近见过森田吗？”他决定换个话题。几个小时前，森田森吾在车里双眼充血、不容反抗地告诉自己“快逃”的模样再次浮现，青柳雅春感觉胃又开始痛了。森田如今是否平安？青柳雅春紧咬牙关，尽量不让身体颤抖得太厉害。为了掩饰自己的慌张，他拿起杯子送到嘴边。

“哦，对了。”阿一似乎也刚回过神来，“我还在县厅上班时，曾经去东京出过一次差，当时跟他喝酒来着。”

“他改变很大吧？”

“结婚了。”

“小孩也有了吧？”

“我听到时可意外了。”

“真不像他。”

“当时森田学长还不知道你和樋口姐分手了。”

两人接下来都没再说话，一口接一口地猛喝着茶，仿佛杯里的不是红茶而是绿茶。滋滋的喝茶声在房间里回响。青柳雅春在考虑究竟该怎么跟阿一解释。他忽然想让阿一打开电视。他想知道金田首相遇刺事件的进展。

“对了，阿一。”青柳雅春打破了沉默。他打算问阿一：“还记得咱们聊过的肯尼迪遇刺事件吗？”

“对了，青柳学长。”阿一却抢先开口了，“我有件事想问你。”

“什么事？”青柳雅春只得将到了嘴边的话咽回去，催促阿一快问。

“你真的做了？”阿一并没有看青柳雅春，眼睛一直盯着自己手里的杯子。

“嗯？”青柳雅春一下子不知该说什么了。

金田首相的事，你真的做了？

青柳雅春心想阿一可能要这样问他，立刻开口道：“为什么？”为什么，阿一会怀疑刺杀金田的事是自己做的？他感到一阵恐惧。难道电视上已经报道了自己的事吗？

“还真做了？”阿一扬起眉毛，嘴张得很大，“真不得了啊。”

“我没做。怎么可能呢？”

“啊？没做啊？”阿一似乎很失落。

青柳雅春觉得奇怪，直愣愣地看着他。“难道你还希望我做了？”

“当然！可不是每个人都有机会跟女明星做。虽然你长得还可以，但人家毕竟是明星。”

青柳雅春紧绷的身体一下子散了架似的，他长长地舒了口气。“搞了半天你说的是这破事。”

“什么叫破事！当初你救下女明星，简直就是正义的使者，人见人爱呀。凛香好像也很感激你，我还以为你肯定跟她做过了呢。”

“森田也说过同样的话。”青柳雅春带着复杂的心情说道，“我可以打开电视吗？”

“当然了。”阿一将杯子放到地板上，伸手拿起遥控器递过去。这时忽然响起一段欢快的音乐旋律，是摆在电视旁的电话响了。阿一说了声“不好意思”便立即接起，电话似乎是无线的，他丢下一句“你先看电视”后，往走廊方向走去。

青柳雅春打开电视，出现在屏幕里的还是游行画面。之后便是各种目击线索，似乎是由观众提供的。有人说看见一个戴口罩的魁梧男人一直在捣鼓手机，有人说看到几名男子在车站前大楼顶层的瞭望台研究地图，有人说看到一名女子在爆炸前奋力挥手，等等。各种消息似乎未经任何整理就被杂乱无章地播出。而当青柳雅春听到“距离爆炸现场数十米远的一条小巷里，有两个男人在一辆白色小车内争吵”的目击证词后，感觉好像被当头浇了一盆冷水。是我，是在说我跟森田。他心想。

自己竟被指认成了罪犯，青柳雅春被恐惧情绪包围。他噌地站起了身，又马上坐回原样。媒体和普通百姓应该还没有关注到自己。他朝走廊方向望去，只见大门敞开，阿一正在门边打电话，侧脸看起来相当严肃。他不时地微微点头，表情阴沉，似乎很不舒服。

电视里开始插播广告。青柳雅春心不在焉地看着，阿一回来了。

“没事吧？”

“啊，没事。”

“女朋友？”青柳雅春调侃道。他试图避重就轻，制造一些轻松的话题。

“嗯，是。”

“吵架了？”

“嗯，对，对。”

“怎么突然不会讲话了？”

“其实……”阿一歪过头去看着自己的脚边，“她说她现在要过来。”

“这么回事啊。”青柳雅春听完立刻起身抓起背包，“既然这样，那我就先撤了。”他点头道，“赶快跟人家和好。”

“嗯……”或许是感到过意不去，阿一吞吞吐吐地问道，“不过青柳学长，你真的没问题？”

“总会有办法。”青柳雅春说谎了。

“对了，出了公寓楼左转沿着道路一直向前走，能看见一家餐厅，红色招牌的。”

“干什么？”

“能不能在那里等我？”阿一的声音大了一些。

“在餐厅里？”

“我一会儿跟女朋友说说，然后你再回来行吗？到时候给你打电话？”

“别太勉强啦。”

“那么长时间没见当然得多聊几句。这样多不合适。”阿一的表情很认真。

青柳雅春自然没理由拒绝，这对他来说是好事。“好吧，总之我先在店里打发打发时间，你别太勉强。”

“对不住啦。”阿一将青柳雅春送到门口。

“那回头见。”青柳雅春重新背好背包，“你赶紧跟女朋友和好。”

“嗯，好。”

“哦，对了，我有件事想问你来着。”青柳雅春想起了很久以前的一件事。

“什么事？”阿一的表情似乎有些紧张。

“是老早以前的事啦，那时候我们还在上学。有一次，我不是跟森田突然去你家找你吗？”

“哦，是假装被甩的那一次？”阿一的表情有所缓和。

“对。有件事当时我没注意到，后来才反应过来，觉得很有可能。”

“什么事？”

“当时你女朋友是不是在你家，躲在壁橱里？”

阿一有些哭笑不得。“都这时候了……”

“我猜错了？还是年代太久远你也忘记了？”

“我当然记得啦。那时候女朋友是在家，我们正打算亲热呢。”

“当时你还穿了一套老土的运动服。”

“我有什么办法。那是慌乱之下找来套上的，然后还得把她塞壁橱里。”

“真是不好意思啦。”

“不过，你们走后她可是笑得很开心呢，说我的学长很特别。”

“啊，不过……”青柳雅春忽然觉得好奇，“等会儿过来的女朋友，已经不是当时那个了吧？”

“那肯定不是啊。”阿一答得理所当然，神情好像在说都过去那么久了怎么可能还交往，“不过，还真是令人怀念呀。也不知道她现在过得怎么样。我们最后分手时还大吵了一架，她拿起我住处的灭火器闹得可厉害呢，到处乱喷。”

“那还真是个让人记忆深刻的分手方式。”

“爱的火种都让灭火器给浇灭啦。”

“少装文艺。”

“你会偶尔想起樋口姐吗？”阿一突然问道。这句话戳中了青柳雅春的软肋。

“早忘啦。”

“你说这女朋友吧，交往的时候那么依赖，对方的一切都一清二楚，可一旦分手竟然就彻底杳无音信了。”

“是啊。”这句话青柳雅春打心眼里同意。他穿上鞋，打了个招呼便出门了。“你们可以先亲热完再找我。”青柳雅春调侃道。

阿一露出了尴尬的笑容。“我……”

“又怎么啦？”

“青柳学长，真对不起。”

“是我不该贸然来打扰。”

“我……我也不知道该怎么办。”阿一说道。他看上去是那么内疚，让青柳雅春不知如何是好。

“跟女朋友闹别扭的时候，还是把这玩意儿藏起来比较好吧？”青柳雅春瞥见走廊角落的灭火器，试图开个玩笑。阿一愣了一下，很快明白了话中意思，苦笑了几声，表情也轻松了一些。

青柳雅春随即转身，正打算离开时，又被阿一叫住。“青柳学长，说实话，你真没做？”

青柳雅春停住，回头。他实在懒得解释，于是说：“好啦好啦，做啦。”

阿一听后眼睛瞪得老大。“真的假的?！”

青柳雅春苦笑着走向电梯。

餐厅的红色招牌很醒目。可能因为还不到晚饭时间，店内客人并不多，有两名结伴的女客，剩下都是单独一人，坐得也稀稀落落。女服务员板着脸将青柳雅春带到靠窗的座位，在他的要求下又换到最靠里的位置。现在的他害怕暴露在行人往来频繁之处。

他的肚子并不饿，不过还是点了意大利面和饮料，随后便傻傻地坐着不动。可能因为精神过度疲劳了，他觉得后颈部有些紧绷。他决定闭上眼睛在桌上趴一会儿，或许睡着了会轻松一些，可那些新闻里的画面和播报员的话语却在脑海中反复重放。他又想起了森田。他觉得自己随时可能睡着，却怎么也睡不着。

服务员上菜之后，青柳雅春掏出手机放在桌上。

他忽然意识到，要让阿一联系得到自己，首先得开机。他右手拿叉卷着意大利面，左手拿着手机。

他想起了安保探头，就是那些像小火箭又像圆弧形邮筒的机器。自己的手机信号是否已经受到了监视？况且定位手机就算没有安保探头也能做到。开机是有风险的。他这样想着，同时又觉得只开机或许并不要紧。

他按下电源键，屏幕在一阵轻微的音乐中亮起。这时突然来了电话，好像这一刻它等候已久似的，吓了青柳雅春一跳。

青柳雅春首先想到的是自己又被发现了，转念一想这应该是阿一打来的。可屏幕上所显示的姓名竟是“井之原小梅”。他想都没想就接起电话放到耳边。

“喂？”手机那头是井之原小梅的声音，“青柳？怎么刚才一直打你电话都打不通？”虽然井之原小梅比青柳雅春小两岁，可说话却总是大大咧咧的。她一直这样。

“是吗？”青柳雅春打量了一下四周后低声道，“遇到一些事情。”

“不是你先给我打的电话吗？我听到留言了。”

“现在不是因为遥控直升机闹得一团乱吗？我很担心，所以……”

“你是说，看到遥控直升机你就会想起我喽？”

“嗯，差不多吧。”

“那你现在哪里呢？”

井之原小梅的这个问题让青柳雅春不自觉地握紧了手机。

那个女人有问题。森田森吾是这样说的，他说要怀疑一切，不然也会和奥斯瓦尔德一样。

“现在吗……”青柳雅春边回答边寻找着合适的词汇。他心里有个声音在质问：她值得信任吗？她在这个时候打来电话询问自己的位置，只是偶然吗？再一想，她出现在我身边真的只是偶然吗？在 Hello Work 邂逅时，她跟我抱怨机器没反应，那些都是事先设计好的吗？真的有那种可能吗？

“我正要去朋友家。”青柳雅春含糊地答道。

“哦。”井之原小梅应着，听不出她究竟在不在乎。要说跟平时没两样，似乎也真的没什么两样，要说是在探自己的口风，也有点那个意思。草木皆兵。心有余悸时眼里全是敌人，心存怀疑时谁打电话来都值得怀疑——这差不多就是青柳雅春当下的心境。

“不过话说回来，这下子可真是出了件大事呢。哪有首相死在遥控直升机手上的呢？”

“确实，一般是不会那样死的。”井之原小梅说得挺有意思，让青柳雅春忍俊不禁。她这种事不关己的言行让青柳雅春多少安心了一些，觉得这样的她不可能与事件有关。“用来作案的机型查出来了吗？”

“我不大感兴趣，所以也没细看。不过听说落合先生做了不少调查，晚上要上电视呢。”

“落合先生？”

“哎呀，就是我给你买遥控直升机的那家店的店主。”

“哦。”当初买遥控直升机的时候，井之原小梅曾给自己介绍过一家店。青柳雅春将手机放在耳边，转头看了看窗户。窗外就是停车场，招牌的红色灯光映在停车场里。

“其实……我这边现在有些小麻烦，我先挂了。”阿一差不多该打电话来了。“我再打给你。”

“干什么呀青柳，怎么这样冷淡。我们约个地方见面呗？”

见个面也好，青柳雅春想。让阿一收留自己，或者跟井之原小梅见面，对他来说都差不多。他甚至觉得，比起有女朋友在身边的阿一，去见井之原小梅或许更合适。

一名女服务员刚巧从青柳雅春身边走过，她朝青柳雅春瞥了一眼，随即走开。可能是打电话的行为引起了她的不满，又或许是其他原因，总之她一直盯着青柳雅春，眼神里充满戒备，至少在青柳雅春眼中看来是如此。女服务员进厨房后就再也没出来。青柳雅春心中的不安更加膨胀了。

“我先挂了，一会儿再打给你。”他匆忙说道。

“唉，我这个人直觉一直挺准的。”

“挺准的？”

“青柳你没事吧？是不是有什么麻烦？”

“没有。”青柳赶紧撒了个谎。

“我最不想的，就是变成一个连撒谎都面不改色的成年人。”——青柳雅春仿佛听见了一个声音。那是樋口晴子的声音。二人还是学生时，曾有一次无所事事地在家看电视，国会的现场转播。见那些政要们在面对质疑时不断重复“我不记得自己说过、我不知道、我忘记了”之类的说辞时，她说出了方才那番话。那些道貌岸然的政治家令她十分不屑：“就算真的非说谎不可，至少该承受相应的苦恼，内心总该感到痛楚和挣扎。”

挂断电话后，青柳雅春直勾勾地盯着手机屏幕。他在思考是否该关闭电源，最后反而按下了通话键。拨号声响起。端着盘子路过的女服务员看着青柳雅春，眼神里似乎满是鄙夷。青柳雅春觉得她可能是在责备自己怎么还在打电话。

“怎么了？”另一头传来阿一的声音。

“哦，其实……”

“怎么了？”阿一没等他说完就又重复了一遍，语气似乎透着些许焦虑。

“抱歉，你们还在聊？”

“现在不谈那些。怎么了？”

“我手机可能快不能用了。”

“没电了？”

“嗯，是啊。”青柳雅春不禁苦笑。他已经成了连说谎都面不改色的成年人。“所以想跟你商量，如果回头我可以去你那儿，你能不能来接我？或者你打电话到这家店来找我也行。对不住啊，给你找这么多事。”

“哦，是这么回事啊。”阿一说着，电话里一阵沉默。

“喂？阿一？”

“对不起，青柳学长。”

“有什么对不起的？”阿一的态度让青柳雅春摸不着头脑。

“真的对不起。”

“你什么意思嘛……”青柳雅春本打算劝阿一赶快跟女朋友和好，可刚叫了一声“阿一”后对方就挂断了电话，剩下的都没能说出口。青柳雅春看着手机，想再打个电话过去，犹豫一番后还是关掉了电源。这时他才发现女服务员就站在眼前。由于刚才一直没有察觉，他整个人被吓得往后一仰，大腿不小心撞上了桌子，上面的水杯跟着摇晃。

“您好……”服务员开口了，她的眼皮在微微抖动。

青柳雅春立刻打算起身离开，手刚抓住背包，却听到女服务员说：“请问您是那个快递员吧？”

青柳雅春又看了一眼服务员。

这名女服务员的双眼眨个不停。“我在电视上看过您，是您的粉丝。”她微笑着说道。

“哦。”青柳雅春浑身都瘫软了。

她翻开一个笔记本：“可以给我签个名吗？”

“我只是个普通人，不会什么签名。而且我现在已经不是快递员了。”

以前自己在工作时曾经到过无数人家，对无数人说过“请您盖章，没有的话请签名”，如今竟然拒绝给别人签名，青柳雅春觉得这种感觉十分奇特。如果对方抱怨说“我们不是每次都签吗”，自己还真无言以对。

“哦，是吗……”服务员有些失望，但并没有强行塞过笔记本。看着她转身离开的背影，青柳雅春觉得有些过意不去。

因为气氛有些尴尬，青柳雅春决定起身去上厕所。保险起见，他拿起了背包，随后走进店内最靠里的厕所。

小解之后，青柳雅春照了照镜子，发现太阳穴附近多了道擦伤。他这才想起自己全身上下应该受了不少伤。虽然伤势并不严重，可一想到这样的情况不知还要持续多久，他便一阵恐慌。他伸手摸了摸之前被膝盖撞过的下巴，很痛。眼皮似乎也有点肿。青柳雅春将手在烘干机下烘干后走出厕所，正打算沿着细窄的过道走回座位时，恰巧看见餐厅正面的自动门开了。

他停下脚步，下意识地往后退了一步。

应声进店的是五个男人。青柳雅春并不认识。他们当中有人穿西装，有人没有，体格都很结实，好像橄榄球选手跑去公司里上班了一样。每个人的表情都很凶恶，怎么看也不像是打算在加班前来填饱肚子的上班族。

领头的矮个中年男子熟练地朝过来招呼的店员出示了证件，另外四个则在店内四处张望。他们肯定就是曾经出现在稻井家的那些人，或者是他们的同伴。

位于这群人后方的一名男子特别显眼，将近一米九的个头高得出奇，肩宽体壮，平头。他那宛如格斗家般的体格固然引人侧目，耳朵上戴着的巨大耳机更让人觉得不可思议。更有甚者，他提着一根细长的管状物体，怎么看都像是一把枪，可他拿在手上却是那么若无其事，仿佛那只是一把随身携带的折叠伞，实在无法让人联想到枪支。只见他右手持枪柄，左手托枪管，一切显得那样自然，根本无法想象他此刻正身处某地方城市的繁华地带，而且是一家餐厅内。其他桌的客人并未慌乱，有可能他们真的以为那只是一把像极了霰弹枪的折叠伞。

青柳雅春开始后退，一步、两步。这些人要找的显然是自己。他再蠢也不至于对这一点产生怀疑。他退回厕所。

打开隔间内马桶上的窗户，将背包扔出去后，他站上马桶盖，抓紧窗框，将身体往上拉。心脏在剧烈地跳动。他总觉得再不抓紧时间，那些西装男随时会冲进厕所。这一想反而更让他手足无措。上半身已钻了出去，可身子竟无法扭转，双脚或将被抓住的恐惧让他脊背发凉，拼了命地挺身试图挤出去。牛仔裤被窗框上的凸起勾住了，他感觉到疼痛，但现在不是在乎这些的时候。他的手终于以倒立的姿势触到了地面，整个人翻滚而出，落地的姿势有些难看。

青柳雅春感到脑袋一阵眩晕，一时间竟分不清左右，不禁痛苦地呻吟了一声。他试着重新站立，掸去身上的泥土。

身旁的墙壁在这时突然产生了摇晃，同时伴随着响声和尖叫声。青柳雅春吃了一惊，脚底一滑竟跪倒在地上。有人在店里开枪，得赶快逃到安全的地方。他心急如焚，听到一个声音在问自己：究竟哪里才安全呢？

青柳雅春

“安全的地方——这个概念法律上可是没有明文规定的。”

青柳雅春等人端坐着，好似一群守纪律的小学生。轰叔则站在他们面前说话。他穿着白色圆领T恤衫和不知从哪儿买来的浅蓝色长裤。T恤衫实在太薄，使得腹部晃动的赘肉看上去十分醒目。

“就算现在是夏天，还是晚上，但我觉得您还是多穿点衣服好呀。”森田森吾从刚才就一直在调侃轰叔 。

“吵什么吵，只穿一件贴身短袖多性感。”年过半百的胖胖的轰叔讪笑着，那副模样引得在场所有人不住哀号。太阳已完全下山，天空一片深蓝。“今天连云都没有，好久没碰上这样的好天气了，效果应该很好。”

“谁让去年下小雨呢。”几名烟火师傅在闲聊中也提到了，今天的天气确实适合燃放烟火。

青柳雅春等人身处广濑川岸边，还有樋口晴子、森田森吾和阿一。作为劳动所得，在冬季帮助轰叔铲雪的他们获得了仙台七夕烟火大会特别席位的入场券。

“什么特别席位，不就是光秃秃的地面嘛，哪来的座位啊，洛基！”森田森吾盘腿坐在地上抱怨。在厂里工人们都称呼轰叔“洛基”。应该是取了“轰”字的日文发音“TODOROKI”中的“ROKI”稍加修改而来的。这个昵称青柳雅春等人早有所耳闻，可一开始谁也不敢没大没小，都毕恭毕敬地称其“轰叔”或者“厂长”。冬季来临后，一月到三月间他们多次去厂里铲雪，跟轰叔之间的隔阂也越来越淡，不知不觉间大家都改口称其“洛基”了。

“法律没规定燃放烟火时人必须距离多少米之外吗？”樋口晴子问。

“实际上是有相关条例，但这东西是会因地区和环境条件而改变的。所以就算离了一百米远，只要有可能发生事故，就不能说是安全距离。”

“这法律也挺逗的。”阿一笑道。

“不过，我们可是专家，才不会引发事故。就算在市中心放，我都没问题。”轰叔的笑容中带着经验丰富的匠人才有的自信与骄傲，让青柳雅春佩服不已。“我是专家”这句话听上去颇有气势。

河岸边已经准备好了用于燃放的炮筒。将在同一时间燃放的炮筒被绑在一起，东一堆西一堆地分布在各处。师傅们刚刚完成最后的检查，正在拉导火索并确认电子线路。

“我一直以为，放烟火时要将火柴丢进筒，然后赶紧跑，等着看烟火轰的一声飞上天呢。”森田森吾说。

“嗯，我也是这样想的。”青柳雅春跟着点头。

得知如今的烟火燃放都是电脑控制时，他们十分意外。燃放时机和点火指示竟可通过电脑完成，这本身就够难以置信了，更离奇的是身穿白色 T 恤衫、中年发福的轰叔竟然抱着电脑——这样的组合总让人感觉不相称。

指着那些准备就绪的炮筒、导火索和帐篷内的电脑，森田森吾放肆地问道：“洛基，你真的会用电脑？”

“你知不知道，烟火在古代可只有贵族才玩得起。烟火不但优雅，而且引领了当时的潮流。我身为当代的烟火师傅，区区电脑简直跟玩似的。”

说着，轰叔还伸手做出敲打键盘的动作，但他的动作却只是用一根食指的垂直敲击，一看就是初学者的那一套，惹得包括森田森吾在内的所有人都笑了起来。

“这个指法够厉害呀。”阿一说道。

“是啊，够厉害。”青柳雅春附和道。

“对了，青柳按电梯的时候都是这样按呢。”樋口晴子忽然想起了什么似的，举起拇指说道。

青柳雅春还没反应过来她这是在说什么。

“哦，对对对。”森田森吾苦笑着，“每次都竖起拇指，好像在夸谁似的，特别好笑。”

“我感觉挺正常呀。”按电梯开关和楼层按钮时用拇指有什么奇怪的。“我爸也这样按！”

“一点都不正常好吗？”森田森吾立刻反驳。

“是怪怪的。”轰叔也夸张地点头，“用拇指有点不自然吧？”

阿一也不住点头。“一般都是用食指呀。”

“是吗？”青柳雅春竖起了右手拇指，往前戳了戳。他实在不觉得这动作有何不妥。“那我改好啦。”

“这种长年养成的习惯是改不掉的。”森田森吾严厉地说道。

“不可能。人是会成长的。”青柳雅春的意志坚定。

“不可能不可能。”樋口晴子笑道，“青柳到现在吃饭还剩饭粒呢。”

“你……你说什么呢！”

“啊，的确的确。”森田森吾再次用力点头，“又不是小孩子，碗里的饭要吃干净。”

青柳雅春并非故意浪费粮食，但他确实有吃饭时碗里剩饭粒的坏习惯。这一点他同样没觉着不正常，因为自己的父母都这样，所以他也没当回事。

“太奢侈啦。饭都不吃干净，浪费食物。”

“干吗吃得一粒不剩，好像赶尽杀绝一样，多残忍。”青柳雅春明明知道理亏，还是搬出了自己小时候听父亲说过的那一套。当时他打心眼里觉得父亲说得真有道理，很佩服也很感动，如今像这样自己说出口才觉得真是不知所谓。“这是我爸说的。”

“你爸也是个怪人。”

“那倒是。”这一点青柳雅春不得不承认。

“不过，只是在电脑上按个按钮，烟火就飞上天，好像也挺没意思呢。”樋口晴子说道。

轰叔听了咧嘴一笑：“并不是你想的那样。分火药、装火药的都是人，烟火就是靠手工做出来的。就算点火升空变成电脑控制了，这一点也不会改变。不久的将来，说不定只须拿起手机噼里啪啦按下一串号码，烟火就砰的一下上天啦。”

“噼里啪啦呀。”森田森吾故意歪着嘴唇学轰叔说话。

“用手机放烟火？”青柳雅春对这个创意有些抵触，觉得太过随意。不过轰叔仍自信满满：“烟火的美好不会因为这些而改变。你们就别瞎操心啦。”青柳雅春听了也觉得或许就是轰叔所说的那样，这才放下心来。

天色越来越暗，头顶的大桥上也逐渐人声嘈杂起来。今天肯定聚集了许多观众，人们在桥上来来往往。樋口晴子在青柳雅春旁边，双手杵在背后的草地上，上身后仰地望着天空。“一会儿烟火就在我们头顶上哦，估计脖子会酸吧。”

“应该是吧。”青柳雅春应道。

“不过能在这样近的距离看烟火，一定很过瘾。”

“应该是吧。”

“啊，对了，刚才忘记说，烟火大会结束后可不许走，还得帮忙收拾场地。”

“帮忙收拾？谁帮？”森田森吾皱起眉。

“当然是你们啦。”

“怎么拖到现在才说呀！”在森田森吾的带领下，青柳雅春和樋口晴子也表示抗议。

“对了，洛基，你儿子不回来继承家业吗？”森田森吾问。他听说轰叔的独生子现在还在青森工作，差不多比青柳雅春等人大三岁。

轰叔板起了脸。听说轰叔儿子的长相像极了轰叔，而这个儿子也让轰叔伤透了脑筋。“哼，迟早得回来。那小子就知道跟我作对。”

“听说他上学时曾未经许可擅自燃放烟火，还把警察给招来了，是真的吗？”青柳雅春拿以前从工厂师傅们那里听来的事问轰叔。

轰叔那副苦瓜脸已经做出了肯定的回答。“那小子自幼就在这里帮忙燃放烟火，技术也是炉火纯青了。”他说着自己的儿子，也不知是要夸还是要骂，“可就是倔脾气，做事不计后果，不适合做烟火这种细腻的工作。”

“洛基都可以做，儿子肯定也能做。”森田森吾笑道。

“嗯，迟早他还是要回来的吧。”轰叔说得有些无奈。随后他又嘀咕了一句：“烟火大会靠的其实并不是规模。”

“此话怎讲啊？”

“城镇也好村庄也好，或许预算规模不一样，可是嫁出去的女儿夏天带着孩子回娘家，一家人结伴去看烟火的心情，在哪里都是一样的。不同行业、不同生活背景的人为了烟火而聚到一起，遥望着它们砰地飞上了天，打心眼里觉得真大真好看，从中得到了继续努力的动力，于是相约到明年再一起回来看，这才是烟火大会的意义。”

平时大大咧咧、粗鲁随意的轰叔竟突然如此感性，这让青柳雅春等人感到意外。

“感觉你说得真好啊，洛基。”森田森吾仿佛浑身发痒似的扭动着身体。

“那就再给你们说说。”轰叔扬扬自得地说道，“你们看那些烟火，总有不同的人在不同的地方观看。或许它们在眼前绽放的瞬间，某个老朋友也正在某处眺望着同样的景色——想到这些不是很快乐吗？而那个老朋友一定也正想着同样的事情。我一直这样觉得。”

“同样的事情？”青柳雅春似懂非懂地问道。

“回忆会在相似的情景下苏醒。既然自己能想起，对方同样也能。”

“好呀！轰屋！”森田森吾大喊了一声，大家的情绪一下子高昂起来。

“洛基屋！”青柳雅春刚喊完，樋口晴子激动地喊了一句“樋口屋！”于是大家各自都随心所欲地喊起了自己的名字。“森田屋！”“青柳屋！”轰叔笑呵呵地看着他们，随后便去着手准备烟火的燃放了。

烟火带给人的震撼远超过众人想象。这感觉跟从大学校舍远眺时截然不同。如果说从远处观看只是单纯地欣赏，那么近在咫尺抬头仰望时，应该说是一种全身心的感受才更为贴切。烟火在震耳欲聋的声响中迸射，上升，炸裂，燃烧，在夜空里拖起明暗的尾巴，坠落，溶化，消失。每个人所能做的，仅仅是大张着嘴，抬头仰望。青柳雅春，以及在场的每一个人，只是无言地凝视着夜空。

响声在胸腔共振。暗夜里瞬间开出巨大的花。那些花瓣缥缈闪烁，伴随着美妙的声响缓缓凋零。

一次次的升空，花火在上方彼此交织。飘散的烟火发出呼喊，让下方的青柳雅春等人为之动容。品味风情，相比起这一目的，此时的情景更饱含了压倒性的力量之美，这些经由手工制作的星星在空中四处飘散、极尽喧嚣，最后破碎、消失不见，令人几乎百看不厌。

烟火暂时停止了升空。这是为了等待那些飘浮在空中的花火随风流走，是华丽乐章中的一个小休止符。

最前方的那些烟火师傅眼中都闪耀着光，表情好似小学生般纯粹。烟火带来了最原始的畅快淋漓，洗刷着在场所有人心中的疲累与无意义的执着，每个人都仿佛回到了天真无邪的孩提时代。

只穿了一件T恤衫的轰叔也身在其中。他瞥了青柳雅春等人一眼，冲他们心满意足地笑着竖起两根手指，那表情好像在说，给我看好了。

“真壮观，壮观无比！”森田森吾吐出憋了很久的气息。

“是啊。”阿一应道。

青柳雅春在一旁听着，转头看着坐在自己左边的樋口晴子的侧脸。她仍然凝视着天空，似乎意犹未尽。

“哎，樋口。”青柳雅春用只有她才听得见的声音说道。

“嗯？”樋口晴子转过头来。

青柳雅春又“哎”了一声，后面的话却没能立刻说出口。他有些不知所措，昨天重复了那么多次的排练居然一点效果都没有。

“什么事？”

“哎，有句话我早就想跟你说了。”青柳雅春感到自己的表情僵住了，他轻轻动着下巴以放松双唇，然后说道，“你愿意和我一起吗？”

樋口晴子的表情一下子阴沉了下去。青柳雅春觉得这下子完了，差点没哭出来。早知道就不问了——后悔在他的血液中流淌，蔓延至全身。

“一起干吗？”这时樋口晴子开口了，接着她又疑惑地道，“去厕所？”

“我又不是孩子。”青柳雅春的脸色很难看，“我说的一起不是那种一起。”

一声巨响震撼着他的身体。

烟火开始再次腾空，上方飘浮起一颗颗巨大的星星。声音在回荡，汽水泡沫般的小幸福随之渗透进四周的空气。

樋口晴子的视线回到头顶上的烟火。青柳雅春暗下决心要再问一次，看着樋口晴子的侧脸打算开口。樋口晴子凝视着那些随着声响缓缓坠落的星，微微笑着。“怎么拖到现在才说呀。”她模仿之前森田森吾的语气说道。

“嗯？”

“怎么拖到现在才说呀！”樋口晴子转过脸，面带笑意地看着青柳雅春。

“来来，大家一起喊！预备——”是森田森吾的叫喊声。

“轰屋！”

樋口晴子

刚开始下雨时，天空还透着一丝微亮，樋口晴子觉得只要坚持一会儿，雨就会停了。可结果雨不但没停，云层的颜色反而越来越深，最后天色竟昏暗得有如黑夜。樋口晴子刚琢磨着这下子可真是乌云压境了，雨势便顷刻间猛烈了起来。由于出门没有带伞，她只得惨叫一声，左右张望。

宽阔的道路两边并没有屋檐之类可避雨的地方。

“怎么办？”她望向身旁的青柳雅春。雨滴噼里啪啦地撞向地面，仿佛话一说出口就要被它们冲刷掉一般。

青柳雅春将头发往脑后拨，看了一眼手表。“距离我们预约的时间还有一个小时。”

“现在不是时间的问题。我们根本连去都去不了啦。”樋口晴子也伸手整理头发。

“这是我们偏要去高攀人家法国料理，遭报应啦。”

“有什么关系，纪念日嘛。”

樋口晴子提议出去庆祝二人交往三个月的纪念日时，青柳雅春并没什么兴趣。他的理由是：“庆祝不是应该在更隆重的时候吗？比如一周年啦，至少也得半年吧。”他还坚持称自己“以前可从没有这样过”。

“我也没有啊。”樋口晴子说，“不过连车都要按月定期检修呢。”她随便想了个歪理说服。“所以严格来说，这不是交往三个月纪念日，而是交往三个月检修日。”

仙台市内新开了一家知名法国餐厅，其实樋口晴子只是需要一个去尝鲜的理由而已。

“好吧。”她听见青柳雅春在自言自语。

“好吧？”

“我想起来了。”青柳雅春被淋得够呛，表情却很开朗。他抓起樋口晴子的手跑了起来。他们绕过人行道的转角，来到一条通往大学校园的道路上。雨势没有丝毫减弱的迹象，甚至近乎倾泻而下的瀑布。行驶车辆的雨刷来回摆动着，似乎随时都有可能折断。驶过的车辆留下的车辙处开始积水，道路几乎变成了一条河。

青柳雅春朝人行道外侧走去。这条路应该是在一片满是杂草植被的土地中开辟出来的。如今道路边虽不至于泛滥，但仍然零散地分布着许多杂草丛。青柳雅春正大踏步地往草丛中走去。樋口晴子找不到机会询问，只能跟在他身后，每一脚踩下去时都会溅起泥水。

“就在前面。”青柳雅春说。他手指之处是丈余高的杂草，浓密程度足以将樋口晴子给遮个严实。樋口晴子靠近后才发现原来这里竟然有一辆车。这辆黄色小车藏在草丛里，油漆早已褪色，雨滴砸在引擎盖上噼啪作响。

“上车。”青柳雅春说着走向驾驶座。

“上车？”

青柳雅春蹲下，手伸进车底。一会儿他站起身来说：“我来开门。”随后便是车门开锁的动静。樋口晴子拉开副驾驶侧的车门坐了进去。

“这雨真不得了啊。”青柳雅春坐在驾驶座，悠然地观察雨滴敲打着挡风玻璃。

“这是谁的车？”

“不知道。”青柳雅春擦着头发上的水，“这都能挤出水来啦。”他拧了拧额前的头发，水全滴在了座位前方。随后他又一转身，伸手从车后取过一条毛巾。“正好，”他说着递过毛巾，“拿去用吧。”

“这是谁的毛巾？”

“我也不知道。”青柳雅春笑了笑，把毛巾凑到鼻下闻了几下说，“不是旧的。”

“不要，恶心死了。”

“可是会感冒哟。”最近的天气以十一月来说还算暖和，但浑身湿淋淋的对身体肯定不好。

“我猜这应该是阿一的毛巾。其实也没那么恶心。”

“这是阿一的车？”

“那倒不是。”青柳雅春将钥匙插好试着拧了一下，引擎并未打火，“电瓶果然没电了。”

樋口晴子有些抵触，不过还是选择用毛巾擦拭头发。终归是来路不明的东西，她越擦越不舒服，总觉得好像有什么东西沾到了头发上，可总比事后感冒强。擦得差不多后，她将身子靠在了椅背上，被雨淋湿的地方凉飕飕的。

“亏你竟然知道这里有辆车。”

青柳雅春“嗯”地应了一声，神情有些恍惚，好像做贼心虚似的。“这里放着一辆车的事情好久以前就传开了。大家猜是车主懒得拿去报废，才丢在这里。”

“你怎么会有钥匙？”

“钥匙一直放在轮胎附近。”

“是嘛。”樋口晴子说完看着窗外。雨势一阵强过一阵地席卷而来，雨滴好像要报杀父之仇似的撞向引擎盖，一颗又一颗地十分凶猛。樋口晴子很意外引擎盖竟然没有凹陷。

“我们就在这里避会儿雨吧。”

“好吧。现在这雨势就算有雨伞也够呛。车子要是能发动就完美啦，暖气能用吗？”

“我看买个电瓶来换上应该就可以。”

“是吗？”

“是的。”说完青柳雅春也看着外面，嘴里哼起轻快的旋律。

“什么歌？”

“这辆车的广告主题曲。”青柳雅春不假思索地回答，随后又不断重复哼着，仿佛上了瘾。樋口晴子似乎受到了感染，也想跟着唱。本以为这场在傍晚时分突如其来的大雨马上就会停，可天不遂人愿。雨势总也不见小，车顶和引擎盖因雨滴而震颤。

“看来餐厅是去不成啦。这下子你放心啦？”樋口晴子笑道。

青柳雅春诧异地反问道：“我放心？为什么？”

“一看你就吃不惯法国料理。”

“就因为我吃饭剩饭粒？”青柳苦笑。

“就是就是。”

“才不会呢。我为了今天可是专门去读了用餐礼仪的书。”青柳雅春坦白道，并做起拿餐具的动作，一副“我知道要从摆在最外侧的餐具开始用”的嘴脸。他又转头看着窗外，喃喃地说：“不过雨这么大，恐怕是不行了。”他看了一眼手表又说，“再等一会儿，如果感觉来不及了，我就打电话取消预约。”

“雨这么大，稍微迟一点也情有可原吧？”

“可就凭我们这身湿透的衣服，我看也不会放我们进去。”青柳雅春低头看着自己的外套和衬衫，又看了看樋口晴子，笑了起来，“你看你，隐约还能看见内衣呢。”

樋口晴子连忙低头检查自己的衬衫。被这么一说，她才发现，衬衫确实是湿透了，导致内衣若隐若现，不过不仔细看根本看不出来。“有吗？”她反问道，“那是因为你起了色心吧？”

“正是，说对了。”青柳雅春想都没想就承认的样子有些滑稽。

“啊！”樋口晴子突然一声大叫，“我想起来了。”

“想起什么了？”

“前阵子我们在学校吃午饭时，阿一也在，还一直跟你嘀嘀咕咕的。当时我就听到了，什么没钱开房的时候怎么怎么啦，是他说的。”

“他说过吗？”青柳雅春试图装傻，可闪烁不定的眼神早已出卖了他。

“他说的就是这辆车吧？”樋口晴子觉得自己的话宛如一把长枪，贯穿了对手和他的座椅，“是吧，我没说错吧？他就是用这里来代替酒店房间。”

“好啦好啦，快坦白吧。”在樋口晴子的逼问下，青柳雅春终于红着脸招认：“跟我可没关系。听说阿一想跟女生亲热时会来这里。”

樋口晴子一声惊呼便从椅背上弹了起来。“刚才的毛巾该不会就是那种时候用过的吧？难道……”

“不会，应该是新的。毛巾是用来垫在座椅上的，阿一说过，他总是会为下一个人准备一条新毛巾。”

“什么？什么下一个人？”樋口晴子忽然间觉得车里的空气混浊不堪，让人难受，于是手放到了车窗上，“赶紧开窗透透气，赶紧把窗户打开。”

“雨水会跑进来的。”

“这里不就是一张临时床铺吗？恶心死了。”

“好啦好啦……”青柳雅春也有些内疚，“刚好可以避避这场大雨，不是挺好嘛。”

“啊，我知道了！”樋口晴子按下降车窗的按钮，因为引擎没打着，所以窗户丝毫没有反应，她不耐烦地咂了下嘴。“当时阿一说过一句‘青柳前辈有机会一定要试试’，是不是？”

“说过吗？都说了我真没用过。”

“我的意思是，阿一只有在话中有话的时候才会叫你‘前辈’，平时他都是喊你青柳学长。”

“是这样吗？”

“曾经有一次，在学校食堂，森田一直在说某教授的坏话。”

“他不是老那样吗？”

“他说的教授刚好就坐在旁边那桌。”

“教授当时一定如坐针毡。”

“可森田完全没察觉，一直说个没完，于是阿一就一个劲地叫他‘森田前辈’。”

当时森田森吾还纳闷：“你小子怎么突然叫起森田前辈来了？平时从没听你这样叫过。”说完马上又数落那位教授来，“还有，那个教授选领带的品位也很差。上次居然是章鱼图案呢，章鱼！难以想象吧？”当时在场的阿一和樋口晴子忍不住瞥了一眼教授脖子上的领带，结果发现真的印着粉红色的章鱼花纹，两人想忍住不笑都难。

“那教授也听见了吧？”

“应该吧。幸好那个教授并不是爱计较的人，当面什么话都没说。森田得知情况后还怪阿一为什么不提醒呢。”

阿一也生气，说：“当时的情况下根本没法提醒。不就是没办法才想到给你暗示，一直叫你森田前辈吗？”最后他还特别声明，“当我使用‘前辈’这个称呼时，你们就要小心啦。”

说到这里，青柳雅春的手机响了。“会不会是餐厅打来的？”樋口晴子猜测道。可转念一想，餐厅专门打电话给订了座位的客人问“现在下雨了，客人没事吧？”的可能性太小了。

青柳雅春看到屏幕上显示的电话号码后说：“是我妈。”

“你妈？真难得。”

“不知道是什么事。”青柳雅春十分不情愿地接了电话，死板地打了招呼，之后的对话也是十分应付。“真是一点都没变。”他轻声笑了，似乎是在安慰母亲，“算啦算啦，随他去吧。说了也改不了的。”说完这番话后便挂断了。

“怎么了？”

“我爸呀，虽然只是个平凡无奇的上班族，但同时也是这个世界上最痛恨色狼的人。”

青柳雅春突然介绍起了自己的父亲，让樋口晴子有些意外。她随即附和道：“那不是很好吗？很正派。”

“他太极端了。”青柳雅春面露难色，“我高中时，有一次因为学校有活动放假在家，突然接到一个从家附近的车站打来的电话。是一位大妈，说‘你爸在车站跟人打架呢’。”

“怎么回事？”

“我和我妈连忙赶到车站，结果发现月台上，我爸正骑在一个年轻小伙子身上挥拳猛揍呢。”

“什么……”色狼竟然被人骑在脖子上打，这种事樋口晴子还是头一回听说。

“据说我爸在列车上发现那人是色狼，就把对方拽下了车，然后就暴打了一顿。简直要人命。”

“真厉害！”

“我妈一下子慌了神，当场就哭了，几个貌似铁路警察的人正试图制伏我爸，简直就是一场噩梦。”青柳雅春说话时的表情好像他真的刚做了一场噩梦一样，“刚才我妈打电话来，说同样的事他又干了一次。我爸又抓了个色狼，暴揍了一顿。”

“你爸真是宝刀不老。”

“我妈又慌了神，所以才给我打电话。你说这叫什么事嘛。”

“我倒是觉得你爸挺帅气。”

“他做事不计后果，情绪一上来就用暴力解决问题，还觉得这样没什么不好。但人不能一直意气用事，总得冷静地想想办法。”

“连做人的道理都出来啦，有那么严重吗？”樋口晴子笑得身体也随之抖动。

后来青柳雅春还是给法国餐厅打了电话，取消了订位。挂断电话后，他耸耸肩说：“被对方数落了一番。唉，谁让我们不对在先呢。”

不就是有点小名气嘛，有什么了不起的——樋口晴子安慰他道。

樋口晴子

“妈妈你怎么啦？老发呆。”七美说。

樋口晴子坐在餐桌旁看着电视。不管哪个频道、哪个节目，都是青柳雅春。七美拽着樋口晴子的腿，不停重复着“出去玩嘛、出去玩”。她强调说好不容易今天幼儿园放假。

“可是，今天去外面不安全。昨天发生了不好的事。”

“是爆炸吗？爸爸也在担心。有一个大人物死了。”

“对呀。”樋口晴子忽然想到，不知不觉间孩子竟然已经知道了“死”的概念，甚至开始接触这一现象了。是通过电视、漫画，还是游戏？她不知道。不过她记得，当七美拿着抓来的蚱蜢伤心地说“它死了”的时候，自己和丈夫相视无言。

“爸爸、爸爸，死了，这个蚱蜢，会去哪儿？”

丈夫回答得很快。他先是指着女儿手中蚱蜢的尸体说：“它已经不在那里啦。”然后转而将食指稳稳地指向女儿的胸口，“在这里。”

“这里？”

“在七美的心里哦。”

樋口晴子多少觉得这样的回答有些装模作样，但考虑到死去的人的一生将在别人的记忆里一再上演，从这个角度来说，这个答案可能反而更接近真实。她觉得丈夫的话还挺深刻的，可当时七美却立刻挠着胸口说“不要在这里，好恶心”，顺带着连蚱蜢的尸体也扔掉了，让二人哑然失笑。樋口伸幸赶忙说：“不在不在，它已经死啦。这个小虫已经死啦。”说着他拾起蚱猛的尸体，打开窗，好似从外场向本垒传球似的使劲扔了出去。蚱蜢的尸体以昂扬的气势越过了邻居的屋顶，樋口晴子甚至以为这突如其来的冲击让它再次复活了。

“这个人，是坏人？”七美冷不丁地冒出一句来。樋口晴子扭头看电视，是青柳雅春。播出的是当初干快递员时的录像。樋口晴子不知该如何回答，手伸向桌上的马克杯。“感觉不像坏人。”七美又补充道。

“哦？”

“嗯。像个普通人，长得挺帅，也许七美喜欢。”

樋口晴子强忍住差点喷出的茶水。“不愧是我的女儿呀。”

电视上播放着青柳雅春的照片，给了好几次特写。

“当初还以为是个为人和善的英雄，现在回过头来看这表情，感觉的确像是有什么见不得人的面目。”一位嘉宾说道，他身上穿的西装看上去很高级。现在播出的是青柳雅春隔着人群，回头盯着后方摄像机镜头时的特写画面。只见他眯着眼睛，表情带有明显的恶意。

“呀，好像真是坏人。”七美立时有了反应。

果然高明。樋口晴子对电视台的这一手法感触颇深。假设有人在背后叫了一声“喂！青柳！”，语气里带着粗暴和强烈的恶意，那么以这种僵硬的表情回视也十分正常；有人不讲礼节突然给自己照相，心中反感自是理所当然。片面地将这些镜头单独挑出来，一味强调负面形象，不管这一做法是偶然还是故意，樋口晴子觉得至少媒体缺乏应有的素养。缺乏职业素养，但是高效而巧妙。

樋口晴子忽然觉得视线模糊了起来，她总觉得电视画面里有一条丑陋的鱼。那条鱼正趾高气扬地看着自己，教训自己说“你呀，可不能安于现状”。难道青柳雅春接受了这条“不能安于现状”的建议，决心要“成就一番大事”，于是刺杀了首相？

过了一会儿，画面切换到炸猪排店的店主。樋口晴子觉得可能是自己想多了，店主那干涩的面庞怎么看都像游戏里那条丑陋的鱼。

“由于时间还未到正午，所以店里还挺空的。他就坐在那个位子上一边看电视，一边吃炸猪排套餐。”说完他表示金田首相游行开始前，青柳雅春的确在自己店里。

“确定是青柳雅春吗？”

被记者询问后，店主有些不悦。“你还不相信我吗？当然是真的啦。”他回答道，“我们家米饭是可以随便添的，他就添了两次。米饭吃得一粒都不剩。真是的，干得出那种事的家伙，跟普通人就是不一样。一般谁在杀人之前还能有食欲添好几次饭，还吃得一粒不剩？嗯？你说？”

樋口晴子的视线停留在电视屏幕上，怎么也无法挪开。

“妈妈，你怎么啦？”就连七美的呼唤她一开始都没注意到。

“没怎么。”她回答，眼睛还是盯着电视，心里回味着店主那番话。

米饭吃得一粒都不剩？

青柳？

樋口晴子所认识的青柳雅春，并不会把饭吃得那么干净。事实上，大部分时间他都在被人嘲笑吃得邋遢。每次他说“吃饱了”，再看他的碗碟，总会剩下很多米粒或者白菜丝。每次告诉他要吃完不要浪费粮食，他都点头称是，但下次吃完饭照样剩下很多米粒就筷子一横说“吃饱了”。他并不是故意的，只是养成了习惯，好像是受了父母的影响，在吃饭必须吃干净这方面并不太在意。

青柳雅春在暗杀首相之前来到炸猪排店，吃得一粒米都没剩下。这是店主的证词。

那真的是青柳？

“怎么可能吃得那么干净。”她真想对着电视发牢骚，“当初被数落成那样都没能改掉。”

跟自己分手后，青柳雅春连吃饭的习惯都变了吗？也不是不可能。当初交往的时候，从来也没想过他以后能从匪徒手上救下女明星。同样的道理，可能在自己不知道的情况下，他吃饭的习惯也变了。

紧要关头迫在眉睫——在这种时候还添了两碗饭，吃得那么干净？如果是因为紧张和兴奋导致吃不下饭倒是挺好理解，但现在情况完全相反。究竟是什么理由，能让他压抑住从小就养成的习惯，把碗里的饭吃得一粒都不剩呢？难道是为了图个好兆头？

樋口晴子忽然发现女儿七美不见了，吃了一惊，立刻唤她的名字。跑去走廊一看，发现她正在那里穿鞋。

“妈妈不陪七美玩，七美一个人去玩。”

“好啦好啦，我去，去行了吧。你等一等。”

家附近的公园里也全在谈论金田首相被杀的事。来到有秋千和滑梯的那片空地旁时，已经有三个妈妈带孩子来了。小孩的名字樋口晴子都记得，但妈妈们的名字却还记不大清。对方恐怕也是一样。

“挺吓人的。”大家都在这样说。

“不过其实也没什么感觉。据说凶手现在还在市内流窜呢。”一个短发妈妈说，“我到去年为止都一直在新潟，凶手当初在那边也很出名。不过当时还不是凶手。”她笑着说，“还经常上电视。”

“就是说呀。”棕色头发的妈妈颇有感触地点头，“这边更不得了，当时可红了。我还见着过一次真人。”

她脚边，一个小孩正如桉树上的树袋熊一般往上爬。

“樋口妈妈是一直住在仙台吧？”这次是另外一个妈妈，而且这个妈妈脚边有两只树袋熊。

“嗯，是是。”樋口晴子郑重其事地回答，又不假思索地说道，“不过那个人只是碰巧救了女明星的命，仔细想想，其实也只不过是个普通人。”

妈妈们齐声应和。“确实。”“就是个快递员嘛。”“不过还挺帅。”

樋口晴子正懊恼自己究竟都说了些什么，身旁的七美好像也听见了对话内容。“七美也喜欢那个大哥哥，因为帅。”她高声说着，所有人都捧腹大笑。

“可是呀……”这时短发妈妈的表情忽然严肃起来，“人不可貌相。说他是凶手就够劲爆了，结果刚才电视上说，他好像还是个色狼！多叫人失望呀。”

樋口晴子愣了，直勾勾地盯着她的脸。

“电视上说，那个凶手好久前曾经在列车上非礼女性，被逮住后硬是跑了。当时的目击证人现在都上电视作证。真是太过分了。”

“明明长得挺帅的，怎么偏要去干那种流氓事？”

“那个呀，就跟得了病一样，戒不了的，可能跟长得帅不帅、受不受欢迎都没关系。不去非礼人家，他就没法满足。”

“真恶心。”

“色狼……”樋口晴子自言自语道。

“能早点抓起来就好啦。”不知是哪个妈妈说了一句。

“话说回来，听说最近这附近也老有可疑的男人晃来晃去呢，还找阿健说过话。”另一个妈妈又说。

“搞不好就是那个凶手呢？叫青柳什么来着？”第三个妈妈说。

仿佛整个国家的所有变态性犯罪都成了青柳雅春的罪过，只要抓住他再设法处理掉，大家就都放心了。樋口晴子觉得滑稽，更感到恐惧。她害怕一旦自己在这里坦白青柳雅春曾是自己交往过的男朋友，就会遭到鄙视和非议，甚至还会连累七美，双双被赶出这片街区。樋口晴子暗自祈祷千万不要露出任何动摇或恐慌的神情，边跟大家闲聊边照看着在草坪上拔草玩的七美。

“哦，对了，樋口妈妈好像跟凶手年龄相仿吧？”其中一名妈妈说道。樋口晴子觉得她应该没有什么深意。

“哦？是吗？”她回答道，对于是否能顺利蒙混并无自信。

“是呀。”对方回答得这么快，好像也有问题。

樋口晴子不知该怎么接话，于是装作没听清的模样，不停地眨着眼，干涩地回了一声：“嗯？”

“妈妈，厕所。”刚好，这时七美来拉了拉樋口晴子的手。

“哦，那我们去那边。”她说着便带女儿离开了公园。

“到家就上厕所。能不能忍住？”来到公园外面的十字路口后，樋口晴子问道。

“没事。七美不怎么想上。”

“嗯？那你刚才……”

“因为七美看妈妈聊天累。”七美手里抓着一根不知从哪儿找来的树枝来回晃着。

“那你是为了带我脱身了？”樋口晴子不禁笑了。一有什么不顺心的事就说要上厕所借口逃开，七美以前是有这个小毛病。没想到她竟能为了妈妈使出这一招来，真是个靠得住的好女儿。“七美呀，你越来越聪明伶俐啦。”

“七美，好聪明。”也不知是不是因为被夸了有些不好意思，七美稍微愣了一下后说道，“七美帮忙了？”

“嗯，帮忙啦。”

“那，下次还帮。”七美大声地说着，笑得很开心。

“以后妈妈一挠鼻子，你就替妈妈说吧。”樋口晴子于是顺着她说道。

回家路上，樋口晴子无意识地自言自语道：“色狼……”

“在哪儿在哪儿？色狼在哪儿？”七美的头来回扭着，学着电视里变身超人的架势，双臂十字交叉挡在胸前。

樋口晴子想起了只见过一次面的青柳雅春的父亲。他比任何人都无法原谅色狼，如果在地铁上碰到了一定是怒火冲天、大打出手——常常听青柳雅春这样描述自己的父亲，樋口晴子自然十分好奇他究竟是怎样的人，兴致勃勃地期待着。见面后才发现他个子并不高，但体格和肌肉看上去都十分结实，就像一名武术格斗家，光看外表并不觉得性格有多暴躁而是老实忠厚，看上去是一个脚踏实地的人。

二人开车从迪士尼乐园回来的路上路过了青柳雅春父母家。一开始青柳雅春说给他们介绍完后立刻就走，可见了面就走不掉了，最后还一起吃了晚饭。带回家的女朋友就等于是结婚对象——当时青柳雅春的父亲可能还没有这种想法，不过仍低声对樋口晴子说了句：“雅春就拜托你照顾了。”他告诉樋口晴子：“这小子看着还行，但其实脑子很笨。”最后又补充说，“但本质上是个有骨气又坚强的人。”

“哎？真的？”最先问出这句话的竟然是青柳雅春的母亲。

“哎？真的？”樋口晴子也学着她的模样故意问道。

“是真的吗？”青柳雅春也求证似的问。父亲可能在气势上受到了打击，只能不停地重复说“应该是吧”。

“应该是……吗？”樋口晴子亲眼看着青柳家所有人留在各自碗里的饭粒，哭笑不得地问道。

“据我个人观察，应该是这样的。”

“怎么越说越不像那么回事了。”青柳雅春苦笑过后，露出一个完全可以看作是软弱象征的温柔的笑。

“反正，他肯定不是那种会成为色狼的男人。”父亲挺起胸脯说道，“他就算去杀人，也不可能成为色狼。”

樋口晴子听得大跌眼镜。“这究竟是怎样的价值观呀？”

“你听我说，我不认为杀人正确。可是，有时候为了保护自身或者保护家人，可能不得不杀死敌人，也不能说这样的可能性就完全没有。说心里话，我倒是觉得有可能。”

“有可能吗？”樋口晴子强忍着笑说。

“有可能。这不能成为理由，但我不觉得这小子杀人的可能性是零。谁也无法保证被迫杀人的情况不会发生。是不是？但是，非礼女性这种事，再怎么讲道理，都无法原谅。我想不出有什么情况是必须要非礼女性不可的。总不会有人说，我为了保护自己的孩子所以非礼了那个姑娘吧？所以，我想说的大概就是这么个意思。”

“就算你那样说……”青柳雅春的脸色越来越凝重，眼前扬扬自得地大谈歪理的男人竟然跟自己有血缘关系，而且是最亲近的直系血缘，这简直让他无所适从。“不过反正，我亲眼见过色狼被爸爸骑在身上、打断了牙齿，心里早就种下了恐惧的种子，我这辈子肯定是干不了色狼这一行的。”

“什么干得了干不了……”母亲正要责备，父亲却抢在她前面指着青柳雅春说了一句：“对，你没那个能力。”

樋口晴子牵着七美的手往前走。

“那样的青柳，竟然是色狼……”她无意识地自言自语道。

“那样的青柳，竟然是色狼……”七美有样学样，装出大人的语气。

这让樋口晴子轻声笑了出来，同时她又想到，如今青柳雅春的父母尤其是他的父亲，要抱着怎样的心情去看那条新闻呢？先在电视上看到发生在仙台的这件大事，然后又看到亲生儿子被认定为犯罪嫌疑人，甚至连非礼女性的前科都给挖了出来。他要如何去面对？樋口晴子甚至担心了起来。此时他们肯定是不得安宁了，恐怕房屋四周都要被记者和摄像机围得水泄不通。

“妈妈，没事吧？”

樋口晴子回过神来，从包里取出手机翻找起通讯录。她找出了森田森吾的名字，按下通话键。那是一个手机号码，响了一会儿后，话筒里传出的竟是一个年轻女人的声音。“我想找森田先生。”她刚说完，对方立刻回了一句：“啊？根本不认识。”电话随之挂断。

电话号码是去年在购物商场与森田森吾偶遇时交换的，自己从没有打过，森田森吾也没有打过来。或许这个号码根本就是假的。接下来樋口晴子又拨打了小野一夫即阿一的电话。这号码也是以前见面时互相留的。樋口晴子迅速按下通话键，没给自己任何思量的余地。

拨号音响了一阵子。樋口晴子忽然感到恐惧，不管是森田森吾还是阿一，他们似乎从来都没有在这个世界上存在过。她原本以为只要想联系，这些人随时都能联系上。可真打算联系了，竟然连电话都打不通。

“喂？”话筒里终于有人说话了。

听到声音的瞬间，樋口晴子整颗心都沉了下去。是一名女子的声音。“喂……”樋口晴子开了口，却又不知该如何继续下去。她心想，反正连性别都不对了，不如赶紧道个歉挂断电话算了。

可是，电话另一头的女子说了一句：“喂，是樋口小姐吗？”这让樋口晴子愣住了。身旁的七美学着她的模样，挺直了身子一动不动。

“嗯？”

“这个手机是小野一夫的，刚才来电话时屏幕上显示了樋口小姐的名字。你们上学时是一个社团的吧？我之前听说过关于你的事。”

“哦，对，对！”樋口晴子带着连自己都觉得意外的兴奋回答道。她感觉自己跳上了一列一旦错过就再也无法乘坐的列车，现在通过手机跟自己说话的人，是自己唯一的希望。

“我是小野的女朋友。哎呀，自我介绍说是女朋友，感觉怪不好意思的。”

“哈哈，是嘛。”如果不说是女朋友，改成说是恋人，恐怕更难为情。“其实我有点事想问小野来着。”

“他现在……接不了电话。”她的声音稍微小了一些，那似乎并不是因为顾及周围而降低了音量，倒像是她内心低落的情感直接通过声音表现了出来。

“哦，是吗？他人现在在哪里？”

“在医院，还在睡呢。”

“还在睡？他生病了吗？”

“受了点伤，昨天夜里的事。”

“小野他受伤了？”

七美拿着树上落下的树枝正玩得开心，这时跟着学舌道：“小野他受伤了？”

“我进屋时他已经倒在地上了。不知是跟人打斗过还是怎么回事，全身都是伤，都瘀青了。”

“瘀青？伤？打斗？是家里进小偷了吗？”樋口晴子嘴上说着，心里其实已经知道恐怕不是。这么多年了，自己才打了这一次电话，偏偏这么巧阿一家就进了小偷，她不觉得世上有这种巧合。

“青柳先生你也认识吧？”

听到电话那一头的女子提出的问题，樋口晴子又不知该如何回答才好了。“青柳他……”她开口道，“现在，好像惹上了大麻烦。”她只得打马虎眼。

“其实，好像就是青柳先生救了小野。在来时的救护车上，小野这样对我说过。”

“青柳救了小野？但青柳现在可是嫌疑人……”

“是呀，就是那个人。”女子语气坚定，“我也还没弄明白。”

樋口晴子又想起了过去的事，想起了她唯一一次去青柳雅春父母家时的光景。更准确地说，这并不算她主动回想起的，只不过是记忆的水位忽然上涨，在那奔腾的记忆洪流中，青柳雅春的父亲突然出现在了她的脑海里。

“总之我可以向你保证，这小子绝对不会成为色狼。”青柳雅春的父亲自豪地说。

“小学寒假的时候，有一次老师布置书法作业。第一次写毛笔字，老师让在家写好交上去，写什么都可以。”父亲身旁的青柳雅春皱着眉头说，“大家都写了些‘新年日出’之类的吉祥话，只有我在爸爸的指导下，写了‘色狼去死’几个字。”

樋口晴子笑得肚子都痛了。

父亲开口道：“你小子当时不是挺开心的嘛。”

“只不过因为那时候还小。你说这算什么父亲？总之，从小接受这种教育，我算是得上色狼恐惧症了。”

这时，青柳雅春的母亲又漫不经心地说了句根本不相干的话：“色狼[1]这两个字，写起来也挺费劲的。”

---

①日文中，色狼写作“痴漢”，笔画较多。

青柳雅春

青柳雅春从餐厅窗户逃出来，又绕回店门口附近的人行道，顺带窥视了里头的情况。由于四周已经很暗，光亮的店内看上去就像是聚焦了灯光的舞台。方才那几个侦查员模样的男人正在各餐桌边来回走动。其中一个小个子正和店长以及一名女服务员说着什么。小个子男人让二人看了什么东西，也不知道是记事簿还是照片。服务员随即指了指厕所方向。

青柳雅春背好背包，又从口袋里掏出手机确认了一下，的确是关机状态。是因为它吗？它暴露了自己的位置？就在他走上人行道准备离开的时候，一个巨大的声音响起。随响声而来的冲击波如同一只无形的手在背后推着他，使他驻足回头观望。餐厅入口附近那扇大窗户的玻璃已经破碎。旁边一对男女正从座位起身，眼睛瞪得浑圆。店内所有人都停止了动作。

面对着破碎的玻璃窗，一个体格健硕的高大男人傲然伫立。就是那名头戴耳机、轮廓分明的男子，手里赫然端着一把霰弹枪。日本的连锁餐厅、破碎的玻璃、高个子男人手里的霰弹枪，这样的一种组合显得滑稽并略带魔幻色彩。现实就像那些撒了一地的玻璃残渣，早已支离破碎了。青柳雅春听到了客人的惨叫声。

他往前迈了一步，却感觉膝盖使不上力，差点摔倒，只得咬牙坚持，另一只脚再次蹬向地面。必须尽快远离这里，越远越好——青柳雅春催促着自己。现在他只剩下脑袋能够高速运转。他上身前倾地往前挪动。身旁的马路上一辆货车正气势磅礴地驶过，大灯明亮，后部的载货台上能看见一个鲸鱼标志，那是一家快递公司的商标。就算首相遇刺，货车还是照样奔驰。面对如今正全面进行的盘查和封堵，他们还能好好送货吗？青柳雅春不禁同情起这些送货司机来。

“我们要是不送快递，国家可就全垮啦。说什么互联网，真正要用到的实物还不是得靠我们去送。”青柳雅春想起以前常一起送快递的伙伴曾说过的话。“网络可以传递信息，但却送不了货。所以你不认为应该改善我们这些快递员的待遇吗？”这位快递员朋友说着，引得周围一群同行竞相赞同。只不过，他们的待遇并不会因此而得到改善。

两年前，青柳雅春作为拯救了女偶像歌手的英雄为人所追捧，被电视台反复报道、折腾的时候，曾有一位嘉宾在节目上说过：“各位在马路上遇见大货车时通常都会嫌弃，觉得它们在路上碍事。然而，整个经济体系的根基都要靠它们的工作来支撑。”快递员们听到这些，都半开玩笑地说：“多亏了青柳，我们的地位才得到提升。”当时的他们很开心。可现如今，如果见到自己这般狼狈逃窜，他们或许会愤怒吧。“都怪青柳，人们对我们的印象更坏了。”

走上大路后，青柳雅春的脚步放慢了些。道路两旁的路灯照着他。路上几乎没有行人，奔跑反而引人注目。

阿一呢？他忽然开始担心起来。阿一和女朋友和好后，搞不好会去餐厅找自己，很可能被那些侦查员纠缠。他没事吧？

“对不起，青柳学长。”刚才通话时阿一说过的话在脑子里回放。现在想想，当时阿一的声音听上去似乎十分痛苦。

一瞬间，青柳雅春几乎要停下脚步。他又看了一眼手机，自言自语道："不可能吧……"难道位置暴露不是因为手机信号，而是阿一说出去的？他的脚步终于停了下来，抬头看看四周。一对年轻夫妇正从面前路过，对面是三个身着学生装、发型讲究、勾肩搭背的青年，他们同那对夫妇擦肩而过。

青柳雅春一直盯着他们。学生装三人中稍微靠前的那个正看向青柳雅春，二人视线相对。青柳雅春的心跳得厉害。所有人似乎都在监视他。恐惧朝他袭来，仿佛四周的路灯全熄灭了，只有一束光打向他自己，使他显得格格不入，好似一件展览品。

"越是看上去无害的人，越可能是你的敌人。包括我在内。"

这是森田森吾说的。就在几个小时之前，他坐在一辆车的驾驶座上，以从未有过的严肃表情告诫青柳雅春。"我如果逃跑，家人就危险了。"他还这样说过。

看见信号灯刚好变绿，青柳雅春过了马路，脚步很快。

仙台车站东口的那家店他只去过一次。记得几年前家里电视坏了，他又太想看世界杯预选赛日本队的比赛，于是抱着最后一线希望连夜去了那里。以前光听说过网吧，记得同事说曾在里头看过电视，可具体该怎么办他却一无所知。惴惴不安地进去后才发现，坐在里面竟然很舒服。

走下台阶，穿过自动门。这家店的管理还是和以前一样松懈，既不要任何身份证明也不要求办理会员证。听说最近好多店面都在入口处装了监控摄像头，这里似乎也没有。青柳雅春要了一个能用电脑的位置坐了下来，开始上网看新闻。一开始他害怕自己的名字早已被写成大字贴了出去，照片像西部片里的悬赏告示一般出现在各个网页，可找了一遍后发现竟没有任何关于青柳雅春的消息。他十分意外，同时又觉得整个人都轻松了起来。

森田森吾说“你将成为奥斯瓦尔德”。可光看新闻，似乎还没有类似的消息被公开出来。

是你想太多啦，森田。金田首相是被谁刺杀的现在还不知道，新闻上也并没写我就是凶手。

青柳雅春想着这些的同时，森田森吾悲伤的表情、阿一的那些话、不顾一切追捕自己的那些男人的强硬态度、越过阳台栏杆俯视自己的男人和自己扔过去的飞镖、被枪击的酒类专营店老板、在众人面前开火的霰弹枪以及应声而碎的玻璃……这些画面被接二连三地回想起来。

轻轻抚摸着太阳穴，擦伤的血迹已差不多干了，青柳雅春直勾勾地盯着镜子再次回到现实——这并不是想太多。自己正被追捕是不争的事实。

只不过此时消息还没浮出水面而已。迟早它要被公开，然后引发如洪水决堤般的骚乱。混浊的洪流不仅要吞没自己，连那些与他相关的人们的生活也会一并摧毁，一定会。青柳雅春感到一阵揪心。

他并不擅长使用电脑。学生时代为交小论文或者搜寻便宜的居酒屋还算经常用到，工作之后就很少接触了。当初媒体紧盯住自己不放的时候，网络上有关他的各种来路不明、毫无根据的消息泛滥，在他心里种下了厌恶和恐惧的种子。

青柳雅春将自己曾任职的快递公司名称输入搜索栏。公司主页很快出现，样式比自己当初在时更华丽了一些，就连小猎兔犬商标看上去都比之前更加可爱，这让青柳雅春紧绷的面庞也稍有舒缓。有小道消息说，这只小狗的图案是拿老板儿子的绘画为底稿修改而成的。

青柳雅春修改了地址栏里的网址。只要对主页网址稍作修改，应该就可以进入员工系统。

员工系统的首页出现后，首先会要求输入工号和密码。自己辞了职，工号也应该早已被删除。这一点青柳雅春早有心理准备，不过还是决定尝试一下。他心里还抱有期待，觉得或许公司忘记删除了呢？当然现实不会那么顺心。很快出现了一条无法认证的提示。

这时青柳雅春开始在记忆深处搜索，输入了另一个工号，随后在密码栏里打上“ILOVECAT”。

千万别换密码呀。青柳雅春在心里默默祈祷，同时按下鼠标。自己以前的上司特别喜欢猫，领带上永远是猫的图案，办公桌上也堆满了猫的照片和玩偶。据说他因为离婚而喜欢上了猫，他相信只有猫才能理解自己，也只有猫才永远不会背叛自己，于是将员工系统的登录密码设为“ILOVECAT”，还四处跟别人吹嘘。还有人就此事半开玩笑地责备过他：“总把密码挂嘴边还怎么保密。”

如果再出现错误提示就放弃，青柳雅春心想。如果真那样了只有另想办法。然而，登录成功了。出现了新的页面。青柳雅春不禁握拳轻声喊了一句“太好了”，又怕被旁边座位的人听到，慌忙闭上了嘴。

接下来要做什么他心里早已有数。点开送货员检索页面，从列表中搜寻一个名字，找到后又在那名字上点击，这下子就可以确认负责区域和预定时间。“太好了！”他又喊出了声音。

退出员工系统后，他再次打开最开始的面向客户的主页。点击“上门取件”按钮，打开申请页面进行填写。让快递员上门取货对他来说还是第一次，他生疏地填写着每一处空白。

姓名那一栏，他填了一个假名字。取件地址选在了刚才查出来的那名快递员所负责区域里的一栋商住两用楼。青柳雅春自己也曾因为工作去过好几次，楼位于车站东北方向，距离这家网吧也并不算远。这栋建筑物的三楼应该是一家咖啡店，他按照自己的记忆填写了店名。

可能因为咖啡店是由这栋楼的房东自己顺带经营的关系，营业管理十分随意，每个星期至少有一半时间都不开门。

他在快件尺寸栏注明要三个最大号的箱子，到日期指定那一栏时，却不得不停手。因为那一栏上注明了："请选择明日或之后的日期和时间。"

青柳雅春巴不得对方一个小时后就能到达指定地点，不过这显然是不可能了。如果打电话去跟公司解释情况紧急，或许会受到特殊对待，青柳雅春的记忆里也的确有过这种爱找麻烦的顾客，但现在那样做很容易引起怀疑。他看了看电脑，不管看几次，时间早都已经过了十八时了。可供选择的最快取件时间是"明早九点"。

距离现在还有十五个小时，想到这些青柳雅春只能瘫坐在椅子上。他无法想象十五个小时后自己将面临怎样的境遇。不过无论如何都比什么都不做好，于是他按下了"申请取件"按钮。

随后他就切断了电脑电源。此前送来的咖啡已经凉了，他一口喝光，从座位起身，结完账后便离开了。

青柳雅春朝北走去。他并没有什么特别的意图或计划，只是觉得远离车站总比靠近车站好，仅此而已。每当和行人打照面时，他的心都会揪作一团。直到走了很长时间之后他才意识到，一直待在网吧或许才是最好的选择。

他毫无目的地走在路上，在一处信号灯旁发现了一部公用电话。电话位于一家眼镜店旁边，一栋大楼入口处的自动售货机旁。在手机普及的当下，这令他觉得十分稀奇，他打量着那部公用电话，感觉就好像在看一个孤零零地立在庄稼地里的稻草人。很快他便因为绿灯总也不亮而焦躁，随即联想到手机的语音信箱里或许有新留言。通过公用电话应该可以收取语音信箱里的留言。现在他对于打开手机电源仍感到恐惧，公用电话应该就没有问题了。

从钱包里取出硬币，再从背包里翻出电话簿确认语音信箱的号码，青柳雅春拨通了电话。按照语音提示，他陆续输入了手机号和密码，随后听到了“您有一条新留言”的语音提示，提示的声音听上去有些活泼，却又带着冷漠。背后马路上来往的车辆十分吵闹，青柳雅春只得将话筒紧紧按在耳朵上。

“哦，是我，小野。”语音留言开始播放了。青柳雅春还没来得及思考小野是谁，就已经从声音分辨出那是阿一。对呀，原来阿一姓小野，他茫然地想。

“青柳学长，你还好吧？你说过手机没电了，不过，我……还是担心……”阿一的声音听上去就像一个吞吞吐吐地试图倾诉爱意，但总也无法鼓起勇气告白的年轻人。“如果……你听到了这通留言，一定马上离开那家餐厅。那个……也不知道……你什么时候才能听见。那个、我、现在也准备过去。那个……我……我还是不相信青柳学长能干出那样可怕的事来。那个……到我家来的那些……到我家来的那些警察比你可怕多了……”

“那个……”连青柳雅春都忍不住将这个多次重复的词念了出来。他握着话筒的手越来越用力。警察？警察到阿一那里去过了？

“青柳学长给我打第一通电话之前，警察就联系我了。”留言里阿一的声音在继续。

在我打电话前？青柳雅春很诧异。

“我还是觉得，事情挺严重。你听到留言后一定马上离开那里啊，青柳学长。”

青柳雅春一脸严肃，轻轻呼了口气。这口气呼得很长、很细。阿一的忠告有些迟了。自己早从那里逃了出来。

留言没了声音。青柳雅春以为已经结束了，声音却又开始了。“哎？

你们、你们怎么……”这话似乎并不是对着话筒说的，阿一的声调都变了。青柳雅春再次集中注意力听着。

“你们怎么直接进来了？你们把门锁怎么了？”阿一很生气。但很明显能感觉到，他的语气里除了愤怒之外还包含着畏惧。

留言中断了。一个活泼的声音报出了这通留言的日期和时间，大概就是十五分钟之前。阿一究竟遇上什么事了？青柳雅春十分疑惑，但也理不出头绪。有人进了阿一的家，而且是未经允许、大摇大摆地进去了。如果是这样，那些人很有可能就是一直追捕青柳雅春的侦查员。会是这样吗？

有车从背后驶过。由于引擎的声音太大，青柳雅春下意识地让到一边，弓着腰做自卫状。背包里的东西发出了互相挤压的声响，那些压缩饼干可能已经碎了。青柳雅春忽然觉得，如果自己再不小心一些，可能会造成更多更重要的东西破碎。

青柳雅春

青柳雅春决定拨打阿一的手机号码。公共电话同样有可能暴露自己的行踪，但语音留言里那个惊慌失措的阿一在他的脑海里总也挥之不去。

阿一平安无事吗？

为了查号码，他打开了手机电源。开机的瞬间他感到恐惧，仿佛那些肉眼看不见的电波正向四面八方传递“青柳雅春就在这里”的讯息。他甚至产生了错觉，觉得这世上所有人都注意到了自己的所在，随时都可能对自己发动袭击。他迅速对照着通话记录按下公用电话的按钮。心脏跳动得太过剧烈，胸口隐隐作痛。

“喂？”是阿一的声音。

“阿一？”青柳雅春高声喊道。

“青柳学长。”

“嗓子怎么哑啦？没事吧？”

“有事啊。青柳学长，你怎么还打电话来？”他的声音听上去很虚弱，有些神志不清。

“喂！你怎么啦？”

电话那头传来一阵窸窸窣窣的声响。果然还有其他人在。当青柳雅春察觉到这一点时，忽然冒出一个声音叫出了他的全名：“青柳雅春？”

“你是谁？”

“你又是谁？”

“我是青柳雅春。你是谁？”

对方立刻低声回答说是警察厅警备局综合情报科。青柳雅春心想这明明是所属单位而不是名字，可对方似乎并没有报上姓名的打算。“现在还没有对外公布，但我们知道你就是凶手。你跑不掉的，趁现在投降还有得谈。我们可以算作自首来处理。”

“不是我干的。我不是凶手。”青柳雅春从未想过，自己的人生中居然还有机会说出这样的话。

“凶手从来不会主动承认自己就是凶手。”对方冷冰冰地说。

青柳雅春猛烈地摇晃着公用电话。“为什么不相信我！”他简直想破口大骂。就在这时，他的眼角瞥到了隐蔽地设置在人行道旁杜鹃花丛中的安保探头，小小的椭圆形顶部有红色和白色的指示灯在闪烁。靠那东西就能监听到自己在这里打电话吗？他转身背对着安保探头，有种被看门人或看门狗盯上了的感觉。

“青柳学长！你赶紧跑吧！这些人绝对有问题！”透过话筒能听

到阿一在不远处高喊。很快又传来了一声痛苦的呻吟。

“喂！”青柳雅春喊道，“你们干什么呢！”

“你觉得我们在干什么？”对方若无其事地反问道。

“你们没有对阿一施暴吧？”对方可是警察，青柳雅春不相信他们能做出这样的事，但还是问了。

“怎么可能呢？”

对方刚说完，话筒里就传来一阵他从未听过的阿一痛苦的叫喊。

“喂！”

“你犯下的事非常严重，你杀了首相。现在情况异常紧急。异常紧急的情况下，稍微动用一些暴力也是在所难免。你知道为什么吗？”

“我怎么可能知道！”

“为了杜绝更为异常的紧急情况发生。”

“你简直强词夺理！”

“我没有强词夺理。”对方竟然有些怒气，“你去看看美国的连环恐怖袭击。你知道为了抓住主谋要杀死多少无关人员吗？”

“你们不是美国。”

“没错，万幸我们不是美国，但你确实是凶手。”

“这跟阿一没关系，要抓你们就来抓我。这不就是你们唯一的目的吗？”

“有一个办法可以让我们放了你朋友。”

“什么叫放！他本来就是无辜的。”

“要么你现在去离你最近的警察局自首，要么你来这栋公寓。只要你做到了，这位小野先生的生活就可以立即恢复正常。”

“你们折磨阿一并不会改变任何事情。”

“我们等待着青柳雅春的到来。”

青柳雅春感觉投进公用电话的硬币就快用完了，他在思索是否还要继续投币。自己现在的位置是否已经被注意到了呢？他毫无头绪，只能焦躁地站在那里，手足无措。“我不是凶手！”他再次态度强硬地说道。

“越是凶手就越会这样说。哪有凶手主动承认自己是凶手呢？”对方说得十分肯定。

青柳雅春似乎被其傲慢的态度所激怒，竟然赌气说道：“好，我就是凶手！”

对方一下子沉默了。

“这样就可以证明我不是凶手了吗？”他感觉自己反将了一军。

“你还是没搞清楚形势。”

“对了。森田呢？森田怎么样了？”

“森田？”对方似乎并没有装糊涂，而是真的感到困惑，但马上又说，“哦，你是说你的朋友，被你杀了的那个吗？”

“杀了？你胡说什么呢！”

“不是你在车上装了炸弹然后引爆的吗？”

青柳雅春哑口无言。白天上出租车前最后听到的那阵爆炸声又在耳边响起，他的脑海里一片空白。这片空旷的脑海里，“森田”二字慢慢浮现。

“都这个时候了还装什么糊涂。”对方说完便挂断了电话。

青柳雅春呆呆地站在公用电话前，觉得自己随时会瘫倒在地，只能勉强撑下去。

“人最强大的武器，是习惯和信赖。”森田森吾的话掠过脑海。森田现在怎么样了？青柳雅春狠狠地摇晃着脑袋，试图将森田森吾的事全赶出去。他一次又一次地重复着摇头的动作，打算拂去牢牢地粘在脑海中的“森田”。

青柳雅春

现在去阿一的公寓太危险。这是明摆着的，连孩子都知道，就好像身为猎物的鹿闯入正端枪守候的猎人的领地，这比喻显得那么陈腐而平庸，但眼下的事实明显正是如此。

可是，不断对自己道歉的阿一的声音，以及刚才痛苦呻吟的阿一的声音，在青柳雅春的脑海里总也挥之不去。

“有一个办法可以让我们放了你朋友。”电话里的男人这样说过。

青柳雅春感觉气血上涌。他脸色铁青，明明不痒却挠起了脸颊。他想起森田森吾曾炫耀般在他们面前大谈旅鸽。越是不愿去想，关于森田森吾的记忆就越是往外涌。他又看到了车里的那张脸，又听见了独自逃离时身后的那一声爆炸。

旅鸽群集体飞翔迁移时的总数量高达二十亿只，但最后还是因为人类大面积猎杀而灭绝。据说，猎人会剜去旅鸽的眼珠。看不见的旅鸽失去了飞翔能力，只能不断扇动翅膀原地挣扎。其他同行旅鸽发现后会误认为那是在进食，于是全都聚过来。猎人们只要等候这一刻，一网打尽即可。

“是不是很过分？”不知为何，森田森吾谈起人类的残酷时，脸上竟还有些欣喜。

眼下自己的境地就如同旅鸽。

阿一正在承受痛苦折磨，就是那只被戳瞎了眼睛的旅鸽，一旦青柳雅春靠近，等待他的就是一枪毙命。就算没送命，也免不了要戴上手铐。如果这是一部电影，那必定是一部剧本单调乏味的电影。青柳雅春完全不觉得自己有义务去听从剧本的安排。而且他不是旅鸽，他明知道那是陷阱，如果还傻傻地往里冲未免太蠢。

“没错，太蠢。”他点了点头，“傻子才去呢。”可他的脚步却是朝着阿一家的方向。步伐越来越大，每一步都坚定有力。有股力量在背后推着他前进。“我要去让他们把我的朋友还给我。”

他顺着人行道前进，走过斑马线后不知为何想起了父母。在站台上，父亲骑在色狼身上挥拳，嘴里喊着“赶紧教训完这小子，回家洗个澡睡觉”，母亲站在一旁不知所措。

青柳雅春停下了脚步。

“人不能一直意气用事，总得冷静地想想办法。”记忆中的某个声音响起。谁的声音？这肯定是自己曾经说过的话，但是在什么时候对谁说的却不记得。应该是对樋口晴子吧，他猜测道。反正这句曾拿来揶揄父亲的话如今让他停下了脚步。

这样贸然闯进阿一家里是否有胜算？阿一家里有多少人还不知道，不过考虑到青柳雅春可能会前往，多人埋伏的可能性很大。

青柳雅春握紧手机，一个向后转，又顺着原路返回。

车站周围的行人比平时要少，所在的这家电器超市也很清闲。刚进门的时候可以听见吵闹的宣传广告，但顾客却没几个。

走进这家灯光明亮的电器超市，周围平静的日常气息竟让青柳雅春感到新鲜。直到刚才还纠缠着自己的恐惧、紧张、愤怒和焦虑，都如汗水般缓缓蒸发。

白天跟森田森吾见面后所遭遇的一连串怪异惊险之事一定都是幻觉，现在所处的店内，空调、干燥机、挂有“新时代负离子”广告的吸尘器，这些同生活密切相关、甚至让人觉得是和平象征的家用电器才是现实。一定是这样——青柳雅春希望是这样。

然而，当看到大型电视卖场里数十台排列整齐的屏幕中，所播放的全是金田首相游行队伍时，他还是被无情地拉回了自己所置身的状况当中。那些画面和在稻井家看到的一样。炸弹爆炸的瞬间被反复重播，实在难以想象它真的发生在了这个城市。

旁边的一台电视里正播放另一档节目。

“这应该是九〇式。”画面里一名白发男子正在发言，他身边的其他人夸张地点头附和。所有人都是男性，但从年龄到服装都各不相同，实在难以找出他们之间究竟有什么共通之处，不过随着节目的进行，这一点也逐渐明了。

“九〇”是所搭载的引擎的规格。他们都是遥控直升机玩家。隐约之中，青柳雅春觉得好像见过那名白发男子。

“大冈的 Air Hover 吧。”是另一名男子的判断。

青柳雅春握紧了拳头。那正是摆在自己家里的那架直升机的型号。就连现在，那架 Air Hover 也都还在家。它跟用于作案的直升机型号一致，这无论如何也不可能是巧合。他终于明白了这一点。准备工作很周密。想到这里，他才觉得一切似乎不那么难以接受了。

井之原小梅呢？

青柳雅春站在电器超市的电视展示区，一动不动。自己之所以购买遥控直升机，全是因为井之原小梅的劝说。如果不跟她相识，他也绝不会接触那些。今天反复询问自己的那个问题再次划过脑海——井之原小梅值得信任吗？

也不知道是长时间的站立引起了怀疑，还是被误认成了有可能掏钱的顾客，一名店员走了过来问道：“有什么可以帮您的吗？”

总不可能询问他是否可以信任井之原小梅这样的问题，青柳雅春生硬地打个招呼离开。

他买了一支数码录音笔。打开钱包取出信用卡，他忽然有些害怕。

或许使用记录正受到监视。对方会做得这样彻底吗？他不禁怀疑。但考虑到餐厅里的那一枪以及他们对待阿一的方式，青柳雅春觉得这对于那些人来说只是家常便饭，他们不管做出什么样的事都不值得惊讶。然而就在准备付现金的时候他又改变了主意，最终还是选择了信用卡结账。因为对于现在的他来说，适当暴露行踪可能反而是不错的选择。

接下来他又来到更靠里的游戏卖场，买了一台差不多文具盒大小的游戏机。当初这种游戏机因为机身超薄而备受关注，现在到处都摆了不少。

“游戏软件不需要吗？”店员问道。

“这东西还可以用来看电视是吧？”

“完全没问题。很简单、很简单。”店员神情骄傲地回答，好像那台游戏机就是他自己研发的产品，“这机器性能很好。不管在家还是走在路上都放得很清楚，无论在哪里都可以收看。”

离开电器超市后，青柳雅春绕到车站后面，在一个垃圾箱旁边打开包装。他给机器装好电池，将说明书塞进包里，包装盒则就地扔掉。

确认了数码录音笔的使用方法后，青柳雅春开始给自己录音。他练习录制了好几次，然后将录音全部删除，见周围没人，大声地开始了正式录音。面对一个机器满怀情感地说话实在令人感到羞耻，但没有办法。“从现在开始我将离开仙台。”他将这句话录了下来。录音结束后他看了一眼手表，视线随即移向旁边的电子游戏城。希望还在那里，他心想。

哼着披头士 *Help!* 的歌词，他迈开脚步。

青柳雅春

看到阿一所住的公寓楼顶时，青柳雅春差点又走不动路了。他咬紧牙关，暗自在心里给自己鼓劲，再次继续前进。他发现自己无意间哼起了 *Golden Slumbers*。“Golden slumbers fill your eyes.Smiles awake you when you rise.”保罗·麦卡特尼曾这样歌唱。他想告诉人们“Once there was a way to get back homeward”，试图让四分五裂的乐队成员们重新聚在一起。他的心中有一条通往故乡的道路。最终乐队并未能回到从前，保罗·麦卡特尼将后半首歌重新编曲，制作成一首组曲。

第一次听到这些——能听到这些话的机会，除了学生时代的快餐店聚会再无其他可能——肯定是来自阿一或者森田森吾当中某一人的发言。青柳雅春想象着在一间四叠半的小房间里，独自一人头戴耳机、蜷缩在多轨录音机前专注于编曲的保罗·麦卡特尼，似乎感受到了他那无法言喻的孤独。

“为什么是四叠半的小房间嘛，肯定是在录音室啊。”森田森吾感到很好笑。确实他说得有道理。身处那支已然分崩离析的乐队，仅凭一己之力默默工作的保罗·麦卡特尼在编这首组曲的时候，一定倾注了他希望大家重归于好的愿望。青柳雅春坚信这一点。

重回过去的美好时光，青柳雅春不知道保罗·麦卡特尼是否将他的恳求付诸行动过，不过现在的青柳雅春正是带着这样的思绪前行，一心只想着：“一定要让一切重回当初的模样，一定要拯救当初的那些伙伴。”

公寓楼前有一条通往入口的走廊，两边种了很多植物。在一片昏暗中隐约能看见深处还有一小片空间，摆放了一些供儿童玩的器具。青柳雅春并没有直接走进公寓内，而是选择利用公寓四周的围墙先隐蔽起来。他背靠着围墙，看了看手表，想起了刚才在电子游戏城门口交谈过的那个身着黑豹标志运动服、卖杂志的流浪汉。

“只要我在东口拿这个手机打电话就行了？”留着络腮胡、头发花白的流浪汉手握着电话问青柳雅春。

“你只要重新拨打这个号码就可以。”这样一来，这部手机就会拨打阿一的手机号码。

“我不说话就行？”

“你只要播放这里面的文件让对方听。”青柳雅春说着便拿着那支数码录音笔，教对方如何使用。

“我年纪大啦，最怕用这些机器。”他有些不好意思，“我看的电视还是用天线的呢。”他的头皮屑掉下了许多，可比起那些来，让他颇显青春的羞涩笑容却更为引人注意。他摆弄着手里的录音笔，好像一个孩子看见了玩具。青柳雅春并不知道他的真实年龄。

“不管对方说什么，你别理会，只管播放录音就行。”

“那还能沟通吗？”

“本来就没打算能跟对方顺利沟通。”

“人的权力越大就越容易变成那样。从来不管别人说的是什么。”

“是他们太专横，随便把人说成是罪犯。”青柳雅春正说着，身着黑豹标志运动服的男人轻声嘀咕了一句：“我也常被那样冤枉。”

“你正干活呢，我却让你帮我做事，真不好意思。”

身着黑豹标志运动服的男人将腋下的一大捆杂志重新夹稳，咧嘴露出一口并不算洁白的牙齿，以纯正的发音说了一句：“I help you!”

青柳雅春的想法很简单。既然对方通过手机和安保探头来掌握自己的所在，那么倒不如好好利用这一点做文章。将录有自己声音的录音笔交给流浪汉，再让他通过手机播放，那么在阿一家的那些警察必然要追查手机所在地，或许就能借机将他们的注意力转移到车站去。趁这段时间，他就可以自由行动，比如借机接近阿一的公寓。

青柳雅春请求身着黑豹标志运动服的男人在晚上七点整打电话，

同时心里也在默默祈祷：全靠你了，大叔。

他从围墙后面探出身子，察看公寓楼中阿一家所在位置的情况，那是在二楼正面最右侧、距离电梯最远的逃生楼梯旁边。

这时他忽然听见脚步声和有人靠近的动静，赶忙转回身去再次隐藏在围墙后。

“东口。”一个男人的声音说道。他从公寓门口走来，正对着手机讲话。“刚才打电话来了，从手机打来的，肯定是青柳雅春的号码没错，声音也对。我现在过去，你们也给我过去。他说他要乘公交车离开，也不知道是真是假。”

青柳雅春如忍者一般背靠着围墙窥探情况。从公寓里走出的男子一直在讲电话，并未注意到围墙后有人，直接过了马路。青柳雅春朝那边望去，发现路边停了一辆轿车。由于已是夜晚，并且车停在路灯下，所以无法分辨颜色。可能是豪华轿车吧，车身很大，印有条形花纹，图案很有个性。

男人打开驾驶座一侧的车门。在路灯下他的身形依稀可辨，头发稍微有些烫卷，体形瘦长，年龄不太清楚。车发出了野兽般的低吼，应该是引擎打着了。

这时从墙的另一边忽然冒出一个人影。青柳雅春立刻将身体缩回墙后。

是那个人。体格健壮、戴着巨大的耳机、右手握着霰弹枪——如此装扮的男人在仙台甚至在全日本恐怕都不会有第二个。一定没错，是餐厅里的那个。他也不紧不慢地过了马路。

很快两人所乘坐的车便离开了。

应该是身着黑豹标志运动服的男人完全按照青柳雅春所要求的方式用录音笔打了电话。“我不会去阿一的公寓，我要乘公交车离开，你们等在那里也没用。”他将青柳雅春录下的这段语音通过手机放给了那些人听。

听到这通电话后，警察们必然要赶往车站东口。刚才疾驰而去的轿车就是证据。他们越是能准确把握手机位置，越是会受这通电话的影响。

青柳雅春不知道阿一家里究竟有多少警察，但至少现在已经走了两个，而且包括那个拿霰弹枪的男人。如果运气好，这时候阿一的房间里可能一个人都没有。就算有，敌人的总数也减少了。

“快去！”有一个声音在说话。起先青柳雅春以为那是自己的声音，但又感觉那像森田森吾的声音。那声音似乎在催促：“快去啊！”森林的声音究竟想说什么呀，森田？青柳雅春从墙后走出，朝公寓走去。他并未走正门，而是选择了右侧的逃生楼梯。

青柳雅春

青柳雅春从二楼的逃生楼梯口进了公寓，走廊左手边第一个门就是阿一家。青柳雅春看到摆在走廊上的灭火器，毫不犹豫地抱了起来。一想到阿一以前跟女朋友闹分手时，还被女朋友拿灭火器大闹过一场，他觉得现在用灭火器倒也挺合适。他调整好肩头的背包带，左手抱住灭火器，右手握着喷管，拔下保险栓，调整姿势，手摁在把手上。

青柳雅春抱着灭火器站在了门前。就在他伸出拇指准备按下门铃的时候，忽然想起曾被阿一纠正过说“一般人都用食指”。曾经有段时间，社团的几个伙伴们都笑话他，说他按电梯的手势奇怪。

最终他放弃了用手指按门铃，转而握向门把手。既然这里刚走掉两个人，并且警察还要时常出入，那他们每次都将门锁好的可能性应该十分低。

缓缓转动把手往后一拉，居然轻而易举地就拉动了。门轻轻地打开，青柳雅春几乎要叫出声来。

是该小心翼翼地溜进去，还是该不顾一切地冲进去？权宜之后青柳雅春选择了后者。他觉得如果想打对方个措手不及，气势汹汹地冲进房间是最好的方式。另外，他没有自信能继续在忍受着紧张情绪的同时保持谨慎行动，这也是一个原因。

他猛地打开门，灭火器都撞到了墙上，然后鞋也不脱就冲进走廊，大步朝客厅冲去。

最先进入视线的是仰面倒在左手边沙发附近的阿一。他的眼睛肿了，嘴角也有瘀青。

“阿一！”青柳雅春在呼喊的同时发现右侧有一个巨大的黑影扑了过来。没有时间思考了，他用尽全力挥起拿在左手的灭火器，扔了过去。

那个身着制服、伸出双手正要扑过来的男人，没能避开这突如其来的灭火器，脸被狠狠砸中，仰面朝后倒去。倒下的时候仍高举着双手，好似一只投降的青蛙。

青柳雅春很想去检查被灭火器击倒的对手的情况，但还是先走向了阿一，轻拍着他的面颊，唤了一声：“喂！”他又伸手放在阿一鼻下，发现他还有呼吸之后才稍微松了一口气。“喂！快醒醒！别睡了，阿一！”

阿一猛地睁开眼，试图确认跟自己说话的是否真是青柳雅春。轻呼了一声“青柳学长”后，他似乎还想继续说些什么，可也只是张了张嘴，马上又闭上了眼睛。

青柳雅春觉得胸口的最深处似乎有股热流，被湿润的气息包裹着正缓缓上升。他内心自觉不妙，但回过神时眼角的湿润已聚成泪滴涌了出来。他慌忙擦拭，泪水却总也止不住。这些眼泪并非因为悲伤或愤怒，而是因为他对于一切为何发展到这般田地的一无所知，来自内心的混乱。

怎么会这样？怎么会这样，森田？怎么会这样，阿一？

倒在灭火器下的男人在轻微蠕动。青柳雅春直起上身扭头看了看。他早已想好，如果对方站起来，就立刻再次施以打击。当然，所谓打击，手段也不外乎大外刈而已。不过，看样子是用不着了。

他卸下背包，取出绳索，走到倒地的男人身边，将其双手硬是扭到一起，绑了起来。男人的眼睛睁开一条缝，以朦胧的眼神看向青柳雅春，似乎想说些什么但最终没能开口。虽然拿灭火器将其击倒，青柳雅春内心觉得他没有大碍也是好事。

青柳雅春站起身，又看了眼阿一。他觉得与其自己去联系医院和警察，倒不如将阿一托付给隔壁邻居更为妥当，于是走出了房间。

他按下隔壁的门铃。等待开门的这段时间，一想到自己正出现在门后的显示屏里，便感到恐惧，于是将脸侧了过去。也不知是否因为这一动作还是其他什么原因，没有人应门。他将耳朵凑到门边，可以隐约听到音乐声。里面肯定有人，但对门铃声却没有反应。如此紧要关头磨蹭什么！青柳雅春竟生起气来。

只得改为敲门。最开始只拿手背轻叩，渐渐地开始改用拳头不停地敲击。“哎，开门！快开门啊！”

他没有察觉有人来到了背后。

“青柳先生，身为快递员却这样粗鲁可不好。”那人在青柳雅春身后说话，同时还有咔嚓一声响起，好像是装填子弹的声音。青柳雅春一转身，霰弹枪的枪口出现在眼前。

青柳雅春

青柳雅春被带上了那辆条形花纹轿车，就是不久前他亲眼看着离开了公寓的那辆。车里空间很宽敞，给人高级的感觉，就连脚下都像是踩在地毯上似的。

驾驶座上的男人仍旧戴着耳机。青柳雅春被塞在后排靠里的位置，手腕上没有手铐也没被绳子捆，可以自由行动，但身边就坐着警察厅的人。那人告诉青柳雅春自己叫佐佐木一太郎。他的头发略微有些烫卷，眼角微微下垂，双眼皮，像一个从小无忧无虑的名门大公子，且不是那种脆弱的优等生模样，而是一路走来都一帆风顺、从不知劳苦的人生赢家，散发着威慑力。

“你们要带我去哪里？”青柳雅春问道。他的背包已被夺下，现在正放在佐佐木一太郎的身边，针织帽也给扒下来塞到了里面。

“一开始我真以为你去东口了。”佐佐木一太郎并未回答青柳雅春的提问，面无表情地说道，“小野的手机接到了你手机的来电，一查信号源，发现就在车站东口的环岛，也确实是你的声音。所以我就和他开车往东口去了。”说到这里，正开车的那个男人也往后瞟了一眼。“只不过，搜查本部中途打来了电话，说你的手机信号所在地附近正好有安保探头，但并未拍到你的影像，只拍到一个摆弄手机和一台小型仪器的男人，而且似乎还挺不熟练。”

“是数码录音笔。”青柳雅春感觉浑身无力。

“原来是数码录音笔啊。”

“看来一切都在你们的监视之下啊。”

“电话里已经跟你说过了，现在是紧急情况。”

“可是那些玩意儿在紧急情况发生前就有了。”

“不知道什么叫有备无患吗？”

青柳雅春有些恐惧，不知道自己什么时候会被殴打，他也已经做好了挨打的准备。旁边这位佐佐木一太郎，只要他想，随时可以动手。青柳雅春甚至开始觉得正如对方所说，只要是“紧急情况”，他就有权这样做。

然而他却显得十分平静，身子动也不动。究竟，青柳雅春想，究竟这个佐佐木一太郎对于自己就是暗杀首相的凶手这一说法有几分相信呢？他的眼神冰冷，好像一个旁观者或研究者，从他身上并未感觉到对罪犯的厌恶感和对工作的使命感。青柳雅春不禁脱口而出：“我是被冤枉的，这你也知道吧？”听到这些，佐佐木一太郎的眼神尖锐了一些。

“你们明明知道我不是凶手，对吧？”

“刚才电话里我也说过了，越是凶手就越喜欢那样讲。”佐佐木一太郎面无表情地说道，接着又说，“一到明天，你的事情就会被公开，照片、姓名等一切资料。你本身就小有名气，我想应该会引起更大的骚动。”

“我告诉你我根本没有名气。”

“你不是拯救了女明星的英雄吗？”

“那只是被捧成了名人而已。”

“先捧上天堂再打入地狱，人们就是靠这个取乐。”

“你们有证据说我是凶手吗？”

“接二连三地发现了好多证据呢。”

“接二连三？从哪里？怎么发现的？”

“非常遗憾，那些东西要多少有多少。”佐佐木一太郎闭上眼睛，又缓缓睁开，“一家炸猪排店的店主作证说你今天刺杀首相之前去他那里吃过饭，你买遥控直升机的那家店提供了当时的监控录像，有人碰巧用摄像机拍到你在河边摆弄遥控直升机。”他逐一说道。

“那不可能！”青柳雅春的声音嘶哑了。从他嘴里喷出的唾沫星子飞溅到佐佐木一太郎的鼻头边，但对方似乎并不在意。“我今天从没去过什么炸猪排店。”他和森田森吾一起去了快餐店。“而且遥控直升机也不是我自己去买的。”是井之原小梅买来后交给他的，他只是付给她钱而已。

“所有的录像都有保存。”佐佐木一太郎冷静地说道。车向左转弯，身体重心随之往右偏转。而佐佐木一太郎竟仍旧坐得笔直。“你也确实出现在了录像里。任何人都会选择相信。事情就这么简单。”

“冒牌货。”青柳雅春说完，又觉得说出“冒牌货”这样的话是多么幼稚。

“我想给你一个机会。准确地说，我收到命令要给你一个机会。”

“机会？”对方的语气让青柳雅春感受不到任何喜悦。

“让你自首的机会。我还没给你戴上手铐，我可以就这样把你带到警察局门口。你不用管太多，只要在被通缉之前，在所有人都知道你刺杀了首相之前，去自首就可以。”

“即便不是我干的？”

“消息一旦公开，别说你，包括你的家人，还有你以前公司的同事都要受到牵连。媒体会咬住他们不放。你应该能想象那种感觉吧？在事情发展到那一步之前，你去自首就好了。”

“自首也是一样。到头来媒体还是要去骚扰我身边的人。”对于媒体的疯狂和威力，他早已心知肚明。

青柳雅春的这句话让佐佐木一太郎嘴唇紧抿。

“我绝不会去自首。因为我不是凶手。”青柳雅春决定要坚持说这句话到底。

“那我就只好把你直接交给警方。”佐佐木一太郎话语冰冷，“你听着，只要你自首，”他继续说，“也就是认罪，”他的语气更加强硬了一些，“我可以保证，尽量不让你身边的人受到骚扰。确实，今天的事情受到了太多关注，骇人听闻，但你即便作为凶手也肯定有值得酌情宽大的地方，比如可以让媒体刻意强调你值得同情的家庭背景。”

“我没有那样的背景。”而且不管什么背景不背景，这起事件跟我本来就没有关系。青柳雅春再次强调。

“我的意思是，没有也可以做成有的样子。”

他的这句话让青柳雅春一下子没反应过来，思索了一会儿。“捏造事实？”

“是舆论操纵。你虽然是凶手，这一点值得憎恨，但你其实并不是多凶恶的人。虽然无法得到原谅，但至少可以得到同情。可以通过媒体把你塑造成那样的凶手。”

“你说舆论操纵？”

“形象。”佐佐木一太郎简短地说道，“形象就是这么一种东西，没什么明确的根据。人都有自身形象，社会运作也是靠形象。一家餐厅味道没怎么变却突然生意兴隆，那是因为形象变好了；原本受欢迎的演员忽然间没了工作，那是因为形象变差了。一个人刺杀了首相，却不那么惹人恨，必然也是因为有某种值得理解的形象。”

不管佐佐木一太郎是否将青柳雅春看作真正的凶手，此刻他没立刻将青柳雅春带去警察局而是极力劝他自首，实在令人费解。案情如此严重，应该不顾一切地立刻将青柳雅春交给警方才对，此刻他却在这里大谈条件，令青柳雅春摸不着头脑。

但是，渐渐地青柳雅春也开始理解了。恐怕他、他们，是打算让整个事件尽快平息下去。

他们所追求的，并不是事件的真相。

金田首相被刺杀了，真正的原因、动机、方法，包括真凶，他们完全没有兴趣。

他们所考虑的，只是如何寻找一个所有人都能接受的方式，让这件事情尽快结束。

强行实施逮捕，青柳雅春很可能会极力申诉自己是无辜的。就算有监控录像或者炸猪排店店主的证词，对青柳雅春来说那都是与他无关的证据，必然会在法庭上坚决否认。就算最终他们赢得了官司，也一定会在民众心里留下一定的疑问。这样的结果并不能让所有人都满意。

所以他们才试图让青柳雅春自首，之后就可以坚决主张："不管证据如何，他本人都已经自首了，这就是真相。"难道不是吗？这样一来，一切都顺理成章，也没有太大问题。剩下的就是平复舆论，控制媒体进行配合而已。

比起愤慨，青柳雅春更多感到的是无力。如果他们对真相并不感兴趣，自己还有证明清白的可能吗？即便找到真正的凶手带到他们面前，情况也不会有任何改变。他从未如此铭心刻骨地感到无力，眼前一阵眩晕。

"你觉得还不够公平？"

"我怎么可能觉得公平？"

"可你都犯下那么可怕的罪行了。"

"不是我干的。"

"你现在已经溺水了，正身处泥沼之中。越挣扎，下沉的速度越快，还有可能会拖累别人。只要你听话，按照我们说的做，或许还不至于淹死。"佐佐木一太郎的话里还是不夹带任何情感。

"不，你们明明就打算将我沉到水底，让我不得翻身。"

佐佐木一太郎没有立刻回应，而是直勾勾地盯着青柳雅春，似乎是在揣测他的心思。他在观察，就像饲养员为了掌握动物的情况和习性而观察一样。他的表情中带着这种认真。车停了下来。青柳雅春以为已经到警察局了，结果发现还在半路上，前面是红灯。

“这种时候你们不都要挂上警笛，一路往前冲吗？”

“赶时间的时候会。”

“现在不赶时间？”

“凶手已经抓到，下面就只剩带你去东京了。”

“东京？”

“这个国家有一个特点，就是所有重要的事情都得在东京执行。”

“能让你们带我去那么神圣的东京，真是光荣。”

眼前闪过一道光。一开始，青柳雅春并没反应过来自己挨打了，只觉得什么东西碰到了面颊，而脖子也随之歪了一下。眼前一阵模糊。他重新坐好，发现旁边的佐佐木一太郎若无其事。一定是他用左手打了自己，却完全看不出痕迹。

窗外的景色毫无异状地朝后方掠过，一切好像都没发生过。

“现在戒严，新干线都停了吧？”青柳雅春的身体由内至外都在战栗。比起被打时的疼痛，突如其来的暴力更令他紧张和恐惧，然而他不得不设法调整和控制那不住颤抖的身体。此时如果示弱，那就真的完了。

“长时间的全面封锁是不可能的，现在已经渐渐开始发车了，这条路也是一样。路上虽然设有盘查关卡，但至少出入仙台是可能的。盘查和封锁说到底也只是抓捕凶手的手段。一旦控制住了凶手就不需要了。你说是不是？新干线也会很快开通。”

“嗯，我想也是。”青柳雅春表示同意，“所以才更危险吧？凶手现在还在试图逃脱呢，可能就是趁现在跑出仙台。”

“你现在还想跑？”

“我又不是凶手。”

青柳雅春再次被打了。这次他看到了佐佐木一太郎肩膀的动作。刚看到就感到脸颊一阵痛，头跟着横向摇了一下。他告诫自己绝不能将疼痛和恐惧表现出来，然而这疼痛和恐惧是真实的。他觉得快隐藏不住了，于是转头向车窗望去。

这时青柳雅春注意到了几件事。它们的先后顺序并不清楚，又或许是同时发生。

信号灯还是红色，车还是静止的。

对向车道的路边能看到一辆货车。

这是一条东西方向横穿仙台的路，位于北四番丁附近。

那辆后面盖着帆布的货车看上去很眼熟。

是前园先生。青柳雅春想看表，但又怕引起佐佐木一太郎注意，只得作罢。

前园先生没事吧？青柳雅春注意了一下车后的载货台，回想起几个小时前从天桥跳到帆布罩上的感觉。当时肯定压坏了几个纸箱。一想到不知因此给前园先生添了多少麻烦，青柳雅春就心中难受。白天对话时他提到过有一些货要求晚上送，为了赶回去看电视得送快些。现在可能刚好是他送货的时间。可见他今天都挺顺利的。那就好。

不如找前园先生求助？

他的视线顺着车窗往下，落在车门的把手上时，这个想法忽然出现在脑中。只要自己伸手，立刻就能摸到。可能觉得没有必要，也可能过于自信，佐佐木一太郎并没有绑住青柳雅春的手脚。而且，令人惊讶的是车门竟然并未上锁。

青柳雅春拼命地在脑子里构思：打开车门，冲出去，跑向对向车道，钻进前园那辆货车的副驾驶座。前园会吓一跳，但应该会站在自己这边吧？他肯定会。

机会只有等待绿灯的现在。青柳雅春看到前园正准备坐进货车的驾驶室。恐怕再也没有比这更好的机会了。

“快去！”身体内又出现一个声音。那是自己的声音，是森田森吾的声音，也是阿一的声音。快去，快逃！

青柳雅春并不去看佐佐木一太郎，缓缓坐直了身子。他将左手放到把手上，往后一拉，同时伸出右手推门，然后出去。

这是原本的打算。

但不知为何，明明拉了把手，门却纹丝不动。只见门把手松松地来回活动，车门却没有丝毫受其影响的意思。

“可惜。”佐佐木一太郎说话了。

青柳雅春觉得自己的脸因为害羞而通红，随后又变得铁青。

“门上面是装了把手，不过那是假的。这车和其他警车一样，那边的车门只有从外面才可以打开。”

青柳雅春

“跟我想的一样。”青柳雅春只有逞强。他靠在座位上，假装平静地望着窗外。被路灯和车灯照亮的马路上，前园所驾驶的货车和他交错而过。

“没能逃掉，真是遗憾。”佐佐木一太郎的声音冷冰冰的。

“开车的那位，”青柳雅春用下巴朝驾驶座示意道，他努力沉住气，不能让对方更多地意识到自己的脆弱，“他一直都要戴着耳机吗？”

“你问小鸠泽？”

"小鸠泽？感觉他完全跟小鸽子[①]沾不上半点关系。"嘴上这样说，其实青柳雅春连半点也笑不出来，"他看上去也不是那种可爱的类型。这可真是人不如其名啊。"

青柳雅春觉得自己如果不说点什么就会因恐惧和不安而崩溃，但又找不出合适的话题。他深深地吸了口气，使胸腔扩张，屏住呼吸，再吐气，全身随之放松，又开始颤抖起来。脑子里想不出任何计划。

轿车开始前进。小鸠泽手握方向盘，驾驶熟练，右转之后改为向南行驶。青柳雅春多希望前方正堵车，可竟然奇迹般空荡荡的，什么也没有，车的速度越来越快。

"到车站后就给你戴上手铐。"

"为什么不现在就戴上？"

"我不想对弱者进行不必要的折磨。"

被人当面说成是弱者，这种体验从未有过，心里当然不会好受，不但不好受，青柳雅春还切实地感到了自己的生杀大权被掌握在他人手中的恐惧。"我……"他开口道，声音有些微颤，"我接下来会怎么样？"

佐佐木一太郎盯着青柳雅春。驾驶座上的小鸠泽嘀咕了些什么，但后面无法听清。可能是在哼歌，也可能是自言自语。

"你嘛，"佐佐木一太郎说道，"你接下来跟我们一起去东京，因为你作为刺杀首相的凶手被逮捕了。不过你也不用害怕。现今日本是法治国家，没有严刑也不会拷问。不过，关于你的消息会在电视和杂志上泛滥，你的家人和亲友或许也要受到连累。"

在青柳雅春看来，来自媒体的攻击就是严刑拷问。"我要怎样才……"

---

①日文中，"鸠"和"鸽"的发音相同。

“你现在能做的最好选择，”佐佐木一太郎再次重复刚才的说明，“就是自首，承认一切。”

“一切？”

“你所做的事情我们都掌握了，所以你只要全部承认就可以。这样你和你的家人所遭受的损失应该可以被限制在最低程度。”

“我所做的事？”明明就没做。在青柳雅春朦胧的意识中有一个声音在反驳。或许是累了，又或许是车身的摇晃让人放松，再或者虽然对方的建议确实在理导致自己想从眼前的现实中逃离出去，青柳雅春感到了困意。

“没什么好怕的。”佐佐木一太郎平静地继续道，“交给我们，没问题。”

青柳雅春实在不知道自己究竟能交出什么来给他们，未做出反应。他看着路灯被拉长的光影，开始觉得与其鲁莽地采取行动，还不如先听话乖乖坐好。他以他的方式抵抗过了，也努力过了。他并非束手就擒，而是尽可能地尝试，只不过最终结果是被抓而已，这也算得上是一次斗争了。青柳雅春在逐渐昏沉的脑海里罗列着借口，最终觉得：我干得不错。

他还在回味佐佐木一太郎刚才那一句“没问题”。是啊，没问题的。他感觉松了口气。他好似行走在沙漠之中，几乎要因为口渴而倒下，这句“没问题”就仿佛一眼翻滚着诱惑的泉水，接下来只要遵照“没问题”的方法做就可以。

车忽然停下，已不知道这是第几次为等信号灯而停车了。青柳雅春都已经打算赶紧乘新干线前往东京，将一切交由佐佐木一太郎处理了，这时停下来等红灯实在令他烦躁。

就在青柳雅春准备将头靠在车窗上的时候，视野的角落里看到一辆车迅速靠近。“哎，危险！”他连忙道。

右后方有辆车正在靠近，是辆白色的旧款轻型汽车。还没来得及多想，两辆车就相撞了。

一开始，青柳雅春以为自己又挨打了，因为他的视野产生了剧烈摇晃。就在他感到不对劲时，轿车逆时针旋转了起来。

青柳雅春被挤压在前方驾驶座的椅背上。旁边佐佐木一太郎胡乱挥舞着双手，朝另一面的车门倒去。车被撞之后开始滑行。那辆小车从旁边撞了上来，将青柳雅春等人乘坐的车挤到了左侧的防护栏上，随后紧挨着轿车车头停下。

青柳雅春完全不明白发生了什么，脖子撞在前座的椅背上，十分疼痛。佐佐木一太郎很快找回平衡，在车身静止的同时打开车门冲了出去。小鸠泽同样粗鲁地开门下车。

青柳雅春还是一片茫然。他紧盯着窗外，发现紧挨在旁边的那辆白色小车上也有人下车。副驾驶的车窗边似乎还靠着一个人，能看到贴在玻璃上的头发。那人一动不动，不知是否平安。

“是你的同伙？”一个声音凑过来问道，是方才下车的佐佐木一太郎，他将头伸进后排问青柳雅春：“他是来救你的？”

直到这时，青柳雅春才意识到应该利用刚才的混乱下车逃跑。他为自己的迟钝感到无言，但已经迟了。

嘭！一声巨响。

青柳雅春赶紧缩成一团，不知道发生了什么。车体在摇晃。在自己右侧的后座车窗外，出现了一个背影。一个小个子男人正背靠着眼前的车窗，是刚才从小车上下来的人。只见他身穿黑色连帽衫，正同小鸠泽扭打在一起。

黑色连帽衫男子个子很矮，看上去弱不禁风，已被小鸠泽不止一次地砸在车门上。他看上去年纪不大，就好像随处可见的那种参加文艺社团的初中生。

青柳雅春又看向左侧车门。佐佐木一太郎正站在打开的车门外，警告小鸠泽："喂，差不多就行了。"看上去他也不喜欢小鸠泽那种近乎病态的发狂。他随即掏出手机开始打电话。

黑色连帽衫男子的背部就在青柳雅春面前一次又一次地撞击着车门，那名即便称之为少年也不过分的男子可能早已经昏过去了。

"喂！手伸过来！"

耳边忽然有人说话，青柳雅春吓了一大跳，回头才发现佐佐木一太郎不知何时已坐到旁边，一手拿着手铐，一手抓起了自己的手腕。"下车，我们要换车了。"

这辆轿车再也动不了了，看来他们打算换另一辆车，刚才那一通电话应该就是为了叫车。青柳雅春并未反抗，等回过神来时两手已经戴上手铐了。"下车。"他随即被拉扯着。

来到车外才发现，天空已经一片漆黑。路灯排列整齐，整条街道看上去都那么明亮。刚才乘坐的那辆轿车受到防护栏和小白车的夹击，停在路边。

路上有几辆车驶过，但都没有打算停车的架势，好像都想尽快远离麻烦事似的，一个个变换车道飞驰而过。人行道上聚集了一小群人。佐佐木一太郎向他们展示了一个貌似证件的小本子，并警告他们"赶紧离开这里"，随即遣散了众人。

小鸠泽向前伸出双手，紧抓着黑色连帽衫男子。男子的背部再一次撞击着轿车，使得车身一阵摇晃。他已经昏了过去，就好像一个贫血的中学生一样。人行道上不知是谁竟然大喊了一声："快报警！"

"我们就是警察。这里没有任何问题。"佐佐木一太郎立刻开口道。

如今青柳雅春两只手被铐在一起，只能呆呆地站着一动不动。黑色连帽衫男子很危险，他心里只有这一个想法，这可不是受点轻伤而已。

小鸠泽打开刚才自己一直乘坐的那辆车的驾驶座一侧车门，钻了进去，将手伸向副驾驶座，拿出霰弹枪，再次来到车外。那霰弹枪看上去就像是一支有着防滑握柄的巨型圆珠笔。旁边看热闹的人都瞪圆了眼睛。小鸠泽毫不犹豫地将霰弹枪对准黑色连帽衫男子拉动滑膛，随着咔嚓一声，子弹便上了膛。

至于做这么绝吗？青柳雅春有些怀疑眼前的这一场景。可能小鸠泽误以为黑色连帽衫男子是自己的同伙吧，所以才一心想折磨他。

“住手！”佐佐木一太郎严厉地指着小鸠泽。也不知道他戴着那副耳机是否真的听见了，不过最终还是停止动作，撤下了霰弹枪。青柳雅春只能看见靠着轿车的黑色连帽衫男子的背影，只见他似乎已经浑身瘫软。

“好了，走吧。”佐佐木一太郎说着拉起青柳雅春的手臂。小鸠泽紧跟在他们身后，让青柳雅春感到巨大的压力。青柳雅春一个转身，再次看向那辆小白车，在路灯的映照下才发现在副驾驶座上一动不动的是一名女子。也不知道她有没有事？她身着白衬衫，胸口处有一大块被染成黑色的部分。应该没有哪件衣服有这样怪异的花纹。那难道是血吗？正当青柳雅春想着这些的时候，身后的小鸠泽闷哼了一声。

嗯？青柳雅春停下脚步转身。佐佐木一太郎也站住了。

紧挨在小鸠泽的旁边赫然站着那名黑色连帽衫男子。只见他目光炯炯，迅速动了一下，一个闪闪发光的东西随即出现在他手上，刀刃修长，不知算是菜刀还是匕首，闪着寒光。绣在卫衣胸口处的白色星星标志随着他的动作扭曲着。

小鸠泽慌张地闪避着刀刃。

从正面观察黑色连帽衫男子的脸，给人第一感觉是额头十分醒目，脸的确像初中生，又像突然从地底冒出来的土拨鼠。看他那副模样，总觉得是那种整天窝在家中不见日光、只知道吃膨化零食的家伙，但世上再没有比外貌更不可靠的了。这名男子的动作十分敏捷，肉眼几乎无法分辨。

只见他一个转身，竟已将刀换至左手，转而朝小鸠泽砍去。那不是仅凭一时冲动而胡乱挥刀防身，看动作俨然炉火纯青。他就像一名老练的舞者，接连不断地朝小鸠泽挥砍，丝毫不给对方留下喘息的机会。

最初小鸠泽着实在心理上产生了动摇，全部注意力都只能放在躲避刀刃上，但中途他再次抓起霰弹枪，也不管现在身处闹市当中，毫不迟疑地选择了开枪。

黑色连帽衫男子立即横向跳跃，霰弹枪发出巨大声响，仿佛撕裂了空气，停在路边的轿车前挡风玻璃应声破碎。围观人群里有人尖叫。

这毫无防备的枪声让青柳雅春直想捂耳朵，然而因为手腕被铐住，只能紧闭上双眼，祈求耳边的那些声音尽快消失。再睁开眼时，小鸠泽正捂着原本用来端枪的右臂。他的肩膀上赫然插了一把匕首，正与黑色连帽衫男子相对而立。

在那般密集的霰弹枪连射中，连帽衫男子是如何缩短了二人之间的距离？这实在令人费解。他怎么看都不像有多强的运动能力，可此刻他就站在小鸠泽面前，表情是那样淡然。

小鸠泽动了动，想重新举起霰弹枪，他的对手则再次挥起右手，仔细一看那赫然又是一把匕首，在后方过路车辆的大灯照射下正闪耀着雪白的光。

小鸠泽挥动右臂，将对方的攻击挡开，可能刀刃划破衣服伤及了皮肉，他脸上闪过一丝难以察觉的痛楚。黑色连帽衫男子眯起眼睛，仰视着比自己高两个头的小鸠泽，视线里带着寒意。这时，青柳雅春听见身旁的佐佐木一太郎大喝一声："别动！"

佐佐木一太郎也举起手枪，瞄准了黑色连帽衫男子。他将青柳雅春的背包扔在地上，做出双手持枪的姿势。两人之间距离大约十多米，以这样稳当的姿势来看，是无论如何都不会打偏了。

黑色连帽衫男子原本打算刺出的手收了回去，表情似乎很生气。那模样就好像一个正生气的少年被人呵斥"闹什么脾气"，结果反而导致他更加闹起别扭，腮帮子都鼓了起来。

青柳雅春看了一眼佐佐木一太郎。他的注意力完全为那名手持匕首的男子所吸引。

青柳雅春又看了一眼自己手腕上的手铐。

"你现在能做的最好选择，就是自首，承认一切。"青柳雅春想起了佐佐木一太郎的那句话。那是他谈判的砝码。只要自首，他承诺可以制造出博取媒体同情的剧本。

那样的事情真的可能吗？让刺杀首相的凶手获得公众的理解，这种事真的可能吗？

"你将成为奥斯瓦尔德。"是森田森吾的声音。

青柳雅春曾经看过肯尼迪遇刺事件中，被捕的奥斯瓦尔德在押解途中遭杰克·鲁比枪杀瞬间的照片。照片里是从看热闹的人群当中突然冲出的杰克·鲁比和对此毫无防备的奥斯瓦尔德。

是那样？

就是那样。

劝我自首，毫不费力地押往东京，然后在途中安排其他人干掉我。死人是无法说话的，再往后要给我安上怎样的罪名都随他们便了——

青柳雅春没再做任何犹豫，立刻行动起来。他如祈祷般高举起被铐的双手，两拳紧握当作锤子挥舞着砸向佐佐木一太郎的后脑勺。拳头感到一阵疼痛。趁着佐佐木一太郎失去平衡的瞬间，他抓起了地上的背包。

调整好平衡后他开始奔跑。虽然双手被铐住并且还要拎着背包的姿势很不好看，还极不方便，但他还是选择奔跑。“站住！”他听到了喊声，随后又听到了枪声。青柳雅春以为自己的后背中弹了，吓得不轻，但既没感到疼痛也没有任何冲击。在某个遥远的位置似乎有人在说话，随后是喇叭声和尖叫声。

青柳雅春

青柳雅春觉得喘不过气来。他不习惯在双手无法自由活动的状态下奔跑，背包抓在手上也显得太过沉重了。在人行道上奔跑，路过的行人注意到青柳雅春的手铐后全都一副震惊的模样。他的行径也太过怪异了。如今金田首相被害，仙台市内民众出行时必然提心吊胆，甚至他们很有可能会觉得“说不定凶手就在附近”。这种情况下有人以那副模样在大街上奔跑，想不被注意都难。

终于青柳雅春决定还是找个不太引人注目的地方休息一下，随即拐进一条小路。路上踢倒了一个垃圾桶，他没有去管而是继续前进。某处又传来一声尖叫，可能是小鸠泽又开枪了吧。

他钻进了一栋肮脏的小楼，顺着台阶往下，在狭窄的楼梯中间停下，靠墙站着。他将背包放到脚边，调整呼吸，同时仔细打量着腕上的手铐。明知道不可能，他还是尝试着拉了拉，当然没能拉开。

“哎，那个我可以打开。”

上方的入口处忽然有人说话，把青柳雅春吓得半死。他慌忙迈开脚，却不小心往下摔了大概三四级台阶，最后一屁股坐到了地上。

“哎呀，吓一跳吗？”青柳雅春很快认出了缓缓走下楼梯的人究竟是谁。是一个年轻人，大额头，表情看上去总像是受了惊吓似的。就是刚才同小鸠泽打斗的那名男子。仔细看还是比初中生成熟一些，但安静、拘谨的外形几乎和学生一样。“要我拉你一把吗？”他伸出手臂，但青柳雅春并未领情，而是选择在双手被铐的情况下奋力挣扎，终于站了起来。

“嗯……你把手拿来我看一下。”说完男子快速伸出右手，青柳雅春十分害怕，觉得肯定是要被捅了，可仔细一看，原来对方拿出了一把钥匙。他将手伸向青柳雅春，从容地替他打开了手铐。

“那是……”

“这个？是从刚才的警察手上抢过来的。那家伙一开始不是一直打我吗？我就趁机摸了他的口袋，找到了这把钥匙。”男子的情绪既不兴奋也不激动，他似乎不太擅长跟年长于自己的人对话，语气神态上略显窘迫。只见他说完后一声不吭地打开系在腰间的小包，取出了一副眼镜戴上。

“你……”青柳雅春打量着重获自由的双手，“为什么要救我？”

“也算不上救。对了小哥，你又是什么人？”

“嗯？”

“我呢，是路上发现那个大个子后匆忙追上来的。我找他找得好辛苦呀，结果碰巧小哥你也在那里……”

“那辆撞过来的车是谁的？”

“哦，那是我临时找来的。”

他接下来的话，在青柳雅春听来总觉得像是以前看过的某部电影里的情节，作为电影来说平淡无奇，但是又不可能发生在现实生活里。

男子说他偶然在阿一那栋公寓楼前目击到小鸠泽和佐佐木一太郎将青柳雅春带了出来。“我一看就知道是找到了，嗨，他那副头戴耳机、手持霰弹枪的装扮，又怎么可能看错呢？我马上追上去，可对方开着车，于是我也立刻拦下那辆刚好路过的小车，开着它追了上去。嗯……上次开车是什么时候来着？”

又不是打车，开在路上的车他是怎么拦下来的？青柳雅春觉得可疑，但并没有多问。那名坐在副驾驶座上的女子头靠着玻璃，一动都没动。她才是那辆车原本的主人吧。她衬衫上的那片黑色印记怎么看都是血迹，很容易想象，那些血恐怕全是拜这名男子手上的刀所赐。

“哎，都说敌人的敌人就是朋友嘛。你明显是被那些人给抓住了，真要说起来，应该可以算是站在我这一边的吧？”

“小鸠泽他们现在怎么样？”青柳雅春下意识地寻找男子手上的刀。那个大个头难道被他给打倒了？

“小鸠泽？”

“那个拿霰弹枪的最后怎么样了？”

“哦？那家伙居然叫这种名字？真是好笑！”男子的脸上带着少年般无邪的微笑，“说真的，那家伙只看外表，也太小瞧我了。他还真以为个头大再拿把霰弹枪就天下无敌了？不过今天我还是逃了，算是两连败，也不好说什么大话……”

“为什么你要偷手铐的钥匙呢？”

“也没什么特别的理由。只不过觉得让他们以为我们是一伙的，应该对我也有利。”

“我跟你？”

“你不觉得把水搅浑些更好吗？我从他们手里夺了手铐钥匙，那么我和你被看作同伙的可能性就很高了吧？不管是警察还是媒体都会这样想。就算我俩之间其实根本没有任何关系。像这样扰乱对方的情报消息，作为逃跑的一方来说可是铁则，就是要让他们花更多的时间在错误的信息上。所以说，其实拿到钥匙后我就无所谓了，不过既然好不容易拿了，我想就干脆替你开开吧。怎么样，我很好吧？我人这么好，为什么就没有朋友呢……”

二人在狭窄的楼道里面对面站着，青柳雅春总觉得自己好像一个在昏暗小巷里遭遇恐吓的初中生，而眼前这名看上去斯文老实的男子竟更像是恐吓的一方。

“对了，那个戴大耳机的家伙竟然叫小鸠泽？真是一点也不像呀。那样子哪里还能是鸽子呢？”

青柳雅春决定说出想了很久的话。“不过，你也……”

“怎么？”镜片后他那细长的眼睛放出犀利的光。

“你不是也有一个不一般的名字吗？”青柳雅春生怕自己说完就要被刀捅，后背直发凉，但他总觉得不能就此停下，又继续道，“切男，是不是大家都这么叫你？你就是那个连环杀人魔吧？”

男子原本就细长的眼睛眯得更细了。他忽然一笑，问道：“吓一跳吧？”

青柳雅春点了点头。“很久以前你的案子接二连三的时候，杂志上登过一篇报道。不过内容很像漫画，说的是一个持枪的大汉和连环杀人案凶手的决斗。”当时还是快递员的青柳从同事那里看到过这篇报道。大家看完后都觉得这也写得太玄乎啦，简直就是美国漫画，一笑而过，现在想想，报道中的持枪大汉肯定就是小鸠泽。“我现在想起了那篇报道。”

“那篇报道啊。”他噘了噘嘴，也不知道究竟是感兴趣还是没兴趣。随后他说也不能总站在楼道里说话，于是手往旁边一指，说了句“跟我来吧”，就顺着旁边的小路往深处走去。

青柳雅春背着包跟在他身后，不可思议的是他竟然没有感到任何恐惧和迟疑，当年让整个仙台市鸡犬不宁的连环杀人魔分明与他近在咫尺。

半路上男子曾转身问过一句：“你怕不怕我？”

“说怕也怕，不过……”青柳雅春老实地回答道，“今天莫名其妙的事情太多，脑子已经一片糨糊了。”往原本就拌了很多料的蔬菜沙拉里加一些水果再拌一拌，其实也差不了多少，大概就是这种感觉吧。青柳雅春如此解释道。

“那你都遇上了什么事？”

“我在逃命，被人冤枉了，所以要逃命。刚才让警察给抓住了，不过多亏你帮了大忙。这样奔波逃亡我已经累了……”所以，现在没力气也不打算从你手上逃跑啦。他在心里说完了后半句。

男子不说话了，直勾勾地盯着青柳雅春，不光是脸，就连他身穿的衣服和鞋子都像是要舔一遍似的。青柳雅春正想问还没来得及问，就见对方伸出了手，吓得他直想往后躲。只见男子摸了摸青柳雅春牛仔裤的后腰附近。“你看这个。”男子说着摘下来一个小纽扣似的东西，“是发送所在位置信息的机器。警察可是无孔不入。这东西就粘在你的腰带旁边。”

那种东西是什么时候装上的？对方丝毫不顾及青柳雅春情绪上的波动，继续说道：“可能是刚才那家伙趁你在车上时放在你身上的吧。也算是多上层保险，万一你跑了就用得上了。”说完他将那东西塞进了旁边大楼的邮箱里，“好啦，走吧。”

男子迈着熟悉的步伐顺着小路蜿蜒前行，走至一处稍显破旧的情人旅馆，然后再一拐进了旅馆旁边的小楼房。周围几乎没有灯，只能靠旅馆招牌的光照亮脚下。这是一栋很老的木造小楼。二人绕到后方顺着台阶往上。青柳雅春摸了摸栏杆，感觉已经生锈、粗糙不平。男子打开了二楼最靠外的那扇门，似乎一直没有上锁。他按下墙壁上的开关，室内的灯亮了，是一盏橙色灯罩下的小灯。室内的布置平平，四处都披上了一层略显寂寞的橙色。房间大约有六叠大，榻榻米的霉臭味直往鼻子里钻。

“小哥，你叫什么名字？”

“青柳。”事到如今也没什么必要去隐瞒姓名了。

“哦。”

“你呢？”

“我？三浦。”他说话的时候还是板着脸。

“这里……是你家？”

“怎么会。”他立刻答道。

屋子中央摆了一张除去了被褥的被炉，三浦在一旁坐下，青柳雅春则坐到了他对面。

“四处都是安保探头，很头疼。”三浦说，“弄得我也不知该在哪儿落脚才好，最后好不容易才找到了这里。”

“这里安全吗？”

“嗯，暂时是安全的。”

“不是你家？”青柳雅春知道这样啰唆不好，但还是再问了一遍。墙边的橱柜上摆有相框，照片里是一个穿着皮衣、眉毛很粗的男人和一个孩子。

“他们俩才是这间屋子的主人。”三浦注意到了青柳雅春的视线，不快地说道。

“以前的？”

“现在他们俩暂时把这间屋子借给了我。”

“他们现在哪里？”

三浦面色平静，先是沉默了一会儿，嘴唇抿成了一条线，随后开口道：“我给了他们一些钱。那对父子说他们的梦想是有一天能开着敞篷跑车环游日本，所以我就为他们准备了差不多能完成这个愿望的钱，作为他们借我这间房子的答谢。这样的交换条件也不算差了吧？

他们现在应该还在某个地方开着那辆红色的敞篷跑车吧。”

绝对不可能有这样的事，青柳雅春咬紧牙关暗自想道。他将视线从相片上移开。

“小哥，你该不会以为我把那对父子给杀了吧？”三浦的语气里似乎带有敌意。

“不会。”总不能回答“正是如此”吧？

“你有话就直说。”

“没有。”青柳雅春搪塞道。现在伸张正义，朝对方大吼“你这个杀人犯，我要报警”是自找死路。警察来了首先要抓的人就是青柳雅春自己。

“都说那个安保系统是因为我才搞起来的，那可全是胡扯。我只是个借口而已，借口。他们表面上说为了市民好，其实是想自己搞监控，都是幌子。”

“不管是借口还是什么，为他们提供了契机的的确是你。”青柳雅春毫不避讳地说道。

“不是，我觉得不是。就算没有我，那些家伙肯定还会找到其他的理由。那些搞政治的，唯独找理由最拿手。不管什么事，屠杀犹太人也好，发动战争也好，他们只要煽动民众，说一句‘总像现在这样一成不变是很危险的’，接下来就可以为所欲为啦。说白了就是这么回事。仙台的这套监控系统也差不多。如果只是为了我这个耍刀闹事的，无论如何也没必要那样大搞城市改建。”

“那套系统究竟有多大威力？”

“就我所知道的吧，”三浦的鼻翼微微张大，“现在市里各地不是藏着许多安保探头吗？那东西可以截取半径数十米以内的所有电磁波，包括电话、电脑的无线网络。声音也会进行录音。另外，听说那个顶部的球形摄影机可以拍摄几乎三百六十度的画面。当然了，图像恐怕就拍不到那么远的范围了，不过它们跟防盗摄像头一样，是可以操作以调取实时画面进行监控的。”

“这么大量的数据，最后都送到哪里去了？”

“每一个安保探头就是一台联网的电脑，监控者在需要的时候进入某个安保探头调取其中的内容就可以，当然也可以进行检索。”

“这种监视社会在科幻作品里倒是常见……”

“托尼·斯科特？维姆·文德斯？跟他们拍的电影还挺像的吧。[①]”三浦忽然凑了过来，两眼放光，呼吸也急促起来。青柳雅春并不知道他说的那些名字，而是说了自己以前读的一部小说：“比如《一九八四》什么的。”

“八十年代？”三浦的回答并没有在点子上，“不过，有一点很重要，那就是在现实世界里并不是所有的一切都能监视。比如这间破房子内部的情况他们就看不见，也不会往这里安装偷听或偷拍的设备。除了那些非常重要的人物的家之外，一般不会对这种场所进行重点监控。不过要我说，越是这样的地方越容易藏着形迹可疑的家伙，越应该多放点安保探头。那些家伙啊，搞错了重点。”

这时青柳雅春想起在稻井家打完电话后自己的行踪就立即暴露的事，随口说了出来。

“现在只要手机开着，很容易就可以查到位置。”三浦听完后理所当然地说道，“正常情况下，手机打电话时首先要将所呼叫的号码发送到基站，如果号码正确，再由基站进行转接。”

“是这样吗？”

“是这样。”三浦似乎有些烦眼前这个什么都不懂的学生了，“手

①托尼·斯科特，英国电影导演，代表作有《壮志凌云》《全民公敌》等。维姆·文德斯，德国导演、编剧、制作人。《全民公敌》与维姆·文德斯执导的《暴力启示录》都涉及了监控系统问题。

机的位置信息存储在基站主内存里，会频繁更新。所以通过基站查询呼出手机的信息应该可以做到，位置也一样。而那些安保探头是可以共享基站的主内存的，位置信息之类应该有很详细的记录。如果你真想隐藏行踪，最好是把手机扔掉。”

“已经扔掉了。”准确地说是交给一个卖杂志的流浪汉了。不过都一样。

“聪明。”第一次受到对方的夸奖，青柳雅春赶紧说“哪里”，就差低头行礼了。

“手机通话的内容全都受到了监听，你最好有这个心理准备。”

“啊？”

“不是说有谁总盯着你的手机听，而是被录音了。”

“靠机器？”

“是的，机器会自动搜集、储存，必要的时候那些数据就可以用于检索。这就是那套系统的运作方式。他们也可能从中检索跟你手机相关的所有号码。不过反过来想，判断你身份的唯一依据就是手机号码，所以如果你换了另一部电话，可能就不那么容易被找到了。”

“是这样吗？”

“从常识角度考虑，以声纹检索的方式从那么庞大的数据里找出你的声音来，没有充分的准备是做不到的。你不觉得吗？线索越模糊，检索就越困难，最起码要花大量的时间。最简单有效的方法就是电话号码了，拨打或者接听的号码都可以。”

“所以说只要我用别人的手机打电话……”

“被找到的可能性就小很多了。肯定的。只不过，如果用的手机属于跟你有关系的什么人，那么那个号码同样有可能被监听。”

青柳雅春立刻想到了阿一，自己给阿一打去的电话被监听也是理所当然了。随后他又想到井之原小梅，她又如何呢？她和自己的关系暴露了吗？又或者，她原本就是被安排来陷害自己的呢？他又想起了这个疑问。

“可是，光是那样一刻不停地录音和摄像，所形成的数据量也该十分巨大吧？”青柳雅春说出了自己的疑问，“就算仅限于仙台市内，也总得有个限度。”

“所以我推测，可能他们只保存一定时间期限内的数据。”三浦说话的方式有些死板，却散发出外表和智慧并重的精英气质。

“现实些考虑，像这样覆盖仙台全境的网络，一天、最多两天可能就是极限了。也就是说，这个系统对过去的事件是无效的，因为过去的数据都删掉了。”

“真的起不了作用？”

“一旦发生了什么大事，需要实时跟进搜查时就很有用，”三浦道，“比如今天刚发生的爆炸事件吧，用来追查那个凶手的下落是最合适不过了。”他推了推眼镜，“哦！”忽然间一声大叫道，“小哥，你……该不会就是凶手吧？刺杀首相的那个？”他说话时嘴角有些上扬。

青柳雅春一时间想不出该如何应对，只能吞吞吐吐。

“哎？不会吧，真的？”三浦很兴奋，就差要握手了。青柳雅春正这么想着，就见对方伸出了右手：“请跟我握个手！”

“我不是凶手。不过，他们打算把我陷害成凶手。”

三浦沉默了，眼睛不停地眨着，表情严肃。他一边推着眼镜框，一边将脸凑到青柳雅春旁边。“挺有意思。”说着露出他那并不整齐的牙齿，笑了。“青柳，你被栽赃陷害啦？看你这样子挺老实的，这可真是过分了，让人直想笑啊。”

“我可笑不出来。”

“所以那个大个头的小鸠泽才抓了你。那家伙，应该是什么特别部门的人，现在首相遇害，所以他又出来了。哎，青柳，你知道吗？

普通警察是不能像他那样拿着一把霰弹枪四处开枪的。”

“我也想过。”青柳雅春略带嘲讽地说道，“头戴耳机工作的公务员，估计不好惹。”

屋外有动静，青柳雅春十分敏感，身体抖了一下。三浦似乎将他的反应都看在眼里，立刻安慰说没事，那是有人出入情人旅馆时的脚步声。“就算首相死了，该去情人旅馆的还是照样会去。”

三浦起身取来两罐啤酒，应该是从冰箱里拿出来的。他将其中一罐递给青柳雅春。桌上还放着一碗方便面。他拿着水瓶往碗里倒水。感受着袅袅升起的水蒸气所带来的温度，青柳雅春的紧张情绪终于有所缓解。

“话说回来，刺杀首相这个黑锅，可不是想背就能背得起啊。还有其他什么隐情，你全都说出来，就趁泡面的这段时间吧。”三浦说着拉开易拉罐拉环，神情清爽地说了句“干杯”，碰了碰青柳雅春的啤酒罐后喝了一口。“我好想听呢。”

青柳雅春对于说出那些经历并无任何抵触，或许他原本就想找个人倾诉。“那我该从哪里说起？”

“就从最开始吧？新郎青柳某某，作为父亲青柳某某和母亲某某的长子，出生于某某市，从小活泼开朗、成绩优秀、热爱体育……”三浦竟开起了玩笑，模仿婚礼司仪的模样说着话。

青柳雅春感觉自己也很自然地笑了起来。也不知道为什么，他觉得很放松，放松的自我更容易开怀。

他从早晨见到森田森吾时开始说起。

三浦时不时地发出“哎哟、哎呀呀、真不得了”之类的感叹，表情十分认真，就好像是在鉴定一颗刚到手的宝石一般，聚精会神地听着青柳的讲述。“有意思。”听完后他说道，“这个栽赃太过分了，你愤怒也是应该的。”

“就是。这栽赃太过分了，我真想发火。”

“听完你说的，感觉他们完全是早有预谋。不过，为什么选择了你呢？跟首相有较深瓜葛的人不多得是吗？”

“你问我，我也不知道。”青柳雅春将啤酒罐凑到了嘴边，想想还是没喝。他的一举一动，三浦在一旁都看在眼里。青柳雅春一抬头，就发现三浦正盯着他。

“你该不会以为我下毒了吧？”三浦问道，“唉，多加小心是没错，不过怀疑我可对你没任何好处。你看我像是会去举报你的人吗？”

“我也不知道。”青柳雅春只能如此回答。一丝微亮顺着窗帘之间的缝隙从窗外透进屋内，应该是路灯的光。

“吃面吧。”三浦说着将一个面碗推到青柳雅春面前，面碗的盖子缝里正缕缕地冒出热气。“面里说不定也有毒哦。”

青柳雅春觉得拒绝似乎也不是上策，于是接过了筷子，揭开盖后不自觉地就大吃了起来。他很久没吃上热饭了，不知为何眼角竟有些湿润。

“啊！”过了好一会儿，三浦忽然发出了一声几乎要将空气撕裂似的大叫。“不会吧？”只见他放下面碗，脸凑上前去，“你是青柳，我知道你。”

“嗯？”

“真的？不会吧！”他似乎还有一丝感动，“你不就是那个人吗？好久以前救了女明星的那个快递员吧？我当时看电视啦，看了好多。”

青柳雅春只得苦笑着“哦”了一声。到了这里还是避不开这种话题，他很无奈，另外，让仙台乃至全国都不寒而栗的连环杀人魔居然也认识他，这同样令他无奈。

“我懂了。原来他们是看中了这个。”三浦若有所思地说道，“大家都喜欢看英雄落魄的下场，而且你又帅，对于像我这样长相平平的人来说，你就是最招嫉恨的那种，巴不得你多背几个黑锅。他们这是下了招好棋呀，再没有人比你更适合当刺杀首相的凶手了。”

“你所说的英雄，其实也是当初他们自己捧出来的。”

“最不可能的人做了件最不可能的事，这多有意思。”

三浦呼噜呼噜地吸着泡面，他那副吃相光是在一旁看着就觉得舒服。终于青柳雅春也学他那样，不一会儿就吃完了面，连面汤都喝得精光，才将碗放回桌上。也巧，两人几乎是同一时间吃完放开面碗的。

“青柳，你也苦啊。接下来打算怎么办？”

“什么怎么办？”

“想什么办法继续逃啊？”

“完全没头绪。”青柳雅春坦承道，“其实，刚才在路上我都以为自己完蛋了。”被带上佐佐木一太郎和小鸠泽的车往车站去的路上，他还在想该做的事自己都做了，已尽了全力，但毕竟有实力上的差距，已经做好了迎接失败的准备。他甚至感叹自己为何不能像那些高中棒球队的小伙子一样，输了一次明年夏天还可以一搏，自己输了就只有被捕一条路可走。

三浦轻哼了一声，摘下眼镜，拿镜布擦拭起来。“唉，逃命确实不容易，整个仙台几乎都受到了监视。交通的全面封锁好像已经解除了，但到处还在搞盘查。嗯，勉强可以考虑……”

“勉强可以考虑什么？”

“在仙台市内找一处可信赖的人家，一直藏在那里，这或许勉强可以算个好方法。这样一来，只要警方不在仙台挨家挨户进行地毯式搜索，就找不到你。只不过，这可藏身的场所嘛……越是跟你关系近的人家，就越容易被搜查。”他说着再次戴起眼镜，“那么，有没有什么地方是跟你无关，但现在又可以用来藏身的？”

这连想都不用想。“没有。”

“嗯。不过不管什么地方,总有被周围的人目击举报的可能。我看,警方很快就要公布关于你的消息了。”

“啊？”

“你想啊，你刚才逃走的时候都闹成那样了，他们肯定认为接下来再想抓捕也没那么顺利。”三浦说着拿起遥控器打开电视，“说不定都已经公开了呢。”

被昏暗而惨淡的橙色灯光包裹的室内，电视画面渐渐亮了起来。青柳雅春直愣愣地盯着。还是老样子，所有频道都在播放特别节目，另外还有反复重播的游行队伍和爆炸瞬间的场景。嘉宾们的脸也差不多看腻了，连青柳雅春都开始同情起节目制作人的辛劳来。

“这么大的骚乱，竟然全成了你干的。真厉害！”

“一点也不厉害。”

换了几个频道之后，三浦说了句:“好像还没公开。”那语气，简直像要恭喜青柳雅春一般。“不过，估计到明早之前肯定要公开的，只是时间问题。”

“到那时……”

“到那时，外面就全是敌人了。”三浦的话尖利得一针见血，“你一露面，就有人举报。到最后不管什么罪行，你只能全认，于是你就成了刺杀首相的凶手了。”

“我自己可不会承认。”青柳雅春反驳道。他看了看窗户。“在旁边的情人旅馆避避风头，你觉得怎么样？”

“不怎么样。”三浦立刻否定道，“你一个人不好进去吧？总得有人跟你一起。要不你从街上找一个？只需三言两语就乐呵呵地跟你进情人旅馆的女人，你敢信？”听他说话的口气，简直就是一个对女人了如指掌、已经厌倦了游戏人生的情场浪子，但青柳雅春明白，大部分情况下，这种人真的站在女人面前时立刻会变回一个不知所措、畏首畏尾的愣头青。“而且，警察也不傻。那种公共场所他们很快就会开始搜查，胶囊旅馆也一样。还会把你的照片发给里面的工作人员。”

“网吧怎么样？其实我刚去过一趟。”

“很快也不安全了。只要你的消息一公开，就没法去了。”

“那……”青柳雅春看了一眼面前的电视，“要是我主动联系电视台或者报社呢？我要是跟他们说我是被冤枉的，其实我是无罪的呢？就算他们不信，也可能因为有意思而替我报道。”

“倒是有可能。跟真伪和善恶相比，媒体更关注的是有趣与否。只要你的爆料能引发关注，他们还巴不得呢。当然这样做同时也有风险。”三浦冷静地分析道，“不过，你打算跟他们说什么呢？跟他们说自己被误认为是杀害首相的凶手，但其实是冤枉的，求他们替你宣传吗？”

“我只是一个普通人，却被栽赃成这样大一个案子的凶手。光凭这一点，难道还不够有话题性吗？”

“你觉得电视台有能力给你提供保护，让你直接上直播吗？”

“至少是有可能的。”可能吗？青柳雅春的内心充满怀疑。这时他无意间想起，就在不久前还发生过另一起相似的事情，在当时闹得沸沸扬扬。“对了……”他看着三浦。

而对方立刻快速地点起了头。“没错没错。确实，从前有个人冒充我跟电视台取得了联系。电视台当然是求之不得，立刻准备做独家访谈。”

“结果，因为内部人员告密，被警察知道了。”

“嗯。冒充我的人被抓了起来，电视台当时好像也被整顿得很惨。”

“全都因为你。”

“才不是因为我呢。也不知哪儿来的蠢货，是他崇拜我，自己去找的电视台。”三浦说话时的表情很严肃，亏他能恬不知耻地说出“崇拜我”这样的话。“不过，也正因为以前出过那样的事，我看现在的电视台肯定没胆子为了节目藏匿罪犯。就算你给他们打电话，对方恐怕也是避之不及吧。”

“但是这次的事情非同小可。”

“就是因为非同小可，谁还敢把凶手藏着不交给警方？除非胆大包天，否则谁都不敢。”

电视台不就是擅长做这种不顾后果的事吗？青柳雅春反驳。而三浦则说：“媒体做事并不是乱来的。就算他们好冲动，但行为都控制在某个安全范围之内。他们进行批判，也总是在确定即便批判了也不会给自身带来麻烦的前提下。难道不是吗？”

“那是因为你讨厌媒体。那是偏见。”

“打不打电话是你的自由，不过毫无准备就轻易前去可不好，有可能警察就等在那里。这点你最好先有心理准备。而且，还要考虑在混乱之中被射杀的可能性。就在节目播出的时候，砰！”

“警察敢这样？”

“对于某些大人物来说，你死了天下就太平了。”

这句话让青柳雅春无法一笑带过。他双手捧起了泡面的碗，就连他自己都不知道为何要这样。他看了一眼空荡荡的碗底，又将它放了回去。脑子似乎有些不够用了。

“青柳，你有没有想过什么独自逃命的办法？”

青柳雅春听到对方问自己，茫然地抬起头，睁开眼。原来刚才他已经在不自知的情况下闭上了眼睛。困意让他觉得自己的头很重。“办法……”青柳雅春此刻只能勉强说出只言片语，这让他内心一阵焦急，以前他推动生了锈的小推车时，曾有过同样的焦躁。办法是有，他想起来了，肯定有，他试图回忆起自己的计划。他想起了在网吧的座位上，朝表格里填写资料的自己。“只有一个。”青柳雅春讲述了那个他一手策划的逃亡计划。他感觉自己有些口齿不清了，疑惑的同时逐渐不耐烦起来。

“这个办法有意思。”听完之后，三浦好像孩子般兴奋，双眼炯炯有神，“你以前是快递员嘛。这个办法不错。居然想到申请上门取件。”

“可是我没有胜算。”青柳雅春有些自暴自弃。

“但可能性也不是零。对方会相信你所说的话吗？”

“不知道。”青柳雅春回答，“不过，现在我最后的武器，也就是去相信别人了。”

说得漂亮，三浦笑出了声。“你都被骗成这样了，还敢信呀？真是不死心。不过既然这样，你就在这间屋子里休息到明天早晨吧。到了明天，按照自己所相信的方式去行动就好。在这种时候，充分的休息才是最重要的。”

“这种情况下怎么可能睡得着呢？”青柳雅春打量了一下屋内。很奇怪，天花板似乎很矮。墙壁很破，已经斑驳不说，看上去还很不结实，似乎拿手抠几下就能通到隔壁。就在他四处张望的时候，睡意越来越浓了。

“哦，提醒你一下。一直藏在这间屋子里，可什么都解决不了。如果你打算永远不从这里出去，倒是还可以考虑，但毕竟是不可能的。不过仔细想想，真要在这间屋子里不出去，往死了吃，好像也是个选择？到时候越来越胖，现在这张帅气的面庞也完全变成了另外一副模样，等到了那一天，说不定还真的可以大摇大摆地走出去呢。”三浦说道，“努努力的话，差不多半年应该可以变成一个大胖子。”

咚的一声响动让青柳雅春再次睁开眼睛。他又在不知不觉间睡着了。就算真的是因为劳累，如此强烈的睡意还是让他感到一丝不安。他往前看了一眼，发现桌子上放了一部手机。随后他的视线与三浦相对。“这是什么？”

“那是别人的手机。应该还能用，送你了。”

“什么人？”

“尸体应该还没被发现，打电话没问题。刚才我试过。”

尸体——这个词让青柳雅春吃了一惊，他愣愣地看着三浦。那么，三浦身上背着的、仍未被发现的杀人案，至少还有一件。

“你肯定有需要的时候吧？那个号码警察应该也不知道，所以也不用担心暴露。”三浦平静地说。

青柳雅春握住手机。他试图打开电源，眼皮却不听使唤地直往下掉。他很不解，为什么这样困？

“非常对不起。”三浦低头道歉。

“嗯？”青柳雅春一头栽在了桌上。

“泡面里下了药。青柳，你还是多休息一下吧。这是为你好。体力得不到恢复，原本能逃脱的机会也可能错过了。反正刚才你说的办法也得等到明早九点，这不是正好嘛。”

“药？”青柳雅春已经无法再思考，只感觉脑袋里装满了石头。

“那么，再见啦。”三浦最后说道，“等想到了能让你顺利逃脱的妙计时，我会再联系你。”

请等等——青柳雅春的恳求最终并未能说出口。意识一下子飘得很远，眼前一片漆黑。

樋口晴子

樋口晴子来到医院，等待她的是鹤田亚美，就是通过阿一的手机告诉自己“我是小野的女朋友”的那名女子。她就站在医院前台附近，穿着黑色毛衣，带着一个小男孩。男孩名叫辰巳，今年四岁，和七美同龄。“小野真不容易呀。”辰巳模仿着大人的口吻说道。

既然说自己是阿一的女朋友，那么鹤田亚美应该没有结婚，这个叫辰巳的孩子可能是她和前夫的。

“你来的时候很辛苦吧？路上堵不堵？”

“我打车到半路，然后走路来的。”樋口晴子说道。一开始她打算用家里的车，但一考虑到可能因为道路交通的混乱而导致寸步难行，最后还是作罢。

“妈妈，小野是谁？”七美拉着樋口晴子的手天真地问道。

“是妈妈的朋友。”樋口晴子刚回答完，鹤田辰巳立刻不服输地挺胸说道：“小野是我妈妈的男朋友。”听他这样一说，鹤田亚美有些不好意思。她也就二十五岁左右吧，樋口晴子觉得肯定要比自己年轻。

“还没恢复意识。”鹤田亚美看着通往病房的电梯说道。

“你发现他的时候就已经失去意识了吗？”樋口晴子回忆着刚才电话里听到的情况，再次问道。

“只有一点点。他一直在念叨青柳学长什么的。”

鹤田亚美昨天晚上临时决定去阿一的公寓。“其实也没有什么特别的原因，就是觉得小野的态度不对劲，觉得可疑。”她苦笑道。这几天她都住在自己位于仙台市内的家里。当天晚上儿子睡着后，她给阿一的手机打了电话，感觉对方语气不正常，起了疑心。于是她决定事先不通知，直接去阿一家。

“我还以为他有外遇了呢。”鹤田亚美有些不好意思，垂下了眼帘。因为前夫的关系，我挺神经质的，她解释说。“结果没想到他竟然那个样子躺在屋子里。”她快哭出来了。辰巳像是为了安慰她，表情严肃地紧紧握着她的手，看上去十分可靠。

电梯到了五楼，电梯门随着一声铃响打开。鹤田亚美和辰巳走在前面，樋口晴子和七美跟在后面，隔了大约半步的距离。

“小野说了什么没有？”

“几乎全是一些呓语，不过，能听清警察啦、被打啦之类的词，还说青柳学长救了自己。我以前听他说过上学时的事，所以马上明白了他说的是谁。但是，之后来到医院，第二天早上看到新闻……”表面看起来平静的鹤田亚美，此刻当然也是处于混乱之中，重述着昨晚情况的同时，透露出明显的动摇，说出来的话也似乎有些支离破碎。

“我也看了新闻，真是吃惊极了。青柳竟然成了凶手！”樋口晴子坦率地说道。

“嗯，他过去不是那样的人吧？”鹤田亚美歪着头，看着樋口晴子。那样的人——这样的形容虽然有些泛泛，但樋口晴子明白她的意思。

“我所知道的青柳，不会干出那么凶残的事。”她说，“不过也不是能够那样救下女明星的人。”她补充道。

“从第一次见我开始，小野就一直吹嘘。”鹤田亚美一脸怀恋的表情，不过还是要哭的样子，“说自己大学时的学长是个大名人。”

“小野也跟我炫耀过。”鹤田辰巳严肃地说。

“樋口小姐，大学毕业后，你们是不是就没怎么见过了？”

从她提问的方式来看，应该并不知道自己和青柳雅春的恋爱关系。“最近从没见过。”

“唉，小野为什么会被打成那个样子呢？”说这句话的时候，鹤田亚美看上去真的很痛苦。“而且，还有一位姓森田的先生也死了。”

“嗯？”樋口晴子没反应过来她这句话的含义，愣住了。

“哎呀？”鹤田亚美也很惊讶，“森田先生……你们不是一个社团的吗？”

“森田跟我是一个社团没错……”

“新闻上也报道了关于他的事呀。”樋口晴子比鹤田亚美想象中还要震惊，这让鹤田亚美同样十分震惊。“难、难道新闻搞错了？”

樋口晴子大张着嘴，一时间说不出话来。怎么啦？就连七美在一旁拽衣袖也没让她回过神来。“应该没有错。”她摇了摇头，勉强回答道。森田森吾死了。这话她一时半会儿无论如何也难以接受，但考虑到眼下的形势，她实在也无法去否定。“只不过是我漏看了新闻而已。”一定是这样。

“森田先生乘坐的车停在事发现场附近，同样发生了爆炸，后来遗体被发现了。”

这算怎么回事？樋口晴子绞尽脑汁地思考着。她甚至无法判断自己身在何方，几乎要因为贫血而摔倒。“那也是青柳他……”

“看新闻的口气差不多是那个意思。”

“森田……”樋口晴子呼了一口气，感觉一切太不真实，“怎么会这样？”

是呀。鹤田亚美看着她，脸上写满了同情和担忧。

森田他死了？樋口晴子知道自己有些啰唆了，但还是忍不住又问了一遍。怎么会这样？

一行人顺着走廊前进，来到靠里的一间病房门前。“就是这里。”鹤田亚美说道。可以看到门上挂着写有“小野”的牌子。“我去接你之前还没挂呢。”她说着，推开了门。

樋口晴子走进病房，看见阿一仰躺在病床上，闭着眼睛。她心中顿时充满了怀旧之情，可那些缠在阿一身上的绷带让他看上去是那样痛苦，樋口晴子的心情也随之变得复杂起来。

“这个人，怎么了？”七美抬头问，“妈妈的朋友，怎么了？”

“他受伤了，睡觉呢。”樋口晴子感觉似乎用尽了全身的力气。如果在纸上画一条直线，代表从大学开始到现在为止的那些岁月，樋口晴子现在的感觉就好像纸对折了，直线的两端连在一起，时光的距离一下子无限缩短，眼前仿佛见到了第一次在社团活动上露面的阿一。“我原以为青少年食文化研究会里的人，因为整天要吃汉堡，所以肯定全都不健康呢。结果樋口姐居然这么瘦，还挺健康的嘛。是不是因为胃下垂？”樋口晴子想起了他当初自我介绍的时候，有些自来熟，却不惹人讨厌。阿一旁边就是森田森吾。“得了胃下垂就不会长胖，是不是真的啊？”他听了阿一的话后悠闲地问道。而青柳雅春则告诫阿一说：“光吃汉堡会死的，自己的健康一定要管理好。”

如今在樋口晴子面前的，是时隔几年未见的阿一，他的嘴上绑着透明的氧气罩，上面还连接了好多管子。他的健康哪儿还轮得到自己管理？全得靠机器去管理了。

为什么会变成这样？樋口晴子愕然。另一方面，森田森吾的事也在她脑海里挥之不去。森田死了？这太不真实了。再看面前阿一这副模样……荒唐至极！她想以这样一句嘲讽将一切抛诸脑后，但那根本不可能。事到如今，似乎只能选择接受，什么都有可能。

“还不赶紧起床！”鹤田辰巳天真地喊道。一旁的鹤田亚美也轻声附和道：“就是嘛。”她的眼角还挂着泪珠。

“他父母那边呢？”樋口晴子打量着病房，发现似乎并没有其他人来探望过，“我记得他老家好像是在新潟来着？”樋口晴子搜寻着记忆。从今天一早开始，她就像是一直在对保管大学时代记忆的箱子进行着逐一检查。

“昨天夜里打过电话了，估计现在正从新潟来的路上。好像那边往仙台的交通也瘫痪了。”

樋口晴子立即点了点头。一夜过去后，就算当初的严密封锁有所缓和，出入仙台地区的交通一定还有诸多不便。

就在这时有人在背后说话。“请问是小野先生的朋友吗？”樋口晴子转过身，发现是一名素不相识的男子，身上的西装皱巴巴的，肩膀很宽，四方脸，整个人看着十分死板。他取出证件，自我介绍说：“警察厅综合情报科的。我叫近藤守，正在对发生在仙台的一起爆炸案实施调查。”

青柳雅春是用炸弹将首相杀害的凶手——医院对面的咖啡馆里，近藤守在樋口晴子等人面前斩钉截铁地宣布。

“有证据吗？”鹤田亚美表示质疑，近藤守没有显示出厌烦。“二位没有看电视吗？监控录像显示青柳雅春曾经购买了遥控直升机。青柳雅春逃跑过程中，有数名目击证人看见他试图逃窜。一家酒类专营店的老板负伤，他甚至还在另一家餐厅里开枪。”他说道，“另外，这事现在还没对外公布，其实昨晚我们曾一度逮捕了青柳雅春。”

樋口晴子一边照看着坐在儿童座椅上的七美，一边听近藤守说话。

他说青柳雅春从阿一的公寓出来后被逮捕，随后又在去往仙台车站的途中逃脱。

“昨天夜里，青柳先生为什么会去小野家呢？”鹤田亚美开口的同时，樋口晴子问道：“途中是怎么逃脱的？”

近藤守同时面对两个问题也丝毫未显慌乱。现在回想起来，他的表情似乎从一开始见他到现在都没变过，简直就是一张四方的面具。

“其实是我们先接到了小野先生的报案，说青柳雅春联系过他。很可能是青柳雅春发现小野先生报案后，为报复而闯进公寓并实施了暴力。我们的同事就是在那个时候赶到了现场将其抓捕。事情的经过就是这样。”其实很简单。近藤守云淡风轻地补充了一句。“对于特意配合我们工作的小野先生，我们真的感到十分抱歉。”

樋口晴子半张着嘴，犹豫着是否应该发言。她想打消心中的疑虑，但同时又害怕在疑虑打消的同时，自己或许会惹上不必要的怀疑。正踌躇的时候，没想到四岁的鹤田辰巳竟然替自己问出了想问的话。

“为什么小野知道那个人是坏人？”

为什么阿一会向警方报案呢？他真的报案了吗？这就是樋口晴子心中的疑问。昨天晚上，青柳雅春就是凶手的消息应该还没有对外公开。

“具体情况我无法在此解释。小野先生在接到青柳雅春电话的时候，听到了一些关于金田首相遇刺事件的消息。他是凶手的朋友，又是在学校时的学弟，青柳雅春很有可能要求他协助逃窜。小野先生是因为这件事跟警方商议。而警方，也就是我们，当时已经在内部展开了对青柳雅春的秘密调查，所以说，他报案的时机正好。”

“哦。”鹤田辰巳好像并不懂近藤守的解释，但也没再多问。

“接下来回答关于青柳雅春如何逃脱的提问。”近藤守又一字一句地开始回答樋口晴子的提问，“一名疑似青柳雅春同伙的男子，在路上驾车撞击了押运青柳雅春的警车，青柳雅春本人趁机逃脱。”

“同伙？”樋口晴子不自觉地追问。

“实施撞击的是普通社会车辆，由青柳雅春的同伙强抢而来，原车主是一名女子……”近藤守说到这里稍微停顿了一下，视线转向樋口七美和鹤田辰巳，用略低些的声音继续道，“已经因刀伤身亡。”

鹤田亚美瞪大眼睛。

樋口晴子也吃了一惊。她的脑子越来越迷糊了。她记忆中的青柳雅春和眼前近藤守所描述的凶手青柳雅春，无论如何也无法重叠到一起。

“现在我们正尽全力搜捕青柳雅春。从安保探头调取信息，往各住宿场所、医院、交通机关分发他的相片。也许他还会来找小野先生，所以我才被派来实施警戒。”

“青柳先生……还会来这里？”听了近藤守的话，鹤田亚美忽然担心起来。青柳雅春的形象在她眼里已是恐怖的化身。

“只是有可能。我可以问二位的电话号码吗？”

“电话号码？”

“樋口女士是青柳雅春的大学同学，而鹤田女士是小野先生的朋友。青柳雅春可能会尝试接触你们。”

“接触？”

“其实今天，就在不久前，青柳雅春曾接触过他的一位熟人。”近藤守只是走程序似的带过，至于那位熟人是谁、接触的结果如何，他并未详述。“所以，二位也很有可能。当他打电话来时，我们这边可以立即掌握消息，只要二位告知电话号码……”

“你是说我们的电话要接受监听？”樋口晴子皱眉道。对方言辞彬彬有礼，但实际上就是这么回事。

“自从安保探头投入使用以来，我们可以掌握各种各样的情报。一切只不过出于安全保护的目的，我们并不会擅自阅览或调用那些信息。然而这次是特殊情况，要求我们必须灵活使用这些情报。监控车牌号的N系统[1]也是一个道理。”

朋友平野晶曾提到她的男朋友在做安保探头的维护工作，樋口晴子回想起当时的对话，不禁脱口而出：“监视社会。”

听到她这句话，近藤守并未生气，甚至连为难的表情都没有。“打给二位的电话都要受到调查。不是通话内容，而是打来的电话号码。如果发现是青柳雅春或者是其他一些可疑对象，我们则会立即出动。”

“电话被偷听，感觉怪不舒服的。”

“请您一定配合。”近藤守说得谦逊有礼，但毫无感情。

“我无所谓，我配合你们。”鹤田亚美说。樋口晴子也明白她的心思。考虑到阿一的状态，这件事越快解决越好，她这么做也是理所当然。

“我也没问题。”樋口晴子表示同意。就算现在不同意，他们回去后肯定也要擅自调查，在这里藏着掖着并没任何意义。

“如果有可疑电话打过来，请至少拖延三十秒时间。”

“三十秒？”

“短于三十秒的电话原则上不会被录入，所以请尽量拖延通话时间。对于被录入的通话信息，我们便可以实施检索。”

“如果青柳先生打电话到小野的手机该怎么办？”

“尽可能接电话，随便说点什么都可以。如果能跟他约定时间地点见面最好。”

记下樋口晴子等人的电话号码和住址之后，近藤守满足地点了点头。直到最后，他点的冰红茶也一口未沾。

“为什么青柳要做出那样的事来呢？”樋口晴子从桌边起身时问近藤守。

他的答案很简洁：“等抓捕成功后，我们打算问他本人。”

---

①在日本，N系统全称“汽车车牌自动读取装置”，由警方装设在道路上，可自动拍下车牌号码，用来追踪通缉车辆、侦查案件。

再次回病房看望昏迷的阿一后，樋口晴子便离开了医院。朝外走时，鹤田亚美询问起她家的大致方向，于是她简单说明了一下公寓所在的位置。“哦！那里我知道，以前去过附近。”自见面以来，鹤田亚美的表情第一次开朗了些。

到医院大门时，鹤田亚美说“等小野醒了我再联系你”，说完歪着头看起天空。樋口晴子受其影响也跟着朝上看去。天空几乎没有云，大片清透的淡蓝色平铺开来，没有深浅浓淡，什么都没有。白晃晃的日光让人感觉很舒服。

“看到这种蓝得不像话的天空，再想想大地上还有某些地方正爆发战争、有人死亡、有人被欺辱，感觉真不可思议。”鹤田亚美的表情既没有笑，也不像要哭。

“嗯？”

“是以前小野说的。他说，天气好，心情当然也会好，不过同时也会想起某些地方还有人正遭受痛苦折磨。”

“是嘛。”比起这些话来，以前一直贪图享乐的阿一如今竟然有了这种想法，这更让樋口晴子感慨。

“他说，其实那些话都是听青柳先生说的。”鹤田亚美说。

“青柳？”

“天气晴朗的时候，总容易想起远方的某处仍有人在承受苦难。小野说以前听青柳先生这样讲过，就一直记着了。”

“青柳倒是偶尔会说这种话。”樋口晴子一走神，感到那些旧日过往就快要在自己的胸口扯开一个洞。

再见。孩子们互相告别。樋口晴子和七美离开了医院。

“哎，妈妈的朋友，是坏人吗？”走上一条狭窄的人行道时，七美问道，“就是电视上的人吧？妈妈，没说是朋友。”

“是以前的朋友。”樋口晴子说着，心中又想道：如今呢？已经不算朋友了吗？

恋人和朋友到底哪里不同呢——樋口晴子想起以前平野晶曾谈论过她的观点：“恋人分手后，基本上就再也不能回头做朋友。”她坚定地说。

“不是也有人做回朋友吗？”

“不可能不可能。当然，也有个别例外吧。但基本上，分了手的前男友的人生，跟自己的人生已经毫无关系了。不管什么时候，做任何事，都没关系。否则，对往后在一起的恋人或者配偶多不公平？”

配偶。她说得这样煞有介事，樋口晴子觉得很有趣，一直都记得。

“不过也真是不可思议。交往的时候每天都相互联系，一旦分手，几年过去就几乎再不来往，各自生活下去，永远都不会再有交集。”平野晶还这样说过。

“以前看上去并不坏呀。”七美又重复道，“还挺帅呢。”

樋口晴子无意识地附和了一句：“就是。”

时间快到正午，太阳也升得很高了。风很温和，轻轻抚动着樋口晴子的刘海。

青柳。她想道。在这片淋漓尽致的蓝天下，在脚下的大地延伸所至的某个角落，他正藏头掩面、奋力逃窜？那幅画面是多么的不真实啊。

七美说肚子饿了，樋口晴子于是带她进了北四番丁附近的一家餐厅。在靠窗的位置坐下后，她想起了刚才近藤守说起青柳雅春曾在餐厅开枪的事。青柳会开枪？她越来越觉得虚幻，觉得难以接受。就好像是什么都不懂的青柳硬着头皮出演电视剧，向观众展示了他那如同中小学生文艺表演水平的演技。

是真的吗？

店内的墙上挂着一台大尺寸宽屏液晶电视，正播放电视节目。一般都用来放体育赛事之类节目的电视，现在不用说都知道，正播着关于金田首相遇刺事件的特别节目。

“啊！妈妈快看，又出现了！”七美吐出了嘴里的吸管，指着电视画面喊道。

是青柳雅春，还是当初那个因为救了女明星而接受采访的画面。那略带着不安和畏惧的说话方式，更接近樋口晴子记忆中所熟知的他。唉，当初熟悉的那个青柳雅春在那画面里……她想。

用餐的这段时间里，不断有电话打来。

第一通是丈夫樋口伸幸打来的。桌上的手机响起，姓名刚显示，七美就反应道：“啊，是爸爸。”樋口伸幸心思敏锐，他绝不是那种精力旺盛的人，但想做的事会立即付诸行动。可能有些急性子，但很好懂。当电话接通，樋口伸幸张口就问：“我正看新闻呢，那个凶手不是你以前的朋友吗？”樋口晴子觉得这像极了她丈夫的作风。

“您真是无所不知。”

“对老婆的过往刨根问底是我的爱好嘛。”他开玩笑道，“还不是之前他上电视时你告诉我的。你说那个救了女明星的快递员是大学社团的朋友。结果那个朋友现在竟然成了这么大一件案子的凶手，我觉得不可思议，就给你打电话啦。”

“我也觉得不可思议。”

“你没事吧？”樋口伸幸问。很难以言语解释，樋口晴子感觉丈夫的这句关怀拯救了自己。

“我要说有事，你就能马上回来？要是我的话呀，肯定回。”

樋口伸幸笑了笑。“我回去。”

“开玩笑的，没事。其实刚才，警察因为青柳的事找我谈话来着。

也就这么点事吧。"

"警察？"

"说因为我们以前很熟，他可能会联系我，如果接到了电话就通知警方。对了，听他们说，现在仙台所有的电话都受监控，如果青柳给我打电话了，就能被检测出来。"

"也就是说，我们现在的通话也有警察听着了？"樋口伸幸立刻反应过来，"感觉怪怪的。"

"哎哟，人家也没那么闲，知道不是青柳打来的估计就没兴趣听了吧？"樋口晴子嘴上这样说，心里还是毛骨悚然，觉得现在说不定就有什么人正竖着耳朵监听自己。她朝窗外看了一眼，路边的绿化带里可以看到安保探头那圆圆的顶部正闪烁着灯光。"警察说了，如果是三十秒以内的短时间通话，好像就不会被录音。"

"这倒是有可能。逆向探测信号来源也需要一定的时间。机器这东西，从启动到运作比想象中还要费时间。机器就那样。"

"从今往后你有事就在三十秒内说完。"樋口晴子笑了，她丈夫也笑了。

"总之我会尽快回去。"樋口伸幸说完后挂断了电话。

"爸爸说什么？"七美喝完果汁，伸手抓着盘子里剩下的菜肉烩饭。

"爸爸说很担心我们呢。"

"担心谁不会。"女儿装老成的样子十分可爱。

电话又响了。一看，又是丈夫打来的。樋口晴子迅速接起。"怎么啦？"

"三十秒以内说完。"樋口伸幸笑着，说话的语速很快，"他真的是凶手吗？你曾经交往过的人能做出那种事？凶手恐怕另有其人吧？"

樋口晴子有些猝不及防。她应该没有说过自己和青柳雅春交往过的事，她迅速在脑海里翻找着从前的记忆。“你什么时候……看出来的？”

“早看出来啦，老婆大人。”樋口伸幸说，“好啦，就这样。”电话又挂断了。

“看出什么来啦？外遇吗？”七美笑嘻嘻地说。

你知道外遇是什么意思吗？樋口晴子笑了。这时电话又响了。樋口晴子以为丈夫又打过来了，拿起来一看才发现是平野晶。

“电话真多呀。妈妈好受欢迎呀。”

听七美这样说，樋口晴子对她说了一句“是呀”，随即按下了接听键。

“哎呀，晴子。”她还跟昨天见面时一样，说话充满活力，“怎么样？昨天回家路上顺利吗？街上是不是一团乱？”

“乱得不像样子。你呢？都还好？”

“公司也乱得跟什么似的。不过，说来你都不敢相信！一国首相都遇害了，公司居然还要你继续工作！一大堆无聊的工作。依我看，即便地球毁灭了，公司都完不了。”

听着这番不知是抱怨还是闲扯的话，樋口晴子觉得放松了不少。她问平野晶现在是否是工作时间，对方给了个莫名其妙的回答，说现在是午休时间的加时赛。

“不过，我男朋友倒是忙翻天了。”

“安保探头的维护？”

“对对。据说现在仙台的治安全靠那帮可爱的小机器人了。而大家的命运，可就掌握在每天把它们磨得油光锃亮的我们家那位手上。”

“可惜就是张10。”樋口晴子想起昨天聊起的扑克牌话题。

“脸还是算J的。”平野晶自己说完，忍不住笑了，“真没想到，凶手居然是那个快递员哪！这世上还真有这么巧合的事。昨天才刚跟你聊过他。”

“巧得让人害怕。”这是樋口晴子的真心话。

“那我先挂啦，下次见面再慢慢聊。”平野晶说着，“其实我更想晚上一起出去喝酒。”她笑着。

“就是。”樋口晴子附和道。可是自己出门留下女儿独自在家，对樋口晴子来说简直比让她去学空中飞人还难。她也不觉得这事能靠胆量和训练解决。

挂断电话。七美仍默不吭声地往嘴里塞着烩饭。樋口晴子拈起沾在她嘴边的饭粒，一颗颗让她吃完。

终于快吃完自己盘子里的意面时，樋口晴子再次扫了一眼电视，却发现画面里的场景似曾相识。这是哪里呢？她只觉得十分熟悉，眯起眼睛看着。画面里有很多手持话筒和摄像机的记者，人人一副认真的表情，但似乎并不紧张。他们不是游山玩水也不是看热闹，只是例行公事。

过了一会儿她才终于反应过来，是洛基那里。还是学生的她和社团的伙伴们常常去，那是位于城市北边的一家烟火厂。

哦，对了。樋口晴子很快明白了。媒体已经得知青柳雅春曾在这家烟火厂打过工，烟火厂必然有火药，于是推测出他一定熟知火药的使用，而这跟炸弹有着直接而紧密的关系，所以青柳雅春一定就是爆炸事件的凶手，一切就是这么简单——他们很可能就是这样想当然的。果不其然，一名手持话筒的记者正做现场报道：“据说青柳雅春通过在这里的工作掌握了黑火药的相关知识。”净瞎扯。樋口晴子眨了眨眼，继续看着画面。

轰烟火那里，大学时樋口晴子等人去过很多次，所做的事仅限于冬天时铲雪、打扫工厂内部卫生、搬运货物而已。厂长轰叔为人爽快，不是那种计较小节的人，但出于强烈的职业意识，对烟火和火药的处理十分敏感，从来没有把任何火药知识或者制作方法教给还是学生的樋口晴子等人。如果说青柳雅春因为在轰烟火工作过就能制作炸弹，那无异于说只要呼吸了那家工厂里的空气，人就会掌握炸弹相关的知识技能一样。

樋口晴子盯着电视画面一动不动。看着表情认真地进行播报的现场记者、脸色严肃地点头的演播室主持人，樋口晴子才切实地感受到他们所说的那些是多么无稽，多么脱离现实。

“净瞎扯！”

“妈妈，你怎么了？”

七美的声音让樋口晴子回过神来。“哦，妈妈呀，一直以为电视上讲的都是真话，刚才发现好像也不是。”

“那些我早知道啦。”七美骄傲地说道，“因为，电视里的人常常道歉嘛。”她说的应该是那些出了事故后召开记者会公开道歉的企业。

樋口晴子取出手机查找起通讯录。自己的手机号码已经和以前上学时不一样了，不过当初记下的电话号码大部分都留存了下来。

“妈妈打个电话。”樋口晴子招呼了七美一声后将手机放到耳边。她盯着电视里烟火厂的画面，想象着现在正身处其中的轰叔接到自己电话后的模样。很可惜，提示音说对方手机正在通话中。可能现在所有人都在给轰叔打电话。

之后她想给森田森吾的手机打个电话，但又想起自己所留的这个号码打不通。“森田，你真的已经死了吗？”樋口晴子甚至想向森田森吾本人求证。“嗯，这个嘛。森林的声音指引着我。”她觉得对方很有可能会这样优哉游哉地回答自己。青柳雅春成了杀人凶手四处逃窜，森田森吾因爆炸而死亡，阿一重伤入院。这一切究竟是怎么了？她真想揪着谁出来问个清楚。手机重新放回桌上，她再次看着墙上那硕大的电视屏幕。

不知什么时候开始播起了广告。画面里是猛烈的火焰，乍一看还以为是火灾，镜头渐渐拉远，这才知道是厨房。一名大胡子中年男子装模作样地说："我亲手做的特制白汁酱，味道怎么样？"是白汁酱的广告。

那个男人是一家著名法国餐厅的大厨。那家餐厅在仙台也有分店，樋口晴子回想起当初曾打算和青柳雅春去吃饭，可惜途中遭遇大雨，最后不得不取消预约。后来过了一个月，两人决定再次去尝试，结果没想到餐厅本身虽然高级但服务态度极差，菜品的味道也不怎么样，最后青柳雅春和她都摇着头离开。也许是错觉，现在想想，以前和青柳雅春一起出去吃饭时经常会选错饭店。每当那种时候，她就会觉得似乎所有人都不大欢迎自己和青柳雅春这一对。这些从过去缓缓流淌而来的记忆让她有些错愕，她看了看窗外。天空很遥远，依然没有一片云朵。

她想起了好几年前，轰叔在烟火大会时说过的话。"你们看那些烟火，总有不同的人在不同的地方观看。或许它们在眼前绽放的瞬间，某个老朋友也正在某处眺望着同样的景色——想到这些不是很快乐吗？"

曾经的恋人青柳雅春，或许在仙台市内某处看到了同样的广告，翻出了同样的记忆，沉浸在了同样的感触当中。或许真的会这样。樋口晴子想到了这些，觉得有些害羞，有些寂寞，又有些莫名其妙。

他真的是凶手吗？丈夫的话在樋口晴子脑中回响。电视上播出的一切信息都令人难以置信。炸猪排店事件、色狼非礼事件、烟火厂和炸弹制作，这些都存在疑点。再加上森田森吾居然也遇害了，这更让她无法接受，甚至觉得是个笑话。如果青柳雅春不是凶手，那么他如今就是带着清白之身在四处逃亡。

晴子曾经交往过的人能做出那种事?

樋口晴子从不觉得自己看男人的眼光或者看人的眼光有多准，但她有信心可以判断，曾跟自己交往过的青柳雅春有什么事会做，而什么事不会去做。至少，比起电视上那些手持话筒的家伙来，我更了解他——樋口晴子带着这般思绪，起身拿起账单。

青柳雅春

三浦放在面中的药顶多也只能算个引子而已。与其说药很奏效，青柳雅春更愿意相信是过度累积的疲劳让自己酣然入睡。待他再睁开眼，已是早晨八点。他穿着衣服倒在地上，好似一只从树叶上落下的幼虫，保持着身体蜷缩的姿势，一觉睡到天亮。

窗帘一直没拉，可能因为房间本身背阴，日光并未太多照射进来。三浦消失了，竟连张字条都没有留下，虽然青柳雅春也觉得如若他真留下字条反倒不知该如何是好。桌子上只有一把钥匙，应该是让他离去时自己锁门的意思。

青柳雅春打开电视。当看到自己的脸出现在电视里时，他觉得房间的地面似乎破了个洞，整个人都沉了下去。他的脊背凉飕飕的，脖子也一阵发寒。这感觉就和一天前他从天桥上往前园的货车上跳时的感觉一样。“偶像艺人凛香小姐住在那栋公寓里的事,您之前知道吗？”面对记者的提问，两年前的青柳雅春回答：“不、不知道。”

当时的录像再次出现在电视上，结束后主持人还意味深长地说了一句：“真没想到竟然是他。”

必须冷静，青柳雅春告诉自己。这一刻终于还是来了，自己的照片终于还是被公布在了电视上。然而，这一切不都是在意料之中吗？

不要慌——他在心里给自己鼓劲。他不得不这样做，否则被当作凶手公之于众的恐怖几乎要让他发狂。他拿起遥控器关上电视。

电视画面随着啪的一声消失了，屋内恢复了宁静。

他猛地站起身，往门口走去，却发现忘记拿背包，立刻折回来。他背好背包，再次准备出门，忽然害怕门的另一面有一大批人早已端着枪摆好阵势就等他出来，于是又快步走回屋内。他从窗户往外看，下面那狭窄的小路上并没有人，视线接着落在电线上，结果原本停着的一只乌鸦随即拍拍翅膀飞了起来。

电视再次被打开。两年前的自己正面对话筒不情愿地回答着问题，看上去是那么天真。青柳雅春觉得看不下去，再次打算关掉电视，却发现画面一角写有“事件相关线索请联系”的字样，下面分别写有电话号码、传真号码、邮箱地址。

他想起昨晚同三浦的对话。三浦坚持认为找电视台没有用，但他并没有放弃这一打算。他觉得普通群众遇上麻烦时，首先想到的是警察，其次就是向媒体求助。

想得越多越无法付诸实际行动，青柳雅春决定立刻用三浦留下的手机给电视上的号码打电话。为防万一，他还将手机设置为“不向对方显示本机号码”后才拨号。可能是打电话的人太多，很长时间都是占线的声音。大概打了十多分钟后，电话通了。

“喂……”青柳雅春刚开口，对方便驾轻就熟地询问道：“是提供事件有关的线索吧？”声音听上去算活泼，来自一名恪守职责的女子。

很紧张。“喂……”他开口道，“喂……我……是青柳雅春。”他终于下定了决心，一口气说道。话音刚落，对方就因过度意外而屏住了呼吸，她为这突如其来的大新闻兴奋不已，连声音都走了调——青柳雅春是这样想的，然而现实却并非如此，甚至是完全相反。

“哦，是嘛。”这语气反倒有些不耐烦似的，让青柳雅春措手不及。

"我就是现在电视上放的那个青柳雅春。"他补充道。

"麻烦您留下地址可以吗？"对方说。

青柳雅春疑惑了好一阵后，才渐渐明白过来：这样的电话太多了。肯定已经有许多人主动给电视台打电话，说自己是青柳雅春，也不知是他们是仅仅想恶作剧还是本人真就那样想。所以，负责接电话的女子语气里才会夹杂着不耐烦。

青柳雅春真想挂断电话，但还是忍住了。我是青柳雅春，如今正在逃脱警方的追捕，他解释道。他说出了自己的要求：凶手不是我，希望能通过电视台向观众传递这一信息。

过长时间的电话让青柳雅春害怕起来，就在他觉得差不多该挂断的时候，听到接电话的女子似乎在跟旁人讨论着什么。具体内容听不清楚，但听上去是在向偶尔从身后走过的一名男子报告情况。"我是节目制作人矢岛。"不一会儿电话里传来一名男子的声音，"您是青柳雅春先生吗？"

"是的。"青柳雅春语气强硬地回答。

"很抱歉，打电话给我们说自己是青柳雅春的人非常多。不过大部分是炫耀自己是凶手的，像您这样要求我们报道受到了栽赃的倒是罕见。"这似乎就是他们对青柳雅春感兴趣的原因。

"我是无辜的。"青柳雅春说。他不敢把话说得太长，怕自己中途感情失控。

"您能证明自己就是青柳雅春吗？"

这个问题他无法立即回答。证明自己是自己，谁能轻易做到？"如果，我证明了我是青柳雅春，你们会保护我吗？"

"保护？"

"我正被警方追捕。可我明明不是凶手。"

"那直接告诉警方不好吗？"

青柳雅春烦躁地直想咂嘴。没错，是个人都知道这样想，他甚至想这样反呛这位制作人一句。“现在的情况并不是我说了他们就会理解我，所以我才要通过电视向外界发声。”他继续道。执着于追捕自己的警察、手持霰弹枪的高大男人，还有接连不断的枪声，充斥着他的脑海。“直到外界承认我的清白之前，我希望电视台能为我提供藏身之处。”

矢岛沉默了。青柳雅春原本期待着对方能够爽快地答应，立刻告诉自己“可以，可以，你就当这里是自己家”，但现实并没有。他有些失望。

就在青柳雅春默默地咽口水的时候，矢岛发话了：“可能有些困难。”他说，“首先，我们需要检验你的话是否属实。我们不能毫无根据地随意报道。”

“就在现在，我还正被你们毫无根据地随意报道成凶手。”青柳雅春并不只是想表达不满，而是对方的这句话让他无法不去反驳。

矢岛又不作声了。不一会儿，他又说：“昨晚出了规定，一旦掌握了任何关于你的线索，必须立即通知警方。所以你的人身安全，我们这边可以尽力提供保护，但前提是必须跟警方汇报。”这看上去也算是较稳妥的对应方式。

青柳雅春的脑子里出现了一幅画面。是去往电视台，被带到演播室的自己。好几台摄像机对着自己，而扛着摄像机的竟全部是身着制服的警察。自己还来不及吃惊，他们已经用手枪一阵乱射。事先毫不知情的电视台工作人员当然慌乱不已，高呼住手，这时佐佐木一太郎现身并宣布：“青柳雅春身上藏有枪支，除将其射杀之外别无他法。”这样的处理方式明显大有问题，同时也有人提出阴谋论，但真相已然被埋葬。奥斯瓦尔德死了，等于将一切带入无尽的黑暗之中。

“你还在听吗？”在矢岛的呼唤下，青柳雅春回过神来。

“我先考虑考虑，过会儿再给你们电话。”青柳雅春只有这样回答。

矢岛似乎在犹豫是否该进行挽留，不一会儿他询问青柳雅春如果有事能否直接联系自己，并留下了一串号码，应该是他的手机号。青柳雅春随即拿起桌上的笔，将号码抄在左手上。

挂断电话，关掉电视。从刚才开始房间里就只有他一人，青柳雅春有种强烈的预感，接下来也还是要靠自己一人。

“逃吧。”这是昨天森田森吾在车上对自己说过的话。

“一直藏在这间屋子里，可什么都解决不了。”三浦说。

青柳雅春从背包里取出针织帽。从稻井家出来后，这帽子一直跟着他。他一下子想起了昨天自己戴着这帽子被佐佐木一太郎抓到的时候。他们很有可能已经将这顶帽子作为辨识他的特征之一了。他不知道安保探头所拍摄的影像画面范围有多大、精度有多高，这顶帽子有一天也很有可能清晰地出现在电视里。他连忙将帽子摘下扔到了角落里。不如将计就计，什么都不戴可能更好些。反正再怎么绞尽脑汁，不管做什么，被捕也只是时间问题而已。

从公寓里出来后，青柳雅春低着头往北走去。他的目标是位于仙台车站东北方向的一栋商住两用楼。步行需要时间，但他也想不出其他什么更好的交通手段。公交上人多眼杂，出租车司机恐怕早已收到警察分发的他的照片。他发觉现在的紧迫程度跟昨天已经完全不同。路上的行人随时可能大喊着“电视上的人！”上来抓捕自己，或者选择偷偷报案。

青柳雅春在一条宽阔大马路上的信号灯前停下。旁边站着的一对男女总偷偷看他。他不放心，于是决定改走人行天桥，转而迈步朝台阶方向走去，可这下子又因忽然改变方向可能引人注目而焦躁，只得快步爬着台阶。过天桥的时候，偶然发现旁边的绿化丛中藏着一个安保探头，他只得强忍着想立刻趴下的冲动。天桥下有救护车驶过。他的目光被警笛和那一抹赤红的灯光所吸引。一切行为都变得僵硬，无论做什么都是那么的刻意，如今连动一动身子都让他感到厌恶。

他看着马路，发现今天的车流已然比昨天顺畅了很多。警方盘查应该还在继续，但可能缓和了不少。路边停着一辆用来送快递的大型货车，送货员正往下搬东西。

到达目的地后，青柳雅春没有使用电梯，而是顺着昏暗的楼梯往上爬。第三层右手边是一家咖啡店，卷帘门是拉下的，看心情营业的方针好像并没有变。

青柳雅春藏身于这家店旁边的公共厕所。厕所里很黑，充满了尘埃和恶臭。三楼除了咖啡店之外并无其他人使用，所以应该也没人会来用厕所，但藏身于其中的青柳雅春还是感觉到不安。他躲在隔间里，却因过于狭窄的空间而感到恐惧，又意识到身处其中便再无其他路可逃，最终还是决定站在了小便池前面。洗手台的龙头正往下滴水。拧得再紧也还是有水滴落下，碰撞时发出的细微声响悄悄地钻进耳里。

大概九点十分左右，电梯有了动静。“这不是没开门嘛。”厕所门对面有人抱怨，“喂！按您的申请时间来取快件啦！”那人在拍卷帘门。

青柳雅春慢慢打开厕所的门，走了出去。“岩崎前辈！”

岩崎英二郎转过身，一下子眼睛瞪得滚圆。他还是老样子，大背头梳得服服帖帖。“哎呀！”他瞪着眼睛一动不动，脚边放着打算用来装行李的小推车。“青柳，你在这里干什么？我是过来收快件的。”

“岩崎前辈，不好意思，那个让你来的人就是我。”

“你说什么？”他的眉头都快皱到鼻子上了。

“是昨天我在公司主页上写的申请。我查了一下你的负责区域，刚好在这边……”

“真的假的？你搞什么鬼嘛。”每当岩崎英二郎动脑子的时候，嘴角就会带上微笑，他这个习惯好像一直都没变，包括现在也还是淡淡地笑着。这让青柳雅春明白，他既没生气也不惧怕见到自己。“我说你小子，这下子可不得了啦。”

“你也看电视了？”

“今天早晨看的。正准备出门呢，老婆就把我叫住了。我以为什么事呢，结果一看，那不是你小子嘛！电视上说你现在正畏罪潜逃呢。公司都闹翻天了，电话响个不停。”

“真的十分抱歉。”青柳雅春低头行了个礼。他当然也想到了，自己曾任职的公司必然会受到关注。“这下子你们都没法好好工作了吧。”

“嗨，这你就别操心了。”岩崎英二郎渐渐地也平静了下来，“而且，反正也不是你干的，对吧？”

“啊？”

“你怎么可能是那种事件的凶手呢？这不是瞎扯吗？”

青柳雅春一直盯着眉头紧皱的岩崎英二郎，想起了自己还是新人，刚开始送货的时候，也常常见到他这副表情。他一听到车上的音响里播放时下走红的歌曲，就一脸不屑一顾。“这玩意儿有什么好听的，一点都不摇滚。”想到这些，青柳雅春一阵激动，咬紧了牙关。

岩崎英二郎似乎看透了青柳雅春的心思。“哭什么哭。”他说道，“青柳，你小子可别跟我说其实你就是凶手。我可不想听。”

“不是。岩崎前辈这么轻易就信任我，我真没想到。”青柳雅春有些不好意思地说道。他用手背擦了擦眼角。这时他才意识到，自己还没洗脸呢。

“可能我以前也讲过，我这个人呀，一听到电视里那些流行歌曲就受不了。那些根本不摇滚的乐队居然还那么受欢迎？要我说啊，那些畅销音乐和小说，全都肤浅得很，假得很。”

“你可真敢说啊，岩崎前辈。”

“所以呢，”岩崎英二郎眼里射出如鹰般锐利的光，“我一直都觉得，电视这玩意儿只会说谎。”

嗯。青柳雅春也感觉挺有道理。更重要的是，岩崎英二郎还是老样子，一点没变，这更让他高兴。

“好啦，你想让我替你运什么？”岩崎英二郎看着自己带来的推车，略微抬了抬下巴示意。推车上盖了一层淡蓝色的布，那是公司的主题色。搬数个大件物品或者是在禁止停车的区域送货时，他们一般先将货物卸到推车上，然后再徒步去送。

“能不能……”青柳雅春说，“帮我逃出仙台？”

岩崎英二郎眨了眨眼。他又笑了。

青柳雅春卖力地解释着。他申请上门取件，并事先说明是大件货物，为的就是让岩崎带着有行李罩的推车过来。这样他可以藏进去，让岩崎将自己装到货车里带走。

“哦？”岩崎英二郎听完后说，“就算你这样想，你怎么知道这片区域就是我负责？”他问道。

青柳雅春解释说他是从员工系统里查出来的。并且他还说出了心里话：“我觉得，如果是岩崎前辈，或许可能认真考虑我的请求。”

岩崎英二郎摸了摸鼻子，又扭了扭脖子。

“真的对不起，让你这样为难。可是，我已经没有其他可信赖的人了。我一点都不摇滚。对不起！”

面对着深深低下头的青柳雅春，岩崎英二郎低声说道：“不，你很摇滚。”他哈哈大笑起来，“进来吧，我替你送。是货到付款吧？”

青柳雅春

用自己曾经用来送货的小推车送自己，这是从未有过的体验。

“货车离这里还有一段距离。”岩崎英二郎说，“你在里头藏好别动。”

青柳雅春进到推车里后，岩崎英二郎从上面拿一个大纸箱将他罩住。他在纸箱下面抱膝蜷缩着身体，任由小推车搬运。推车是带轮子的，但坐在上面并不平稳，抖个不停不说，屁股还很痛。

可以感觉到推车进了电梯。一阵声响后，电梯缓缓下降，很快就停下了，门开时电梯也跟着一阵抖动。“哟，岩崎啊。”一个男人走进了电梯。他是这栋楼的主人，也是刚才那家咖啡店的老板。“怎么，你是往这里送货来的？”他跟岩崎英二郎打招呼说。

“我说老板呀，也就从二楼下一楼而已，你偶尔也爬一爬楼梯嘛。”岩崎英二郎笑道，“你这样还怎么减肥？还有你那个店，可不能老看心情决定当天做不做生意呀。”

电梯到了一楼，门开了。先是老板出电梯的声音，然后推车开始前进。关闭的电梯门刚好拦腰截住了推车，青柳雅春的身体也跟着一抖。

“你那里现在够呛吧？”老板问道，“青柳那小子现在不是惹麻烦了吗？你们的上司估计也焦头烂额了吧？”

“哎？你也认识青柳？”

“以前来过好几次。挺懂事的小伙子，做事也认真，感觉还挺可靠。对了，以前他还是电视上的红人呢，那时候也是不得了。”

“其实也没什么本事。”岩崎英二郎像是故意说给青柳雅春听似的，大声否定道。

“不过，这还真是人不可貌相。他现在惹了那么大的事，公司很棘手吧？”

“我们只是开车送货的，其实也没多大关系啦，总不至于朝我们扔石头。而且，青柳他也早就辞职了。”

“唉，你说谁没事会去杀首相呢？”

“没事谁都不会去杀首相。”

青柳雅春抱着膝，全部注意力都放在了耳朵上。以前送货的时候，每次见面，这个老板都大声跟他打招呼，弄得他很不适应，现在多亏声音大，里面才听得清楚。

“而且，究竟那小子是不是凶手，现在还不好说呢。”岩崎英二郎说道。

“电视上不是播了好多证据录像吗？怎么看那都是青柳呀。好像还有其他一些证据。到这个程度基本可以肯定了。你说他为什么要去干那种事呢？”

岩崎英二郎并没有立刻回答。推车又开始前进了。随后老板的声音又从后面传来。“哎，岩崎，你今天到这楼里到底干吗来了？送货？”

推车停住了。“有人叫我来取货的。”

“可是我这栋楼里，除了我之外应该没有其他开店做生意的啦。”

岩崎英二郎想了想，回答道：“可确实有货要取啊。是不是你这栋楼闹鬼啊？快递鬼。动不动就让人‘快来取件、快来取件’那种。”说完推车又动了，继续前进。用无聊的笑话来蒙混过关也不是什么坏主意，青柳雅春想。不过，他又觉得这样会不会反而更让对方起疑呢？

“哪有什么鬼！”青柳雅春听到老板爽朗的笑声。

走上马路后，推车剧烈地晃动起来。小小的车轮夸张地偏转着，每转一次，屁股就蹦一下，头也跟着震得厉害。多亏了这种体验，居然让青柳雅春连害怕都顾不上了。

推车停下了，传来一阵沉重的开门声。青柳雅春仰起脸。

“我一拿开箱子，你就立刻上车。”声音是从头顶上传来的。话音刚落，周围就明亮了起来。罩在头上的纸箱子被拿开了。被阳光照射到的瞬间，青柳雅春忽然觉得一阵漆黑。自己就像是被套上了一件湿衣服[①]，扔到了大马路上。湿衣服在不停滴水，他感到恐惧，仿佛众人都在注视着他。他站起身，爬进了眼前的货柜，抱在手上的背包还撞上了半开的货柜门。

“你躲里头去。”岩崎英二郎也跟着上来，“今天我负责的货不多，所以这柜里还挺空的。藏是有点不大好藏，你就躲到角落里套上箱子，没事的。”

青柳雅春看了一眼堆在车里的箱子。确实并没有堆满，不过找个藏身之处应该还可以。

“因为昨天那起爆炸，货送到我们这个片区的时间多少受了些影响。反正今天没什么活，这也算件好事吧。”

“好事？”

“有大把的时间送你到目的地。”岩崎英二郎抚摸了一下梳得服服帖帖的大背头，“不过中午还得去取一件货，也是在市区。”他翻着时间表说。

货柜门就那样开着可以直接看到外面，这让青柳雅春无法安心，他于是移动到了角落里。“那你也不要耽误了中午取货的时间。在那之前能到哪儿就到哪儿，中途找个地方把我放下就行。”

“到哪里算比较安全呢？”岩崎英二郎抱着胳膊，似乎并不是在

①日文中，“湿衣服”除了字面含义之外，还有“冤枉、背黑锅”的意思，此处一语双关。

问青柳雅春，而是在独自烦恼，“嗯，算了。你说，北和南哪个好？”

“北和南？”

“西也可以，往东就是海了。我就一直护送你直到你出仙台为止。对了，从其他县来送货的司机说，往北走，从泉出发，经过富谷，顺着四号国道再一直往上走，警察在这条线路上的盘查挺松的。”

“那我们就往北。”

岩崎英二郎又哈哈大笑起来。“青柳呀，你小子也真是天真。我说的话你就全信了？如果我是骗你的可怎么办？好，那就先往北走试试吧。你呀，还是先进刚才那个箱子里躲一躲吧。就算路上碰到检查的要开后面的货柜门，他们总不至于把箱子一个个全检查一遍。”

“这样麻烦你，真对不起。”

“是你自己来找我，现在还讲这些干吗？”岩崎英二郎摸了摸鼻头。

“嗯，话是没错。”

“而且，我可一直拿你的事吹牛呢。你当初不是因为救了女明星，一下子出名了嘛。那时候啊，我就吹嘘说‘那小子上班时都是我教他’，可骄傲了。”

“你跟谁说，跟你太太吗？”青柳雅春曾经见过岩崎英二郎的妻子。

“还有夜总会里的姑娘。”岩崎英二郎扑哧一笑，做出高中生一样害羞的表情，“拿你当话题吹牛，我还成功把一个姑娘哄上了床。”

“你干吗跟我讲这些。”青柳雅春不知道该怎么回应他。

“所以呢，我欠你一个人情。”岩崎英二郎像是终于说服了自己，随后便开始说起接下来走什么路线北上。先不走县道，而是从大学医院旁边绕过去，然后进轮王寺下面的地下隧道，上环状线，再从那里上四号国道。他说。

“我都听你的。”本来也是，货柜里的货物没有选择走哪条路的自由。

“嗯，交给我没问题的。”岩崎英二郎走到货柜门边，跳了下去，然后转身关门。“啊，青柳。”门关了一半时，岩崎英二郎说道。

“怎么了？”

青柳雅春预感到对方似乎要跟自己谈什么重要的事，咽了咽口水。岩崎英二郎也一改平常那副样子，态度显得尤为郑重。

“怎么了？”青柳雅春又问了一次。

“那个……”他张了张口，又闭上了，最后还是又开口道，“你……跟那个女明星做了没有？”

青柳雅春哭笑不得。“为什么所有人都只在意这件事呢？”

门关上了。货柜里一下子被黑暗填满。当门完全锁死之后，青柳雅春又忐忑起来，感觉自己再也无法回到外面的世界。

青柳雅春

货车发动了引擎。青柳雅春蜷坐在离货柜门最远的位置，差不多是驾驶室的正后方。车体开始抖动，犹如一头因兴奋而颤抖的野兽。这头巨型野兽压抑着吼声，静谧地呼吸，晃动着体毛。

自己正身处野兽的腹中——青柳雅春这样想着，感觉自己好像变成了被一口吞掉后正等待消化的饲料。

他躲到纸箱里，并没有盖上顶盖。虽然四周一片黑暗，但眼睛适应之后多少可以把握大致情况。他打开背包。虽然并非粒米未进，但下次能吃上东西是什么时候根本无法预测。他从背包里掏出压缩饼干，塞进嘴里。有点甜，算不上好吃，只是嚼碎，吞咽。昨天吃的泡面至少还算得上是一顿饭，在纸箱里硬吞压缩饼干，说白了目的跟换电池没什么两样，这种无奈让青柳雅春感到失落。

他发现背包里还装着当初的便携式游戏机，在电器超市买这东西仿佛已是很久以前的事。接通电源后，它发出一阵声响，青柳雅春按了几下按钮，机器上出现了电视画面。不愧是让售货员那么骄傲的东西，即便如今身处货车货柜当中，还是行驶状态，但画面仍然很清晰。青柳雅春随即调整起音量来。

小小的画面中仍是两年前的自己。不管怎么换台，出现的都是自己，这让他感觉十分别扭。当换到一个地方频道时，他一下子停下了动作。那很明显是一段来自监控摄像头的录像，是从收银台后方拍摄的，可以看见店主的后脑勺。

“这就是青柳雅春购买遥控直升机时的录像。”主持人说道。

隔着收银台跟店主面对面的男子刚好抬起了头。他似乎是注意到了摄像头的存在，视线朝镜头瞟了一眼后立刻就扭过脸去。那是青柳雅春的脸。

“这人是谁？”

青柳雅春没有亲自去过卖遥控飞机的商店。遥控直升机的购买和组装全是井之原小梅替他一手包办，他也没必要那样做。然而，刚才那段录像暂停后，出现在里面的男人像极了自己。这让他一阵眩晕，心里也慌乱起来。

几乎同时，另外一个频道里，炸猪排店的店主正作证说“凶手就坐在那个位子上，套餐吃得很干净”，甚至还拿出了一张青柳雅春名下的信用卡。

“这又是谁？”

昨天，在爆炸发生之前，自己和森田森吾去了一家快餐店吃午饭，炸猪排店这种地方甚至连路过都没有。还有一个并非自己的自己——青柳雅春双臂抱着膝盖，握紧了拳头。他仔细感受着拳头发力时的触感，不断地告诉自己，在这里所触摸的才是青柳雅春，跟他们在电视里谈论的那个青柳雅春不一样。可越是这样想、越是这样自我暗示，不安的情绪反而更加浓郁起来。

货车不时地停下，似乎是为了等红灯，很快又继续前进。

青柳雅春的双眼无法离开那台游戏机的画面。现在正播出观众寄来的录像，少年棒球队在河边比赛的画面背景里，青柳雅春操纵遥控直升机的场景正好被拍了下来，看到这些时，他甚至已经忘记了吃惊。那的确是自己的脸，可那并不是自己。他的确在河边练习过操纵遥控直升机，当时还有包括井之原小梅在内的其他玩家指导，并不是他独自一人。而且这段录像里的“青柳雅春”所穿的衣服，他从未见过。那个男人并不是他，但相貌十分相似。

难道……他很快想道。难道，是一个长相接近自己的人做了整容手术？一开始他只是单纯地异想天开，可越想越觉得有可能，渐渐地开始深信不疑起来。他之所以这样坚信，还是因为两年前自己曾经救过的那个女明星凛香。

“大家总喜欢说我做过整容手术。”在酒店房间内玩游戏机时，凛香突然说道，“就连我的胸都说是假的。”说着她竟不假思索地揉起胸部来，青柳赶忙移开视线。

英雄救美之后，青柳雅春每天都被记者和疯狂增长的粉丝追着不放，凛香也因受到惊吓而病了一场，而且媒体同样也没放过她，两人几乎没有见面机会。直到半年后，青柳雅春才接到对方电话，表示“虽然有些迟了，但还是希望能当面道谢”。随后由经纪人开车将青柳雅春接到了凛香所住的酒店。

两人见面时，经纪人一直在场，青柳雅春压根儿也没任何非分之想，所谓道谢也只是简单的寒暄。而当凛香突然要求说“来一起打游戏”的时候，他着实感到意外。

“请陪陪她吧。”经纪人低头请求道。

“作陪，还是交往呀？[1]”青柳雅春开了个无聊的玩笑。

两人玩了将近一个小时的格斗游戏。凛香不止一次地向青柳雅春道谢，说他是自己的恩人，可游戏上却丝毫没有手软，一次次地让他成为手下败将。“嘴上说感谢我，还把我的人打成那样，这样好吗？”青柳雅春表示不满，她却只一个劲地大叫大笑。每当她自己要被打败时就会大喊“啊！要死了！”，玩着玩着她又抱怨起工作上的不愉快，这才将话题扯到了整容。

“我明明没整过容，可他们只要觉得照片上哪怕有那么一丁点跟以前不大一样，就说我动了眼睛啦，或者往鼻子里塞东西啦，特别过分。”

听了她的抱怨，青柳雅春也不知该如何回应，总在旁边盯着她的脸又太不礼貌，一时间也不知道该往哪儿看了。正当他不知所措的时候，他的角色已被凛香所操纵的女格斗家击倒。凛香振臂高呼，声音十分可爱。

“整容真能有那么大变化吗？”青柳雅春并没有其他意思，只是单纯地说出了自己的疑问。

“能呀。”她立即回答，“不过我可没有整。”说完她又像要给自己辩解似的连忙补充道，“其实一丁点的改变就可以让整个人的气质完全不一样。当然也跟医生的技术有关系。仙台就有一个技术很好的医生，是吧？”她看着经纪人说道。

经纪人突然被这样一问也有点不知所措，最后还是极不情愿地应道：“嗯，是吧。”

“之前不是有个外国的，叫什么来着，一个很有名的歌手来日本

①日文原文“付き合う”一词，既有“作陪”的意思，又有“交往”的含义。

了吗？”凛香嘴里蹦出一串英文，那是一个家喻户晓的名字。“听说他就是专门来找那个医生替自己整了几个替身。”凛香握着游戏手柄说。

“替身？”青柳雅春有些摸不着头脑。

“媒体太烦人呗，所以才要准备几个跟自己外表差不多的人。靠整容。”

“真能整得那么像？”

“好像只要骨骼形状相似，就可以整得非常像。”她又再次强调，“我可没有整，我只是听说而已。”说完又看着经纪人，“是吧？”

“嗯，是吧。”经纪人再次无奈地点头。

有人故意整成了我的样子吗？货柜里的青柳雅春盯着游戏机，目光集中在那个被认为是“青柳雅春”的男子身上。

这种事他们也许真的干得出来。这次的事件实在太大。暗杀首相的背后是什么阴谋？究竟是谁又隐藏着怎样的意图？找出这些问题的答案，就好比仰望巨人，想象着巨人头顶的模样，像青柳雅春这样的普通人，无论如何是看不出名堂来的。唯一可以确定的是：不管巨人的脑袋如何，只要他动一动腿，脚下的一切都要毁于一旦。

“我能做什么？”青柳雅春问自己。面对巨人，我能做什么？他拼命想象自己被无罪赦免、重新回到以前安乐生活的情景，可什么都想不出来。

电影和电视剧里——青柳雅春又找到了一丝希望。电影和电视剧里的主角，常常是蒙冤潜逃的人。主角为了证明清白而四处奔走，肩负着观众们的同情，拼命逃亡。

那些主角都是怎么走到最后的圆满结局的？他努力地查找着记忆。

找出真凶。没错。蒙受冤情的主角在被追捕的同时找出真相，抓住真凶，以此证明自己的清白，最后皆大欢喜，观众们也得以心满意足地离开电影院或是关掉电视机。

真凶？光是想，青柳雅春就已经不寒而栗。

巨人制订了计划，安排了伪证，准备了冒牌的青柳雅春，伪造了信用卡，利用青柳雅春身边一切可利用之人，全为了让青柳雅春成为凶手。在这样的情况下可能找出真凶吗？还要在被捕之前！

归根结底，真凶是否存在？

肯尼迪遇刺事件呢？没有人相信奥斯瓦尔德是真正的凶手。可是，谁又是真正的凶手呢？下手狙击的人当然存在，但恐怕也不会有人认为那就是真正的凶手。还有另外某种更巨大的力量，那才是所谓的真凶。然而，就算奥斯瓦尔德没死，就算他在人们面前大叫“是某种更巨大的力量干的”，他就能证明自己的清白吗？这根本不现实。距离肯尼迪之死已经过去几十年了，好不容易才有一些更接近真相的言论。即便如此，那也只是诸般猜测。已经过去那么久了，永远不会有人知道完美的真相。

奥斯瓦尔德能做的是什么？青柳雅春在思考。

我现在唯一能做的是什么？青柳雅春在想。

究竟是什么？

青柳雅春坐着，感觉脑子越来越空。他反复用鞋底敲击地板，怎么也无法冷静。

岩崎英二郎决定开着他的货车帮我，直到我离开仙台。之后呢？青柳雅春闭起眼睛，用力抱着膝盖。他哼起了 *Golden Slumbers*。

“晚安，乖孩子。”他唱着，想起了森田森吾最后的时刻。他也像这样唱着。

青柳雅春

车停了下来。从上车开始已经过去很长一段时间。一开始青柳雅春仍然以为这是在等信号灯，却发现车子正缓缓向左侧靠，之后便不再动了。他这才明白这是在路边停车了。

他关掉用来代替电视的游戏机，将其收进背包。他并没有看表，但至少有将近五分钟的时间车都没有动，不得不让人觉得这是出了什么事了。他试图蜷缩得更紧些，犹豫着是该继续躲在纸箱里，还是得做好冲出去的准备。

是警察拦住了车让其靠边的吗？岩崎英二郎是不是被从车上带下去了？青柳雅春心中有种不祥的预感。

他转了个身，耳朵靠近货柜壁上，试图听听驾驶室里的声音。他觉得如果警察拦下了车，应该可以听到警察和岩崎英二郎说话。可是，什么都听不见。

货车在自己不知情的情况下开进了市里警察局的停车场，岩崎英二郎走出驾驶室，全副武装的警察将货车团团包围——这样的一幅画面出现在了青柳雅春的脑海里。

“人最强大的武器，是习惯和信赖。”青柳雅春反复回味着当初森田森吾所坚持的这句话。

不一会儿，货柜门开始晃动，发出了声响，青柳雅春十指交错地握紧了双手，好似在祈祷一般。此刻他仿佛是一个在教堂内祈祷的少年，然而他并不知道该向谁祈祷。他忽然意识到迄今为止自己从来没有祈祷过，可很快又想到的确有过唯一的一次祈祷。那是父亲骑在色狼身上拼命挥拳的时候，他曾祈祷希望眼前的一切赶快结束。

这次的停车应该没有特别的原因。门打开之后，岩崎英二郎一定还是老样子，优哉游哉地过来告诉自己："不好意思，我顺路去送个货没事吧？"仅此而已，他告诉自己，交错的双手更用力了。伴随着一阵声响，门开了。他感到自己的胃好像一下子缩紧了。

车外的阳光开始往里钻。青柳雅春屏住呼吸，努力让自己不要因为害怕而闭眼。他感到恐惧，觉得即将面对警察和他们手里的枪，然而进入视线的只有岩崎英二郎一人。

怎么了出事了吗？青柳雅春的语速变得很快。从岩崎英二郎为难的表情，他明白一定是有情况了。

岩崎英二郎低头俯视着缩在箱子里的青柳雅春。"青柳，计划有变。"岩崎英二郎说道。几乎在同一时间青柳雅春也刚好开口："岩崎前辈你尽管说。"两人的话语在货柜里撞了个正着，岩崎英二郎并不在意，继续说道："我爱摇滚就是因为摇滚纯粹又好懂。只要拿起吉他来几个和弦，音乐响起的瞬间就什么烦恼都没了，不需要长篇大论也用不着借口理由。"

青柳雅春也不知道是该对他的话表示赞同还是疑问，只能愣愣地看着他。

"所以我就不废话了，直接跟你说重点。"岩崎英二郎摸着头发说道，"接下来车将要开往八乙女地铁站。警察已经守在那里，我要把你交给警察。"

青柳雅春并不觉得自己遭到了背叛。岩崎英二郎一定有自己的苦衷。

"我刚刚接到一个电话。你猜是谁？"

青柳雅春盯着自己的背包，嘀咕了一句"警察"。随后他又加强了语气重复了一遍："警察？"

岩崎英二郎耸了耸肩，噘起嘴唇以示对这个答案的肯定。“肯定是你叫我去取货的那栋楼的咖啡店老板给公司打电话了。肯定是他看到我搬货，起了疑心。也不知道怎么搞的，那栋大楼除了他的店之外竟然都没有其他商户。”

“那个老板还真是不好对付。”

“平时看着倒也就那样。”

“所以他报警了？”

“然后，公司就给我打电话了。‘你知道窝藏罪犯是什么后果吗！’”岩崎英二郎学着坏人的语气说道。这样的坏人恐怕现在连电视里都很少见了。“反正就是类似的话吧，一直跟我说个没完。”

“那包庇我到底是什么后果？”

“其实我除了给公司送货，休息日还顺带干点私活，算是挣点零钱吧。反正各种地址和街道地形我也熟，所以有熟客找的时候，我就给他们便宜点，自己接下来。”

青柳雅春不明白他说这些是为什么，也不知该如何回应，只好沉默不语。

“警察真是不好惹，竟然连我这点副业都查清楚了。也不知道他们是怎么查到的，而且还向公司告密。他们是初中生吗？科长就趁机要挟我啦，说：‘岩崎，你也知道按规定是不允许这样的。只要你肯协助警方办事，这次我就放你一马。’”

岩崎英二郎以前就很会模仿上司和同事说话。还是新人时，青柳雅春常坐副驾驶座，被迫听他模仿。青柳雅春忽然觉得挺怀念的，嘴角露出了笑意。

“你还笑得出来？这可是你的事。反正，刚才我在驾驶室一直用手机跟他们交涉来着。”

“可听你说的时候，就好像是在听夫妻斗嘴。”

“我说实话吧。我女儿也渐渐开始懂事了，这时候我如果没了收入，家里肯定乱套。所以我才觉得……唉，这时候也只能出卖你了。”

“好的，请出卖我吧。”

“你还挺无所谓。”

“总不能让你那么难办。”

“我答应警察，会在地铁站前的不远处把你交给他们。”

“所以你这是来见我最后一面了？”

对对对。岩崎英二郎还是那么开心地笑着，连肩膀都跟着抖了起来，“我来看看你这头马上要拿去卖掉的小牛。”说完他又表情一变，嗓音沙哑地说道，“他们想得美，哪有那么容易！”

“这又是什么意思？”

“你说，我为什么非得去帮那些警察不可？”岩崎英二郎以一种很无所谓的口吻说道。

“可是……你还能怎么办呢？”青柳雅春严肃地警告岩崎英二郎，现在站在自己这边十分危险，虽然这样说对他自己没什么好处。

可岩崎英二郎似乎已经下定了决心，这些话在他听来只是烦冗的说教。“你烦不烦。你别看我平时那样，我当初看《辛德勒的名单》可也感动得一塌糊涂。”他边挖耳朵边说，笑得牙都龇了出来，“面对遭受迫害的人，有人选择拯救，有人选择无视，我就是选择拯救的那一派。”

“可是，你又打算怎么做呢？”

“嗨，反正我会先把你带去地铁站前，就按照他们说的。”岩崎英二郎说，“我会告诉他们这全都是你逼我的，不好意思啦，这一点还得请你原谅。”然后，他挑了挑半边眉毛，说出了他的计划。

这个计划简单粗暴，配得上一直自称喜欢纯粹事物的岩崎英二郎。不过可能也只有这样，才能既让青柳雅春逃脱，又让岩崎英二郎全身而退。

“好，出发了。”说完，岩崎英二郎拍拍手便转身朝货柜门走去，“好戏就要开始啦。”

“真是对不起你。”

“你一会儿可别给我演砸了。”岩崎英二郎说完就跳下了车。关门时他似乎想起了什么，又说道：“对了，我告诉你，在我们家夫妻斗嘴可比跟警察打交道恐怖多了！”

青柳雅春

青柳雅春想象着是自己在开车，在脑中模拟着前进的路线，所以他能感觉到车差不多到了八乙女站前。他从纸箱里站了起来。现在没时间多想，而且他发现自己并不紧张。他盯着货柜门，眼睛早已经习惯了，但不能改变四周昏暗的事实。围在身边的箱子们沉默不语，对于迟早要接触到的外面世界，它们似乎都压抑着内心的兴奋，只是默默地等待。自己竟然将纸箱看作同伴，青柳雅春哑然失笑，而就在这时，门抖动着发出了声响。

门闩被拉下，锁也打开了。青柳雅春听到外面有人在喊话，一个个尖锐的声音相互交织。

“别动！”“不许动！”“站住！”“等一等！”

阳光照射进来，货柜里的昏暗一下子蒸发殆尽，周围明亮了起来。

“别急别急，包在我身上。”岩崎英二郎大咧咧地喊道。随后他便“嘿”的一声，爬进了货柜。

“快下来！离车子远点！”岩崎英二郎的背后有人喊道。应该是警察。

“你们烦不烦，青柳是我的后辈，我的话他一定听。”岩崎英二郎一边嚷嚷着，一边大踏步地走来。

“就算他们不择手段地想抓你，也不敢在背后朝我这个协助警方的人开枪吧。”解释作战计划的时候，岩崎英二郎笑呵呵地对青柳雅春说，“所以货柜门一打开，我就上来佯装要抓你。警察顶多试图喝止我，但绝对不会拦我。”

岩崎英二郎步子迈得很大，走得很豪迈，但在青柳雅春看来，他其实刻意用身体挡住了外面警察的视线，使他们没有机会开枪。青柳雅春猫着腰，慢慢背好背包，从后裤袋中取出岩崎英二郎之前交给他的折叠刀。

“我一直放在手套箱里，有这玩意儿很方便呢。”岩崎英二郎说着，“我一靠近，你就用这玩意儿抵住脖子。可不是你的脖子，是我的！然后立刻绕到我背后，拿我当人质。”他随后又指示道，“等等，我一下子就被抓住也太假了，你还是先揍我一拳或者把我放倒吧。”

“我还要揍你？”

“这样才像嘛。”

青柳雅春完全地遵从了指示。

岩崎英二郎走过来，他立刻起身冲上去，抱住他奋力踢出右脚，施展了他唯一会的那招大外刈。看着岩崎英二郎被完美放倒的瞬间，他回忆起大学时森田森吾在学校食堂里将阿一摔倒的画面。车外立时传来各种怒骂。还有人大喊“青柳！”他趁着岩崎英二郎摔倒的瞬间往外头瞟了一眼，好几个枪口都已瞄准他。

“我倒地之后要马上拉我起来当作盾牌，太磨蹭的话他们很可能会开枪。”青柳雅春想起了岩崎英二郎的告诫。

他站稳脚跟，将岩崎英二郎的手腕往上扯，快速绕到他背后将其架起，用折叠刀抵住了他的脖子。岩崎英二郎高举双手，摆出一副任由摆布的人质的架势。“哎呀，青柳！你别这样！”他大声喊道。

“到了八乙女地铁站前我就停车，然后你绑架我，之后设法逃跑，我会装作被你打晕了。”一开始岩崎英二郎是这样计划的，但青柳雅春担心这样很有可能遭到警方的怀疑。反正要拼，倒不如在警察面前将岩崎英二郎当作人质。

青柳雅春躲在岩崎英二郎的身后，缓缓朝货柜外走去。警察大约有十名，马上可能还有增援，已经可以听到远处的警笛声。右侧的公交站牌附近也停着好几辆警车。看到数个正对着自己的枪口，他的心猛地一沉。他觉得视线有些恍惚，差点仰面倒下。

“别开枪！你们别开枪！我会被捅死的！”岩崎英二郎大声呵斥着警察。

二人脚刚落地，警察们便围了上来，形成一个半圆。“青柳！你别想再跑！”青柳雅春正对面的男子说道，看样子似乎是个便衣警察，眼神相当锋利，好像光靠眼皮和眼球的动作就能说话一样。“你是跑不掉的！”

青柳雅春大喊:“你们敢靠近，我就动手！一开枪，我就捅死他！”

警察不敢做得太出格，这是岩崎英二郎一开始的判断。现实也正如他所料，所有警察的脸色都很难看，感觉无可奈何。“离我远一点！”青柳雅春喊道。

刚才喊话的便衣似乎是指挥官，所有举枪的警察都朝他望去。“警察其实跟普通的上班族没什么两样，也不能随意开枪，一定要有命令才行。”看来岩崎英二郎的这句话是说对了。

便衣不情愿地点头，挥了挥手示意众人退后。

青柳雅春靠上了路边的围墙。这样一来就不用担心有人在背后开枪了。他拖着岩崎英二郎，一点一点地以退为进。警察们保持着一定的距离，一点一点地跟了上去。

“你听好。”岩崎英二郎保持着被从身后架着的姿势，朝青柳雅春轻声嘀咕道。

“岩崎前辈，真是对不起你。”

“你听好。”岩崎英二郎并不理会，而是继续说下去，“再走两步有一个住宅区，你应该也知道。那里车子开不进去。你就往那里跑，从另一边出去。穿过住宅区后可以沿着河岸跑，也可以往公园里跑。反正你只有不停地跑，想想你以前送快递的时候。”

“真的对不起。”

“行了，都让你别道歉了。”岩崎英二郎快速说道。青柳雅春有些担心两人这样说话会遭到警察怀疑，不过这样看上去一般只会认为是岩崎英二郎在尝试说服他而已。“全靠你，我才能骗到夜总会的姑娘嘛。”

“我会去跟你太太告状的。”

“有本事你就逃得远远的，我等你回来告状。”

青柳雅春直想笑，又拼命忍住。他怕被别人看穿二人其实是在演戏，感到一阵不安，但往前瞧了一眼，还好警察们只是举着枪严阵以待。这时他突然觉得背上的汗毛都竖了起来，也不知该算是直觉还是预感，在那一瞬间，他就是感觉他们要开枪。

岩崎英二郎曾拍胸脯说警察绝不会朝配合办案的自己开枪，但那毕竟只是正常情况下。而现在绝不是正常情况，现在是特殊情况。

小鸠泽在餐厅内开枪、警察对阿一施以暴力，如今警方所奉行的破案原则早已超出了正常范围。现在青柳雅春就在眼前，绝不会再让他轻易逃脱。在巨人的计划里，将他和岩崎英二郎一同击毙，多牺牲一个无辜的岩崎英二郎，又会有多大影响呢？岩崎英二郎为他这样两肋插刀，竟然要被一枪打死？青柳雅春不停地冒冷汗，仿佛被从头泼了一盆水。

警察将青柳雅春围住，那名便衣则在一旁拿着手机通话。青柳雅春听不到对话内容，但可以想象他正询问：“人质是否可以一起射杀？”

他一定是在向上司征求命令。不知道他的上司是谁，或许是佐佐木一太郎。

“闲人还真多。”青柳雅春听见岩崎英二郎嘀咕道。他顺着声音抬头望去，不远处有一栋白色的公寓楼，大概十层高，外观算不上新，但也不旧。公寓阳台上站了许多人，全都在往这边看，必定都是被这场骚动引出来的普通市民。他们怀着不安、好奇和恐惧，成了这场对峙的目击者。

“别开枪！”青柳雅春忙喊道，他伸出左手指着公寓说，“全都被录下来啦！”他说这些时，手不得不放开岩崎英二郎，岩崎英二郎自然也不会趁机逃脱。当然了，这个节骨眼，警察也来不及去怀疑人质为什么不逃。所有的警察，包括那名便衣，全都顺着青柳雅春所指的方向望了过去。他们居然这么轻易就被转移了注意力，连青柳雅春都不禁替他们操心起来。伴随着这一动作，在场的警察们都意识到了公寓阳台上的镜头。那些站在阳台上看热闹的人，有近八成都拿着摄像机或手机。

在如此众目睽睽之下，还有摄像记录旁证，他们肯定无法开枪，青柳雅春这样想。便衣警察看到公寓楼阳台上的情况后，脸色明显难看了许多。

青柳雅春背靠着围墙，拿岩崎英二郎当挡箭牌，继续后退。到转角处后，他推开了岩崎英二郎，一蹬腿，冲进了住宅区。

青柳雅春

沿着七北田川的河堤跑了一会儿之后，青柳雅春来到一座大桥边。

刻着桥名的牌子已磨损至无法辨识。他在桥墩的阴凉处稍作休息。穿过住宅区后他还是毫不停歇地奔跑，到现在几乎快喘不上气来。岩崎英二郎猜得没错，警察在住宅区内确实一枪未开。然而四周传来的警笛声是那么清晰，令青柳雅春好几次都想俯身隐蔽，生怕有人在自己不经意时扑将出来。此刻他背靠着桥墩，屈膝并微微张开双腿，两手撑在身后。为了不被河堤和大路上的行人看到，他只得蜷缩身体。周围杂草茂盛，长得老高，地面的冰冷渐渐地穿过牛仔裤渗入皮肤。

大脑似乎只顾得上汲取呼吸中的氧气，其他任何事情都无法考虑。他茫然地将视线投向河流。河水缓缓流淌，只泛着微弱的波浪。它时而严谨时而放纵，带着某种赏心悦目的随性。河流的声音似乎穿透了大地，就连他坐的位置也随之摇摆。

他睁着眼，肩膀和脑袋却越来越沉，视线开始模糊，不知不觉间就要合上眼皮。一切都那么沉重，或许连自己都无法再站立了——这种想法令他焦虑，可就连这种焦虑都似乎浸泡在黏稠的麻木之中。

救护车的警笛声让青柳雅春猛然清醒。那是一个遥远而微弱的声音。他从背包里取出便携式游戏机，拉起天线，打开电源。他想看一看新闻。警方如今采取了怎样的措施？自己又将面临怎样的追捕？

节目的影像出现在屏幕里时，他很怕在画面里看到正眺望着河川的自己，怕听到播报员说：“凶手青柳雅春现在竟然在这种地方悠闲地摆弄游戏机！”可实际上，画面里播出的只是浮夸的广告。

先是一把猛烈的火焰，同时还能听到嘈杂的声响，不管怎么看那都像是一家中国菜馆的厨房，继续看了一会儿才发现，那是在宣传由一家著名法国餐厅的大厨所调制的酱料。

这家餐厅以前去过。青柳雅春抓住了记忆里的某个片段，为了继续追寻那段记忆，他没有换台。那家餐厅他以前曾经和樋口晴子一起去过。那还是在上学的时候，两人应该已经交往好几个月了，一直商量着要去庆祝一番，最后才借着高兴劲跑去吃了那家法国料理。不，准确来说并不是这样。他们原本打算去吃，但被一场突如其来的大雨困住，因为赶不上预约时间而不得不放弃，最后还是另找了个时间去了。然而这家餐厅的味道却远比期待中平淡，更可气的是服务态度明显居高临下、十分恶劣，结果自然是不愉快。他记得两人最终还你一言我一语地抱怨。

往事只能回味。现在的青柳雅春觉得这境遇实在滑稽，直想放声大笑，可不知为何眼角却湿润了起来。那不是眼泪，是汗水。

广告结束后，出现在画面里的是一处似曾相识的场所。手持话筒的记者正在报道。记者表情严肃，声音却缺乏相应的深沉。

“洛基……”青柳雅春喃喃自语。

那是轰叔的烟火厂。

“我就是怕影响到周围才把厂盖在远离市区的地方。可后来，住房都盖到工厂附近来了。到头来竟然跟我说烟火厂有危险，叫我搬走。我可是先来的！实在是太过分了。”轰叔当年经常这样抱怨。不过出现在画面里的厂房似乎还在青柳雅春等人当初打工时的位置。

“我们正尝试联络轰厂长，可根本联络不上。”现场记者一副联系不到人真头痛的模样，可说起话来却根本不是那么一回事，与其说他是在面对观众，倒不如说是在跟节目主持人和工作人员聊天。“青柳雅春在这里掌握了炸弹的相关技术，现在就断定他在这次事件中运用了那些技术还太鲁莽，但也不能完全说就没有可能。”

嘴上说下定论还太鲁莽，口气却跟盖棺定论了没什么两样。青柳雅春已经不想去嘲笑，也没力气去愤怒——连洛基都受到了牵连，这让他沮丧万分。

过了一会儿后，青柳雅春站了起来。“别自作聪明。”他紧紧地握着游戏机。这些人明明什么都不知道，为什么就可以那么理直气壮呢？

直到现在，他都不知道自己的敌人是谁，但他却有一个想法——不想输。

背起背包的时候，青柳雅春的脑海里出现了一个画面。大雨滂沱的草丛里，他和樋口晴子一起钻进了一辆破旧的黄色小轿车。

樋口晴子

樋口晴子将七美放在儿童安全座椅上，扣紧安全带。

“妈妈，我们去哪儿？”

二人刚从餐厅回到家。樋口晴子连家门都没进就直接走向了停车场。

“妈妈想起还有事要办。”樋口晴子关上后车门，绕到前方坐进了驾驶座。她很喜欢这辆车的可爱造型和浅色系的车身。调整好后视镜的角度，她又开始调整座椅位置。

“妈妈、妈妈，”七美在后座说道，“我们去哪里吃蛋糕？”

“什么时候说要去吃蛋糕啦？”女儿这种狡猾的诱导方式让她感到好笑。

“我们去买什么玩具？”

“我们不买玩具。”樋口晴子发动引擎，踏下油门。她这才发现自己有好一阵子没开车了。她没有回答七美最后问出的要去哪里的问题，转动方向盘离开了停车场。

手机就放在手刹旁边。一想到自己的电话正受到监听，她就觉得不舒服。她在脑中盘算着前往目的地的路线。已经很久没有去过那里了，是否还能按当初的路线抵达，她并没有把握。“早知道就该装个导航。”她自言自语道。当初买车时，是自己说服了极力主张要装导航的丈夫，说“反正用不到”。

“我们要去不认识的地方吗？”七美问道。

“倒也不是不认识。不过有导航可能好走一些。”

“去哪里？”

“记忆里的地方。”樋口晴子半开玩笑地回答。

“导航认识记忆里的地方吗？”

女儿的问题让樋口晴子笑了，确实不大容易呢，只能凭记忆前进了。沿四十八号国道向西，十字路口右转，进入一条小路，沿着迂回而狭窄的道路行驶。那条路总是那样，虽不到堵车的地步，但前后一直有车，对向车道也一样，似乎一不小心就要出事故，当初樋口晴子就挺害怕。

樋口晴子凭借着模糊的记忆前行，却并未碰到什么不熟悉的路段或没见过的路口，比想象中顺畅许多。可就在她觉得挺顺利时，七美就在后座大喊大叫道：“厕所厕所！妈妈，厕所！”她居然还头头是道地自己分析起了原因，“我看呀，应该是果汁喝太多了。”

“凶手好像被逮捕啦。”樋口晴子在便利店等七美上厕所时，听见背后翻阅杂志的女高中生如此说道。她差点意外得想要回过头去问对方：“你说的凶手是那个青柳？”店内的装潢以蓝色为主，给人清爽的感觉。

“你是说刺杀首相的凶手？”刚好另一个女高中生问出了这个问题。“刺杀首相”这几个字是那样骇人听闻。

“对呀，刚才我们班的人在八乙女地铁站附近看到的。他从一辆货车上下来后，被警察包围啦。”

樋口晴子竖起了耳朵。她对面前货架上的化妆品毫无兴趣，只是故意装出专心挑选的模样。“逮捕”这个词让她的脑袋一沉。

“妈妈，等急了吧。七美，上厕所很棒。”樋口晴子听见腿边有声音，一看是七美正将刚洗过的手往自己的牛仔裤上蹭。

樋口晴子买了糖果，在收银台排队等待结账，刚才对话的两个女高中生就排在她前面。两人从发型到妆容都相似，购物筐里塞满了杂志和零食。这时有手机铃声响起，左边的高中生很快接了电话。

“喂，是我。现在？现在正在排队结账呢，收银台前面。”女高中生每句话的句末都拖得很长，似乎在表达内心的不满，“哎，真的？你还在八乙女？哎，真的？又跑啦？哎，真的？没抓到？哎，真的？电视台来拍了？哎，真的？好像拍到你啦？”

女高中生一次次不厌其烦地用“哎，真的？”来回应对方，还将对方的话重复了一遍，让樋口晴子也大致明白了二人对话的内容。一旁的七美还是一如既往地机灵，只见她若有所思地抬头看了看樋口晴子，似乎猜到了妈妈的心思，马上又热络地朝前面的女高中生喊道：“大姐姐，大姐姐，谁逃走了？凶手吗？”

女高中生听到有人突然跟自己套近乎，正有些生气，又发现对方只是个娇小可爱的小女孩，那张板着的脸才稍微柔和了一些。“对呀，好像逃走啦。”

“请问，是爆炸事件的凶手吗？”樋口晴子看准机会插嘴道。

“好像是。真是吓人。”女高中生说，“听说他为了逃跑还用上了刀。”

“刀？”

隔壁的收银台来了一名店员，樋口晴子于是挪到旁边结了账。

回到车上后，樋口晴子拿起了电话。她很想知道青柳雅春如今身在何方，是否真的在逃命，又或者是已经被抓到了。现在的她根本无能为力。她按下了拨号键，本以为又要占线，可没想到竟然正常地响起了拨号音，这让她颇感意外。

“谁啊？”电话另一头的声音是那么粗鲁，丝毫没有客套，正是以前时常听到的轰叔的声音。

“是我是我，樋口晴子。”她连忙回答，“以前上学时承蒙您照顾，跟森田他们一起的那个。”

对方没回应。是不是已经忘记了呢？还是嫌麻烦，想挂电话？“哎呀，是晴子啊。”轰叔的声音比刚才大了些。

“您还记得我？”

“当然记得。就是你们那个青柳，现在搞得我们这里也跟着不得安宁。”

你们那个青柳。这话听起来倒还挺新鲜。“真是抱歉。”

“你用不着道歉。”

“我们那个青柳给您添麻烦了，害您被一堆记者包围，厂里也一团糟了吧？刚才我在电视上看到您的工厂了。”

“我现在可算是出名了。”

“是不是不能专心做事了？”

“差不多吧。现在也不是旺季，没影响。工人们倒是有些紧张，不过应该不会拍到他们的，知道青柳的工人本来也没几个。所以那些记者才想直接采访我，烦都烦死了，又是打电话又是按门铃的。”

“您以前不是常说，烟火师傅都是幕后英雄嘛？”

“现在可是万众瞩目了。”

“他们都想问些什么呀？”

“就是想问青柳是不是对炸弹很熟悉。”

“他怎么可能熟悉呢？”

“就是啊。”轰叔哈哈地笑着，“那小子要是能做炸弹，我就能做火箭！一开始电视台来人的时候我还问他们，真的确定青柳是凶手吗？他们答不上来，我就跟他们说，我觉得他不会干那种事。”

“电视上可没放这段，看来是被剪掉啦。”樋口晴子也只能跟着笑。媒体从不播出与主流意见、社会舆论或者观众兴趣相违背的信息，这才是它的本质。她并不觉得可以因此否定媒体，但至少说明，所谓的媒体、报道都不过如此而已。他们不说谎，但是会对说的内容进行取舍。“我也不相信青柳是凶手。”

“对了，森田被炸死了？是真的吗？我都不敢相信。”

“我跟您一样。”

“那小子那么招人烦又古灵精怪，哪儿有那么容易死。”

“我也这么觉得。”樋口晴子打心眼里希望真的是那样。她握紧了右拳。

“真是莫名其妙。”

樋口晴子心里一直在算计着手机的事。这通电话的内容，警察也有可能听到。可能不是实时监听，但他们肯定会做最基本的检查。如果发现自己的通话对象是烟火厂的厂长，他们必然会感兴趣。所以她还抱有一丝希望，当听到自己和轰叔一直围绕“不相信青柳雅春是凶手”这一主题进行对话时，警方可能也会受到影响，比如产生“凶手真的是青柳雅春吗”之类的疑问。

“对了，你打电话找我有什么事？”

被他这么一问，樋口晴子反倒不知该如何回答了。“也没有什么特别的事。就是想到您那边可能遭殃了，感到过意不去……”

“这样啊，那真是谢谢你。这也不是你的过错嘛。”轰叔说，“对了，听说那小子还在逃呢。电视上还没放，不过电视台的人来的时候都说啦。听说他劫持了一个送货员当人质，伺机逃跑了。你说他这是想跑哪儿去呢……”

“说不定跑去您那里呢？”樋口晴子说完才觉得这也不是不可能。

她不清楚青柳雅春最近的交友关系，但身边靠得住的人应该不会太多。事实上，人的一生中值得信赖的伙伴本就十分有限。“现在的烟火跟我们那时候相比，是不是进步好多啦？”

“唉，一点点吧。”轰叔略带自嘲地说道，“不过烟火的好处永远不会变。夏天一到，大家都会来看。”

“跟家人或者跟恋人一起。”说着说着，樋口晴子不禁开始怀念起以前看过的那些烟火来。“那我回头再给您打电话。”

樋口晴子说完正想报上自己的手机号码，结果轰叔却抢先说：“现在你打来的这个号，就是你的手机吧？我这里的电话现在也有来电显示了。”

“这可真是在进步呀。”

“也不是什么长足的进步。”

“哦，对了，轰叔，我有件事想请教您。”

“炸弹的制作方法吗？”

这话说得有些草率了。樋口晴子心里暗觉不妙。“才不是呢。我想问您知不知道哪里能买到汽车电瓶？”

“电瓶？你车上的没电了？”

“是啊。”樋口晴子摸着方向盘说，“我老公让我有空的时候拿去换。”

“你结婚啦？”

“我也在进步啊。”

“电瓶的话，汽车用品店应该能买到，加油站也卖。加油站卖的可能贵一些。我这里的工人现在挺闲的，要不我让他们去帮你弄？”

“厂里很闲吗？”

“现在这么乱，根本没办法做正事。尤其是我儿子，被那些记者惹毛了，赌气跑弹珠房玩去了。”

“哦？儿子回来继承家业啦？”樋口晴子的嗓门略微大了些。轰叔唯一的儿子当初一声不吭跑去了青森，也没说要不要回来继承烟火厂，让轰叔常常独自兴叹。

“一郎那小子，回是回来了。做事还可以，就是性格一团糟。跟我一个样，就爱跟人对着干，根本不考虑后果。刚才那小子还说要让那些记者吃点苦头，否则难消心头之恨，结果就拿起玩具烟火要往那些记者身上丢呢。”

“那些记者巴不得他那样呢。”

“就是啊。所以我才把他轰去弹珠房了。啊，对，你那电瓶，要不我让一郎去帮你换？他就在那家弹珠房，就是那个……”轰叔说出了一家店名。

“没事的，我自己去买就行。”樋口晴子道谢后挂断了电话。“等急了吧，我们出发啦。”她对七美说。

樋口晴子发动引擎，从便利店的停车场驶上马路，变换车道后开始加速前进。

车子驶入北环线，开始下坡。路上车很多，算不上堵但也走走停停。或许是因为那起可怕的爆炸事件人们都想逃离仙台，又或许是昨天的交通封锁导致今天的车流量反弹，感觉路上车的数量大概比平时多出了五成。越着急，车越是走不动，前方明明是绿灯，可就是不见车流有动静。终于，樋口晴子还是被堵在了路上。她发现左边有一块汽车用品店的招牌，立刻转动方向盘，驶进了停车场将车停好。

“这就是记忆里的地方？”七美问。

“不是不是。”樋口晴子否定道。

樋口晴子将七美从后排安全座椅里抱出来，锁上车门。朝店里去的路上，她不自觉地看了一眼车道。车距如此狭窄的情况下，如果有人跟踪自己应该很容易发现，不过小心驶得万年船。

她对柜台的女店员说："我想买汽车的电瓶。"

店员似乎并不是太热情，反问道："哪一种？"接着又快速补了一句，"什么车？"

"嗯……就是普通的车。"樋口晴子的回答也变得不客气起来。

"小排量汽车？普通排量汽车？"

"应该不是小排量的。"樋口晴子搜索着脑海里些微的记忆。她印象中是黄色的，当然是车身而不是车牌[①]。"不知道车子的型号不行吗？"

店员以轻蔑的眼神瞟了她一眼。"电瓶也有很多种，一定要知道型号才可以。有时就算是同一款车，出厂年份不同也可能导致电瓶型号不一样。"

是这么回事啊。樋口晴子有些措手不及。她并不记得那辆车的款式，更别提出厂年份了。

"妈妈，那是什么歌？"被七美拉了拉衣袖，樋口晴子才意识到自己正轻声哼着一段旋律。她一惊，脸不禁红了起来。她仿佛看到了青柳雅春的侧脸，那是两人一起在车上避雨时的记忆。"这应该是那辆车的广告主题曲。"樋口晴子红着脸，面对不耐烦的店员继续把旋律哼完。那是很久以前的广告了，以面前这个店员的年纪来说，可能听都没听过，樋口晴子有些担心，但没想到对方却"哦"了一声，似乎有了答案。"那个我知道。"接着她说出了品牌和型号。

"但我还是不知道出厂年份。"

"那款车的话……"店员驾轻就熟地穿过走廊，往店面的里侧走去。樋口晴子赶忙跟在后面。店员站在电瓶的货架前说："不是这个就是这个。"她指了指，接着说道，"应该都能装上。"

①在日本，普通排量的私家车挂白色车牌，小排量的私家车挂黄色车牌。

“能不能顺便教我安装方法？”樋口晴子恳求道。

店员不可思议的表情更明显了，但似乎又觉得既然已经摊上了，总不能半路撒手不管，于是说：“好吧，那我就用您的车来说明一下。”被这个看上去压根儿不想做生意的店员称作“您”，樋口晴子反而有些不自在。

来到店面外的停车场，樋口晴子打开引擎盖，听着店员的电瓶安装教程。

“引擎先熄火，打开引擎盖。”她逐一解释，“先拔掉负极的接头，然后是正极。”

“必须按照这个顺序？”

“不然会造成短路。”

“短路？”

“反正您照做就行了。”店员说着取出了旧电瓶，“拿出旧电瓶，如果接头生锈了就先磨掉，再放进新电瓶，这时要从正极开始接。”她继续解释。

樋口晴子一直仔细地观察，七美也踮起脚尖，饶有兴致地看着塞在车头里的引擎和其他部件，学妈妈发出“嗯、嗯”的声音。“电瓶装卸时最好用扳手。”店员说道，随后又补充道，“加油站也有电瓶更换服务，收费并不贵。”她这是委婉地建议樋口晴子最好别自己动手。

“我马上要用，能不能帮我把包装盒丢掉？”樋口晴子问。

樋口晴子

“这个用来干吗？”七美坐在车后排儿童安全座椅上，看着身旁的大袋子。那是刚买来的电瓶。

“还不知能不能用呢。”

为了避开拥堵路段，樋口晴子驶下环线朝北方前进。原以为路上会比较通畅，可前车很快亮起了刹车灯，最后还是被迫停在了路上，而且一停就是好久。有时候好不容易前进一点，可立刻又得停下，就这样反复了好一会儿，最后才发现前面有盘查。

路边停着警车。身着制服的警察站在马路上，挥舞着手里的指挥棒，将每一辆车都引导至路边停下，那里另有几名警察负责对司机进行盘问。

来不及紧张，也没有时间做心理准备，车已经驶至盘问关卡面前，樋口晴子只得将车往左侧停好。警察立刻围了上来，就好像地下冒出来的蒸气，几乎没有声音，就那么站在那里。

樋口晴子放下驾驶座一侧的车窗，一张男人的脸冒了出来。他戴着大盖帽，不知是因为过度疲惫还是过强的使命感，脸上竟然没有丝毫表情，也看不出任何情绪变化。“很抱歉耽误您的时间。由于目前爆炸事件的凶手正在泉区内逃窜，为确保安全，请允许我们对车辆进行检查。”

“哦，是这么回事。”

“请您打开后备厢好吗？”

樋口晴子弯下腰，拉了一下座椅下方的拉杆，再起身看后视镜，发现好几名警察不知何时已站在车后进行检查。她感觉很不是滋味，虽然后备厢里并没有什么违禁品。

“这是您女儿？”警察凑近打开的车窗，打量着车内。

“对。”樋口晴子回答。她看了警察一眼，又赶紧移开视线，手开始不自觉地摸向车钥匙。她是想尽快发动引擎，可又怕心思被看穿，赶紧又将手指移开。钥匙扣上的挂件晃了晃，发出声响。“凶手就一个人？”

樋口晴子觉得警察的眼睛似乎一亮，但对方一直保持沉默，这令她恐慌。过了一会儿，警察才回答说：“是。”

“开车逃亡吗？”

“不清楚。”

也不知道对方是装糊涂还是真不知道，樋口晴子并未追问。

“请问您接下来打算去哪里？”警察问道。

“我必须回答吗？”

“现在危险，建议不要随意走动。”

“也是。我会注意的。”樋口晴子努力不表现出紧张的情绪。后备厢被关上了，车身随之一震。后视镜里可以看见警察隔着后挡风玻璃正比画出 OK 的手势。

“打扰了，请您慢走。”旁边的警察说道。

樋口晴子扭动车钥匙。

“警察叔叔，凶手可是妈妈的朋友哦。”坐在后排的七美用她那可爱的声音说道。樋口晴子呆若木鸡。人面对突如其来的状况是无法控制表情和动作的。她与车外的警察视线相对，内心的惶恐溢于言表。警察讶异地皱起眉头，而她再也管不了那么多，放下手刹，狠踩油门，车冲了出去。

“等……”警察呼喊着。樋口晴子装作没听见，关上车窗。侧后视镜里映出正盯着自己的警察，一名便衣男子走到了他身旁。

樋口晴子

“妈妈，七美说错话了？”七美问道。

“别担心，没事的。”

穿过盘查关卡后就不堵车了，道路也很快和主干道交汇，变成一条略带弧度的单向三车道。路旁人行道上的榉树以等间距排列着，仿佛正目送自己离去。树叶已落完，光秃秃的树枝好似纤细的手指。樋口晴子变到左边车道后缓缓刹车，四周的景色也跟着放慢了后退的速度，最终静止。

“怎么了？这里就是吗？”七美朝四周张望。

樋口晴子并未正面回答，而是望向左手边的草丛。她停下车，打开双闪。确实应该就在这附近了。她试图拿记忆中的画面与眼前的景色对比。她完全没注意到后头还跟来一辆车。所以当右侧的车窗忽然被敲响时，她当真被吓了一跳，身体被安全带勒住，她发出一声惊呼。她来不及细想，只得先打开车窗。

“樋口女士，不好意思又要打扰您。”车窗外是一个有张四方脸的男人。

樋口晴子觉得似乎在哪儿见过这个男人。她很快想了起来，是之前去医院探望阿一时遇到的那个刑警，随后又想起他叫近藤守。刚才出现在盘查关卡那里的便衣男子应该就是他。“在这种地方居然也能遇到你？这应该不是巧合吧。”

近藤守依然一副机器人般的表情，并不作理会。“请问您这是要去哪儿？”

“我要去哪儿，非说不可吗？”樋口晴子的心跳越来越快，内心的动摇是如此明显，她甚至担心对方光是透过嘴巴就能观察到自己剧烈跳动的心。

“如果您告诉我，那我将非常感激。”

“其实也没什么，就是去找朋友。”樋口晴子有些不高兴了，“你怀疑我？”

“哪里。只不过因为青柳雅春目前还未落网。”

“你觉得我还能去见他？”

“也只是作为一种可能性。”这时近藤守稍微加重了些语气，“我知道这样有些偏颇，我也是迫不得已。”

“那可真是不容易。”樋口晴子讽刺道。

近藤守不为所动。“是，情况相当糟糕。”

“叔叔，你好吓人。”后排的七美突然开口了，似乎是想跟他比比谁更加“直言不讳”吧。

近藤守将头稍稍伸进车内，看着七美说：“凶手比叔叔吓人多了。”

“凶手可是妈妈的朋友哦。”七美再次说道。樋口晴子一下子感觉领口像是被塞进了冰块，沿着脖子一直滑到脊梁背部，汗毛直竖。

这些似乎全被近藤守看在眼里，他立刻回应说：“就是。所以叔叔才担心妈妈的安全。”

“啊，妈妈！”对方话音刚落，七美就一字一句地大喊。这份随心所欲是孩子的特权。

“怎么了？”

“上厕所。”七美说道，“憋不住了，可以在这里吗？”

“再忍忍好不好？”樋口晴子对着后视镜挠了挠鼻头。

“可以在这里上吗？”

“这里不可以。”樋口晴子的表情十分无奈，只得朝窗边的近藤守微微点头行礼，说：“抱歉，我带她去草丛里小解总可以吧？”

“法律上其实是禁止这样做的。”近藤守说道，但他对此事似乎并不是很在意。

“一般情况下我才不会这样，现在可是紧急情况呀。”樋口晴子半开玩笑地恳求近藤守。

“紧急情况。厕所厕所！”七美喊道。

樋口晴子明白，近藤守的戒心正被一点点地消磨。只见他后退了一步说道:“快去快回。”

“如果青柳雅春找我了，我绝对会告诉你的。”樋口晴子抓起手机晃了晃。

近藤守似乎并不放心，但又不忍继续让孩子受罪。“我相信樋口女士。”他说完便作势要离开。

你肯相信才怪。樋口晴子在心里想着，嘴巴上却还是道了声谢，随后关上车窗。她拔钥匙下车，从后座抱出七美，并将七美身旁的袋子背在肩上。

后方正要上车的近藤守没有放过任何一个细节，他注意到了樋口晴子肩上的袋子，大声问道:“樋口女士，袋子里装的是什么？”

“私人物品。女人上厕所可没那么简单。”樋口晴子回答。虽然回答得模棱两可，但她认为这样就够了。近藤守坐上了自己的车子。

装有电瓶的袋子比想象中更重，樋口晴子注意不让痛苦的表情出现在脸上。“我们走。”她拉起七美向草丛深处走去。

“妈妈，七美帮忙了吗？七美假装要上厕所，帮上忙了吗？”

“帮了好大的忙呢。”樋口晴子表示感谢，“亏你还记得。”说完又挠了挠鼻头。

二人将近藤守和他的车抛在身后，朝那片长满野草、宛如小型丛林的地方走去。

樋口晴子

七美打开袋子小声问那是做什么用的，樋口晴子似乎听不见女儿不断重复的提问，只是看着眼前的车。它居然真的还在，她愣愣地站着，既感慨又讶异。

曾和青柳雅春一起钻进来躲雨的这辆车，几乎还是当初那个样子。她当然不会认为眼前的一切是梦，却感觉像在观看一场滑稽的喜剧表演。在剧中，这辆淡黄色的车太过迟钝和慵懒，最终被时间遗忘在了某个角落。恣意生长的野草完美地将它掩盖。

“妈妈，这车怎么了？”七美拽了拽樋口晴子的衣袖，“真脏。”

确实，车脏得吓人。黄色车身上面满是灰尘和泥土，简直像是刚从地下挖出来的化石。看它这副模样，樋口晴子不禁再次感叹其仍“健在”。

她弯下腰，钥匙就在前轮上，放置的地方从最开始到现在都没变。将钥匙插进锁孔后，樋口晴子对女儿说道：“七美，你上副驾驶座去。”

“这车是从哪里来的？”

“很久以前就有啦。”樋口晴子坐进驾驶座，环顾四周。有股灰尘和潮气混杂在一起的气味，当年似乎就这样。车内看上去并不算干净，但也不脏。她试着将钥匙插进方向盘旁边的钥匙孔转动。果不其然，钥匙只是空转了一下，车子没有任何反应。

“很久以前是多久？”

“七美还没出生的时候就有啦。”

“真的？我出生之前就有了？”

“是不是很长寿？这辆车还真是顽强啊。”

“虽然顽强，可是不会动。”七美从副驾驶座爬了过来，几乎是趴在了樋口晴子的膝上，盯着钥匙看。

“是啊。不过妈妈早猜到啦。”樋口晴子说着将七美抱起，然后弯着身子寻找座椅右下方的把手。手指摸到把手后，她往前一拉，没有什么明显的感觉，但引擎盖似乎轻轻弹起了。前挡风玻璃上的尘埃和花粉实在太脏。“好啦，咱们来实践实践刚才学到的知识吧。”

整个过程比想象中顺利许多，樋口晴子自己都吓了一跳。平常她对着说明书都用不好那些家用电器，没想到竟然能有今天。电瓶的型号也对，真是走运。这也多亏了刚才汽车用品店店员的正确判断，如今樋口晴子再次想起那名态度冷淡的店员时，不禁想好好道谢一番。她将上半身探进引擎盖内，正接着电极，旁边的七美突然自顾自地唱了起来："白山羊的信来啦……"

樋口晴子一惊，转头看着女儿。七美似乎并没有什么特别的意图，还是那副天真无邪的表情，好像在说自己只是听了风吹野草的声音才不自觉地唱了起来。"白山羊的信来啦，黑山羊看也没看吃掉啦。只好再写一封信，白山羊你信里写了什么？"

听着女儿的歌声，樋口晴子再次动起手来。如今再一想，这歌的主题似乎是年轻人的单相思和错过的爱情，听来竟有些感伤。

好啦。她自言自语地说着，盖上引擎盖。车子震了一下，厚厚的灰尘随之飞舞。

"它会跑吗？会跑吗？"七美两眼发光地跑向副驾驶座。

樋口晴子上了车，再次将钥匙插好，准备转动。

"这样就能跑了吗？"

"希望它能跑吧。"

樋口晴子已经忘记了自己为何想要修这辆车了。她似乎找不到什么像样的理由。或许，就像人看烟火时能想起同样的回忆一样，眼下正逃亡的青柳雅春也会想起这辆车。青柳雅春身上究竟发生了什么，她并不清楚，但她至少相信他不是凶手，想替他做一些力所能及的事。七美正在副驾驶座上哼着白山羊之歌，身体随着歌声摇晃。

"好啦，我们来试试。"握着钥匙的手开始发力，心里在默默祈祷。

青柳雅春

青柳雅春将手从钥匙上拿开。引擎总也没有反应，只是钥匙在空转而已。

他心里明明早就知道，不可能有这样的好事。

然而钥匙转动的瞬间，青柳雅春也确实在内心期待着引擎能够发动。他顺着河堤一路走来，就为了这辆车。他心里有一丝没来由的希望，觉得“如果那辆车还在那里，那么自己一定能得救”。车钥匙一定还跟当年一样放在同样的地方，只要转动钥匙，引擎就一定会发动，而开着车的自己也一定能成功逃脱。这一切只是毫无根据的空想，也正是这毫无根据的希望支持着青柳雅春继续走下去。

可车却一动也不动。

这才是现实。

青柳雅春在这辆无法发动的车里，挥起双手狠狠地敲打着方向盘。车身不停摇晃。当初上学时，这辆车不是已经无法发动了吗？过了那么多年后，车身已经脏得目不忍视。钥匙还在原处已是万幸了。

再次转动钥匙，只有一声干瘪的轻响。仅此而已。他将手刹放下，踩下油门，抓紧方向盘，油门一下子踩到了底，之后又再次捶打起方向盘。他将脸靠在了喇叭附近。

高高的野草和周围的树木很好地隐蔽了这里，不管从马路还是从人行道上都看不到。青柳雅春在考虑是否该就这样睡一觉，休息一下。

事先买个电瓶多好。这他当然也知道，可一路上都没有汽车用品店，他又不敢去加油站跟那里的人面对面。还是睡吧。或许一觉醒来早已岁月流转，那岁月足够长，长到人们早已忘记了这次的事情和自己。青柳雅春就这样接二连三地进行着无谓的妄想。

他看了一眼放在副驾驶座上的背包，不知是第几次地转动钥匙——什么也没发生。

接下来他打开了手套箱。当初自己周围好多人都将这里当作临时酒店，据说手套箱里备有避孕套。森田森吾常说怕那些避孕套被人刺破了，一直不敢用，青柳雅春等人倒也赞同，毕竟不放心，又脏，没人愿意用。曾经和樋口晴子来这里避雨的时候，他就早做好了准备，一定不能打开手套箱。

可如今手套箱里只有一本记事本和一支沾满了灰尘的圆珠笔，没有避孕套。青柳雅春从记事本上撕下一页来，又抓起圆珠笔，想也没想就写了起来——“我不是凶手。青柳雅春”。

笔头离开纸张的瞬间，青柳雅春觉得身体似乎都被抽空了。他想笑，可却笑不出来。自己写下的这行字连俳句都称不上。如此简单、显而易见、几个字就能说明白的事实，为什么让人相信就这么难呢？他将纸对折，夹在了遮阳板后面。或许有谁会在以后的某个时候发现这张纸。

不知道那会是什么时候，纸上的字是会让他困惑，还是会令他心生同情，又或是只换来一声冷笑呢？青柳雅春并不知道。

那时候，我又在哪里呢？

“你呀，可不能安于现状。”不知为何，青柳雅春又想起了这句话。那是从前玩过的一个游戏，游戏里那条丑陋的小鱼会跟自己聊天，这句话就是它说的。就因为这句话，樋口晴子才决意要跟自己分手。她说：“我看我俩这样下去，顶多只能得个‘做得好’而已。”

青柳雅春靠在座椅上伸了个懒腰，手指不小心碰到了驾驶座一侧的车窗玻璃。他想用手指在玻璃上画一朵小花，在里头写上“做得非常好”，可发现灰尘似乎是在玻璃朝外的那一面，从里面无法留下任何痕迹。

你看，青柳雅春就是连“做得非常好”都得不到嘛。他似乎听到樋口晴子在这样说自己。青山羊的信来啦，白山羊看也没看吃掉啦。他哼着歌的同时手又放到钥匙上。虽然没什么用，但还是想再确认一遍。可惜发动机仍旧一声不吭。

青柳雅春再次沿着河边走了起来。车子无法发动令他消沉，只得顺着来路回去。他曾想过去买电瓶。那辆车唯一需要的就是电瓶，应该去买。他走上小桥边一条未修整的小路，顺着杂草的间隙前进。这是一条紧挨着河川的观光小路。可这里既不是观光胜地也没有风景名胜，顶多也只有附近居民在散步时走一走而已。路上没什么人，青柳雅春低着头一路前进。买到电瓶——他心里在盘算，但又不觉得自己此刻前行就是为了这个目的。他完全失去了动力。

“你难道还真以为那车能动弹？”他问自己。

“我也不信它还能动。”他自己回答道，“只不过，我希望它能动，这样或许多少能帮到我。本想抓根救命稻草，可到头来发现连草都没有，难道还不够失望？”

有电话打来。背包里传来自己并不熟悉的振动音，他赶忙将手机从包里抽出来。是三浦临走时留给他的手机，来电号码并未显示。看了一眼之后，青柳雅春便按下通话键接了电话。对方没说是谁，只说了一句“真遗憾。”青柳雅春一下子就听出了那是三浦的声音。“真遗憾。我倒是觉得找过去的同事帮忙用货车载自己是个不错的办法。”

“哦。”

“可惜中途暴露了。是那个同事报的警？”

“不是。”青柳雅春坚决地否定道。岩崎英二郎并没有背叛自己。

“其实是我跟警方告的密——我这样说，你会不会吓一跳？”三浦轻快地说道。

“嗯？”

“骗你的。”三浦轻声笑着，“我绝不会站在警察那边。”

青柳雅春将手机放在耳边，也不知道该如何去回应。

“哎呀？我刚才开玩笑呢，你不会真信了吧？”

“有谁会傻到去相信一个连环杀人魔的话？”

对方听到这句话，竟发出了欢呼。“我不是还救过你吗？不可能再回过头去告密吧。”

确实，他除去了自己的手铐，还给自己提供休息的房间，但也许一切都只是他的一时兴起。他可以一时兴起去帮助自己，同样可以一时兴起地去告密。比起所谓的正义感和同情来，他的这种做事方式倒是更有说服力。

“我也没想着要你相信我。这次打电话给你是想告诉你两件事。”

“是好事吗？”青柳雅春问。除了好消息之外他什么都不想听。

“好事……算不算呢？准确地说，是一个好的建议和一个有意思的消息。”他听上去很是扬扬自得。

“建议？什么建议？”

“关于你逃跑的方法。”

“什么方法？”

“刚才我在电视上看到了你过去购买遥控直升机时的录像，还有在空地上操纵遥控直升机的录像。”

“那些都不是我。”

“我想也是。”对方说得那么平淡，青柳雅春反倒不知所措了。“我也觉得，应该不是你。”三浦继续道，“打算陷害你的，并不是一个人，也不是什么一般的组织。是更为庞大的势力。”

青柳雅春想说自己完全同意，可怎样都开不了口。

“他们为了陷害你而准备了相貌相近的替身，而且那些对他们来说毫不费力。”

“完全同意。”这次青柳雅春终于说出了口。

三浦轻轻笑了笑。“但是，这反而可以成为我们的突破口。”

“突破口？”

“找到那个冒牌货。找到那个跟你相貌相似的人，交出去，交给电视台不是正好吗？看到两个几乎一模一样的脸，大部分人都会起疑心。这样就可以让人们相信，这次的事有点不对劲。那些一心认为你是凶手的人也会怀疑，这样的怀疑就可能成为我们的突破口。”

“我也在想，那会不会是整容？”

“就是整容。”三浦断定地很干脆，“市里有一个技术很好的整容医生。”

“你怎么……”青柳雅春不禁问道。他想起了曾经在凛香那里听过的消息。

“我这张大额头的脸，你还真以为是天生的？从前我可是挺帅的。”三浦略微有些不快，“总之，长得像你的那个冒牌货现在还藏在某处。这是肯定的。只要把他揪出来就行。”

“可是，要怎么做呢？”青柳雅春发现自己完全被三浦的提议所吸引了，“怎么找那个人？他们用来冒充我的那个人如今在什么地方，我们又怎么可能知道？”

“我会负责去找。”

“嗯？”

“以贼捉贼，以毒攻毒。是不是这么说来着？我有我的情报网，也不一定没用。”

“也不一定没用？”这复杂的二重否定让青柳雅春头晕。

“用来冒充你的那个人，也就是跟你十分相像的那个人，自然不可能大摇大摆地自由行动了。要是不巧被人发现后错抓了，事情也不好办。但现在也不可能马上让他离开仙台，因为说不定接下来还有用得上的时候。所以我觉得，有很大概率，他现在正在仙台附近的某个地方等待指示。”

“就好像替补选手一样随时准备上场？”

“没错没错。”三浦说，“所以，我会试着去找找。你等我消息。”

“希望在你找到之前我还能平安无事。”

“不如你去找个大型购物中心的停车场，把车停在里头，在车上睡一觉怎么样？我觉得相对来说还比较安全一点。”

“停车场？我连车都没有。”青柳雅春的口气有些自暴自弃了，他自己还没意识到这一点。

“车倒是有一辆。”三浦叹了口气，“接下来就是一个有意思的消息了。”

他究竟玩什么花样？青柳雅春有些摸不着头脑。

“你刚才是不是跑到附近的草丛里，打算发动一辆车？”

突然被对方这样一问，青柳雅春倒一口凉气。“你怎么知道？”好一会儿，他才想起来反问，声音有些沙哑，“你怎么会知道这些？”

“因为我一直在跟踪你呀。”

“跟踪我？”

“生气了？对不起。”三浦虽然在道歉，声音听起来却很兴奋，“我只是想看看你的快递作战计划进行得是否顺利而已，所以就一直跟在旁边观察。”

“在哪里观察？”青柳雅春感到一种说不上来的诡异，环视四周。他根本没注意到自己被跟踪了。自己行事并非不谨慎，甚至可以说是警惕再警惕了。

现在他是否藏在附近？青柳雅春觉得自己还在三浦的监视之下，于是昂起头，漫无目的地搜索起来。左手边是刚才自己顺着桥走下来的小斜坡，右前方是河堤，中间夹着河流，河堤的土壤颜色显得并不那么自然。四处都没看到人。

“你鬼鬼祟祟地看什么呢？”电话那一头的三浦笑了。听上去像是虚张声势，又感觉他其实真的完全掌握了自己的行踪。“青柳，你能冲出警察的包围顺利逃脱，真的很了不起。我都感动得不行，感觉太厉害了！所以又好奇你接下来要去哪里，于是就跟在你后面啦。看你走进那片草丛的时候，我真是很意外。亏你居然知道那里头藏着一辆车。”

青柳雅春偷偷地移动着视线，尽量做得隐蔽。

“别再鬼鬼祟祟的了。”对方又说道，“你从那辆动不了的车上下来，无可奈何地离开，现在正垂头丧气地沿着河边走呢，是不是？”

“那辆车的电瓶没电了。”

“你走之后又有其他人去喽。”

青柳雅春没反应过来对方话中的意思，愣着没说话。

“你走之后，又有一个人上了那辆车。还在车上鼓捣了一会儿，我想一定是在换电瓶吧。所以，要我猜的话，现在那车肯定已经能动啦。”

“换电瓶？谁会跑去干那种事？”

“不是你朋友吗？”

“我朋友？”

“你朋友可真爱管闲事。青柳，现在几乎全世界都是你的敌人，你完全就是孤身奋战。这时候选择站在你那边,可是有相当大的风险。”

“什么站在我这边？”

“那应该是人家一厢情愿吧。”三浦叹了口气，“不过，把那么可爱的小朋友牵扯进来是不对的。”

“小朋友？”青柳雅春刚问完，电话就挂断了。

对面的河堤上有什么东西在盘旋，像是一只展翅的褐色小鸟儿，应该是老鹰吧。它没有发出声响，只是缓缓在风中游转。可能是受了这只老鹰的鼓励，青柳雅春再次转身顺着原路返回。走着走着，他跑了起来。

青柳雅春很难相信，刚才还根本无法发动的车，在他往返一趟河边的时间就变好了，但只有回去看看。回去的路是缓缓的上坡，对早已疲惫的身体来说并不乐观。已经隐约可见茂密草丛中的黄色车身，青柳雅春怀抱着背包快步跑了过去。他脑里一片空白，扑倒在车前，手伸向前轮。钥匙就在那里。坐上车后，他立刻将钥匙插好。

他面对着前挡风玻璃，叹了口气。能打着火吗？

手指发力。脚踩着油门，他在心里默念着“一定要打着”。或许嘴里也喊出了声。一定要打着，一定要打着。就这样，在青柳雅春还没反应过来究竟发生了什么的时候，他感到地面似乎抖了起来，随即发出一声悠长的嘶吼。

这声音代表引擎有可能发动。

引擎没有立刻点火，但至少有反应。油箱里的汽油应该已十分陈旧，甚至有可能腐坏变质了，总之残留下来的肯定都是一些挥发性很低的成分。延长打火时间的话，或许有可能打着。青柳雅春深呼吸之后，狠狠地再次拧动钥匙。车子发出的悲鸣声似乎在无限延长，就像一个刚睡醒、心情不好的孩子。

一定要打着。青柳雅春再次默念。同时，他感到屁股底下一阵抖动，抓在手里的方向盘也随之轻微地扭动起来。他已经没有心思去感慨过了这么久车竟然还保持了活力，兴奋让他的头脑无法去思考任何事情。倒车镜里可以看到白烟。排气管里冒出了大量的尾气。

青柳雅春手握着方向盘，脚还踩在刹车上，身体似乎已无法动弹。就这样过了一会儿，他为了调整倒车镜而伸出了手，随后忽然愣住了。并不是因为倒车镜里自己的那张疲惫的脸，他心里对此早有料想。可是，他没有想到竟然有眼泪从眼角流出，顺着脸颊流下，划出了两道长长的泪痕。森田啊，你觉得呢？青柳雅春真想问问自己的老朋友。森田啊，你说会有人因为车打着了火而哭吗？

都这种时候了，我还是想听森田的意见。

青柳雅春因自己的懦弱和滑稽而皱起了脸，他看见镜子里自己的嘴角也渐渐地失去了控制。他打算踩下离合，挂上一挡。而在那之前，他要先打开遮阳板，将那张纸取出来。那是大概十分钟之前自己放进去的，事到如今应该不再需要了。

青柳雅春将纸揉作一团，准备塞进口袋，又想打开再看一眼。当那张满是褶皱的纸再次展开时，他一下子愣住了，心猛烈地跳了一下，只是一瞬间，但却那么强烈。

“我不是凶手。青柳雅春”——自己写下的字还在纸上。那歪歪的字迹他再熟悉不过。但是在那些字的旁边，多出了几个比青柳雅春的笔迹要淡一些、但却十分工整的字：

“我知道。”

青柳雅春盯着纸看了好一会儿，狠狠地眨了眨眼。这字迹他是否认识，又或者留下这些字的人究竟有何意图，这些都无所谓了。他只是想哭。心里有个声音在催促自己赶快行动起来，但他还是什么都没做，任由车子继续留在原地抖动。“我知道”——这几个字让他的心紧紧地揪作一团。

挂挡，放手刹，踩油门。车冲出了草丛。

外面有人。可能是正散步的老人，弓着腰，似乎是受了惊吓。面对突然出现的这辆车，他连连后退，最后一屁股坐到了地上。青柳雅春在心里连连道歉，继续踩下油门，转动方向盘，冲上马路。车身发出一阵声响，慢悠悠地摇晃着。速度似乎上不去，青柳雅春狠狠地连续踩下油门。轮胎胎压不够。放置的时间的确太长，跑气了。这样继续下去恐怕会太过引人注意。

公路虽然算宽，但青柳雅春还是很怕撞上其他车辆。前挡风玻璃还好，左右的车窗已经模糊不清了。一片模糊中有个黑影忽然靠近，吓得青柳雅春赶紧转动方向盘。一辆越野车擦身而过。调整好方向之后，青柳雅春继续加速前进。

他回忆着自助加油站的方位。以前送快递时经常路过，除了加油之外应该还可以充气，在那里可以较隐蔽地修整车辆。跟刚才在河边看到的朦胧的风景不一样，眼前的一切都有切实的轮廓，清晰地映在了青柳雅春眼里。

樋口晴子

“了不起！妈妈！只要肯努力，一定能成功。”看到引擎发动后，坐在副驾驶座的七美开心地喊着，小屁股在座椅上来回弹着。引擎是发动了，烟却很不得了，在车后滚滚地冒了出来。

“只要肯努力，一定能成功。”樋口晴子手握着方向盘，似乎还有些小小的感动。她再次将车熄火。

“不开车吗？那我们来干吗？”

“是啊，到底来干吗呢？”

“那谁要来开？”

樋口晴子笑了。正试图逃脱追捕的青柳雅春想起这辆车，还要专程过来开，她真不知道是否有这个可能。“要是有人来开，却发现车动不了，多伤心呀。多希望它能动起来呀。”

她拔下钥匙。警察应该不会等在外头，但如果让他们发现了这辆车，毕竟是麻烦。“下车啦。”她招呼七美道。就在这时，她无意间瞥到了夹在遮阳板后面的那张纸，也没多想就将其抽了出来。打开纸，看到那熟悉的字，樋口晴子由衷地露出了微笑。纸上写着“我不是凶手。青柳雅春”。

“我当然知道。”樋口晴子说着，从自己的包中取出圆珠笔，在先前的字旁边写了起来。青柳是什么时候来写下这些的？她真想问问那张纸。难道，自己来晚了吗？

樋口晴子回到自己停在路边的车旁。一开始她还警觉地观察四周有没有警车和警察，可似乎除了往来车辆之外并没有其他什么值得关注的。天空仍然干净得连一小片云朵的碎屑都没有。简直就像一张被贴上去的彩纸，四处是均等的蓝，没有深浅。

“请问……”

背后有人说话，差点没把樋口晴子吓得跳起来。她强装镇定地回过头去，发现一名不知是少年还是青年的小个子男子站在身后。他穿着黑色连帽衫，额头很醒目，面带微笑，有些拘谨。他身旁停着一辆自行车，车把手是笔直的一字形，轮胎很细，看上去挺轻巧灵活。

“什么事？”樋口晴子应道。她完全没有考虑过对方是否可能跟警察有关系，因为面前的这名男子所散发出的气质同警察或公务员截然不同。

“不好意思，我也是偶尔路过……”男子推了推眼镜，噘着嘴说道。

“嗯？”

“那个……刚才你在那边干什么呢？就是那边。”他说着，指了指草丛的方向。

“我带女儿上厕所。”她摸了摸七美的头，“我还真是没公德心。”

“我并不是想找碴儿。”

樋口晴子随便应付了一句后便走向自己的车。“七美，走啦。”

“那台自行车，是小哥哥的吗？”七美抬头看着这名小个子男子，天真地问道。

“嗯，是呀。”男子回答。

两人也不像是商量好了的，男子和七美在樋口晴子没注意的时候，竟然不约而同地一起唱起了歌："白山羊的信来啦，黑山羊看也没看吃掉啦。"

樋口晴子看着男子跟小孩子一起唱歌时那呆板的表情，总觉得应该不是什么正常人，于是更严厉地催促起女儿来。"走啦，七美！"说罢打开了后排车门。七美随即跟男子打招呼说再见。可能是错觉吧，有那么一瞬间，樋口晴子居然觉得他似乎将歌词改成了"青山羊的信来啦……"

樋口晴子开着车往家的方向驶去。如今的她已经丝毫不再怀疑青柳雅春是杀害首相的凶手，遮阳板后面那张写有"我不是凶手"几个字的纸就足以让她安心了。

"刚才那辆车的事情要保密哦。"樋口晴子看着后视镜说道，发现七美已经在儿童安全座椅上睡熟了。

回到自家公寓楼门前时，樋口晴子发现一辆车停在入口附近。车顶并未放着红色的警灯，只是一辆普通的车，但看到这辆车的瞬间，樋口晴子就有种不好的预感。

她从前面绕过，将车停在了停车场，抱起睡得好似一块魔芋般的七美，朝公寓入口处走去。一名身着西装的男子走了过来。樋口晴子从包中取出公寓钥匙，对那名男子说："哎哟，这该不会又是巧合吧？"

"我一直在这儿等着呢。"近藤守低头示意。阳光从他背后照射过来，使得他的表情看不大清。他靠近樋口晴子，看了一眼在她怀里熟睡的七美。

"你给我打电话不就行了？"

"如果您不接，到时候反而不好办。"

近藤守的表情还是老样子，缺乏变化，可比起刚才在路上相见的时候明显更加凶恶了一些。

“樋口女士，我希望您跟我说实话。您真的没有跟青柳雅春取得任何联系？”

“没有啊。你们总是盯着我，到最后只能是浪费时间而已。”

随后两人对视了一段时间，似乎是在比谁能坚持更久不眨眼似的。近藤守观察着樋口晴子的眼睛，或者说是整张脸，樋口晴子也毫不回避地与对方保持着对峙。太在意的话反而会表现出不安的情绪，于是樋口晴子干脆将对方想象成机器人，这样就没那么令人在意了。

近藤守当然不愿意认输，但最后还是先开口道：“下次您如果有所行动的时候，请先给我们打电话。”

有所行动的时候——这个前提也太宽泛了。樋口晴子心里琢磨着，但因为太想摆脱对方，最终选择像个好学生一般回答说“我会的”。

感觉着近藤守在背后灼烧的视线，樋口晴子走进了公寓大门，乘电梯来到自家门口，正打算拿钥匙开门时，也不知什么时候醒过来的七美突然蹦了下来，说：“妈妈，刚才的人，好讨厌。”

樋口晴子再次转身，看着外面的蓝天，想到了不知此时身在何方的青柳雅春。他可以顺利逃走吗？可怜的青柳。

青柳雅春

可怜的车子。青柳雅春手握方向盘想着，好像车跟自己没关系似的。也不知道多少年没发动过了，居然一直跑到现在都没有停。

自助加油站的位置和记忆中一样。这里虽然有工作人员，但除了特殊状况之外全部是自己动手，调整胎压的工具也还是像以往一样摆在角落。车子虽然闲置了很久，轮胎里的空气却似乎并没少多少，拔下阀门将充气嘴插进去后，轮胎很快便恢复了形状。为保险起见，他连油也一起加了。由于车身实在太脏，他又拿来水管冲洗。因为本就那样，冲了也干净不到哪里去，但总归要像样些。没时间休息了，一切妥当后，他立刻离开了加油站。

这车如果半路抛锚也在情理之中。踩油门的时候还好，可每当减速、降挡或等红灯时，青柳雅春都很怕它就此再也无法动弹。如果它在马路中间抛锚，那简直不堪设想。

泉区环状公路沿线有一家购物中心，青柳雅春将车驶进了停车场内。老旧的黄色车算不上普通，但也没有那么醒目。警方很可能还没有掌握自己正开车逃跑这一情况，光这一点就已是万幸。

这是一座宽敞的地上停车场，入口处有工作人员摇旗指路。青柳雅春低头接过停车券，沿着通道在车辆缝隙中前进。一辆黑色私家车正要离开，腾出的空位刚好停车。他熄火，靠上椅背，又担心是否已无法再打火，于是再次尝试，确定可以发动，再次熄火。

松掉安全带，将椅背放倒，青柳雅春平躺了下去，确保从外面无法看到自己。他伸手从副驾驶座上的背包里取出压缩饼干，拆开包装吃了起来。其实他并不饿，但还是机械地咀嚼、吞咽。

他打开便携式游戏机的电源，抽出天线看起了电视。拨动转盘调高音量，画面里又出现了自己，青柳雅春感觉已经习惯了。两年前接受采访的画面和操纵遥控直升机的画面不断被重复播出。

“疑似青柳雅春的男子在若林区的便利店抢了面包后逃逸。”

“疑似青柳雅春的男子在松岛海岸的观光渡轮码头前被目击。”

“疑似青柳雅春的男子在野蒜海岸附近奔跑，数名目击群众向警方报案。”

怎么哪儿都有我？青柳雅春不禁想笑。现在的情况并不乐观，可到了这个时候，情绪上早已麻木了。而且目击线索繁多，反倒很好地混淆了视听，未尝不是好事。但转念一想，会不会连这些都是警方的策略呢？为了让他安心，放松警惕，才故意散布大量虚假消息，实际上可能全是警方欲擒故纵的战术。确实有可能。对于如今的他来说，除了找回当初平静安宁的生活之外，一切都有可能。

一开始，青柳雅春试图忽视尿意，可膀胱越来越胀，到最后再也忍不了了。一旦适应了狭窄的车内，重新回到外头竟令人如此害怕。他甚至考虑要在车上解决。反正车本身已经旧了，甚至连车主和车龄都不知道，除了接下来开车时必须忍受尿骚味之外，爬到后排小便根本也不成问题。他甚至已经打算拉开拉链了，但最后还是选择放弃。

在车里小便是可以，但为何非得沦落至此不可呢——青柳雅春不觉得事后的自己能承受这样的想法所带来的悲哀。他看了看周围，见四下无人，于是背上背包，打开车门，一鼓作气地朝楼里走去。

站在小便池前小解时，一个年轻人紧挨着站在了右侧，同时左边也来了一名西装男子。青柳雅春注意到右边的年轻人首先瞄了自己一眼。接下来，左边的西装男子也朝这边看了看。可能他们并没有特别的意图，却让青柳雅春紧张，甚至因小便总也完不了而焦躁起来。心跳越来越快。青柳雅春只能一直低着头，假装在盯着自己的下体。结束后，他立即走向洗手池，打开水龙头匆匆搓了一下便走了出去，边走还边挥手甩掉水滴。

自己的车所停的位置仿佛十分遥远，青柳雅春不得不小跑着前进，一路上感觉好像被曝光在了舞台上。途中看见了一群头发染成了棕色的年轻人。他们蹲在停车场内的一辆小面包车边上，大概五个人，挤在一起，叼着烟，皱着眉头。这些年轻人身着颜色鲜艳的衬衫，脖子上戴着项链，还有人戴着款式时髦的太阳镜。

在青柳雅春看来，他们顶多十几岁，他羡慕他们能在这里消磨时间、悠闲懒散。他似乎看到了和伙伴们聚在食堂和快餐店里消磨时光的学生时代的自己。有一次他们其实并无恶意，只是因为开心而又闹又叫，却惹得一名西装男子走了过来，神经兮兮地说道："你们这帮小子，想玩乐就赶紧趁现在吧。人生可不轻松。"青柳雅春正努力思索着当时大家是如何回应的，身旁的五个年轻人当中的一人忽然"啊"的大叫一声，站起来指着自己。其他四个人受他影响，也都站了起来，一下子把青柳雅春给围住了。

"大叔，莫非你是……"其中一人道。

"你就是那个凶手吧！"另一人说。

五个人都是相似的发型、相似的服装，青柳雅春也不大分得清楚，他拼命思考着究竟该拿他们怎么办。他们的体格看上去也没有那么好，但总不可能让他们每个人都尝尝自己的大外刈，事情闹得太大也不是青柳雅春希望看到的。想了一会儿后，青柳雅春说了一句“能不能让一让”。当然他也没想着对方会听自己的。被别人要求让一让的时候，如果以“好的，请”来回应，那也太不配当小混混了。

可是，站在最前面的一个金发年轻人居然一脸诚恳地说：“好的，请。”这让青柳雅春大吃一惊。

“嗯？真的？”青柳雅春竟然反问了这样没头没脑的一句。

“你不是正在逃命嘛。”另一个年轻人说。

“加油啊，大叔。”

“我们呀，只是想跟你打个招呼。”

“对对对。”

“我们就不跟你合影了，也不会拿手机拍你的。”

青柳雅春半天也没反应过来这究竟是怎么一回事。对面的年轻人居然还伸出了右手。“加油。”

青柳雅春差点忍不住要跟对方握手，但又担心自己一伸出手就会被抓住手腕，一下子给摔倒在地。这时对方又说了一句：“大叔，加油。”随后又补充道，“反正也不是你干的，对吧？”青柳雅春一下子说不出话来。

“我们呀，总是被人家误解，被说成干了一些自己根本没干过的事。”

“我们可理解你的心情了。没有什么比被冤枉更痛苦的。”

“只要有坏事，就全怪到我们头上，我们跟美国有什么两样？”

随后他们像商量好了似的让开一条路，并摊开手掌示意前进方向，好像在说“请”。青柳雅春都快蒙了，赶紧垂下头离开了那里。他觉得自己应该说些什么，可却什么都说不出口。

可能是偶然，停在周围的车都开走了，只剩自己那辆脏兮兮的车还留在原地。青柳雅春想赶快离开。他手忙脚乱地从口袋里掏出车钥匙，而就在这时背包里的手机又开始振动了。他拿出来看了一眼，这次显示了来电号码。

“青山羊的信来啦。”三浦的声音好像在唱歌，“你还好吧？”

“还行吧。”青柳雅春回答过后，又转身看了一眼。刚才那五个年轻人已不知去向。

“花了一点时间，不过还是知道啦。”

“知道了？你在说什么？”

“冒牌青柳的所在。”

樋口晴子

回到公寓后，樋口晴子也并不觉得轻松。打开电视机，依然基本上都是关于暗杀首相的特别节目。

“妈妈，好辛苦呀。”七美说。

“妈妈不辛苦。青柳才辛苦呢。”

“青柳，正加油呢。”七美指着电视说着，但并无任何感情，倒是有种事不关己、冷眼旁观的感觉。电视上正播出一段同青柳雅春外貌相似的男子的录像，也不知是哪里的监控摄像头拍下的。

目击线索接二连三。当然并不代表所有东西都是正确的，也有很多线索自身互相矛盾，但电视台并不在意这些，反倒是将那些矛盾也当作是青柳雅春所引起的混乱的一种，觉得自身作为电视台并没有任何过错。“设置在仙台市内的安保探头收集了各种影像和声音资料，如今警察正对这些资料进行分析。”电视里的播报员这样说过。安保探头啊，樋口晴子一边在沙发上坐下，一边盘算着。自己手机的通话内容也被警察监控了。一想到不管什么都将被别人看在眼里，她就特别同情青柳雅春，最主要的是，一想到那些利用监视工具掌握普通民众情况的警察和有权势的人，她就愤怒不已。

"那些大人物一定正喝着红茶、跷着二郎腿，对我们的一举一动冷眼旁观。你说气不气人？"她突然想起森田森吾曾这样说过。

他究竟是因为什么事而这样说来着？樋口晴子凭借这个声音寻找着记忆的线头，回想着当初森田森吾说这句话时的场景。

应该是在清扫市游泳馆的时候。那是阿一找的临时工作，工作内容就是在春夏交替这种气温还有些冷的时候光着脚拿刷子刷游泳池。包括青柳雅春在内的一帮伙伴都参加了。本就爱叫累的森田森吾早早地就开始抱怨"游泳池真大呀""游泳池脏一点才好呢"，随后不经意抬头时发现了监控摄像头，所以才有了那句"那些大人物一定正喝着红茶、跷着二郎腿"的发言。

"那应该不是用来看我们打扫卫生的吧？"青柳雅春苦笑着对森田森吾说，感觉就像是在教育一个不听话的孩子，"而且，为什么非得喝红茶呢？"

"我们这些所谓的普通民众，只能在那些大人物的决策下被呼来喝去。他们趁我们因为眼前的工作啦恋爱啦而无法分心时，自作主张乱下决定，最后黑锅还是要我们来背。你看现在，那些大人物也还是在那摄像头的背后嘲笑着叫苦不迭的我们呢。"可能是被擦洗地板用的清洁剂冲昏了头脑，森田森吾说起了胡话。

樋口晴子听到森田森吾的呓语当然也只能苦笑，但是他一脸严肃地说的那一句"面对大人物们强迫我们背负的黑锅，我们唯一能做的大概也只有逃了"，却让樋口晴子留下了深刻的印象。"在巨大的无奈面前，我们只有找个地方躲起来，躲得越远越好。"

"你到底在说什么？"

"你说说，如果你在海里遭到了鲸鱼的攻击，你怎么办？"

"鲸鱼会攻击人类？"

"当然会了，人类在哪儿都是被讨厌的。你说你怎么办？跟鲸鱼正面决斗吗？跟一头抹香鲸？不可能吧！你青柳最后只会被吞掉，可别以为自己是匹诺曹[①]。”

“换你上不也是被一口吞掉了事吗？”

“所以啊，最好的选择……”

“最好的选择？”

“就是逃啊。游得越远越好，只有这一个选择。就算狼狈不堪也好，总之就是要拼命逃。”

“再怎么游也得被吞。”

樋口晴子回想着他们的那些对话，朝沙发看了一眼。靠在她身上的七美似乎正在跟睡魔激烈地抗争，眼睛闭上又睁开，睁开又闭上。

翻找着有关游泳池的记忆时，与之纠缠在一起的另一幅画面也浮现在脑海。

那是大家在快餐店聚会的时候。阿一迟到了，还把他读短期大学的女朋友带来了。他的女朋友开朗活泼，很快便和众人熟识了。

大家侃侃而谈，就一些毫无意义的话题聊得不可开交，其间森田森吾多次弄出了非常大的动静。樋口晴子觉得奇怪，于是问他原因。“只是想时不时为谈话配上一些华丽的音效。”他的回答不知所谓，之后还是继续着他的怪异行为，在别人发言结束后猛烈地拍手，说：“不会吧！真的假的？”做出各种不必要的夸张反应。

“森田这到底是怎么啦？”她又问阿一，对方冷冷地回应道：“当下不是流行夸张反应吗？”

“没什么好在意的。”青柳雅春打圆场道。但不时搞出巨大动静的森田森吾实在烦人。直到阿一的女朋友起身去厕所时，樋口晴子才明白是怎么回事。目送阿一的女友走进店内深处后，森田森吾问阿一：

---

①意大利作家科洛迪代表作《木偶奇遇记》中，主人公匹诺曹被鲸鱼吞进腹中后安全逃出。

“哎，怎么样？”

“嗯……还是搞不清楚。”阿一盯着桌下，手放在腰间，似乎正摆弄着什么。

“这是干什么呢？”

“阿一说想检查女朋友的手机。”森田森吾说。

“什么？”

“他说要趁我们吸引了她女朋友的注意力时，偷偷从她包里摸出手机来看。”

樋口晴子立刻板起了脸。“太过分了！”

这句斥责让阿一突然抬起了头，面红耳赤。

“没事没事，脚踩两只船才过分。”森田森吾面不改色地说道。

“她背着你跟别人好了？”

“这不正查着呢嘛！”森田森吾的口气听上去是那么理直气壮。

“过分！”樋口晴子又说了一遍，“所以你才跟发了疯似的总弄出那么大动静？”

“告诉你一件有意思的事吧？”

“算了，你还是别告诉我了。”

“动物忽然间听到巨大的声响，一定会本能地留意，为了确认有没有危险，会不由自主地去观察声音的来源。”

“怎么话题一下子就学术起来了。”青柳雅春不禁苦笑。

“那声响如果总是重复出现，估计很快也就适应了吧？”

“嗯，差不多吧。”森田森吾也爽快地承认了，“不过，就眼下来说，这个战术还是很成功的，阿一确实偷偷看到了女朋友的手机而没被发现。”他昂首挺胸地说道。

“说实话，这难道不是因为他女朋友去厕所了？”青柳雅春冷静地道出真相。

“反正，偷偷看人家手机也太过分了！”

最终，阿一可能因为负罪感太过沉重，在女朋友回来之后坦承道：“我打算偷偷看你手机。”女朋友明显不高兴了，发了一通火。樋口晴子记得自己和青柳雅春还安慰了好一阵。阿一也蔫了。最后森田森吾居然说什么“阿一，你真是太过分啦，别以为你道歉了人家就要原谅你”，俨然一副义正词严的模样。

真是令人怀念！樋口晴子心想，同时她又再次琢磨起森田森吾是否真的遭遇了爆炸事故，是否真的死了。她甚至有股冲动，想立即打电话给电视台和医院，以确认森田森吾生死的真伪。但面对真相的恐惧最终占据了上风，她还是选择了不再去想。

又过了一会儿，樋口晴子打了一个电话。她像被人戳着后背一般，急切地将手机放在耳边。

“喂，晴子，怎么啦？”平野晶很快接了电话，欢快地问道。

“你现在说话方便吗？”

“在上班呢，不过没事。”她回答后又马上故意补充道，“在上班呢，所以没事。”听语气没有丝毫打算掩饰的意思。樋口晴子听到话筒里传来纸张摩擦的声音，还有平野晶在说：“科长，东西复印好啦。”樋口晴子回想起自己当初在公司上班时的日子，平野晶真是一点都没变。其实两人见面也只是昨天而已，但不知为何感觉似乎已经过去了很久。“怎么啦？有急事？还是说要约我吃午饭？”

“给我介绍一下男朋友。”樋口晴子的情绪之兴奋超出了自己的想象，还来不及多考虑，话已经脱口而出。

“你不是结婚了吗？”平野晶提高了说话的音量，“还是说除了老公之外还想再找个男朋友？”

“不是那个意思。我是说你的男朋友，就是那个……那个将门。”

樋口晴子说得很快。她在心里暗自计算着，通话时长还是不要超过三十秒为好。

“将门？怎么突然想起他来啦？什么事？”

“哦，稍等，我马上再打给你。”樋口晴子说完就挂断了电话。这通电话本就是自己打出去的，她也知道这样做很没礼貌，心里这样想着，隔了一会儿之后她又重新打了回去。

“晴子，你这是怎么啦？”平野晶马上又接起电话，问道。

“能不能见面？不好意思这么突然。我有事要请将门帮忙。”

“那这周末一起出去吃饭吧？你有孩子，是不是约在中午好一些？”

“最好是现在，马上。”樋口晴子觉得这样的要求实在很难说出口，但现在不是犹豫客套的时候。她看了看柜橱上的挂钟。三十秒之内，三十秒之内，她不断提醒自己。她提议在对方公司附近的那家咖啡店见面。

“可能我忘记说了，我现在可是在上班。”平野晶笑着说。

樋口晴子立刻说道：“现在电视上不是一直在播有关爆炸事件凶手的事情吗？就是逃跑的那个。”

“嗯，就是以前走红过的那个快递员？”

“他其实是我的前男友。”

“啊？真的假的！是你的……”

“找你就是因为这件事。”

挂钟的秒针刚好要转过半圈，几乎同一时间，电话的另一头传来了平野晶的喊声：“科长，现在能请个带薪假吗？”

青柳雅春

青柳雅春坐在驾驶座上，手机贴着耳朵。“真的吗？你真的找到了假扮我的那个人？”

关于有人冒充自己的事，从一开始他就觉得难以置信，感觉就像是身处迷雾当中，看不清摸不着，弄不出个所以然来。

“说这个谎对我没有任何好处。”三浦平静地说着，似乎没在开玩笑，“我已经知道那个冒充你的人如今在哪里了。”

在哪儿？青柳雅春立刻想追问。同时他还想知道，对方是如何找到的？

三浦似乎早已猜到他的这些疑问，随即开始解释：“其实呀，当初我那样跟你吹牛，真开始收集情报了，还挺发愁的。”嘴上这样说，听那情绪高涨的语气多少还是有点炫耀的意思。“不过转念一想，既然能冒充你，代表他肯定做了整容手术。也就是说，找到替他整容的医生询问是最直接快捷的办法。”

“哦。”青柳雅春附和道，“你问了那个曾经帮你改头换面的医生？”

对方并未回答。“那个医生的电话号码我是知道的，而且很走运，他还没换号码。结果我打电话一问，他就对我说了。那个被迫变成青柳雅春的可悲的冒牌货，正在仙台医院中心休养。”

“不会吧！”青柳雅春的唾沫星子全都喷到了手机上。

“不会吧？”三浦似乎没料到青柳雅春会这么说，机械地重复了一遍，“什么不会吧？”

“为什么医生轻易就把这么重要的情报告诉了你？”

一辆车正打算倒进青柳雅春右边的车位。其他地方还好多空位呢，为什么非得往这里挤呢？青柳雅春一边打电话，一边将身子再躺平些以更好地隐藏。他看了看窗外，开车的是一名年轻女子，可能开车还不大熟练，只见她不停地来回确认着倒车镜和后视镜，但或许那些全是伪装，其实她是一路跟踪而来。青柳雅春心中掠过一丝恐惧。开车不熟练或许只是让他放松警惕的手段，这也不是没有可能。

“哎呀，那名医生并不在大医院上班，也不是什么有名的医生，是专门躲在暗处帮人整容的。所以真要算的话，跟警察和媒体比起来，他倒是更倾向于你我这一边。你不觉得吗？”

“能不能别把我算到你那一派里去？”旁边的车停好了，开车的女子也下了车。

“你可真薄情。”

“就是那个医生给冒充我的人做的手术吗？”

“他说不是。刚才我不是说了嘛，他跟你我是一样的类型。”

“别算上我。”

“这肯定是一个庞大的计划，一个周密的、规模巨大的计划，不是几个等闲之辈能干的事。”

青柳雅春想象着一个试图踩扁自己的巨人正高抬起脚来。“应该是吧。”他回答，“就好像肯尼迪总统遭暗杀，肯定也不是什么凡夫俗子干的。”

“这是那些手持权杖、高高在上的家伙的阴谋。所以呢，那个医生并没有接手替冒牌货整容的工作。他并不愿意为那些代表国家权力的家伙做事。只不过，这个圈子其实很小。他的朋友——另一个医生在受到委托后接手了。”

“委托？被谁委托？警察吗？还是国家？”

“我也不知道他们找医生时有没有做过自我介绍，不过应该也差不多就是那样吧。反正按照他的消息，冒充你的人现在就躺在中心医院的病床上。”

“他受伤了？”虽然只是冒充自己，但青柳雅春竟有种自己的一部分受到了损伤的感觉。

“肯定是在等待出场机会。送到病房里，人员出入都好管理，还不会太引人注目，又有人提供饮食，作为藏身之处并不坏。对了，你也可以学学人家，试试在医院里住几天呀？”

“如果医院不肯帮忙，我也没办法。”

“不过，方法倒是有一个。”

“什么方法？”

“就是将你跟冒牌货调包。对啦，有个天大的好消息，就是听说冒充你的人跟你几乎长得一模一样！”三浦开心地说着，似乎觉得自己很幽默。

青柳雅春想象着换作自己躺在病床上的情景。不知道要多少天，但肯定要装作病人的模样在医院住很久。可能多少有些不自在，但至少是安全的。但想归想，他很快便回到了现实。“如果真那样的话，那个冒充我的人怎么办？他总不会代替我去逃命吧？”

“那倒是。”三浦回答得很敷衍，言外之意似乎是：只是开个玩笑而已，别那么较真。“总之你先到医院来吧。你到医院后面的停车场来，我带你去病房。”

“既然冒充我的人躲在里面，那警戒应该十分严密吧？”

啊！三浦轻呼了一声，好像十分高兴。“你想得很周到嘛。明明已经很疲惫了，脑子倒还挺清楚呀。”

“差不多快到极限了。”

“其实呀，我一听到消息就跑来医院啦。警备倒是没那么严密，估计他们觉得青柳雅春无论如何也不可能找到这里来，大意了吧。”

确实。如果没遇上这个三浦，单凭自己绝不可能从整容医生那里得到线索。

“所以你就若无其事地把车停好，堂堂正正地进来。你相信我。”三浦说得很轻松，简直像在吹口哨似的，轻快而自然。

“相信你？”

“你知道人最强大的武器是什么吗？”

听他这么一说，青柳雅春立刻想起了“习惯和信赖”。那是森田森吾说给自己听的，苦涩而坚定的话语。

“是豁出去的决心。”当然的三浦的答案和森田森吾的并不一样，“到医院后给我打电话。这个号码就可以。对了，医院地址你知道吗？”

“我是谁呀。”青柳雅春并非胸有成竹，回答得如此坚决，只不过是想哪怕鼓励一下自己也好。

“你不就是那个杀害首相的凶手吗？”

“我以前可是快递员。”

挂断电话后，青柳雅春下了车，打开的车门差点撞上停在旁边的那辆车。距离比他想的还要近。他横过身体挤过车与车之间的缝隙，从宽敞的停车场朝着大楼的方向走了回去。

也不知还在不在？他四处张望着寻找那些人。那些难道是幻觉吗？想想在现实世界里确实有点不正常。正想着呢，旁边忽然传来了年轻人的声音。“大叔呀，你还要在这里磨蹭到什么时候？还不快走。”和自己刚才路过时一样，他们五个正蹲在地上闲聊。

“嘿。”青柳雅春微微歪了歪头，“我有事想请你们帮忙。”

他们还是蹲着，有些意外，同时表情还有些不耐烦，但很快又显露出兴趣，问道：“什么？什么事？”

“能跟我换衣服吗？”

青柳雅春并没指望这种一时兴起的变装能发挥多大效果，只觉得能做的总该去尝试一下。他们一下子全笑了起来。青柳雅春其实早做好了心理准备，他们或许会发怒，又或许会置之不理。“看来你要动真格的啦。”其中一人说道。“帮你。”其他四个人跟着说。所有人竟同时开始脱起了衣服，反而让青柳雅春不知该如何是好。

“只要一套就行。”

那件黑色羽绒服看上去挺高级的，他们却很大方，直说没关系。青柳雅春很不好意思，穿上身后觉得真是暖和。“真的没关系？”

“没事没事。”他们笑了起来，然后又马上朝他的背包里塞了零食、CD 和手表。

“那大叔的这件衣服我就要啦。”其中一个年轻人接过青柳雅春递过来的外套，穿上了身，边穿还边笑着说什么这件搞不好还更有价值。“大叔，加油哦。”他们挥手道。

青柳雅春心想这次一定要留下句什么像样的话，但说出口的却是“人生可不轻松哦”，连他自己都想笑。

他们也大笑起来，接二连三地说青柳雅春的话“从你口中说出来很有说服力”。

朝车的方向走着走着，青柳雅春一个转身，打算再跟他们道个谢，可那些年轻人的身影就好像一缕青烟似的，早已消失不见了。

就在这时，一辆轿车毫不减速地冲进了停车场。是一辆黑色的车，后面还跟着一辆白色的，都没有按照停车场地面标识的路线行走，在场地里横冲直撞。

青柳雅春两腿一蹬，快步跑了起来。他不愿意相信，但也不排除那是来抓捕自己的可能性，心跳再次开始加快。黑色轿车一个急刹车，刚好停在了他的车的左侧。而后面那辆白色轿车则开始倒进黑车对面的车位，看上去也像是为了堵住车道。

青柳雅春钻进车里。要动起来呀，他在心里默念着，转动了钥匙。如果这时候引擎动不了，自己也就完了。钥匙转动的瞬间，什么动静都没有。“出局。”青柳雅春似乎听到有人在喊。两三秒过后，身体随着车身抖动起来。

挂倒挡，一边松离合一边踩下油门。车身退出来后，青柳雅春立刻转动方向盘，一刻不停地朝停车场出口奔去。

青柳雅春 

青柳雅春开着车，感觉视线逐渐模糊了起来。并不是说视力下降看不清周围的景物，而是一种高烧时隔着一层薄膜或滤镜眺望现实的感觉。对自己如今所面临的境遇的恐惧——这种感觉与带给自己些许安全感的狭窄车内空间显得格格不入，令他产生了混乱。

仙台医院中心的地址他知道。前往目的地的路线也早已想好。他的脑海里虽不像地图那般翔实，但大致的拐角和路口基本都有印象。从这里走、穿过那里、接下来在什么地方拐弯、之后就能到达——他可以描绘出大致的路线图。他没有负责过仙台医院中心所处地区的配送，但曾有几次替同事去跑过几趟。那里的停车场很宽敞，只有入口处有一台取卡机而已。

最大的问题是一路上是否能避开警方盘查。这辆车并不是那种引人注目的类型，甚至它唯一的特点可能也就是“特别脏”而已。肮脏的车辆太多了，即便是脏车里面最脏的那一辆，也不是多大的事。

车流不算顺畅，但情况也不算坏，总之是在前进。这辆车就和自己一样。青柳雅春在心里想。它还在动，自己也还在跑，还活着。

另一方面，距离爆炸和首相死亡也只不过才一天而已，混乱居然就已经得到了如此控制，他觉得这不得不令人佩服。车辆在道路上飞驰，带起疾风刮起路面上的小物件，这是很正常的事，而一些重要的证据可能就因此而消失。或者说，他们希望证据都消失？有那么一瞬间，他的脑海里闪过这样的猜测。

仙台医院中心位于稍稍远离闹市区的东北方，需要沿环状线顺时针前行，然后走一段下坡。他害怕这期间车被堵在路上，但如果一辆车都没有，同样让他感到不安。

每当前方车辆减速，青柳雅春都要提防是否是因为警方路检。在关卡面前突然改变方向显然会招致怀疑，如果可能，他希望在那之前就走其他路。

等红灯的时候，他从背包里拿出太阳镜遮住了脸。那是在购物中心遇到的年轻人之一给他的。这太阳镜很适合那些外表看上去坏坏的年轻人，但是否适合他这个刺杀首相的嫌疑人就不好说了。他觉得不舒服，又拿了下来。

他又取出了他们强行塞进自己背包里的那张CD，看了看封面，不禁一阵苦笑。歌手的名字他没听说过，但从服饰打扮来看显然属于嘻哈音乐。这令他想起了常把“别听嘻哈乐”这样奇怪的话挂在嘴边的岩崎英二郎，觉得这或许也是某种因缘，于是从盒中取出碟片，放进了车载音响。

不知多少年没用过的音响上附着了一些来历不明的污垢，青柳雅春甚至担心塞进去的CD再也出不来，但喇叭居然出声了。

他开着车，享受着那音符跳跃强烈、有节奏感的音乐。歌手在音乐中押着轻快的韵脚，有些自暴自弃但又未忘记激情，似乎在执拗地攻击着某个敌人，让青柳雅春觉得很舒服。“听了才发现其实也不错。”

到达仙台医院中心，从取卡机取卡，穿过大门。一路上有标示行车方向和停车场位置的指示。他选了一处视野较好的地方停了下来。正准备熄火时，眼角的余光注意到车门旁闪过人影。他吓了一跳，赶忙转头去看，是白大褂。他心想该不会是医院的工作人员要来找自己麻烦吧，心里一阵慌张，随即摇下车窗战战兢兢地问对方什么事。在车内肆虐的嘻哈乐立刻传到了车外。

“换衣服啦？”原来是三浦，“我也试着穿了身白大褂，算是角色扮演吧。”

青柳雅春坐在驾驶座上一动不动地盯着三浦。他个子小，也显年轻，看上去就是一个假扮医生的少年。青柳雅春熄了火，拿起背包走出车外。迎接自己的三浦还是那副拘谨的模样，同时似乎又胸有成竹。

“你好像瘦了些？”青柳雅春脱口而出。

“嗯？我？跟一天前比起来？”他似乎很惊讶。

青柳雅春也说不出为什么，总感觉他似乎多了些柔弱的气质。

“如果那么简单一天就能瘦下来，那我一定要写本减肥书。”他板着脸说道，“你可够慢的。”

“这已经算顺利了。”

“算了，来得及就好。”

“来得及？来得及什么？”

“你再晚来一会儿，我可能就不在了。”

“那……你打算去哪儿？”

“我也很忙啊，有很多事要做。”

三浦说着迈开了脚步。也不知道他这是在往哪儿走，青柳雅春只能跟在后面，两人就这样绕到了医院大楼的后面。

“这样大摇大摆地走没事吗？”青柳雅春略微低下头，探着身子往前走去。

“医院很大，里面的情况我也差不多摸清楚了。冒充你的人就在住院部五楼最靠里的房间。”他说着，按了一下面前电梯的上行按钮，“这部电梯好像是医护人员常用的电梯。”

电梯门开了，里面是一对穿着白大褂的青年男女。青柳雅春强忍住想跑的冲动。“哦，各位辛苦。”听到三浦跟里面的人打招呼，他这才稍微安心了些。

“您辛苦。”里面的人机械性地回复后便打算从二人身旁走过。走到一半时有人站住，带着怀疑的神色转身回头看，但三浦并不理会，青柳雅春也跟着走进电梯站在角落里。“是不是露馅儿啦？”

“可能是有些怀疑，但肯定没怀疑你是青柳雅春。这种事，其实还挺难注意到的。”三浦按下五楼的按钮。

“真不容易发现？”

“可能也因为跟我在一起吧。电视上一直报道说青柳雅春正一个人逃窜，所以恐怕很难联想到跟穿着白大褂的我一起走路的你身上。”

或许真的是这样。如果是自己一个人鬼鬼祟祟的，刚才那两个人说不定早报警了。

伴随着一声铃响，电梯门开了。三浦轻车熟路地顺着走廊往右走去。走廊上散发出医院特有的令人发寒的气息。虽然四周涂的都是暖色调的漆，但总让人感觉阵阵发冷。

“就是最里面那间病房。”

“这里的住院部没什么特别的地方？”青柳雅春想既然冒充自己的人藏在这里，或许是监视更为严密也更难接近的病房。

“你看那里。”三浦抬了抬下巴。前方放置了一个十分眼熟的机器。

“安保探头。”青柳雅春嘀咕着，立刻转身要走。他再怎么变装，也怕被这样直接监视。

“没事。”三浦抓住了他的手腕，力气出乎意料地大，“刚才我来的时候已经专门动过手脚，现在应该没办法拍摄和录音啦。”他若无其事地说道。青柳雅春问他动了什么手脚，他回答说：“那玩意儿原本就是为了我而装设的嘛。当然了，其实也并不是为了我，只不过是那些政客想装设而已。”

“设置安保探头，监视国民的动向？”

“只不过是为了利益吧？为了设备的开发和设置，必然要成立相应的负责机构，这是他们退休后的好去处，不是吗？我虽然头脑不大好，这点事情还是明白的。能让那些政客和大人物动心的，只有权力和随之而来的利益。一旦成了大人物，不管性格如何、当初的志向如何，都只能变成那样。嗯……刚才说到哪儿来着？哦，对了，总之，我对安保探头还算很熟悉，毕竟是用来针对我的设备。有种方法可以让它暂时失效。”

“切断电源？”

“那可不行。电源一旦被切断，机器马上自动报警。不能切断电源，而是调整里头的线路，连接输入端和输出端。机器里面有块硬盘，专门用来记录影像和声音，只要将它接入机器的输出端，那么机器就会永远重复相同的内容。”

“就这么简单？”

“当然需要一定的知识和技术，但只要掌握了，再加上手巧些，其实并不难。你看连我都会不是？”

“也就是说，你刚才已经来过这里一次了？”

青柳雅春问道，同时感觉到某种并不那么安稳的气氛。并不是那种直接的威胁，而是他感到身旁三浦的语气和步伐有些不对劲，声音听上去有少许焦躁。

“我想在带你来之前，先查看一下那个冒牌货是不是真在这里。”三浦还是继续面向前方，“你看，走廊尽头右边那个房间就是。”

“可是，这层楼为什么一个医护人员都看不到？”只要是住院部，不是都应该有护士站之类的地方吗？青柳雅春心想。刚才从电梯出来时，对面倒是有个柜台看上去挺像，里面却没有人影。

“犀利呀，青柳。”三浦说得很简短，“准确地说，这一层还没投入使用呢。好像要到明年才正式开放。”

“那么一般情况下这一层没人来？”

“是。”

“那……”青柳雅春终于问出了从刚才就在心中翻腾、让自己无法安宁的那句话，“这该不会是圈套吧？”

“犀利。”三浦又说道，“真是犀利，青柳。”

青柳雅春眨巴着眼睛看着一旁三浦的侧脸。为什么三浦明知道是圈套，却还不撤退呢？还是说，这圈套是三浦专门用来对付自己的呢？青柳雅春不想再往前，却被三浦强行拉着走。这条似乎长得没有尽头的走廊不知何时开始骤然缩短，再一抬头已经来到了尽头病房的门前，当青柳雅春看清门牌上“502”这几个数字时，三浦已经拧动把手将门打开。青柳雅春一下子有种想马上后退的冲动。面对来自诡异气氛的压迫，他的身体条件反射性地抖了一下。室内墙壁雪白，是一间豪华单人病房。面前有一张病床，被子鼓鼓的，好像有人在睡。

“你觉得自己找到这里来的可能性有多大？”三浦开口道。

“嗯？”

“这次，碰巧是我获得线索，然后叫你来的吧？”

“是啊，全靠你。”

“如果没有我，恐怕凭你自己的力量找到这里的可能性就很低了吧？”

“是啊，全靠你。”青柳雅春重复了一遍，语气中并无反感。

三浦边说边走进病房。“可是，就算你到不了这里的可能性很大，但做事总得小心再小心，安全措施不管哪里都得考虑到，是不是？”

他究竟在说什么，青柳雅春并不明白。

“追捕你的那些家伙，为防万一，当然也做了相应准备。万一青柳雅春打算找出假冒自己的人，就用假情报来误导他——这就是他们的手段。”

青柳雅春忽然觉得这间病房里的床一下子变成了一块海绵，头也跟着一阵眩晕。“假情报？”

“其实他们放出了假消息，说这家医院的这间病房里藏着冒牌的青柳雅春。这样一来，万一青柳雅春找到了这里并出现的话，就可以当场实施逮捕。这就是他们的如意算盘。”

“可是，并没有警察来抓人啊！”青柳雅春甚至想问三浦，是不是你就是负责干这事的？

“外头不是有个安保探头吗？如果那东西确认到青柳雅春的相貌，或许就会有人过来抓捕了。光从可能性的角度出发考虑，你独自一人能找到这里的可能性是非常小的。一台监视设备就足够了——可能他们是这样打算的吧。”三浦走到病房深处，透过窗户眺望着远方，“他们没想到，我会先到一步，对那东西做了手脚。”

“我都糊涂了。”

“我……”三浦十分内疚地开口道。

“怎么了？”

“必须跟你道歉。我得到的情报好像是假的。”

“假的？到底从哪里开始是假的？”青柳雅春想找个东西依靠，可又不知道找什么好，几乎要瘫坐在地上。

“我的情报是从医生那里打听来的。而那个医生似乎也是从别处听来了假消息。”

如果青柳雅春想找出通过整容来冒充自己的人，那么很有可能跑去问整容行业的相关人士。可能他们早料到这一点，在整个业界都放出了假消息。当然一切都只是为防万一。而得到了假消息的整容医生又直接将其转告给了三浦。“青柳，你的敌人，看来很强大。”三浦似乎在评价着他的对手。

“强大？是指规模还是手段？”

三浦的脸颊抽动了一下。“都有。唉，真叫人窝火。”

青柳雅春安静地挪动脚步，走到病床边。“也就是说这里头塞了个人偶或者其他什么东西？”他说着伸出手掀开了被子。这时三浦在背后发出了欢快的笑声。

出现在眼前的是人的身体，躺在床上，蜷着腿。一开始青柳雅春还以为这是一个制作精巧的人偶，可随后又发现白色的床单上似乎浸染了什么东西，伸手一摸，那竟然是血。反应过来后，他大张着嘴，什么也说不出来。

“他们这是双保险。”三浦不知什么时候站在了身后，“通过安保探头监视，再让这个人躺在床上待命，应该是打算你一出现就实施抓捕吧。看样子也是受过相应训练的人。”

青柳雅春再一看，床上的男子虽不算高大，但从裤脚露出的脚踝却很粗，再看那双大脚，必然是个体格十分健壮的男子。

“你杀了他？”青柳雅春实在不想伸手去指，只是盯着男子正渗着血的侧腹部。

“我一掀开被子，他就扑了上来，我也只能仓促出手。”三浦低头看着床。

“得赶紧逃。”青柳雅春还没搞清楚来龙去脉，但一具死尸就摆在二人面前，万一让医院的人知道了，或者让警察知道了，前来抓人只是时间问题。

“应该还没关系吧？”三浦同焦急的青柳雅春不同，显得很淡定，“这里发生的事情应该暂时还没有暴露。”他的视线稍稍偏转了一些，落在床头边那个再熟悉不过的半圆形球体上，“他们太依赖那玩意儿啦。”

这个安保探头，恐怕三浦也已经动过手脚。

“只要我们不声张，暂时应该不会有事。你看我还去停车场接你呢，不还是照样平安回到了这里。”

青柳雅春看着床上男子的脸。那张脸跟自己的根本不像。“冒牌货的冒牌货。”

“本想帮你一把，可没想到却中了圈套。给你打电话的时候，我还以为消息是真的呢。对不起。”

“为什么会变成这样？”青柳雅春轻声自言自语道。床上这名男子肯定也有家人，看着他无助地躺在面前，犹如一颗被舍弃的棋子，青柳雅春心里有股说不出的愤怒。“到底是谁……”

“哦，是我。”三浦面无表情地举起手来，“是我捅了他。不过，你可别跟我讲道理，没用。”

“我不是说你。我说所有的一切。我遭到追捕，我的朋友受到伤害，还有你不得不杀死他……这些究竟是为什么！”

“因为我就是那样的人。谁让我是杀人犯呢。我杀人，从不感到罪恶。”

青柳雅春紧盯着三浦，他重新认识到三浦的确是一个连环杀人魔这一事实，但这并未让他感到恐惧。“我不是说你。”他又重复了一遍，“你曾经做过的事，或许都源自你个人的意志。但这次不一样。发生这些事，全因为不知身在何处的某个人。”

“你指的是规模和手段都很强大的敌人？”

“那些我连名字和相貌都不知道的家伙。”

听到这里，三浦忽然叹了口气。他似乎笑了一声，随后靠在了窗边的墙壁上，慢慢下蹲，最后竟一屁股坐到了地上。“唉。我好像累了。”他平静地说。

“没事吧？”

“青柳，你面对的，是一个巨大且抽象的敌人，恐怕就是我们称之为国家或者权力的那一类。”

“你从刚才就一直是这样说的啊。”

“说具体些，可能牵扯到某某大臣或者某某社长，但归根结底，谋杀首相这种事太过庞大也太过笼统了。就和刚才的关于利益和权利的话题一样。”

青柳雅春发现三浦的话似乎又忽然变得难懂起来，于是打起精神。

“现在想想才发现，就在我们无所事事的时候，法律法案通过了，税金和医疗制度改革了。接下来就算要面临战争了，我也照样连反抗的余地都没有。一切就是这样，在像我这样的家伙茫然不知所措的时候，一切早已经有其他人决定好了。我曾经读过一本书就是这样说的：所谓的国家，根本不是用来保护国民生活的机关。这么说，好像确实挺有道理。”

青柳雅春发觉三浦开始滔滔不绝，有些迷茫。“与巨人为敌的我，就没有一点胜算吗？”他问道。

“不知道你认为怎样才算胜利，不过硬要选的话……”

“硬要选的话？”重复着这句话的同时，青柳雅春感觉脑海里的某处记忆似乎猛地抽动了一下。他不太确定那是什么记忆，只看到晴朗的天空下，周围的伙伴们都光着脚。有个人的表情一本正经，是森田森吾。他一本正经地说话时基本上都是无聊的疯言疯语，青柳雅春都觉得听他说话的人真可怜，可又发现记忆中那个听他说话的人似乎正是他自己。“如果被巨大的鲸鱼盯上了，”森田森吾在说话，“最好的选择就是……”没错，森田森吾曾经说过相似的话。

“就是逃跑吧。”

“逃跑。”从昨天开始，这个词就一次又一次地以各种形式被扔给了自己。

“逃到一个谁也不会追去的地方。只有这一个选择。同国家和权力为敌之后，能做的也只有逃了。”

“就好像从鲸鱼嘴里逃跑一样。”青柳雅春忽然觉得胸口被抓得紧紧的，似乎有人揪着他的衣领将他给拎了起来。逃吧——自己被不同的人如此命令道。说是命令，更像是寄托。想着想着，他笑了。“到底还是只有这条路可走啊。”这样也好，决心已经有了。“可是，又怎么逃呢？”

“对不起。”三浦背靠着墙，白大褂有些歪了他也并未整理。感觉他的话听起来像一名帅气男演员的台词，可从个头矮小的他嘴里说出来又令场面变得滑稽。

“对不起？”青柳雅春问道。如果要道歉，那应该向至今为止所有被你伤害过的人道歉吧？他想。

“我也想跟你一起商量商量接下来该怎么办，但是我没时间啦。”

这时青柳雅春才想起之前他曾强调说自己忙。

三浦的白大褂敞开了。白大褂下面的淡棕色衬衫的侧面沾染了某种颜色，深得如同阴影一般。青柳雅春看出来了，是血。衣服好像已经吸收了太多的血，膨胀了起来。

“床上的那个人，他居然还有一把微型手枪。就是消音的、口径很小的那种。唉，应该是他用来防身的吧。接受过训练的人果然还是厉害，我拿刀刺他的同时，他就朝我开枪了。”三浦的嘴稍稍歪了歪，看上去想笑，又像是因为痛苦，“我觉得也不算是致命伤，不过，好像也挺严重，竟然流了这么多血。”

“赶紧去医院！”青柳雅春慌张地说了一句。

三浦笑了。“这里不就是医院吗？”

“为什么……”青柳雅春话说了一半，接下来该说什么，他自己也不知道了。为什么要死？还是为什么要做这些？这都不是他想说的。“为什么……会变成这样……”最后还是只能说出这一句。

窗帘轻轻扬起，透过窗户照射进来的阳光让病房内惨白而明亮，那些阴郁而潮湿的东西似乎开始蒸发，逐渐稀薄，消失。

“我只是一时兴起，觉得帮助你逃跑应该很有意思，或许从有那个想法开始，我的命运就已经走到了尽头吧。”

“是吗……”青柳雅春的声音在微微颤抖。

“都怪你。”

“你可是杀人犯。”青柳雅春强作镇定。

“也是。”三浦回答道，他似乎并不介意。

“刚才见面的时候你为什么不说？”青柳雅春连靠近三浦都无法做到，差点要瘫倒下去，只得手扶着床沿勉强站稳，“根本没看出来。”

从停车场到病房，他一直在讲着他的感悟和推理，完全不像身受重伤的样子。回头想来，他确实看上去比以前瘦了也脆弱了，或许那是生命的源泉正在干涸的表现。三浦微微低下头，面无表情地问了一句：“吓一跳吧？”之后便再也不动了。

青柳雅春

青柳雅春觉得自己似乎盯着一动不动的三浦看了好久，可回过神来一看表，也才过去几分钟而已。他转身又看了看床上那个警方派来的人的尸体。

一阵低沉的振动音传来，他以为是自己的手机来电，于是将手伸进口袋，但里面并无动静。接着他想或许是地震或者周围有工地施工造成的，但床铺和墙上的海报都没有动。正以为自己听错了时，才想起是三浦的手机。他从三浦的白大褂衣领处伸手进去，内袋里的手机好像一只瑟瑟发抖的小动物。

看了看来电显示，是一串号码，并没有名字。他立刻就想到了接电话所伴随的危险，但感觉应该不会造成太大影响，于是按下了接听键。

“你是谁？”一个几乎听不出情感的男性声音传来，“这应该是三浦的手机吧？”

“是的。不过他现在不能接电话。”青柳雅春回答道。我没有说谎，他在心里告诉自己。

“就是你？”

“嗯？”

“你就是那个正在逃亡的人吧。”

“你是谁？”

“我是医生。”男人立刻回答，声音听上去确实像一名沉着冷静的医生。因为如今正身处医院，青柳雅春还以为是被这里的医生发现了，但对方打的可是三浦的手机，他这才意识到是别的医生。“整容的医生吗？”

“我想打电话向三浦道歉，不过你接也可以。我就直说吧，我听到的消息是假的。”

“冒牌的我并不在仙台医院中心。”青柳雅春抢在对方前面说道。

“你们已经知道了？”

“刚知道。”

“你们去仙台医院中心了？”他说话的语气还算客气，只是没有丝毫的情感起伏变化，听上去甚至不像是人在说话，“三浦呢？”

“他现在没办法接电话。”青柳雅春说着朝病房门口走去。总不能一直停留在这里。自己没有过多解释，但医生似乎也明白了什么。“实在非常抱歉。”

“确定消息的真伪很困难，这也是没办法的事。”青柳雅春对着电话轻声说道。他想将自己的遭遇说给别人听一听，但又不觉得能说得清楚。没有人能比他更明白，那些所谓的情报和线索是多么虚无。

“接下来你打算怎么办？”对方问道。

“嗯……”他决定如实回答，“只有逃。”

“怎么逃？”

青柳雅春挂断了电话。他也不知道答案。转动病房的门把手，打开门，对面是一帮端着枪严阵以待的警察——他所害怕的情况并未发生。顺着走廊回去，来到电梯前按下按钮，心跳再次开始加速。电梯门打开，看到里面站着一个身着白大褂的女人时，青柳雅春差点叫出声来，但还是忍住进了电梯，快速躲到角落。女人站在楼层按钮前问道：“几楼？”

“一楼。”他回答的声音有些发虚。脊梁上的冷汗已经开始往下滴，心想自己身着便装独自出现在平时不使用的楼层，这下子肯定要被怀疑。

到一楼后，电梯门打开，青柳雅春一下子不知道该往哪边走。总不能磨磨蹭蹭地边走边找路，于是他决定往右迈开大步走了起来。就在快走到前方宽敞的走廊时，他总觉得放心不下，回头看了一眼。这并不是明智的选择，他也知道，但他就是忍不住。他看到那个白衣女人正在电梯旁通过医院内部的移动通信系统跟什么人讲话。

自己应该还没有被认出是青柳雅春，但肯定被当成了可疑人物。

正打电话的她抬起了头，青柳雅春赶忙转过脸去，加快了前进的脚步。必须赶紧离开医院，去停车场，焦急的情绪又让他显得更加可疑。

每当遇到身着病号服的患者和带着输液架移动的老人，青柳雅春都感到恐慌，就和走在大街上一样可怕。走廊两边的窗户有种毫无生机的冰冷质感，每踏出一步，脚下都发出黏着不清的声响。

“哦，就在那边。”他听到背后的说话声。

刚才一起乘电梯的女人正在后面给警卫指路。她略带犹豫地伸出了食指，方向所指正是青柳雅春的后背。

应不应该跑呢？警卫的脚步声正从身后接近，好似汹涌而来的洪水，让青柳雅春脚底直发软。他甚至想吐，想跪倒在地。看到右手边那扇写着“紧急出口”的门时，他想也没想就钻了进去。

门背后是冰冷的空气，还带有一丝潮湿。楼梯一直往上，呈螺旋状上升。好不容易才来到一楼，但这个时候只能往上爬。

“小兄弟，上楼的时候看好前面，撞到人怎么办？”上头有人说话，青柳雅春吓得差点没踩稳台阶。他抬头一看，一名年长男子正坐在转角处的台阶上吃章鱼烧，手里的牙签指着自己。“也不知道慌慌张张干什么，不看着前面要撞上的。”

“哦。”青柳雅春压低声音，尽量控制住气息。

“哟？小兄弟。”男子的声音忽然大了起来。青柳雅春这才发现，他身边还放了一根拐杖。“小兄弟，你不是……现在电视上正播的那个人嘛！”

青柳雅春拼命地思考着现在该如何反应。

“小兄弟，电视我也看了，你还是很拼命的。不过作为一个一直在旁边看热闹的，我觉得，你马上要被将死了。”头发花白的男子说完，嘿嘿地笑了起来。

樋口晴子

“晴子，到底是怎么回事？”咖啡店最靠里的四人桌旁，平野晶坐在樋口晴子对面，两眼放光地问道。她探出身子，不停催促樋口晴子赶紧告诉她事情原委。她那染成棕色的头发朝上扎着，看上去好似一个水果蒂，这样的发型还挺适合她。

“初次见面，我叫菊池将门。”平野晶身边的男子开口道。他将双手放在膝盖上，腰板挺得笔直。可能因为手臂偏长吧，总感觉他这姿势有些怪。他的头发刚好盖住耳朵，在男性里应该算是长发，下巴留着胡须。在樋口晴子看来，这相貌和平野晶所描述的扑克牌里的 J 并不像。

“突然把你们叫出来，真的很不好意思。”

“没关系，一擦神灯，他就出来了。”

虽然平野晶说要马上请假来见自己，但毕竟是在公司上班，没那么容易出来，最终见面时间还是拖到了她下班后。外面已经几乎黑了下来，说是晚上也不为过。

菊池将门给人的第一印象近似于那种很受女性欢迎、习惯了花天酒地的艺人。可实际上他只是在平野晶身旁不停地笑，时而用吸管喝着杯里的橙汁，看上去就像一只温驯的小狗。

樋口晴子说起了关于青柳雅春的事。如今在逃的嫌疑人是自己曾经交往过的男朋友，分手后就没有再见过，但就自己的了解来说，他绝不是会犯下那种大罪的人——她说得毫不避讳，直白得甚至有点没意思。

“但你不知道人什么时候会变、又变成什么样子。”平野晶调侃道。

“话是没有错，可是……”

“可是你还相信他。”菊池将门浑身上下都散发出纯真的气息，就差说出“爱可以战胜一切”这样的台词了。

樋口晴子也不知该如何接话了。“是的，我相信。”她回答，“准确地说，是我信赖他的为人。”

“你还信赖，你可是跟人家分手了。”平野晶笑道，“你刚才说的那些话，我真想拿去跟你老公告状。”

“他呀，顶多也就哼哼两声。”樋口晴子也笑了。樋口伸幸永远让她感到一种自己所无法理解的超然。

“那么你打算怎么办？四岁零九个月的女儿又怎么办？”

“七美暂时交给邻居替我照顾。”隔壁的望月八重子是个五十多岁的家庭主妇，两个儿子皆已独立，她又喜欢小孩，过去也常替樋口晴子照看七美。

“这样兴师动众。”

“就是兴师动众啦。”樋口晴子也觉得自己可笑。这样兴师动众，自己究竟想做什么呢？她自己也不明白。“将门呀，我想问问你关于安保探头的事。”

“哦？”

“现在青柳在四处逃亡，那东西真的会碍事吗？”

“碍事……”菊池将门的脸有些抽搐，“樋口小姐，没想到你说话还真有些出人意料。”

“她说话就是出人意料。”平野晶点着头说，“突然间就辞职，说要结婚了。”

樋口晴子并没有什么明确的目的和胜算，她只是觉得在不接触青柳雅春的前提下若想帮忙，也只有把遍布满大街的安保探头搞出点故障来了。她想做点什么，让那些傲慢的监视者也尝点苦头。

“你想知道些什么？”

“有没有什么办法能让安保探头失效？哪怕一会儿也好。这样青柳雅春也会轻松一些。”

“可是，你想让哪里的安保探头失效呢？”

“所有的。”

樋口晴子刚说完，菊池将门就连连摇头，好像小狗在甩去身上的水滴。“不可能的。你知道市内有多少这样的安保探头吗？”

“你别一下子就说不可能嘛，做人要积极一点。”平野晶说。

“嗯，也不是不可能。”突然改变说法的菊池将门倒是挺可爱。

“就没有什么手段吗？比如切断电源什么的？”

“那东西一旦被切断电源，就会自动向警方发送异常警报，所以切断电源的方法是行不通的。不过可以通过改造的方法，让摄像和录音功能暂时失效。”

“暂时失效？”

“就是强行将输入端和机器内部记录器的输出端相连接，当然是需要一个转换接头的。这样一来机器就会将原本录好的数据重新再录入一遍，大概半天之内都无法正常工作。”

“这个方法就挺好呀。”

“可是想把市内的安保探头全部一个一个都改造了，是不可能的。”

“又来了，又动不动就宣布不可能了。”平野晶不快地说道。

“如果你想潜入某栋建筑，想让附近几台机器失效，这方法是挺有用，”他有些支支吾吾，“市内全部的话……”

“要是在安保探头附近制造巨大的声响，会怎么样？”樋口晴子说出了自己的主意，“有时候为了不让某人的声音被听到，不是可以制造噪音以干扰其他人听到吗？”

“你在说什么呢？”平野晶紧皱着眉头，可菊池将门却“哦”了一声，表示自己听明白了。

“人听到巨大声响的时候不是会被其吸引注意力吗？就和这个原理一样，我在想如果在安保探头附近放个收音机什么的，它会不会也能将注意力集中过去？”樋口晴子解释道。她以为自己一定要被嘲笑了。

“有点道理。”菊池将门竟然这样回答道，“那东西，说是可以保存半径几十米甚至是一百米内的所有声音和影像，但实际上全部保存是很困难的，存储容量毕竟有限。而且，一旦有突发性的声音出现，也会占据相应的存储空间，据说还会导致画质下降。”

“是真的？”平野晶很惊讶，“花了那么多税金、搞那么大阵仗、说得那么天花乱坠，结果就这点本事？”

“花了那么多税金、搞那么大阵仗、说得那么天花乱坠的东西，其实大体上也就这点本事。”菊池将门内疚地说道。

“使用声音干扰这个方法随时可行吗？”樋口晴子迫不及待地问道。

菊池将门抱起胳膊，显得有些为难，过了一会儿才说：“主要是我想不出什么制造杂音的方法。”

“确实。”

“晴子你其实也没有具体的想法？”

“没有。”樋口晴子老实地回答。

“那，安保探头有没有死角呢？”平野晶问道。

“有啊。”菊池将门也回答得很老实，“安保探头背面接头处的影像是最容易虚化的，很难看清楚。一般只要待在那里不出声，肯定不会被发现。”

“不过，也总不能一直蹲在死角藏着不动弹。”樋口晴子苦笑。

“每天都有像将门这样的去做清洁工作，的确很容易被发现。”

“那倒是。”菊池将门也表示同意，“我管辖的范围大概占市内三分之一左右，剩下的区域，一定逃不过其他清洁员的法眼。”

“清洁和调试工作每天都要进行吗？”

“每个探头大概隔三天清洁一次。但是因为昨天的事件，警方的神经现在也很紧绷，要求我们早晚各检查一次呢。”

“早晚各一次……”樋口晴子将手放到嘴角边，努力思考，却没想出什么点子来。

“好啦晴子，你替前男友着想的心情我们都理解，但是有难度的事毕竟就是有难度。”

“可是光有心思什么忙也帮不上。”

菊池将门保持着抱胳膊的姿势，仍在苦苦思索，不时地“嗯”两声。

“加油想想办法呀，将门！”平野晶在旁边给他打气。

“想想办法吧！”樋口晴子也夸张地做出祈求的动作，可菊池将门很快便摆出双臂交叉的姿势放在胸前。“不可能。”他最后还是宣判了不可能。

是嘛。樋口晴子垂下了肩头。她想再添杯水，于是回头找服务员，却发现入口附近的桌边坐着一个熟面孔。那人正在看报纸。“那么，如果我又想起了什么，可以给你们打电话吗？”她看着两人说道。

“我今天晚上就要去调试，所有安保探头都得巡视一遍，有什么需要你就打电话。”菊池将门不知什么时候已经在餐巾纸上写好了自己的电话号码，递了过来。

抱歉在你上班时给你打电话，樋口晴子刚这么说完，平野晶就答道："像这样的事你随时找我。"她显得很豪爽，真不好评价她这番话该算是有责任心还是没有责任心。平野晶和菊池将门站起了身。"哎？你不回去吗？"

"我还想在店里多坐会儿。"

"真是巧啊。"

平野晶二人离开还没几分钟，就有两个男人站在了樋口晴子面前。

"这是第几次巧遇了？"樋口晴子保持着坐姿，抬头看着近藤守。他的西装皱皱巴巴的，领带也歪了。樋口晴子明明什么都还没说，他却自顾自地坐在了桌子对面。站在他身边的高大男人看上去就像一个格斗家，留着短发，面部轮廓清晰，不知为何头上竟戴着一副大大的耳机。他和近藤守一样面无表情，一声不吭地就坐了下来。

"真的只是偶然。"近藤守说着，表情好似一张面具，"生气了？"

"生气倒没有，但总感觉自己受到了监视，不舒服。"樋口晴子回答的同时还在思考自己的行踪为何会暴露。给平野晶的电话控制在了三十秒以内，为的就是不让通话内容被记录。难道对方的手段其实更为简单，直接监控了自己的电话或者是在家里安装了窃听器？

"我们并没搞什么监视，只是看到樋口小姐进了这家店而已。"

听他这样一说，樋口晴子看了看店门外。马路对面的绿化带里正好竖着一个安保探头。就是它了。可能几个人进咖啡店的时候刚好被那玩意儿拍到，把近藤守引来了。"你们就这样紧追着平民百姓不放，有意思吗？"

"这是我的工作。"

"嗯，也对。"

近藤守身边的高大男子好似一尊金刚力士像，坐在那里一动不动，连嘴都不张。樋口晴子甚至怀疑他有没有呼吸。

“刚才那些人跟您是什么关系？”近藤守开口道。

“你自己去查一查不就知道了？”樋口晴子叹了一口气，“是我从前公司的同事和她的男朋友。我们只不过见面聊聊天。”

“你们是怎么取得联系的？”

明白了。樋口晴子在心里想。由于自己给平野晶打去的电话在三十秒之内挂断了，并未留下记录，所以警方无法掌握自己和平野晶的联络方式。“大概一个星期前我们偶然在路上遇到，那时候就约好了今天要见面。”她决定说谎。对方就算是在监视自己，也只可能是从昨天才开始。

“是吗？”近藤守的声音里不带任何情绪，樋口晴子也不知道究竟该信几分。

“青柳还在逃？”

近藤守直勾勾地盯着樋口晴子，似乎是想捕捉她的任何一个细节。“你希望他能一直逃下去吗？”

“怎么会呢。”樋口晴子还是坚持随口说谎来应付，但总觉得心里憋了股气，“近藤先生有几分相信青柳是凶手？”

“什么有几分？”近藤守回答，“我确信他就是凶手。”

“你觉得区区一个青柳那样的普通市民，能犯下那么大的案子吗？”

“很多大案都是普通民众犯下的。”

“我倒是觉得肯定也有不少冤案吧。”

“您想包庇青柳？替谋杀首相的罪犯开脱？”

樋口晴子用吸管将剩下的冰可可一口喝光，冰块发出一阵清脆的声响。近藤守旁边的高大男子凝视着杯中残留的冰块，樋口晴子拿着吸管的手不禁发抖。

“我们能理解那种不愿相信过去的朋友是凶手的心情……”

樋口晴子打断了近藤守那死板的声音，说道：“你们能明白就好。”她试着露出微笑。

近藤守的表情没有任何松弛，但也没有愤怒，他站起身。“如果有情况，请一定通知我们。”

樋口晴子觉得，面无表情的近藤守和好似岩石般的高大男子散发出无形的压迫感。那是一种冰冷的气势，恐怕只要有命令，他们并不在乎当场痛殴自己，甚至不惜开枪。

青柳雅春

“我姓保土谷，叫保土谷康志。”

顺着逃生楼梯上到二楼来到走廊后，男人将青柳雅春带到了西边尽头的一间病房。

“这里是你的病房？”青柳雅春问道。床上没有被褥，窗帘也一直拉着，并不像有人住的样子。

“总在紧急逃生楼梯那里说话多危险？这间房是空的，虽然很大但空调坏了，所以一直没人住。我的病房是另外一间，有时偷偷来这里歇歇脚。”

“你的腿怎么啦？骨折？”

保土谷康志双腿都打着石膏，似乎行走很不方便，可他将拐杖拿在手上，就好像在摆弄着从路边随意捡来的小树枝，怎么看都不像个腿脚受伤的病人。

“双腿骨折，不过其实已经好了。我觉得住院也不错，所以决定在这里长住。这石膏取下来也很方便。”说着他便要演示取下石膏。

青柳雅春在昏暗的室内环视一周。阳光穿过了窗帘的缝隙，灰尘在其中上下翻飞，那情景看上去竟十分优雅。住院时间可以随意延长吗？他感到奇怪，于是问对方。

“我呀，其实说白了，走的是歪门邪道，这也是靠朋友替我安排的。”他回答道，看上去挺自豪。

“歪门邪道。”青柳雅春学舌般地重复了一遍。

“你笑什么？”

“自封歪门邪道还挺骄傲的人在这里吃章鱼烧，我一直正经踏实地过日子，竟然得偷偷摸摸地四处逃命，这也太不公平了。除了笑我还能怎么办？”

“我懂我懂，你的心情我理解。”保土谷康志随口应道，“其实我也差不多开始厌倦这种日子了。正好，你的事来了，电视一下子就变得有意思了，我的住院生活也就跟着充实了起来。”

“凶手就在眼前，你不去报警吗？”

“你还想我去报警不成？”

“我可是震惊全国的大案的凶手。”

“第一，”保土谷康志竖起了一根瘦削而骨节分明的手指，“我不是那种善良的普通百姓。刚才也跟你说了，我走的是歪门邪道。所以，我的头脑里根本没有作为百姓去报案的义务。接下来第二，”他又竖起一根手指，“我并不是那么相信你就是真正的凶手。”

窗帘突然被风吹开了一些，耀眼的阳光照射着保土谷康志，给人造成了错觉，感觉他看起来正放出光芒。

“你面对庞大的搜捕网，独自一人试图逃脱，不知什么原因竟跑到了这家医院。唉，我也知道，你一定逃得很辛苦。”

“我现在唯一能做的就是逃了。”

“如果我现在报警，本就处于劣势的你，处境将更加艰难。我认为这也很不公平。”他不知从哪儿掏出了一个挖耳勺，竟当着青柳雅春的面掏起了耳朵。仔细一看，原来是刚才他吃章鱼烧时用来戳章鱼烧的牙签。这种用法真的卫生吗？青柳雅春目瞪口呆。

他觉得现在不是跟这样一个自以为是的家伙纠缠的时候，想了想只说了句：“那真是十分感激。”

“你虽然很拼命，不过……可惜啦。”

“可惜？”

“差不多也快到走投无路的时候了吧？这种事情我还看得出来。”保土谷康志摸着下巴，一副笑嘻嘻的模样，眼角都塌了下去，“是不是要被将死了？”

“这才刚开始呢。”

“没想到你还挺坚强嘛。”

“也算不上坚强。只不过从昨天开始经历了太多事，很多人嘱咐我坚持逃下去。让人家这么一说，我渐渐也生出了使命感。”青柳雅春坐了下来，背靠在床头。

“你还打算怎么逃？”保土谷康志拿刚才还用来掏耳朵的那根长长的牙签指着青柳雅春。戳章鱼烧，掏耳朵，又要拿来指人，这牙签可真够忙的。

“事到如今，我打算开车强行突破。”

“突破警方的关卡？”

“我以前当过快递员，开车技术还挺好。”不知道警方在仙台市内布下了多少关卡，但只要他不怕冲撞和伤痛，做好强行冲关的心理准备，还是有一搏的可能性。关卡是留给那些老实排队等警察来查身份证的人的，对于不怕暴露、勇往直前的车来说，不就一点用都没有吗？

“不可能。”保土谷康志斩钉截铁地说，“刚才新闻也播了，仙台市周边部署了大量的拦截屏障，就是为防万一。”

“今天跟昨天比起来应该已经松懈了很多才对。”

“可是，如果仅凭一辆车从正面冲撞的话，肯定是当场毙命。撞也得撞死。”保土谷康志嘲笑般地说着，脸色忽然严峻起来，“你小子，不会觉得死了也没关系吧？”

青柳雅春的表情没有变化，也没有回答。

“你该不会觉得反正要被抓了，不如死了好吧？”

青柳雅春仍旧没有开口。

“没有意义。死了并不代表你就成功逃脱了。”

“我如果就这样死了，大家肯定觉得不过瘾吧。”

“谁？”

“看电视的各位。”

“你还在乎那些？”保土谷康志的嘴张得老大。他挥舞着手中的牙签，好像一名乐队指挥，“好吧！那——”他右手一搓，打了个响指。“你反正也没什么主意，不如我告诉你一件好事吧。”

青柳雅春目不转睛地看着保土谷康志。刚才照在他身上的阳光已经不见了，如今他全身上下都融入一层稀薄的黑暗之中，难以辨清轮廓。

“小子，从下水道跑吧？”

青柳雅春

保土谷康志关于下水道的提议甚是离奇，而且太过可疑和诡异，青柳雅春甚至觉得房间里都飘着一股下水道的味道，害怕有人循味而来。

“我的同伴们之前计划去偷来着……”保土谷康志说，“当时仙台市的博物馆里放着一颗硕大的宝石。”

“确实有那回事。”青柳雅春记得当时的快递员同事里有人参与过宝石的运输工作，回来后一直引以为豪。“你们把那个给偷了？”

“没有没有，只是计划而已。”保土谷康志有些害羞，一屁股坐在没有被褥的床上，矫捷地抬起仍打着石膏的腿。“当时我们就想，如果警察拦路设关卡的话，就走下水道逃脱。”

“下水道？”青柳雅春想象着那满是污水的地下通道。

“这下水道啊，分为通雨水的雨水管道和通厕所等生活污水的污水管道。污水管道二十四小时都有生活污水流通，所以没法用。这雨水管道嘛，只要天晴就没问题。有些地方的雨水管道够大，人在里头移动完全没有问题。”他说，“仙台市里以前污水和雨水曾共用一条通道，但不久前全部都改成分流了。大概是几年前的事吧。也不知道是从哪里拨来的预算，估计应该有人从中大捞了一笔吧！”

“据说能让那些大人物动心的只有利益。”青柳雅春想起了三浦不久前说过的话。

“你心里清楚得很嘛，一点都没错。真该把这些写在教科书上。”

“你是建议我从地下管道逃跑？”青柳雅春试探着问道，“它们从哪里开始又到哪里结束呢？可以走多远呢？”

“想离开仙台是不可能的。基本上，能过人的直径一百八十厘米左右的管道所覆盖的区域十分有限。而且，雨水管道最终通往的要么是河流，要么是雨水处理厂的抽水机。也就是说，想从雨水管道逃往其他县市是行不通的。”

保土谷康志说得很理所当然，青柳雅春听起来却莫名其妙。“那根本还是逃不了啊？”

“嗯，也是。”

青柳雅春真是哭笑不得，但也并没有生气。“确实也没什么好办法。”

“不过，必要的时候还是用得上。这就和魔术师变魔术一样，首先在这边设法吸引观众的注意力，然后在相反的另一边突然蹦出来，出人意料，效果也不错。同样的道理，从这个下水道井盖进去，从另一个出来。市区里有几条还不错的路线，我之前调查过。”

“下水道井盖有那么容易搬动吗？”

“那玩意儿，大部分是靠重量压在洞口的，只要有力气，就能搬得开。不过，直径六十厘米的井盖差不多也重六十多公斤吧。如果想从下面往上推开，的确十分困难。从外面的话呢，有这种钩子，可以先扣上再搬开。”保土谷康志说着，两只手还不停地比画，看上去好像在摊大阪烧一样。

青柳雅春试着想象自己站在道路中央，掏出工具试图搬开下水道井盖。“太诡异了。井盖还没搬开恐怕就要被发现。”

保土谷康志很得意地咂了咂嘴，笑嘻嘻的脸让青柳雅春备感熟悉，苦苦思索后才想起来那张脸像极了想到无聊恶作剧时的森田森吾。他差点就以为是森田出现在自己面前了。“也是。不过当初我们计划的时候，曾打算用仿制品做手脚。”

“什么仿制品？”

“下水道井盖呀。”

青柳雅春一下子没反应过来。下水道井盖的仿制品，听到这个词，他只能联想到塑料制作的迷你城镇模型。

“那玩意儿跟下水道井盖几乎一模一样，但是轻不少，很轻松就可以拿起来。所以当初计划去博物馆偷宝石时，打算事先将博物馆附近的下水道井盖全换成仿制品。这样一来逃跑时就可以轻易打开，潜入地下啦。”

“你们还专门事先跑去换了井盖？”

“偷完东西再去折腾井盖，肯定是要被盯上的。但如果是事发之前，一切平安无事，也不会有人太过警惕。不是吗？”

“但换作是我现在的情况，就不一定那么顺利了。”

“如果你有要用的打算，就联系我吧。”保土谷康志说得很轻松，仿佛那种“没事时约我喝酒”般平常，他翻过原本用来盛章鱼烧的纸，写下一串手机号码。“给我打电话。”他将纸叠好交给青柳雅春，“不过，如果赶上下雨就泡汤啦，人藏在里头的时候水来了可不得了。还有，你接下来打算怎么办？”

“首先得顺利从这所医院出去。刚才就有人觉得我可疑，还追了一阵。”

“你不可疑，你就是个刺杀首相的凶手而已。”

“我开了一辆车来。”青柳雅春想起了刚离开的五〇二号病房，想起了那具躺在床上流血不止的男尸，还有瘫坐在窗户边半睁着眼死去的三浦。他在考虑是否应该告诉保土谷康志楼上有尸体，但转念一想，此时多生枝节无益于自己逃命。

“那么，我就送你上车吧。”保土谷康志说完，打着石膏的腿居然直接踩到了地上。

“你那骨折没事啊？”青柳雅春故意打趣道。

保土谷康志则莞尔一笑，又忽然皱眉。“痛啊，痛死我了。”

“我带你走的是我溜出医院时常走的路线。”走出病房后，保土谷康志说，青柳雅春在后面跟着。二人乘坐用来搬运行李的大型电梯下到一楼，顺着一条细窄的医护人员专用通道前进。刚才追青柳雅春的那些人已经不见了踪影，或许他们已经放弃了。

前台坐着一个细眼睛、白头发的女人，看上去很困的样子。保土谷康志和青柳雅春路过时被她瞪了一眼，保土谷康志见状立刻低下头，而她则露出一副无可奈何的表情，好像校医务室的老师见到了正打算偷偷溜出学校的坏学生似的。

走出大楼后，青柳雅春才发现太阳已经快下山了，四周渐渐暗了下去。

“你呀，如果有一天要被抓住了，”保土谷康志边走边对青柳雅春说着，脸上带着前所未有的严肃，“最好选择在被广泛关注的情况下。周围有电视台摄像机，围观的人挤得满满的。”

“这样大家就会心满意足了？”

“不是那个意思。众目睽睽之下，警察也不好随意开枪。”

从昨天开始，警察已经好几次朝青柳雅春射击。可即便如此，中弹这回事他却总感觉是那样不现实。

“我觉得你不是凶手，恐怕事实上你也不是。可是警察却在追捕你。也就是说，警察想让你成为凶手。”

“我同意。”

“那么最简单的方法就是制造混乱趁机将你射杀，杀人灭口，一了百了。”保土谷康志向前伸出手中的拐杖，做出开枪射击的动作，“这种情况下，你最好尽量出现在大量围观者的面前。他们再怎样，也不敢在电视直播的情况下鲁莽开枪。”

青柳雅春想起拿岩崎英二郎做人质最终逃脱警方围捕的时候。当时也因为附近的公寓阳台上有太多目击者，警察才犹豫了没有开枪。反过来一想，如果没有目击者，很有可能他们甚至连岩崎英二郎都要一起射杀。

青柳雅春来到停车场，看见了自己的车。“我真的要被将死了吗？”他轻声说道。

“嗯。”保土谷康志咕哝了一声，拄着拐杖挠了挠鬓角，“差不多吧。”

樋口晴子

同平野晶他们聊完又和近藤守周旋过后，樋口晴子离开了那家咖啡店徒步回家。步行街上行人很多，一天前的那件大事在这里似乎已经完全没了痕迹。她来到可以看到爆炸现场的地方，那里站着好多身着制服、表情严峻的警察，四周也拉着禁止入内的警戒线。仔细一看还能发现很多摄像师和记者的身影，可能是被紧急派来仙台的，正匆匆往来。看到他们，樋口晴子才觉得这城市还是和以往不一样了。街道上还有好多店面都紧关着门，挂着临时休业的牌子，好像是想暂时避开这一阵纷扰。

樋口晴子离开大道，走上旁边的一条小路后继续朝北前进。中途她试图走地下通道，却发现往下的台阶上聚集着一群年轻人，让她吃了一惊。他们都穿着颜色鲜艳的衬衫和西装外套，没有系领带。可能是樋口晴子想多了，她总觉得他们在看着自己偷笑。

她知道这只是自己的被害妄想症，匆匆忙忙地路过那群年轻人，走进地下通道。自己的脚步声似乎在催促她赶快走，走得快了之后脚步声又更急迫，到最后几乎是小跑着前进了。穿过地下通道后通往地面的台阶，樋口晴子是两步并一步上去的。回到地面后，她双手叉腰调整着呼吸。

四周已经暗了。樋口晴子感觉自己每粗重地喘息一次，天空都跟着走下一级台阶，让周围更加昏暗起来。

“哎？警察刚来接走了呀。”樋口晴子回到公寓，去邻居家接七美的时候，一向稳重的望月八重子面色担忧地跟她说道。

樋口晴子的脸一瞬间没了血色。看着那煞白的脸，望月八重子似乎也明白了事态的严重性，脸也跟着苍白起来。她或许也明白自己刚犯下了严重的失误，感到了恐惧。只见她下巴不停颤抖，哆哆嗦嗦地说出了“警察手册”几个字。难道是假的？她用手捂住嘴，近乎自言自语般说道。

“我看应该是真的。”樋口晴子来回看了看走廊。正因为是真正的警察才棘手。“多久以前走的？”

“就刚才。你上来时没碰着？”

“没碰着。”

“刚刚才走的。来了两个人，说什么樋口小姐受伤了……”正解释理由的望月八重子并不像是要替自己开脱，只是单纯地因为担心和不安而乱了手脚。

樋口晴子慌忙道别，转身就顺着走廊跑了起来。电梯还停在一楼，她实在无法这样一直等下去，于是冲进了旁边的逃生通道。虽然只是三层，但顺着螺旋状楼梯往下时，有好几次她都感觉膝盖要裂开似的。她手握着栏杆，几乎是旋转着冲下去的。如果七美出了什么事——内心的自己正在反复呓语。如果出了什么事，如果出了什么事，她也跟着自言自语，但除了“如果出了什么事”之外，她实在不知道往下该说什么。跑到一半时她脚底一滑，一下踩空了好几级台阶，最后摔着了臀部。痛觉来袭之前，头却先晕了起来。到一楼后，她摇摇晃晃地跑向公寓正门的马路，看到了一辆黑白两色的警车，还发现几名身着制服的警察就在附近。她感觉双腿沉重，但无暇理会。眼前是电线杆和栅栏，所以对面的情况看不清楚，这更令她焦急。她下意识地搜寻着女儿的踪影，视线四处游荡。女儿并不在刚才看到的那些警察身边。

继续跑了几步路之后，才发现警车旁边还有两名警察，还有一名女子正与他们相对而立。只见她腰板笔直，一头短发，穿一件清新的粉色薄外套。是鹤田亚美。她的儿子鹤田辰巳躲在她身后，旁边就是七美。

“七美！”樋口晴子大喊一声冲了过去。两名警察朝她看了一眼。

警察对面的鹤田亚美的表情稍稍有所缓和，像是在笑，又像是独自和警察对峙时的紧张所造成的痉挛。“樋口小姐，刚才……”

“樋口女士。”其中一名警察开口道。

“你们为什么带走七美？”樋口晴子直接问道。她的呼吸有些急促，没想到自己竟会发出这样大的声音。“还扯谎说我受伤了。这是你们该做的事吗？”

“我们可没那样说过。”右侧的警察说。

骗子！樋口晴子在心中呵斥。

“只不过青柳雅春很有可能来找樋口女士……”左侧的警察说。

“很有可能又怎么样？”

“等到您女儿发生危险就迟了，所以我们想先将她带往安全的地方。”

“你们竟变成这种连撒谎都面不改色的成年人。”樋口晴子感到自己的呼吸愈发粗重了。刚才跌倒时摔到的臀部此时开始阵阵刺痛。痛觉和激动掺杂在一起，让她怒不可遏。“青柳雅春在做什么、在哪里，我根本不知道，但是我知道他比你们这种人要安全得多。”

两名警察没有表情，只是用他们那如同镜头般的眼睛盯着樋口晴子。七美立刻走到樋口晴子身边。鹤田亚美说：“我刚才正打算去你家，结果就看见这两名警察正带着七美往外走。”可能是由于紧张，她的声音飘忽不定，语速也很快，“我问他们出了什么事，他们居然不理我，打算强行带孩子走。”

“这些人，好可怕！”鹤田辰巳指着警察。他很害怕，同时还很气愤。“真可怕！”

此时的七美紧紧地抓住了樋口晴子牛仔裤的腰带。

“你们不经我同意，想把我女儿带到哪里去？”

“刚才不是跟您解释过了吗？”警察很冷静，“去青柳雅春不知道的地方。”

“我们是提供保护。”另一个人说，“您也请跟我们一起。”

面对警察这种厚颜无耻的态度，樋口晴子感觉气不打一处来，但转念一想，与他们对抗也不是上策。“我们用不着你们管。”她一字一句地说。

“樋口女士，这不是上门推销，说拒绝就拒绝。”

“我已经多少年没见过青柳了，这事跟我们完全没关系。”

“您现在这样讲，真等到有事情发生的时候就晚了。”左侧的警察说道，语气里带有某种威胁，似乎在暗示对方如果现在不合作，出事时就休想得到他们的帮助。

“你们只需要在我们有困难的时候帮忙就够了。”

“妈妈，走吧，这些人好可怕。”鹤田辰巳拽着母亲的衣服下摆往面包车的方向望去。

鹤田亚美趁机说道：“樋口姐，我们走。”

樋口晴子立即应和，此时不必问要去哪里。

“等等！”警察发出一句尖厉的嘶吼，听上去根本不像是来自于保护普通百姓的使命感，反而充满了喝止犯罪嫌疑人时的威严。

“也不知道刚才的那些警察想带走七美，到底是打算干什么。”鹤田亚美在车上手握着方向盘，通过后视镜看着樋口晴子。车里比想象中宽敞许多，后排的鹤田辰巳坐在儿童安全座椅上，樋口晴子和七美坐在旁边也不觉得挤。鹤田辰巳和七美已经忘记了警察那回事，正一起玩着一个小小的手机挂件。

“依我看，那些警察是怕我做出什么多余的事妨碍他们，所以想把我带到容易监视的地方看管。”他们一定觉得，只要带走了七美，樋口晴子必然会无条件地跟过去。

“多余的事？”

“比如给青柳提供帮助。”

“帮助？你能怎么帮？”

“我要是能，早就帮了。”

听樋口晴子这样一说，鹤田亚美也笑了。“你还真要帮他呀。”

面包车平稳地前进。每当遇到转弯时樋口晴子都要往车后瞟一眼，观察是否有车跟踪。

“对了，鹤田小姐，七美被带走时，多亏你替我拦下了他们，真的谢谢你。”樋口晴子一直以为鹤田亚美对警方从未有任何怀疑，她能跟那两个警察对峙着实令人意外。

“不能相信警察。”鹤田亚美轻声说道。她像是在说给自己听，又像是在下某种决心。“他是这样告诉我的。”

“谁？”

“小野。”

“哦？”樋口晴子说完才意识到，鹤田亚美还没说这是要去哪里。“我们现在是要往哪里走？”

“医院。小野刚才醒了，所以我才来找你。”

可能是因为前来就医的人变少了，现在的医院比起早晨安静了不少，让人联想到放学后的小学校园。他们从停车场直接进了医院后门，往住院楼方向走去。“医院来电话了，说小野恢复了意识。于是我就去见了一面。”鹤田亚美说，“估计他父母也快到仙台了。”

下电梯后，一行人径直往病房走去。鹤田亚美正打算伸手开门，里面走出来一名医生，差点跟她撞上。医生的头发黑白参半，头顶有些稀薄，也不知为何几乎没有眉毛，细鼻梁，嘴角周围堆积了很多皱纹。这副模样也不好说他有没有医生的气质，也看不出是名医还是庸医。

“小野怎么样？”鹤田亚美连忙问道。

“情况不算好，但也没有恶化。”医生回答。他的语调虽有些死板，但在樋口晴子听来要比近藤守和刚才的那些警察有人性得多。“患者的精神有些恍惚，请尽量让他多休息。明天我再来检查。”

樋口晴子站在鹤田亚美身后听着二人对话。她真想插一句：“哪儿还有那个时间！警察肯定一会儿就来问东问西了。”

病床上的阿一缠着绷带，眼睛周围的肿胀也还没有消，但他见到樋口晴子后，还是故意以撒娇的声音叫了一声“樋口姐”，还是学生时代的感觉没有变。

“好久没见啦。”樋口晴子尽量以轻松的语气回答。

“好久没见啦。”七美也学着她的模样。

“七美呀，你还记得我吗？”

“不记得。”七美直白地回答。

“怎么弄成这样……”樋口晴子弯下腰，凑近了打量着阿一的脸。看到他那些瘀青和伤痕，自己都似乎要痛得叫出声来。“真是受罪呀。”

“真正受罪的是青柳学长。”阿一说道。

“听说是青柳把你打成这样的。”

“你说新闻上？真是叫人心寒。”阿一叹了口气，“全是谎话，刚才我听亚美说，青柳学长暂时还没被抓到？”

“暂时、还没有。”樋口晴子微微点头。

“小野，说我妈妈的名字时得加上尊称。”鹤田辰巳神气活现地说道。

“樋口姐该不会怀疑青柳学长吧？”

“我早知道答案了，我看到纸上写的东西了。”

“什么纸？”

“有一辆破车，遮阳板后面夹了一张纸，我拿出来打开一看，上面写着‘我不是凶手’几个字。”

阿一听了当然没当真，而是苦笑了一声。“樋口姐，你现在怎么也贫起嘴来了，以前你可是挺正经的。”

“对了，真是青柳来救了你？”

“我当时已经快失去意识了，不过还是记得很清楚，就是青柳学长。但那些警察简直坏透了，把我打得不像样子。”

“打你的真是警察？”樋口晴子觉得一定要问清楚。

“证据我拿不出来。他们说自己是警察。哦，对了！那个在电视上讲话的侦查负责人好像也在。”

“真的？”樋口晴子的声音变大了，“就是那个佐佐木什么的？”

“真的。我记得应该在。”

“他为什么要干这种事？”

“是我出卖青柳学长在先。”阿一望着天花板，露出自嘲般的笑容。

“究竟是怎么回事？”

“昨天，金田首相的事件刚发生，我家里就接到了警察打来的电话。说‘如果青柳雅春联系你，就立刻报警’。一开始我根本不知道他说的是什么意思，还以为是恶作剧呢，后来他们说青柳学长是重要的关系人。”

“嗯？怎么会那么快？”樋口晴子难以掩饰震惊的情绪，“那时候还无法确定青柳雅春是凶手吧？”电视上也是今天才刚开始播。

“就是啊。而且我也好久没跟青柳学长见面了，也觉得他不会打电话给我，但对方又说‘为防万一，我们或许会检查你的通话内容’。他们以为只要说得客气一点就可以为所欲为呢。”

“什么或许会检查，他们就是要监视。”樋口晴子板着脸，语气很强硬，“我和鹤田小姐都受到了监视，这也太不正常了。”

“不过，当时我也确实认为没什么关系。我压根儿没想到青柳学长会给我打电话。”阿一似乎因为自己的疏忽而感到羞耻,脸有些扭曲，这让原本就疼痛的脸更加疼痛了，“我想当然地以为根本不是什么大不了的事。可就在我跟警察打电话时，青柳学长居然就打了我的手机，还留下了语音消息。不过只有一句‘我是青柳’。”

“我总觉得青柳他……经常挺不走运的。”

“一点没错。”阿一笑了，“之后又过了一会儿，我给他回了电话，可一想可能警察也在听，又不知道该怎么说才好……这事该怎么处理，我也不知道，该不该报警也很纠结。我也想告诉他情况特殊，但又没法说。他又要到我这里来……警察又给我打电话……我都蒙了，只好让他先去附近的餐厅等我……”阿一的话从中途开始就没在解释过程，而是变成了只言片语的忏悔，甚至让人感觉有些支离破碎。

“你用不着这样自责。”樋口晴子道，“你想想，青柳他在这种危急关头给你打电话求助，不正好证明你值得信赖吗？”

“再怎么样，他也不好去找你吧。”

“连警察一开始都没给我打电话。”

“警察肯定也相信，分了手的恋人就形同陌路了。”

“唉，说形同陌路倒是也没有错。”樋口晴子尽量显出轻松的神态。或许警察其实也往自己家里打过电话？她心想。只是那时候她正和平野晶在外头吃饭，没有接到而已。

“我辜负了青柳学长的信任。”阿一垂头丧气地嘀咕了一句，看上去有些沮丧。

樋口晴子

“对了，我睡觉的时候做了个梦。”阿一的手腕动了一动，可能是想配合说话的内容打个响指吧。这一动作或许弄疼了手臂上的伤口，他的脸都揪到了一起，手上的动作也停止了。

“什么梦？”樋口晴子问。

“就是大学我们一起去旅行的时候。去了山形附近的温泉。”

“是有那么回事。”大三的时候，社团的那些老面孔外加各自熟识的朋友曾一起去旅行过。由一个以在快餐店闲聊为主要活动的社团所组织的旅行，当然也不会有任何有意义的安排，最终大家只是泡了温泉，然后就是不停地聊天。“都说要找一家有韵味的温泉旅馆，结果却是规规矩矩的酒店，大家都很失望。”

“什么规规矩矩的酒店，就是一间破酒店而已，又破又没有格调，要我说呀，就是因为让森田学长去负责才搞砸了。”阿一十分怀念地说道。当提到森田的名字时，他的表情发生了明显的变化。樋口晴子将这些看在眼里，猜测阿一也已经从鹤田亚美那里听说了森田森吾的事。她决定避开此事不谈。“我做的就是关于那件事的梦。”

“准确来说，那不是梦，而是实实在在发生过的事。”

“当时住了三个晚上吧？酒店里的大型浴场大家都去了好多次。”

“那浴场里的水是不是真的温泉，我觉得也值得怀疑。”这件事她早已遗忘，但在阿一的提醒下，记忆的片段又不断地涌了出来，好像有一把钥匙打开了一个柜门，柜子里的东西接二连三地掉落了出来。

“嗯。然后第三天晚上大家去洗澡时，好多人都惨叫来着。”

“惨叫？”

“‘哎呀’‘呜哇’乱叫一通，因为他们搞错了洗发水和护发素。”

“什么意思？”鹤田亚美插嘴道。受了这么重的伤，恢复意识醒来后却说起了洗发水和护发素，让她很是摸不着头脑。

“洗发水、护发素和沐浴露是用三个瓶子分开装的，因为每天都要用，大家都记住了每个瓶子的位置。有趣的是，每次要用的时候都是靠瓶子的顺序和位置来分辨，并不专门确认。”

“我可是每次都看。”樋口晴子特意说明。

“到了第三天晚上，浴场里所有瓶子的顺序都被做了手脚，洗发水和护发素的位置被对调了。”

“谁干的？”

“森田学长和青柳学长。”阿一笑了，眼皮在肿胀的脸上颤抖。

“为什么？”

“为了逗大家呗。因为一直记顺序的，这下子全搞错了。而且森田学长自己也中了圈套，一上来就用错了护发素。”

“真是够无聊的。”樋口晴子对着病房的天花板轻声说出这句话，如同吐出一阵烟雾。

“确实很无聊。”阿一说，“为什么那个时候，大家可以因为这样无聊的事情那么开心呢？”

“小野，你哭了吗？”鹤田辰巳凑了上来，乐呵呵地摸了摸阿一湿润的眼角。阿一嘴角上扬，没有回答孩子的问题，而是哼起了英文歌曲。

“披头士？”樋口晴子问。那旋律她听过。

“*Golden Slumbers*.”阿一停下歌声回答道，“Once there was a way

to get back homeward.”他重复了这一句，“我总有这样的想法，现在已经回不到过去了。虽然曾经有那样一条路，但不知何时大家都渐渐老去了。”

确实如此。樋口晴子心想。转瞬之间每个人都走出了学生时代悠闲、无所事事的生活，进入社会，穿上西装和制服，相互不再联系，过着各自的日子，活下去。可能没有多大的成长，但确实在一点点地改变。“青柳的人生，实在太过出人意料。”

“最不想的就是变成他那样了。”

阿一说得十分逗趣，樋口晴子也忍不住笑了出来。“还真是。”

身后病房的门忽然开了，并没有敲门声。一回头发现了一身西装打扮的近藤守。

“小野先生，我们有很多事情想问您。”面具般的脸开口道。

“我的证词你们肯定不会听。”阿一看着天花板嘀咕道。这是当然了。对阿一施以暴行的就是警察，现在他们说来取证，其实应该只是想来堵住他的嘴而已。

“他身上现在有伤，有事要问等好转过后。”鹤田亚美激动地起身说道。

“算了算了。”阿一立刻拉住她，“有什么想问的，你们就问吧。”

近藤守和另一名没见过的警察一同走进病房后，低头看着樋口晴子，咄咄逼人地说道：“可以请您出去一下吗？”

“小野。”樋口晴子站起身，故意以近藤守等人都能听见的音量说道，“和警察最好搞好关系。你确实受到了粗暴的对待，但你还得考虑将来。答应我跟他们好好说话。否则，他们会很恐怖。”

这不是厌恶也不是讽刺，是她的真心话。警方为抓捕青柳雅春而对阿一做出的那些事甚至可算违法。按道理或许应该跟他们正面对抗，但稍有闪失可能会陷阿一于更危险的境地。可能她太过神经质，但这次的事情疑点太多，无论发生什么都不足为奇。

或许警方原本就打算永远封住阿一的嘴，才下那样的毒手，但没想到他居然醒了过来，这才赶来试图通过其他方式弥补。

如今阿一应该考虑的不是伸张正义或义愤填膺，而是如何能与鹤田亚美和辰巳好好活下去，他必须首先考虑自身的安危。才刚经历了这样的教训，阿一必然也明白这一点。只见他若有所思地点了点头道："我知道，我会注意。"

一直盯着樋口晴子的近藤守一言未发，默默移开了他冰冷的视线。

青柳雅春

自己正驾车逃脱追捕，不知道警方对这一情况掌握了多少。但是，很有可能他们仍认为自己没有能力弄到车。如果是这样，那么现在或许可算是打了他们一个措手不及。这只是一次微弱的反抗、一个小小的优势，但现在的青柳雅春只有更加追求这些小细节。他将便携式游戏机打开放在副驾驶座上关注着新闻，里面还是充斥着那些让他莫名其妙的消息：青柳雅春正沿着高速公路奔跑、青柳雅春拉着一名幼儿园学童走出了一家餐厅、青柳雅春正驾驶一辆大型货车……各种各样的情报五花八门，但没有一条说中了他的现状。也有目击证词说青柳雅春正驾车逃窜，但车型跟他现在所驾驶的完全不同，颜色也没说对。

应该去哪里呢？三浦已经不在，冒充自己的人如今身在何方还是没有头绪，所有的退路都已失去。

青柳雅春茫然地思考着，每当遇到路口时，也只是随意地转动方向盘，毫无目的地前进。他甚至有些自暴自弃，觉得就这样开在路上，遇到警察盘问然后被捕也没什么不好。每当这种时候，心里总有另一个不知是谁的声音在怒吼着“快逃”，使他再次集中注意力。毫无计划，任何时候都有可能被捕，但他还是不甘就这样束手就擒。

稻井家呢？从医院出来后过了很久，他才想到那里。他并不认为这是上策，只是觉得有可能警察找过一次的地方会成为搜查的盲点。

就在昨天，他闯入了因主人独自在外旅行而空无一人的稻井家。虽然很快被警方发现，最后不得不从阳台逃走，但已经过去一整天了，那里的戒备会不会早已松懈了呢？曾经在那个房间暴露过一次行踪，青柳雅春不会傻到还想回去——警方会不会做出这样的揣测呢？“青柳雅春本来就傻。”他轻声对自己说道。

他驾车来到稻井家所在的公寓楼，直接开进空旷的停车场，停在正门旁边的空地。以前送快递时他就常将车停在这里。

熄火后，他下了车。抬头看了看公寓楼，拉着窗帘的房间中有几间映透出室内的灯光。一想到那里就是离走投无路的自己越来越远的平静日常，无奈和羡慕让他直想大声咆哮。他低头掩面，进入公寓楼。路过管理员室的时候他选择了弯腰潜入。乘坐电梯，来到稻井家门前，发现门上依然贴着那张写有“最近出远门，快递请转交公寓管理员，长大之后我就回来”的便条。

青柳雅春拧动门把手，并没有上锁。他缓缓转动把手，将门拉开钻了进去。门口没有放鞋，他转身锁门，将背包卸下拿在左手，脱鞋走进房间。“稻井先生，我又来打扰了。”他轻声打了个招呼，抬脚进屋。

就在这时，他看见走廊尽头的房间门开着，一个男人正露出脸来。此人一头白发，圆圆的脸上写满了惊愕，好像在说“我听到有动静，还以为听错了，所以出来看看”。发现青柳雅春就在面前，他眨巴着眼睛，似乎还有些不大相信。

同样受到惊吓的还有青柳雅春，但在戒备心理和精神紧绷的程度上，他可能更胜一筹。他毫不犹豫地沿走廊冲上前去。对方还没反应过来，青柳雅春已经大体看清了形势。他将背包往走廊一边的盥洗室附近一扔，便扑到了男人面前，左腿顺势架到了对方的右腿一侧，同时伸手抓住了对手的制服衣领，左手一拉，右腿大幅摆动。一定要成功！他在心里呼喊。

大外刈再次奏效。稻井家里的纸箱散乱一地，青柳雅春用这一招将男人摁在了上面。白发警察张大了嘴喘息。青柳雅春的手正掐着他的喉头。

接下来更要孤注一掷。警察挣扎着，右手往腰间摸去，很显然是要掏枪。青柳雅春用尽全身力气压制着对方的行动，用脚踩住对方手腕，用空出的那只手在其腰间摸索，摸到手铐之后立即抽了出来，铐在对方手上。他已不顾一切，疯狂地喘息着，口水横飞。这时如果让对方有机会调整姿势就一切都完了，对此他心知肚明。“对不起了，老伯。”他一遍又一遍地在心里重复着这句话，以至于终于在无意识的情况下喊出了口，只是他自己并未察觉。

男人的双手都被铐上了手铐，腿也被胶带绑到了一起，嘴巴也被胶带封住。“不难受吧？”他让对方靠在墙边后问道。这个双眼充血、鼻息紊乱的男人此时只能不停地上下耸动双肩以持续呼吸，被完全制伏的屈辱和任务失败带来的焦虑令他情绪激动。

松弛的面颊，刻蚀在额头和眼角的纹路，让人感觉他本该性格温顺。刚才缠斗的时候，青柳雅春感觉他身上也全是赘肉而并非肌肉。再怎么看，他也只是个勤勤恳恳、一路安稳、即将退休的公务员。然而，如今的他脸上却写满了憎恶，正狠狠地瞪着青柳雅春。

“对不起，我并不想伤害你。但是我也不想被抓。”青柳雅春从他的制服里找出警察手册，翻开看了看上面的照片和姓名。儿岛安雄。“儿岛先生，你应该知道我是谁吧。”

儿岛安雄瞪大了眼，一脸憎恶地说了些什么，可能是在痛斥青柳雅春“是你杀了首相，我认识你”吧，无奈嘴上封着胶带，听不清楚。

“我不是凶手，我被陷害了。”青柳雅春直勾勾地盯着警察的眼睛说道，希望可以通过严肃而真挚的坦承让对方明白。儿岛安雄摇晃着身体，身为警察的使命感在这一刻爆发，看上去恨不得立刻解开手铐，扯开腿上的胶带，当场将青柳雅春绳之以法。

“是真的，我真没干过那种事。但是不知道为什么，我竟然被当成了凶手，所以才像这样拼命地逃。”

儿岛安雄露出复杂的表情，混杂着轻蔑和嘲笑。

“肚子饿了你就说。好东西没有，我可以把填肚子的让给你。”青柳雅春从背包里拿出压缩饼干给他看，“其实都是从这间屋子里拿的。”他挠了挠鼻子，“还有，上厕所也一样，想去了你就说。但是我躲在这里的这段时间，还不能放你出去。”

究竟打算在这里躲到什么时候？青柳雅春问自己。或者说还能够躲到什么时候？作为问题，后者可能更贴切一些。

一晃过去了二十分钟。儿岛安雄似乎认命了，又或许是疲惫了，就那样靠着墙闭上了眼睛。或许，他已经做好了要在这里送命的准备。如此一想，青柳雅春更加自责，于是试着在其耳边轻声说“我真的不会伤害你”，但他好像睡着了似的并没有反应。青柳雅春于是也坐到旁边抱着腿，头埋在膝盖里。

“我好累。”青柳雅春无意识地说道，有那么一瞬间似乎感觉到儿岛安雄看了一下他，但他并没有抬头。

感觉到儿岛安雄在不停地动来动去，青柳雅春睁开了眼。

“想上厕所吗？”青柳雅春问。儿岛安雄点了点头。“不好意思，马上帮你。”青柳雅春赶忙站起身，扯掉儿岛安雄脚上的胶带。“手铐不能拿，不过你坐下应该没问题。”青柳雅春解释道，随后将其拉起带至厕所。待其关上门后，青柳雅春便在门外等着。别人方便时自己却距离这样近，实在有些尴尬，但也没办法。

儿岛安雄的双手是被锁在身前的，手铐的锁链也有一定的长度，听声音解腰带和脱裤子应该都还顺利，不一会儿就听到马桶冲水的声音，随后从里面传来敲门声。

青柳雅春暗自做好准备，以防儿岛安雄出厕所时突然扑过来，然而他所担心的情况并未发生。儿岛安雄看上去很不悦，但丝毫没有打算反抗的迹象。

回到房间内，青柳雅春让儿岛安雄坐好，再次用胶带将他的脚绑好。胶带的黏性有些弱了，但青柳雅春并未在意，仍继续使用。

“你觉得很不方便吧。真是对不起。等天一亮我就走。”青柳雅春说道，说完之后自己也很意外。真的打算这样吗？在去向和对策都一无所知的情况下，自己真的打算出发吗？

儿岛安雄盯着青柳雅春，似乎也在问他打算去哪里。

“也不能总让儿岛先生你这个样子。”青柳雅春说。他随意地按着手中遥控器的按钮。被推到了墙边的电视机发出低沉的声响，画面明亮了起来。他看了看时间，已经过了晚上七点半。看来自己睡了很久。

“还是老样子，到处都是我。”不管他怎么换台，都是接连不断的关于金田首相遇刺事件的报道。只有一个台似乎不愿意随波逐流，播出了年轻搞笑艺人的综艺节目，青柳雅春便看了一会儿，发现其实并不怎么好笑。他斜眼看了看身旁的儿岛安雄，对方似乎也觉得很无聊，于是又按起了遥控器。电视上再次出现青柳雅春的照片，还有仙台市内的地图，地图上标示出各种目击线索。

演播室内还是老样子，几个评论嘉宾正在发言。“如果青柳真的还潜伏在仙台市内，那么他一定有同伙。我觉得应该集中对老旧住宅区和他学生时代的住处进行排查。”一个曾当过警察的人发言道。“罪犯应该已经很疲惫了，很有可能睡眠不足。不尽快将其找出来，会导致最坏的情况发生。”心理学家说道。

“最坏的情况。”青柳雅春尝试跟着念了一遍。最坏的情况是指他青柳雅春选择自杀，还是放弃希望，挟持人质大闹一场呢？“全都在胡说八道。”

儿岛安雄看了他一眼。

“大家都在想当然。”青柳雅春说，“儿岛先生，你现在可能不大相信，”他继续道，“媒体说起谎来真的面不改色。”他指着电视机说道。

儿岛安雄肯定要愤怒地瞪自己了，青柳雅春心想，转头一看，竟然发现他的眼神并没有太多怒气。可能放弃了，也可能累了，又或许是故意让自己放松警惕以伺机反击。

“儿岛先生，这样把你卷进来真是抱歉。”

嘴上贴着胶带的儿岛安雄既没有点头，也没有摇头。

背包里传来了手机振动的声音。有电话打进了青柳雅春从三浦衬衫口袋里掏出来的手机。他将其取出，盯着液晶屏幕。是不久前才打来的号码。他转身对着儿岛安雄说：“不好意思，我接个电话。”

“青柳吗？”电话那头的整容医生问道，“我这边收到一条新的消息。”

“是关于冒牌的我？”青柳雅春想起躺在医院一动不动的三浦。

“他被藏在一家同行的私人小医院里。”

“当初说他藏在仙台医院中心的消息可是假的。”青柳雅春简直想大笑。如此换汤不换药的消息，自己怎能还被玩弄于股掌之间？

“据说刚才警察去把那个冒牌货带走了。大概是下午六点多，现在算来大概两个小时之前吧。我认识的一个医生打电话跟我说的。”

“为什么偏偏是现在这种时候，哪个医生给你这些消息的呢？”还有比这更可疑的吗？

“警察好像强行冲进医院把你的那个冒牌货带走了，既没有解释，也没有道谢，所以惹恼了匿藏他的医生。而且警察带人出去的时候行为太粗鲁，弄坏了他挂在出口附近的一幅日本画的画框，一句道歉的话都没有。”

“你是说就因为一幅日本画恨成这样？”

“总之那个医生很生气，所以把消息告诉了我。他好像知道我在找冒充你的人，这个行业圈子太小了。他就是有意找我说的。”

“专门告诉你的？把这么重要的情报？”

“卡斯特罗跟苏联合作搞出古巴导弹危机，好像就是因为当初访美的时候对方接待得不好。卡斯特罗去之前自己都说也没有多讨厌美国，可回来之后态度就变了，觉得不如跟苏联联手。人心就是这样，对方的态度不好，自己就会想要报复。”医生说道。比起人的心情和态度，他似乎对人的肌肉和皮肤更感兴趣。

“冒充我的人会被带到哪里去呢？”

“不知道。不过，如果你一直像现在这样藏着不出现，那个冒牌货可能会被秘密地干掉。”

如此可怕的事，他却说得那么平淡，青柳雅春一时间无法反应。

“抓不到你，可能只有把假的当真的，把青柳雅春已经死亡的消息报道出去。这也不是不可能。你不觉得吗？”

那个跟自己拥有着一样面庞的人将横尸荒野，青柳雅春想象着。他可能被击穿心脏，也可能被斩断手脚，而新闻上只会报道“青柳雅春的尸体已被发现”。

“制造我的死亡，这样事情就了结了？”

“死无对证呗。”

“可是我还活着。我如果出现在公众面前，他们又要如何应对？死的那个是假的这件事很快就会暴露。”

“他们可能觉得你不会再出现了。”

“也可能觉得出现就出现，再解决掉就好。”面对如此残酷的事实，青柳雅春的脸色变得冷峻，“对了，你为什么要告诉我这些？”

“我得到消息后，觉得有必要告诉你。因为之前那条假消息让你吃了苦头。”

“那点苦跟我从昨天开始承受的痛苦比起来，根本不值一提。”

“另外，我这里还有一个消息，也不知道跟你有没有关系。”

“我希望是没关系。”

“那个医生朋友还接到了另外一个整容的工作，给另一个人整了容。”

“这就是他的工作，有什么办法。”

“不，那也是警方让他做的。只不过，另外一个做了手术的人昨天就已经被警察带走了。”

“那又怎么样？”

“接下来只是我的揣测，你可以不用当真。”

“我不当真。”

“或许，被栽赃成凶手的人并不只是你。或者说，原本计划中的凶手并不是你。”

“什么意思？”

“原计划中被栽赃成凶手的另有其人，所以才事先准备好了人去冒充他。但可能由于某种原因，无法继续让那个人成为凶手。”

“难道是那个人因为要打工没时间？”对方的话让青柳雅春的内心产生了巨大动摇，他只得强装镇定，“你的意思是，我是作为替补被选上的？”

“或许不是替补，而是第二人选。”

考虑到计划陷害自己的势力极为庞大，青柳雅春觉得即便是这样其实也并不奇怪。“我觉得有可能。”他将想法直接说了出来，“但即便是真的，也没有任何帮助。不管我是第一人选还是第二人选，是首发还是替补，现在对我来说已经是最坏的情况。”

“如果事实真是那样，”医生冷静地说道，“就代表那些人的部署肯定留有破绽。当然他们的确进行了细致的准备，但不可否认，跟第一人选的情况相比要仓促得多，而且肯定也有来不及准备的地方。”

“所以你只是想鼓励我，‘别放弃，继续加油’？”

“或许吧。”

青柳雅春挂断了电话，没有说声谢谢。他低着头，长舒了一口气，感觉到儿岛安雄正看着自己。

“儿岛先生，恐怕你也很难相信我，不过请听我说。”青柳雅春看了看电视上那个自己并不认识的政治评论家，“我并不是凶手，所以那些人……”说到这里他才意识到自己甚至不知道所谓的“那些人”究竟是谁，不禁愕然。自己究竟是被什么人盯上了，被什么人毁掉了人生呢？他感到一阵寒意。“所以那些人准备了一个假的我。通过整容的方法，那个人就是出现在电视里的我。”

儿岛安雄依然露出戒备的神色，同时还显出一丝困惑。对于只剩下等待退休的他来说，这无疑是个太大的麻烦。

“而且，冒充我的人或许很快就要被杀害了，他要代替我去死。那些人抓不到我，他们就要抓一个跟我拥有一样脸庞的人来代替。”青柳雅春嘴上说得平静，胸中的怒火却愈发升腾，几乎要从口中喷薄而出。他只得将其强行咽回去。他知道，此时感情用事没有任何好处。“这到底是为了什么呢？”最后他只是轻声地自问了一句，仿佛心中的那些思绪被揉成了丝，只抽了一根出来。

儿岛安雄嘴上的胶带出现了很多褶皱，青柳雅春明白儿岛安雄正试图说话。“想说什么？”就在他这样询问时，电视上出现了一张熟悉的面孔。

青柳雅春

父亲先生！父亲先生！父亲先生！手持话筒的记者们在叫喊。画面中的所有人都在反复地喊着“父亲先生”。

“吵死了！你们既不是我的女儿，也不是我的儿子，叫什么父亲，少跟我套近乎！”

那栋房子再熟悉不过了。画面的背景是一扇大门，旁边的门柱上挂着门牌，上次去那里还是去年的年末。而现在站在摄像机前、好似一个品行不端的小混混般吵嚷的，是青柳雅春的父亲。只见他正挥动着大手喊道：“你们这些家伙想干什么？不脱鞋就想往别人家里挤？”

“我们可没打算进屋。”一个常常出现在电视节目里的记者讪笑着说道，“这不是还在屋外吗？”

“你，你先说你叫什么名字！”青柳雅春的父亲抬起下巴，生硬地问道。

“我非说名字不可吗？”

“我再说一遍。你们，尤其是你，你们不脱鞋就想践踏我的领地。我的领地不光包括这屋子，还包括我个人的感情。你们就这样随便把我跟我的家人说成是犯罪凶手……”

“您的儿子现在正作为犯罪嫌疑人被通缉，这可是被警察认定的。观众和市民那里也有好多目击证词。对于你儿子所犯的事，您有什么想对全国观众赔罪的话要说吗？”一个看不出年纪的女记者突然伸出了话筒，打断了他的话。

“你也不敢先报上姓名吗？”青柳雅春的父亲说话的语速突然慢了下来，“你，关于青柳雅春的事情知道多少？你倒是说说看，你有多了解他？”

有那么一瞬间，那些记者突然没了声音，他们并不是无话可说，像是在挑选该用什么样的措辞来进行反击。

“从那小子光着屁股生下来那天，我就开始了解他了。他妈妈怀胎十月，对他了解得比我更深。他开始走路、开始说话，我都在旁边看着。我们相处了这么久，你们只不过才查了他两天而已，有什么资格发言？”

“父亲先生，我懂您想要相信自己儿子的心情……”女记者语速很快地说道。记者们高高地举起很多话筒。

“你懂？”青柳雅春的父亲简短地呵斥了一句，眼睛瞪着那个女记者，“你懂我的心情？你懂什么？你听好了，我不是想去相信，我是知道。我知道他根本不是凶手。”

青柳雅春的视线无法离开电视画面。他的心跳得很快，感觉血管里的血在奔腾，冲至手指和脚尖，寻找着出口。身体开始摇晃，一定也是心跳加速的原因。电视画面里的父亲和曾经骑在色狼身上挥拳痛殴的父亲在他的眼前交叠。青柳雅春觉得他还是老样子，情绪上来后就不管不顾，但又觉得他似乎苍老了些，如此这般的思绪在心中交织。

“他上初中的时候也遇到过类似的情况。商店里的那些家伙怀疑他偷了CD，当时我一样知道，雅春不会干那种事。”

四周不停地有人喊着：“可是父亲先生……”

吵死了，青柳雅春的父亲挥了挥右手，好像是在驱赶苍蝇。“好，我就跟你们打赌！你们敢不敢？我儿子到底是不是凶手，你们敢不敢跟我打赌？”他一个个地指着将自己围在当中的记者，“你们一副大义凛然的模样，却连名字都不敢报上来。你们要真相信青柳雅春是凶手，就跟我打赌。不赌钱，就赌你们人生中重要的东西。这不就是你们现在打算做的事吗？玩着众口铄金的花招，把我们的生活摧毁。你们给我听好了，我承认这是你们的工作，工作没办法回避。但是，一旦自己的工作有可能破坏他人的生活，你就得有相应的心理准备。公交车司机也好，建筑设计师也好，厨师也好，大家都对自己的行为小心翼翼，为什么呢？因为他们做的事关系到他人的生活，就要有这个心理准备。”

记者们开始七嘴八舌地抗议起来。有人说青柳雅春父亲的言行欠考虑，有人强调爆炸事件中的死伤人数，所有人都斥责他让他适可而止。其实他们并不是真的愤怒，只是装出愤怒的样子而已。他们当中没有一个人开口说“我愿意拿我的人生做赌注”。

“真是一团糟。”青柳雅春的嘴角不自觉地咧开来。他觉得电视里似乎正在上演一出毫无真实感的喜剧。

过了一会儿，青柳雅春的父亲指着自己右边的一台摄像机。“那边那台摄像机，”他的声音十分嘹亮，“我就对着你那边讲话就可以，是吧？”他问过后开口道，“雅春，就因为你老躲着不出来，才搞得这么麻烦。”说完他又态度郑重地再次说，“你听到没有？很麻烦。”

“事情还真的挺麻烦的。”青柳雅春站在电视机旁边苦笑。

“唉，不过……”青柳雅春父亲的表情忽然有所缓和，“我们自己可以照顾好自己。你妈身体也还行。你呀，就尽力而为吧！”

如此袒护凶手的发言无异于火上浇油，记者们一下子沸腾了，话筒又再次横七竖八地伸了出来。

青柳雅春的父亲并不为所动。“雅春啊……”他继续说道，“赶紧逃吧！”

青柳雅春感觉一股沉重的气息正顺着胸口往喉咙上升。他当然知道如果放任不管接下来会发生什么。那些爬上了喉头的情感会撼动双眼，然后眼泪就会出来。涌出的眼泪不会马上停止，自己会哽咽，号啕大哭。青柳雅春咬紧了牙关，他明白落泪的瞬间，自己的愤怒和斗志也会随之消逝。一定不能哭。如果将支撑着自己行动下去的那些东西称为燃料，那么自己的哭声将切实地消耗掉它们。

身边的空气在震动，好似一张纸被揉作一团，发生了肉眼无法观察到的扭曲。他定睛一看，儿岛安雄正轻微地晃动着脑袋，眼泪簌簌地往外涌，鼻涕也流了下来，贴在嘴上的胶带都湿了。

青柳雅春有些意外，随后感觉到胸口有一阵轻微的暖流。“儿岛先生，怎么你倒哭起来啦？”

胶带被拿掉后，儿岛安雄又哭了一会儿。他不停地抽泣，用戴着手铐的双手笨拙地擦拭着眼睛。好在他只是哭，并没有喊“青柳雅春就在这里”或者“谁来救我”。

青柳雅春关上了电视，一下子恢复寂静的房间让人觉得压抑，他只得打开迷你音响，昨天那张 *Abbey Road* 的 CD 还在里面。他按下播放键，快进，直接跳到了后半部的组曲部分，一阵如鸟儿啼鸣般温柔而轻快的旋律随之响起。

“披头士到最后的最后，还奉献了一部杰作才解散。”大学时阿一曾在快餐店这样说道。

“当时明明关系都不好了。”森田森吾回答。

“将那些曲子拼凑到一起编成组曲的保罗究竟都想了些什么呢？”这个问题是谁问的，青柳雅春想不起来了。“肯定是想让四分五裂的成员重新聚在一起吧。”

青柳雅春背靠着墙壁，抱着膝盖闭上了眼。他感觉自己不是在听歌，而是要将那旋律融入身体。

失去了伙伴，独自一人醉心于编辑组曲，保罗·麦卡特尼的寂寞似乎笼罩在了自己的身上。“Golden slumbers...”一个具有独特魅力的声音在高歌，那个声音如此绵长，在体内久久回响。拉着窗帘的窗户外面有多黑暗，青柳雅春不知道。歌声不会传出这间房屋，让他觉得挺不可思议。

最后一首歌 *The End* 响起。保罗、乔治、约翰的吉他独奏依次弹响。阿一曾以一副对此了如指掌的模样说："哎呀，三人的个性都表现出来了。"青柳雅春记得当时还有人调侃他："你小子是不是真的分得出他们谁是谁？"

CD 播完后，青柳雅春又马上操作音响，从头播放，这次的歌曲是第一首歌 *Come Together*。

"真不是你干的？"儿岛安雄忽然问道。青柳雅春将脸转向他，见他闭着眼睛，终于停止了哭泣，脸颊上还留着泪痕。

"我可不是有那种本事的人物。"

"一时半会儿我还真无法相信你。之前我只把你当凶手来看。"

"那也没办法。"青柳雅春说，"我不是凶手，是被冤枉的。可是，儿岛先生自有你的立场和工作，这也没有办法。"

"他们对我的战斗能力也没期待多少，我都快退休了。我留在这里看着，也是因为他们推测你几乎不可能回到这里来。"

"你还不小心中了个大奖呢，儿岛先生。"

披头士的演奏在继续。关掉了电源的电视机屏幕上，映着自己和儿岛安雄并排而坐的影子。

"看了你父亲，真是让人想哭啊。"儿岛安雄说。

"我可哭不出来。儿岛先生有儿子吗？"

"比你稍微大一点吧。"

"所以你才想哭。"

"直到最后一刻都要站在孩子一边，这就是父母呀。除非是天大的事，否则我想我也会一直相信我儿子。"儿岛安雄说话时一直闭着眼睛。

“我觉得刺杀首相也算是天大的事了。”听到这话，儿岛安雄也笑了。青柳雅春发现他的牙齿有一部分闪着银光。“还有，刚才我爸提到偷 CD 的事，那个其实是真的。”

“啊？”

“当时我跟朋友们一起，也是昏了头了。那不是栽赃。我爸的直觉，嗨，也就那样吧。”他笑了。儿岛安雄也跟着发出扑哧一声。

青柳雅春也闭起了眼睛。

“Once there was a way to get back homeward.”青柳雅春反复默念着这句歌词，回味着曾经存在过、如今早已消失不见的某个地点。

“Golden slumbers fill your eyes. Smiles awake you when you rise.”

金色梦乡。脑海里浮现出这个词来。他想寻找那包裹着自己的温暖阳光，想被那金色包裹，沉沉睡去。他尽力压抑着对于现实的愤怒，尽量控制自己不要大声喊出“为什么是我”这句话。他紧紧地握起拳头，拼命地回想着父亲在记者面前同他们针锋相对时的滑稽场面。父亲那副模样不是才更像罪犯吗？刚才的画面在脑海里浮现，如同阳光一般渐渐充满了他的身心。

“人不能一直意气用事，总得冷静地想想办法。”他想起自己曾经说过的话。“冷静地想想办法。”

究竟有什么反击手段呢？他试着让自己慢慢冷静下来。抱着将歌曲一首一首地连接成组曲的心态，他试着将现有的线索全都串联到一起。视野的一角，稻井家堆了一地的纸箱旁边有电线状的东西，应该是用来插在手机上的带有话筒的头戴式耳机。茫然地盯着耳机，青柳雅春思考起来。

你醒来时。

保罗·麦卡特尼在 *Golden Slumbers* 中唱到这一句时，青柳雅春睁开了双眼，起身拿出手机。儿岛安雄不知发生了什么，转过头来。

青柳雅春翻来覆去地看着自己的左手，眼睛凑得很近。“有了。”

“有什么了？”儿岛安雄抬头望向青柳雅春。

青柳雅春指了指手腕，上面是早上写下的十一个数字。“字迹还没消失，也算个好兆头吧。”他说着，在手机上按下了这串数字。

儿岛安雄大张着嘴巴，脸上的泪痕还未干。青柳雅春数着拨号音的次数，心里盘算着该在第几声的时候放弃，电话另一头忽然有人说话了。“喂，我是矢矢矢矢矢岛。”对方的声音听起来很轻佻，但却欢快又有节奏感。青柳雅春非但没有气恼，反倒觉得轻松愉快。

“小心人们误以为电视台的人全都这样活泼。”青柳雅春的这句话一半是玩笑，一半是忠告。

“您是哪位？”

“青柳雅春。”

“哦！”矢岛突然大叫一声。一阵声响之后，对面没了声音，之后又是一阵嘈杂。“抱歉，刚刚手机掉了。我是矢岛。”他忽然又变成了一个严肃的公司职员。

“你不是矢矢矢矢矢岛吗？”

“那个嘛……”矢岛似乎很惭愧，打心眼里后悔，“那就是个形式，工作需要。”

“你那里姓矢岛的很多吗？”青柳雅春忍着笑。即使在这种时候，想笑也还是能笑得出来。他又想起森田森吾的话：“人最强大的武器，是习惯和信赖。”

森田啊，依我看，人最强大的武器不应该是笑吗？他真想这样告诉森田森吾。不管问题多困难，情况多悲惨，只要还能笑，当然很多时候或许根本笑不出来，但只要能笑一笑，就会有重新充电的感觉。这是事实。

“局里有三个姓矢岛的。”矢岛还在继续辩解，“我这么做是为了好区分。”

“我不管那些。”青柳雅春说道，“上午我曾经给你们节目组打过一次电话。”

“我记得。你让我们别报警。”

“那你相信我是青柳雅春本人了吗？”

“我也不知道这对你而言是好事还是坏事，但就我个人而言，是相信的。”矢岛的实际年龄恐怕比想象中年轻，因为青柳雅春从他的声音中听出了朝气蓬勃。

“其实我打电话是有事相求。”

“我想也是。”

“早上已经说过了，我希望你们能在节目里直播我的声音，让我解释发生在我身上的事。我被冤枉的事、我身边的人因我而受到牵连的事，还有……”

“真凶的姓名吗？”

青柳雅春一时语塞。“我也不知道真凶是谁。”他坦白，随后又略微加强了语气，“矢岛先生，这个事件并不是你想象中那样。”不能意气用事，青柳雅春不断警告自己，“凶手并不是一个人。”

“你该不会想说是什么地下组织吧？”

“恐怕不是地下的组织。”青柳雅春回答。他转眼一看，发现儿岛安雄正忧心忡忡地看着自己，一直在一旁默默关注事态发展。“总之，希望你给我一个机会。”

“可是，以什么样的方式呢？而且，我们也没期望能播出关于你的内容。”

“我应该能帮你们提高收视率吧？”青柳雅春自嘲地说道。

“可即便你到电视台来了，我们也必须先通知警方。其实也可以假装不知情，但最近电视台的高层都很谨慎，尤其是这次，警方态度十分强硬……”

青柳雅春打断了矢岛的话。“明天我会现身。”他说，“我会出现在市区内某个地点，你能不能事先在那里安排好摄像机？我同样会事先告诉警方我要投降，观众应该也会很感兴趣。”

矢岛沉默了片刻，应该是在考量青柳雅春的要求。“你要现身？在哪里？”

“地点过后再想，我想市内较空旷的地方比较好。警方恐怕不会让摄像机接近现场，所以要找视野好的地点。”

“你就直接出现在现场？”

“我想警方一定会包围我。”

“你想让我们直播你被捕时的场面？”

“被警方包围后，我会用手机给你打电话，然后你就把我的声音直接播出去，可以吗？”

“手机？”矢岛的音量越来越大。

说这么多真的没问题吗？青柳雅春突然感到有些不安。警方应该还未掌握这台手机的号码，但也不排除被监听的可能。现在什么都可能发生。“我在警方的包围中所说的话，应该没人去怀疑真伪，你不觉得吗？通过电视现场直播出去的画面，还是有相应说服力的吧？”

如何在不受干扰的情况下，让自己的声音被尽可能多的人听到，青柳雅春想了很久，最后想出了这个方法。考虑到在电视台直接现身的危险，以及自己的声音被重新编辑的可能，只有在户外现场直播了。

“我现身前给你打电话。到时候我会插上有线话筒保持通话，这样就算前面有警察，你那边应该也可以清楚地听到我的话。”

“你的意思是，希望我把手机里听到的内容直接播出去？”

“技术上可行吗？”

“肯定可以。”矢岛的语气里夹杂着不惜一切代价的兴奋，“那之后你打算怎么办？”

“只能束手就擒。但只要我的话播出去后有人觉得可疑，即便被捕了，事情或许也还会有转机。被认定为刺杀首相的凶手，肯定不会马上执行死刑，所以我才要为自己创造条件，让尽可能多的人听到我的声音。”

“我想帮你！”矢岛那劲头十足的声音简直刺耳。

青柳雅春只得苦笑着将手机暂时拿远些，过了一会儿之后才又放到嘴边。“如果摄像机正在拍我，警察也不敢轻易开枪。”他说出了另一个原因。

假如自己的角色真是奥斯瓦尔德，一现身即遭射杀的可能性非常大。策划整个事件的人必然不想听青柳雅春多说，也不想真相大白。他们只需要找机会杀人灭口即可，就像当初有人怂恿杰克·鲁比杀死奥斯瓦尔德一样。“所以我必须要找一处视野开阔的场所，让更多人成为我的目击证人。”

矢岛再次陷入沉默，或许在烦恼该不该接受提案，但青柳雅春早已确信他会接受。包括矢岛在内，整个电视台在这件事里都几乎没有任何风险。进一步说，考虑到被其他电视台抢占先机的可能，此时选择不接受将是重大失误。

“青柳，”不一会儿矢岛开口了，“我接受你的提议。”

“谢谢。”

“那么明天什么时候？摄像机又要放在哪里？”

“清晨，可能天还没亮。”

“什么？”矢岛听后似乎整个人都跳了起来。因为距离明天清晨只剩不到半天。

“今天我会再联系你。”

"明白。"矢岛回答，"对你可能不大礼貌，不过……"电话的最后他吞吞吐吐地说道，"这件事……我们应该没什么风险吧。"

真是个耿直的人。青柳雅春想。

电话挂断后，儿岛安雄一直盯着青柳雅春。"你到底打算干什么呀？"

"你刚才不是都听到了吗？我打算明天早上出去找警察自首。但总得防范着别被枪击。"

"警察不会随便开枪。"儿岛安雄条件反射性地说。

"怎么不会！"青柳雅春以超乎自己想象的音量大喊道，"会开枪！"他似乎觉得不妥，又压低嗓音重新说了一遍，"儿岛先生是警察，我也不想多说，但这次的事情绝对不正常。关于这次事件，我知道得比你多，所以可以很自信地告诉你，只要能抓到我，他们不惜开枪，甚至杀人灭口。几乎所有人都是这样的想法。"

"为什么？"

"我不是凶手，被抓后我若是乱开口反而坏事。但以凶手的身份死去要省事得多。"

"清早就走？"儿岛安雄似乎有些意外，毕竟时间不多了。

"准备好了之后越早行动越好，时间一长容易节外生枝。"青柳雅春边考虑着出发前该做的事边说。

儿岛安雄紧皱着眉头，仿佛看见了什么脏东西一般地看着青柳雅春。刚才他因为青柳雅春的父亲而太过投入感情，如一位忧愁的少年看悲情电影时落泪般哀愁，不知何时又找回了身为警察的使命感。"你到底在盘算什么？"他不经意似的轻声问道。

"儿岛先生，我不是说了吗？你再忍忍，明天我就走。"

儿岛安雄点了下头，不一会儿又忽然叫了一声："啊！"那模样就像一个忘记了写家庭作业的孩子，应该不是演戏。“再不报告的话……”他说着看向自己的腰间。

“报告？”

“我虽然快退休了又没什么战斗力，但也还是侦查组的成员。虽然留在这里看守，夜里还是必须要向本部汇报。那边也许会打电话来，不过若想不引起不必要的怀疑，还是我主动汇报比较好。估计搜查本部现在也正忙得不可开交，说不定都已经忘记了我还在这栋公寓里了呢。”

“那还是小心谨慎些好。”

“当然。本来到了后半夜应该有人来换岗，不过我可以在汇报时说这里没有异常情况，今晚就自己在这里守一夜。本部那边肯定正缺人呢，听我这么说一定高兴。”

青柳雅春毫不犹豫地同意了他的提议。“是要用无线电吗？”他看了一眼儿岛安雄的腰间，“但是，我不能松开你的手铐。”

“你把对讲机拿下来放地板上就可以。”儿岛安雄一脸认真地说着，将戴着手铐的双手伸到面前，“我手能动一点，勉强可以调频率，然后我可以试着侧躺在地上说话。不过说真的，如果我在跟本部通话时大喊‘现在青柳就在这里’，你打算怎么办？看你好像挺不在意的。”

“在意是在意，不过，儿岛先生，人最强大的武器，就是信赖。”

儿岛安雄转了转眼珠子，一脸错愕的表情，好像在说从没见过这样的怪人，又好像在说从没见过这种老实人。“那么……”不一会儿他又开口道，“既然信赖，干脆就替我把手铐打开吧？”

“唉。”青柳雅春长长地叹了口气，看上去很遗憾，“我还正想着，你千万别那样说呢。”

“是吧。”儿岛安雄也笑了。

“趁这个时候，我也要再打个电话。”青柳雅春说着，指了指通往门口的走廊。

“你不想听听我都说了些什么吗？”

“我相信你。”青柳雅春半开玩笑似的说完，离开了房间。来到走廊后，他回头看了一眼，发现儿岛安雄正躺在地板上，伸脚蹬着那些散落的纸箱，挣扎着试图让脸更靠近对讲机一些。站在一旁观察时觉得这姿势滑稽搞笑，但对他本人来说应该十分痛苦，青柳雅春觉得很对不起他。

来到走廊，走进盥洗室。镜子里映出自己的脸庞，泛着从未有过的阴暗。青柳雅春愣住了。这张脸并不是多么沧桑，但某种沉重的东西却在眼角、嘴角、眉间等处留下了阴影。他勉强试着笑了笑，镜子里的表情随之扭曲。

这算什么笑脸，根本笑不出来吧。

青柳雅春伸手从背包里掏出一张纸。那是一张曾包过章鱼烧的纸，背面写有一个电话号码。青柳雅春右手手指快速地按下这些数字。

拨号音在持续响着，对方总也不接，青柳雅春正打算回到走廊看看儿岛安雄的情况，就在这时有人说话了。

“喂，久等了，是我。”

“是保土谷先生吗？我是青柳。”说话声在狭窄的盥洗室里带来一些回响。

“哎哟，这还真是没想到。”

“我想问问下水道的事。”

樋口晴子

“青柳先生是个怎样的人？”

走过病房走廊，电梯旁边有一个小小的餐饮区。鹤田亚美坐在樋口晴子的对面问道。窗外看起来已是一片漆黑。

“就是个普通人。”提到这些樋口晴子还是笑了，“谁也想不到，他竟然还能被卷进这种事情当中。”

“说得也是。”

樋口晴子想起学校食堂里隔着一张桌子相对而坐的森田森吾和青柳雅春。每次她和朋友一起吃饭时，都能远远地看到他们俩。快乐地谈着无聊话题的他们，身边渐渐开始有了新伙伴，到最后竟然常常需要换到大餐桌去，时不时地爆发出欢笑声，好不热闹。

“小野每次谈到青柳先生和森田先生的时候都神采奕奕，总感叹说自己接管社团后没有带好。”

医院的餐饮区里摆了六张四人桌，也算得上是一个小小的食堂。里面靠墙摆着果汁自动售卖机，窗口附近还有热水壶和茶包。这里贴有标示牌,写着“请在此使用手机”。鹤田辰巳和七美在自动售卖机前，踮起脚尖玩着按按钮的游戏，一开始还挺老实，只是安静地按着按钮，渐渐地似乎来了兴致，开始用手掌大力拍了起来，而这一动作又似乎更加刺激了本已兴奋的情绪，玩到最后，二人甚至发出了尖叫声。

“不许吵！”

“反正又没有别人在。”七美正不悦地嘀咕时，就有人好像算准了时机似的走了过来。是一名个子并不高的白发男子，穿着一套淡蓝色睡衣。令人吃惊的是他居然双腿都打着石膏，却不拄拐杖，徐徐地走了过来。他正将手机放在耳边讲话，看到鹤田亚美时竟有些开心地抬了抬右手，随后又将手伸向了自动售卖机旁边的鹤田辰巳。

“哦，伯伯。”鹤田辰巳也挥着小手。

“你们认识？”樋口晴子小声问道。

“今天才刚见过。他好像就在这里住院，人可有意思了。明明走路很正常，还说自己双腿骨折，真是奇怪。”鹤田亚美说她在阿一恢复意识后赶往医院，在走廊上偶然碰着了这个人。他当时正在吃章鱼烧，还给了鹤田辰巳一个，而鹤田辰巳则将自己刚捡到的笔帽送给他以作答谢。

他如今正将手机放在耳边打电话，不知何时从哪儿掏出了那只笔帽，放在手里挥动着好让鹤田辰巳看到。孩子见对方还好好地保管着自己送出去的礼物，打心眼里开心，眼睛忽闪忽闪的。

他走到窗边，一直在小声嘀咕着讲电话。樋口晴子见对方明显压低了声音，心想还是尽量不要在一旁听他讲话比较好，同时她们自己的谈话也不想弄出太大声音来。鹤田亚美应该也抱有同样的想法，于是二人眼神交流之后便站起了身。“辰巳，走啦。”鹤田亚美招呼道。

樋口晴子起身离开餐饮区，鹤田亚美和辰巳也一起跟了出来。一行人顺着走廊往阿一的病房走了两步，樋口晴子发现七美并未跟上来，于是停下了脚步。她觉得不对劲，转身折了回去。

“哎，妈妈。”七美正站在桌边嘟着小嘴，“我正在和伯伯讲妈妈的事。”

樋口晴子看了看七美身边，那个双腿打着石膏的男子正单手拿着手机，跟自己打招呼。他咧嘴笑了笑，挠着头。“我姓保土谷。”他说，“你，跟那个凶手是朋友？”

这时鹤田亚美跟鹤田辰巳也已经回到她身后。樋口晴子像是忽然被戳中了软肋，身子不禁一抖。

“刚才，我跟叔叔，哦不对，我跟伯伯……”七美正改口的时候，那个自称保土谷的男子皱了皱鼻头说道：“叔叔可以啊，就叫叔叔吧。”

“伯伯挂电话时，喊了他的名字。哎呀，就是妈妈的那个叫青柳的……”七美得意地向樋口晴子汇报。虽然是自己女儿，但她这肚子里装不住话的性格总是让樋口晴子哭笑不得，这次更是直冒冷汗。“快别说那么多了，给人家添麻烦。”她连忙喝止。

“哦，对了。这个是秘密。”七美丝毫没有反省的意思，她转身看着旁边的男子，伸出食指对他说道，“是秘密。”

“没事没事，你不用害怕。”男子对樋口晴子微笑道。那笑容非但不能让樋口晴子安心，反倒让她心里更没底了。

“嗯……说是朋友，其实也只是学生时代的同学而已。”虽然听上去像是在搪塞，但她也只有这样说。

“没事没事。”他说着竟不顾腿上正打着石膏，双腿一弯坐到了椅子上。“没事没事。”他说，看上去就像一个擅长糊弄人的专家。

樋口晴子仿佛受到了影响，也跟着坐到了对面。

“我，跟他也是朋友。”保土谷康志得意地说道，“你如果是他以前的朋友，那我就是他最近的朋友。刚才还跟他说话来着。”说着他还得意地晃了晃手机。

“跟青柳？”樋口晴子保持着冷静，但还是忍不住伸长脖子盯着他拿在手里的手机，好像手机里就藏着青柳雅春似的。

鹤田亚美已不知不觉间坐在了她旁边。“这是怎么回事？”

“他呀，准备破釜沉舟了。”

樋口晴子

“那么重要的事，你这样轻易就说出来，真的好吗？”听着两眼发光的保土谷康志喘着粗气、压低音量说完那些后，樋口晴子愤慨地指责道，“假如我是青柳的敌人，那可怎么办？让你这么一说，青柳就被动了。”

保土谷康志丝毫没有要反省的样子。“哎？你，你是他的敌人吗？”他眨巴眨巴眼睛，“那可不行，你赶紧把我刚才跟你说的都忘了吧。”

“才不是敌人呢。”七美伸长了脖子从一旁探出头来说道，“是不是，妈妈？”

“唉，当然不是敌人。”樋口晴子无可奈何地轻声叹了口气，“只是你的嘴这样不严实，害得我都跟着担心起来。”

“没事没事。”保土谷康志伸出大拇指，得意地说道。樋口晴子哑然。这个人活到现在，也不知道像这样子说了多少句“没事没事”。

“青柳怎么会找这样的人来帮忙？”

“妈妈，你说出心里话啦。”被七美这样一讲，樋口晴子才反应过来自己失言了，赶忙闭嘴。对面的保土谷康志似乎并不介意，还无所谓地附和说“就是就是”。“竟然来找我这样的人求助，跟我商量，小兄弟的情况应该是相当棘手。看样子，就要被将死了。”

“不过，你说的那些真的可行吗？”鹤田亚美在一旁低声问道，“居然是下水道？”

“准确说来是雨水管道。当然可行啦。唉，不过我接下来得拉下脸皮四处求人了。”他说着说着竟然轻松脱下了腿上的石膏，随后又装了回去。这种拙劣的伪装实在叫人连笑都笑不出来。

保土谷康志刚才神采奕奕地说，青柳雅春计划明天在市政厅对面的中央公园现身。他事先通知了警察，并且打算在电视台的现场直播下登场。据说他的想法是："与其像现在这样永无宁日地潜逃，还不如向大众控诉自己的冤屈再被捕来得痛快。"

"他这是放弃抵抗了？"樋口晴子注意到自己的语气在不经意间变得严厉了起来，"这不就等于是认输了吗？想要证明自己无罪，就应该堂堂正正地……"

"堂堂正正？你继续说来听听。"保土谷康志说道。他突然散发出一种人生导师的气势来，令樋口晴子有些心虚了。"你倒是说说他能堂堂正正地去干什么？就现在这种情况，他什么也干不了。所以那位小兄弟才选择了堂堂正正地被逮捕。"

"被抓住不就全完了吗？"鹤田亚美双手交叉地放在桌上，她正盯着自己的手说道。

"他说过，会让电视台把自己的话全部直播出去。直到现在他一直都被各个电视台玩弄于股掌，到最后了他也打算反过来利用他们一下。"

"就算通过电视台发表了演说，有多少人愿意相信他还不一定呢。"

所有被逮捕的人几乎都要说"不是我干的"，人们也几乎都认为正因为是凶手才会说出这样的话来。就好像一旦被人告发说是色狼，基本上再怎么辩解到最后还是有罪，可能也跟这样的心理有一定关系。嫌疑人的辩解只会成为茶余饭后的谈资，想要颠覆电视屏幕前那些观众先入为主的观念就很难了。

"这次如果不是青柳，恐怕我也只会觉得这凶手怎么闹成这样，真是死不悔改。"樋口晴子说完，保土谷康志也点点头。"唉，不过他也没有其他选择了。"

青柳雅春已经订好了计划。在众人围观下露面之前，首先要避免被警方逮捕。既然已经事先公开了地点，那么警方必然会在沿途加强戒备，力争在事情还没闹大之前将其秘密逮捕。

“所以，他希望通过下水道到达公园附近。”保土谷康志说道。这的确是来自青柳雅春的请求。

“可是，下水道井盖能有那么容易搬开吗？”鹤田亚美似乎已成为检查计划漏洞的一员，指出了疑点，“那玩意儿不是很重吗？在那上面花太多时间就麻烦了吧？”

“重啊，所以才需要我出场嘛。”保土谷康志突然间笑逐颜开，说自己有下水道井盖的仿造品，“有几个我们曾打算要用的，所以我得事先准备好，趁今晚把他们全替换了。”

“换哪里的？市里的井盖多得数不过来吧？”樋口晴子觉得自己好像找回了以前在公司上班时开会的感觉。在绝不允许失败的活动开始之前，需要在会上将所有问题点都摆出来讨论。“青柳他准备从哪儿进、从哪儿出？位置都搞清楚了吗？”

“没事没事。”保土谷康志再次伸出大拇指，“雨水管道其实也有粗有细，埋的深度也各不相同。可就巧了，车站附近那个大型停车场旁边，就有雨水管道直通中央公园。直径大概有一百八十厘米，通行应该没问题，朝着下游直走过去，出来就是公园。”

“普通人下去也能正常行走吗？”

“能，不过里面一片漆黑。”

“那不还是不行吗？”

“这个嘛，善良的保土谷先生早就有所准备啦。”保土谷康志挺起胸脯道，“我打算在他从井盖往下爬的梯子下面准备好手电。大致的路线都在路线图上标出来了，路线图也替他放好。唉，真是各种情况都替他想好了，简直是热心过了头啊。”

餐饮区内忽然鸦雀无声。樋口晴子望向窗户，由于外头一片漆黑，玻璃上正反射出室内的情景。鹤田辰巳和七美又开始拍起了自动售卖机。

“看你们俩的表情，好像有好多问题要问啊？”保土谷康志看上去胸有成竹。他伸手朝自己划拉了几下，意思是有什么问题尽管开口。

“既然已经走到那一步了……”樋口晴子说出了一直在考虑的问题。

“你是想问，为什么还要选择再露面，而不是顺着雨水管道直接逃出仙台？”

樋口晴子点了点头。

“有一个现实的理由，和一个感伤的理由。”保土谷康志说道。樋口晴子不停地眨巴着眼睛，因为他那张毫无责任感可言、只让人觉得轻薄和肤浅的脸忽然间严肃了起来，并且声音也变得通透而嘹亮。

所谓现实的理由，即下水道的构造问题。雨水管道里没有蓄水的时候是可以走人，但随着场所的不同，有些地方可能非常狭窄，甚至有些地方连爬都爬不过去。这也就意味着迟早有无法继续前进的时候。也就是说，虽然可以在仙台市内移动，但想要离开仙台市，就必须从下水道回到地面。而且路线选择不好还有可能走到连接管道的抽水机，跟各种垃圾一起被粉碎。

“所以说，在市内的下水道井盖之间往来是可以，但想走得太远就困难了。不过作为去中央公园的捷径当然没问题。”

“原来是这样。”樋口晴子说，“那感伤的理由呢？”

“他自己是这样说的，‘已经看够了别人因为自己而受到伤害。’”

“别人受到伤害？”

“主动露面，主张自身的清白，然后被捕，这样就不会再连累到其他人。他恐怕是这样想的。”

“他还有心思去担心别人？”鹤田亚美觉得有些不可思议，好像更觉得滑稽。

“他好像还说这事跟谁的命有关来着。”

“谁的？”樋口晴子想到了躺在床上的阿一。然后是据说已经死亡的森田森吾。难道森田森吾真的死了？

“‘冒充我的人。’”保土谷康志说，“他是这样说的。”

“冒充青柳的人？”

“具体细节他也没说，反正就是有这么一个人。替身，还是其他什么人？总之他是那样说过。”

冒充他的人，这究竟是什么意思，樋口晴子还不明白。不过，为了陷害青柳雅春而动用他人冒名顶替或者散布假消息，这也不足为奇。她想。

“接下来我得先回家去取那些仿造井盖，然后还得去街上四处跑。哎呀，忙啊。”他脸上的皱纹似乎少了一些，皮肤也更滋润，明显开始充满了活力。他说着站起身，伸出双臂做着伸展运动，好像在准备热身。

樋口晴子问道：“不会被怀疑吗？”

“大半夜站在马路中间开个井盖什么的，根本就没人注意。很快就结束了。”

“不是问你。青柳不是跟警察和电视台说他要去公园吗？警察也不傻，肯定会事先在公园周围加强警戒，如果有什么异常，他们马上就能发现吧？你跑到那里去换井盖……”

“他又不傻。”保土谷康志咧嘴笑道，“他告诉警察，必然是等我换完井盖之后。在计划正式开始之前就要做好一切准备，这是基本常识嘛。而且，他指定的是另外的场所。”

“什么意思？”

“他应该会临时要求更换场地吧？一开始，公园这个地点肯定是要保密的。声东击西，这是常识嘛。说的是一个地方，做的又是另一个地方。最开始让他们大费周章去戒备的地方其实是幌子，然后趁着天还没亮，他们还来不及发现井盖被换了的时候行动。那些仿造的井盖，只要不是光天化日之下都很难被发现。他也考虑了很多。”

樋口晴子长长地舒了口气。“这么重要的事，你为什么就这样轻易地说出来了呢？如果我们是敌对关系的话……”

“什么？你不是跟我们一边的？那你要保密。”

“我不是那个意思。”樋口晴了气愤地摸了摸头发。真是个九法沟通的人。“哦！我认识一个人，他即便半夜在街上乱逛也不会引人怀疑。”

“谁？”

“而且你还需要用车来搬运真井盖吧？我有合适的人选。”

保土谷康志的手机应该还没被窃听，可以用他的手机来联系菊池将门。樋口晴子心想。

青柳雅春

看了看表，时间已经快到深夜零时。青柳雅春坐在墙边看着天花板。在这之前他一直闭着双眼，但也没有睡着。如果自己能心平气和到在这种时候酣睡就好了，他想。过了夜里十二点，再过几个小时，自己就要从这间公寓里出去。警察和媒体将等在某个地方，那里需要自己独自前往。下水道——这个办法有多少可行性，自己现在完全无法判断，只有尽力而为。

“你呀。”儿岛安雄说道。即便嘴没有被封上，他也一直没怎么说话。除了去过两次厕所之外，他一直很安静，就那样戴着手铐静静地坐着。“你是认真的？”

“什么认真的？”青柳雅春不明白他指的是什么。

“你真的打算出去？”

“总这样对你也不好啊。”青柳雅春想笑，但笑不出来，“而且，还能有其他办法吗？我虽然要出去，但也需要事先准备。接下来……”

“接下来？”

“尽人事，听天命吧。”青柳雅春刚好想到这句话，于是脱口而出，事到如今他才发现这话说得真好。

大概几十分钟前，保土谷康志来电话说下水道井盖的事办得差不多了。仙台市内如今如此戒备森严，偷换井盖的事是否能够顺利一直让他担心，但保土谷康志说，一方面需要偷换的井盖全位于大楼遮挡的死角，另一方面还动用了专用车辆，结果得以顺利进行且并未引人注目。来电内容大致是这样。

“专用车辆？”

“帮忙的人很多。”听保土谷康志这样一说，青柳雅春真害怕消息是否被泄露得太多。毫不夸张地说，他真的感觉脊梁冰冷一片。但保土谷康志却一个劲地说“没事没事”，他也只能相信。

再过一会儿，他便准备联系警察和电视台。

“儿岛先生，你不睡会儿吗？”青柳雅春说完才觉得，或许他戴着手铐根本睡不着。

“嗯，我没事。”这话听上去有些逞强，但儿岛安雄毕竟是警察，体力似乎也充沛，让人看不出有多疲惫或者悲凉。

青柳雅春拿起遥控器再次打开电视。过了今天或许就再也看不到了，他想。电视画面在黑暗的房间中逐渐变得明亮，散发出妖艳的光线，让人感觉那就是一部洗脑机器。

他和儿岛安雄并肩而坐，感觉两人好像在家庭影院前享受电影，他不禁苦笑不已。最先看到的竟然又是父亲呵斥记者的场面，这更让他捧腹。内容和几个小时前一样，应该是重播。

爸爸现在真是个大明星。在自家门前面对那么多话筒，仍然跟上次实况转播时一样的穿着、一样的动作、一样的魄力、一样的理直气壮，坚持一样的台词到最后。

“雅春啊……赶紧逃吧。”

身旁的儿岛安雄究竟是怎样的表情，他是否又哭了，还是沉默了，青柳雅春并没再去关注。他双手撑在地面上，站起了身子。

他拿起三浦的电话，按下一串号码。这是一个小时前他从儿岛安雄那里问来的搜查本部的号码。他本打算先拨“一一〇”再慢慢沟通，既然有直接能说上话的号码，至少省去了解释的时间。

“打电话的时候最好控制在三十秒以内。”儿岛安雄这样说道。青柳雅春并不明白为什么，对方也坚持这只是他的“自言自语”，但从他的态度来看，青柳雅春觉得应该这样做。

拨号音持续的时间越长，青柳雅春就越紧张。终于有人接起了电话，一个男人的声音说了一声“喂”。他甚至没有多说一个字，如此冷淡的态度跟警方真的十分相配。

“佐佐木一太郎先生在吗？”青柳雅春说道。

“你是哪位？”

“青柳雅春。”

对方的气势一下子弱了下去。他在疑惑，在考虑。“别挂电话，请稍等。”对方回答。可能这时候电话已经被切换到扩音器上了。

“我是佐佐木。你现在在哪里？”电话那头传来声音。

樋口晴子

樋口晴子感觉自己的脸麻了。她趴在餐桌上睡着了，放在一旁的手机正在振动。她看了一眼时间，凌晨三点半。

她起身看了看身后，房间里没有被褥，七美也不在。她一下子慌了神，随后又想起昨晚已将七美托付给了鹤田亚美。除了幼儿园的一次体验活动之外，七美并没有离开妈妈单独过夜的经历，樋口晴子原以为她会害怕寂寞、表示反抗，但没想到她好像跟鹤田辰巳玩得很开心，很轻松就答应了。“好呀，妈妈，你去吧。快去帮青柳。”她说道。

于是晚上十点多，樋口晴子就开始帮起了保土谷康志的忙。或许她并没有参与的必要，但一想到菊池将门是因为她而卷进来的，又不能就此以一句“我先回家了，各位晚安”来道别，而且最重要的是考虑到青柳雅春目前的处境，她确实想尽自己的一份力。这是真心话。

他们在医院附近一条狭窄的单行道上跟菊池将门会合。菊池将门夜里十一点多才上街巡视，调试安保探头。“还有一个小时左右的时间呢。”他好意地提醒樋口晴子。于是樋口晴子决定趁机同保土谷康志一起去取仿造井盖。

“得到我家去取，一直没处用，都放好长时间了。”保土谷康志说。

保土谷康志的家位于市内上杉区某高级住宅区的一角。房子十分气派，这令樋口晴子有些意外，问他为什么不回家中休养，对方并未回应。

看着保土谷康志抱出来的仿造井盖，樋口晴子来不及赞叹制作精良，就直接放到了菊池将门驾驶的车上，立即前往需要替换的位置。保土谷康志准备得很充分，还准备了橡胶手套要求他们戴上，说是怕留下指纹。

另外他还准备了专门用来拔井盖的、好似撬棍一样、前端带着钩子的工具。只见他弯下腰将钩子卡在盖孔里，一使劲，下水道井盖便伴随着一阵摩擦地面的声音被打开了。“这家伙有六十公斤呢，想要快速拿开肯定不可能。”说着他换上了仿造品。确实只用一只手就可以轻松抬起。

“青柳先生……会从这里出来？”菊池将门难以置信地问道。

樋口晴子试着拎起脚下的井盖，看了看下方，黑洞般的隧道深不见底。身旁的保土谷康志拿出手电，在那微弱亮光的照射下才隐约看清了底部。有一排简易爬梯通往下方，想要下到底部应该就得抓着它了。井道向下纵深六米，十分深邃。她想象着明天清晨青柳雅春在此现身、在此潜行的情景。仿造井盖的背面垂着一段锁链般的东西，前端是一个钩子。“自己先爬下去，从里面把这个钩子挂在爬梯上，在外面就不容易打开。这是为了不让别人轻易追上来而设计的。”保土谷康志自豪地说道，“哦，差点忘了。”他说完就顺着入口爬了下去。樋口晴子一开始没反应过来，后来才明白他是下去放带来的另一个手电。“画着雨水管道路线的地图就算是礼物吧，我这可是倾囊相助啦。”他满意地说道。

看着眼前关上的井盖，樋口晴子心里充满了不可思议的感觉，他们两人可能永远不会再有交集，但青柳雅春还是生活在某处，并且还要悄悄地潜入这里。在清晨，天甚至还没亮，他将独自打开井盖，藏身于这深邃的洞穴之中。一切会顺利吗？她看着眼前的黑洞，不禁想问。青柳，没问题吗？她在心里问着几个小时后的青柳雅春。

完成所有的替换工作用了不到三十分钟。“工作完了当然要庆祝。”在保土谷康志的提议下，一行人来到便利店的停车场，分别喝起了果汁和啤酒。菊池将门看着保土谷康志用来糊弄人的石膏，不住感慨。“为什么靠这种拙劣的骗术还能顺利住院呢？医院为什么允许你这么干？”他一个劲地反复询问着。

“我呀，跟黑道是有关系的。”保土谷康志那煞有介事的神情，怎么看怎么可疑。可是一想到那些仿造品的精巧程度以及刚才交换井盖时的矫捷身手，樋口晴子也觉得对他的说法实在无法全盘否定。

“唉。我都帮到这一步了，其实本不该多嘴，不过，你们说那小兄弟真能平安无事吗？”保土谷康志喝光了啤酒，好像有些喝多了。他说得很轻松，似乎在评价自己所支持的棒球队一般。

“都帮到这个地步了，你就别说那些丧气话啦。”樋口晴子笑了，“而且，什么叫能不能平安无事？还真能被开枪打死不成？”

“不管是警察还是那些大人物，都是谨慎胆小的家伙，一旦被逼急了，你也不知道他们能干出什么事来。他们觉得太麻烦，于是下令开枪，杀人了事，也不是不可能。”

“电视在直播他们也敢？”菊池将门表示怀疑，“再怎么样也不可能……”

“也许他们让不相干的普通人开枪呢？警察完全可以不出手，找一个疯癫的或者不怎么正经的家伙来，借他的手铲除凶手。”

“希望青柳察觉到情况不妙时能顺利逃脱。”樋口晴子呆呆地说道。

“啊？”菊池将门还不明白。

“唉。先做力所能及的事，实在觉得苗头不对就撤退，这样总可以吧？”

“自己送上门去，然后再想跑可就太难了。”保土谷康志说，“不过，再利用一次下水道倒也不是不可以。”

“到时候他都已经走到公园里头了，难道等发现危险了再回头往下水道口跑吗？刚才我们调换的井盖离公园可还有一段路呢。”菊池将门苦笑道，“半路上可能就被打死了吧。”

“下水道入口的话附近倒是有好几个，把那些也都换掉，让他随时可以跑就行。对了，你——”保土谷康志指了指樋口晴子，“你发现情况不对就大叫，好通知他。只要你喊‘我才是真正的凶手’，不管是警察还是摄像机肯定会奔你去，小兄弟趁那空当伺机逃跑就可以。”

“我才不是凶手呢。我为什么要为了他去那样胡说？”

“真是薄情。”保土谷康志打心眼里觉得好玩。樋口晴子正想告诉他“恋人一旦分了手就这样”，却突然想到一个点子。

电话是丈夫樋口伸幸打来的。

“怎么这个时间打电话来呀？”

“四点不是有电视直播吗？我心想可能你也会看，所以……”

樋口晴子一开始并没理解丈夫的这句话，愣了一会儿才反应过来。“这个消息公开了？”

“大概三十分钟前吧。电视上可热闹了，都说凶手要现身，车站东口的公交中转站被围了个水泄不通，灯火通明，简直跟过节一样。世界杯开幕前的庆祝活动估计也就这规模吧。”

“这个时候你居然还在看电视？你这是怎么啦？”

“我熬夜加班呢。”樋口伸幸自嘲道，“今天会议要用的资料还没做好，现在正赶工。”

“这样啊。”樋口晴子又看了看手表，“真是可怜。”她一直以为出差是件非常轻松的事。

“你那个朋友更可怜。”樋口伸幸说，“我一直在客户的会议室查资料，同事看到网上的消息才赶忙打开了电视。他跟我说仙台又要出大事了。”

樋口晴子因缺觉而昏昏沉沉的脑袋渐渐开始运转。这通电话肯定正被监听着，三十秒已经过去了，这一点樋口伸幸应该也知道，所以他一定不会说什么不该说的话。樋口晴子拿起遥控器打开了电视。

“七美呢？”樋口伸幸问道。

“睡觉呢。”她回答。虽然孩子不在家，但也确实在鹤田亚美家睡着，这不算说谎。樋口晴子在心里告诉自己。“电视上说青柳打算干什么？”

“他通知警方说要去车站东口的公交中转站，打算在那里投降。好像还带着人质，所以不让警方擅自靠近，当然也不能开枪了。”

“人质？”

“依我看，他那是为了不让警方轻易接近。他也不想一出来就被戴上手铐还要挨枪子儿，所以带上人质防身。又或许人质本身也是假的，反正他只要这样说了，警察肯定得被迫和他拉开距离。”

“洞察力挺强啊！”樋口晴子脱口而出。那正是青柳雅春的打算。“你怎么不去给警察当军师？”

“嗨，警方好像早就想到啦。”

“嗯？”

“另外，好像某家电视台还要直播青柳雅春在现场的发言呢。不过这件事情还没有正式公开。”

“居然……”樋口晴子的心里咯噔一下。这件事青柳雅春应该一直是保密的呀？

“网上早已经传开啦。说青柳雅春投降时，某家电视台要直播。”

“难道是电视台的人散布了消息？”

“或许吧。”

“如果可以选择，他们巴不得能在黄金时间档播出呢。”樋口晴子觉得，如果自己是电视台的人，一定也觉得很遗憾。青柳雅春为什么非选在早上四点呢？这一定令他们懊恼得咬牙切齿。

“而且，警方好像要出动刚投入使用的麻醉枪。”

“嗯？”这个想也没想过的词语让樋口晴子的脑袋一片空白。麻醉？

“电视直播的情况下，无论如何也不好直接枪击目标嘛。开枪这一行为本身给人的冲击太强，警方肯定要斟酌再三，但麻醉枪却是一个很好的借口。青柳雅春现身后只要稍有不正常的表现，就可以用麻醉枪将其制服并逮捕。警方这次也是做足了准备。”

青柳雅春知道这些吗？樋口晴子忽然担心了起来。如果他还在看电视，自然能得到这些消息，可现在这个时候他可能已经进入了花京院停车场附近的下水道。有没有事先考虑到麻醉枪这一因素，当然很大程度上左右了他的行动方式。

“你接下来打算干什么？”樋口伸幸忽然问道。

“好好看看青柳的这次壮举呗。”樋口晴子故作镇静地回答，同时还在关注着电视画面。天还是黑的，可灯光所至之处却如同白昼一般。屏幕上交替出现连接车站的高架桥和桥下的公交中转站。由于无法靠近现场，周边酒店和建筑的屋顶上肯定布满了媒体架设的摄像机。首班电车还没有出站，出现在画面一角的铁轨显出淡淡的灰色，让人感觉还在沉睡。一同出现的还有电器超市那平坦的屋顶，以及附近宽敞的停车场。

四处都有探照灯的照射。

声东击西。一切正如当初保土谷康志所预测的一般。樋口晴子想。

所有人都坚信青柳雅春即将出现在这些摄像机前，周边肯定也已经处于警方的严密警戒之下。与之相对，从车站西口至中央公园一带几乎一个人都没有。

“你留在家里关注电视直播就好。”几个小时前，保土谷康志对樋口晴子说，“我也要回医院，通过电视看看小兄弟的精彩表现。如果被医院的那些人或者是熟人看见我在公园附近晃悠，我也不好解释。你也一样，大早上四点不在家看孩子却在公园闲逛，警察肯定得怀疑。所以还是回家为好。”

“就在家里看电视，然后打电话？”

“不。电话还是要尽量在公园附近打，”保土谷康志说，“否则如果临时出现问题也根本无法应对。所以，最好另外找人负责。”

“那么，让谁留在公园附近打电话呢？”樋口晴子一问，保土谷康志的视线就落在一直在旁边一直以为没自己的事、正在看短信的菊池将门。

“啊？我？”

樋口伸幸挂断了电话。樋口晴子重新收回视线，电视画面里已经开始躁动起来。可能摄像机就架在能够俯视公交中转站的酒店屋顶，酒店周围忽然冲出了很多工作人员。可以看到他们正在四处奔跑。

画面切回了电视台演播室。

身穿西装的男播报员正在说明情况：“现在播报最新消息。青柳雅春现身的场地并非仙台车站东口，而是仙台中央公园。大约十分钟前，一名自称青柳雅春的男子给本台打来电话透露了以上信息。工作人员立刻同警方确认，警方也收到了同样的消息。现在工作人员正前往中央公园核实情况，警方也立即开始对中央公园周边进行封锁。”播报员在这样的清晨未显出哪怕一丝困意。

电视台的人似乎因为事情的突然变化而更加兴奋起来，节目中不时传出在演播室后面往来穿梭的工作人员的对话片段，整个电视台都沉浸在亢奋、随时准备发动攻击的气氛当中。电视画面突然一片黑暗，很快出现一道白色的朦胧灯光，并朝着左侧移动，接着出现在画面中的是从车中拍摄的夜晚城市街景，看上去就像一段业余电影的片段，摄像机没有顾及画面的颠簸，选择了持续拍摄。

“现在我们正前往中央公园。”一个女声传来，画面中却看不到人影。

看来他们是打算对前往公园的过程进行直播。绝佳的职业责任感，还是敏锐的商业嗅觉？二者都有可能。路灯不断地往后方闪去。清晨的马路十分空旷，可能附近都是媒体派来的车辆，画面中偶尔能看到前方亮起刹车灯。没过多久，车忽然停止了前进，画面不动了。

“有什么情况吗？”演播室的主持人在询问。

“是红灯。”女声略有些懒散地回答，好像还有些愤怒。眼下必须尽快前往中央公园，可不是在清晨四点空旷的大马路上等红灯的时候。如果不是直播，这红灯恐怕早就闯过了。这些直播车辆正一点一点地接近中央公园。“好了，马上就要到了！”记者发出欢快的声音。“警察封路了。”接着她又抱怨地嘀咕了一声，“只好先停车，然后寻找合适的直播位置。”

接下来的瞬间，电视里闪过一个画面。

可能是因为直播车转了个弯的原因，摄像机稍稍抖动了一下，画面还是同刚才相似的夜景，但镜头在车右转时扫到了对向车道上一辆正和警车并排停在路边的面包车。

开始樋口晴子并没在意，但又觉得不对劲：那辆面包车好像在哪里见到过。正疑惑的时候，忽然反应过来那就是几个小时前曾乘坐过的菊池将门的工程车。虽然只是一眨眼的工夫，但她的确看到画面的一角，菊池将门正从车上下来，隐约还看到另一个人从副驾驶座上飞奔而出。

一群身着制服的警察包围了那辆车。

“啊，刚才我看到了警察。”直播车上的女记者说道。但如今她所有的精力全集中在如何尽快接近中央公园，对其他情况似乎并无兴趣。

樋口晴子立刻起身抓起了扔在沙发上的外套。

青柳雅春

雨水管道的直径略小于两米，大概一百八十厘米左右，站在中间勉强不会碰到头。正常行走是可以，但若是跑起来的话，迈步时头顶几乎要撞上，青柳雅春还是选择稍稍弓着身子前进。脚下有些许积水，每踏下一步都会溅起飞沫。

他右手握着手电照亮前方，手电上还有背带可以挂在肩上。一直背着的背包早已扔掉了，那帮年轻人给的羽绒服也留在了稻井家，转而换上了一件黑色毛衣，因为他觉得这样更便于行动。此时已无暇顾及寒冷。

“从花京院附近下去后，顺着最粗的管道往西走。途中有好多管道的交叉口，但你就一直往下游走，不会迷路。如果脚下有积水，顺着积水流动的方向可以一直走到广濑川。前往广濑川的途中就有通往中央公园的路。”保土谷康志是这样说的，“接下来只有祈祷不要下雨以及下面有足够的氧气了。”

没有下雨，氧气也足够，光凭这两点就应该感谢上苍了。青柳雅春在黑暗的包围中不停奔跑。他不知道这些管道一直连接到什么地方，只听得到鞋子踩碎积水的声音。风凉飕飕的。

保土谷康志留在井盖下的地图画出了前往中央公园市民广场的路

线，并且标注了大致距离。青柳雅春前进时一直默默地数着步数，他判断位置应该差不多了，于是停了下来。

他抬头，手电左右摇晃，很快找到了梯子。

毫不犹豫地伸出手，身体也随之被拉了上去。青柳雅春谨慎地活动着手脚，慢慢往上爬。

上方是一个井盖，他试着拿脖子和后背顶了顶，井盖很轻易地被顶开了。

保土谷康志信守了承诺。青柳雅春小心翼翼地推起井盖，头探出地面。他想象着警察们突然冲上来包围住自己的画面，想象着警察们的皮靴出现在眼前，头顶上数不清的枪口指向自己，顿时起了一身鸡皮疙瘩。如果保土谷康志跟警方串通，发生这样的情况一点都不奇怪。

青柳雅春推起井盖，试着将整个头都伸了出来。他长长地吐气，又深深地吸气。周围地面的细沙被带了起来，呛到了他。

并没有警察的身影。

青柳雅春重新放好井盖，又顺着梯子下到地底，取出口袋里的手机，将话筒别在衣领附近。

他再次朝地面爬去。

青柳雅春打开井盖，迅速爬了出去，又重新将盖子盖好。他实在佩服这些仿造品的精细程度。光看外表几乎跟真品没有区别。仙台中央公园位于东西走向的大道北侧和游行爆炸事件发生的东二番丁大道的交口处。公园里没有喷泉和台阶，除了周围环绕的树木之外，就是长七十米、宽四十米左右的市民广场。

青柳雅春觉得场地选在这里，既可以保证周围视野良好，电视台的摄像机可以清楚地拍到自己，警察应该也不敢轻易朝自己开枪。

刚才青柳雅春钻出来的下水道入口位于市民广场南侧、大型公共厕所和细长的商务楼之间的一处狭小空间，地面上铺着几何图案的瓷砖。

公园四周的雪松映入眼帘，有好几棵都十分粗壮，几乎要两个成年人才能勉强环抱。树干上伸展出数不清的枝叶，条条缕缕地垂了下来，感觉像是怪异的口水。

他背靠在厕所的墙壁上，看到雪松旁边还有红楠。那些树一直站立在不远处，就像一个个毫无怨言的警卫。透过枝叶的缝隙可以看到夜空，比起树叶投下的暗影，夜空反而更明亮。他还看到了通往地铁的电梯和扶梯。现在露面场所被临时改成了中央公园，警方必然也在匆忙之中开始了对地铁出入口的监控。

自己应该前往的舞台一目了然。青柳雅春看了一眼右手边，在暗夜的背景之下，有一处平台聚集了炫目的灯光，所有照明都毫不吝啬地投向了那里。

本不存在的森田森吾出现在自己身边。“到你啦，请走上舞台。”森田森吾在跟自己开玩笑，“青柳雅春大人，请登上实现梦想的舞台。”

青柳雅春从口袋里取出手机，拨出一个呼出记录里的号码。会不会有哪一台眼尖的摄像机发现此刻正偷偷躲在厕所背后的自己呢？到了这个时候，他反而觉得无所谓了，自己也无须再保留什么。

拨号音响了几次之后电话被接起。“我是矢岛。”

“矢矢矢矢矢岛先生？”没想到自己竟然还有这种调侃的闲心，青柳雅春打心眼里为此感到高兴。

“青柳先生，你现在在哪里呢？”

“你那里的摄像机都准备好了吗？”

“县厅的顶层是开放的，中央公园绝对拍得清楚。你这可是临时改变计划啊。”

从县厅到市民广场还有一段距离，不过对摄像机的远距离镜头来说应该不是问题。

“一切按计划进行。那么我就出去了。我说的话，你们会原封不动地直播吧？”青柳雅春调整了一下话筒，“接下来我就无法操作手机了，你那边的声音我就听不到了。”

“接下来我这边会处理好的。你放心上吧。”矢岛的语气里带着认真，仿佛是对学长充满期待的学弟。

青柳雅春正准备放下手机，却发现通话在这时忽然断了。他心里一惊，立刻重新拨打号码，但这次连拨号音都没有了。

究竟发生了什么？他一时间根本搞不清楚，头脑里一下子空白一片。

他又拨了一次，结果还是一样。关掉电源再重新打开，但矢岛的电话再也无法接通。

计划败露了吗？

杉树的叶子摇晃了起来，让人更加不安。这个手机号码应该还没有被警方发现才对。但是，监测出公园附近范围内所有在通话的手机这种事，警方或许是可以做到的。从刚才的对话内容里，他们已经大致判断出自己究竟想做什么，所以才决定切断手机通话吗？

青柳雅春尝试着拨打查询时间的号码，手机放到耳边，没有声音。

这个手机的通话功能已经被限制。这种事情是瞬间就可以做到的吗？答案恐怕是肯定的。

青柳雅春扯下领口的话筒，扔到了一边，又收好手机放回口袋，叹了口气。敌人太过强大，自己那点贫瘠的智慧根本无法对抗。他感到恐慌，更感到无奈。与巨人国的国王为敌，自己毫无胜算。现在唯一能做的——他回想起三浦的话，曾经森田森吾也对他这样说过。

“逃吧！”

青柳雅春摊开手掌，深深地吸了一口气。好吧！他想。双腿的颤抖停止了，他这才注意到原来刚才双腿一直在发抖。昨晚父亲在电视里说过的话在耳边回响。

爸爸，我要赶紧逃了。

樋口晴子

樋口晴子从公寓停车场找出了丈夫平时用来上班的自行车。她不知道该如何开锁，摆弄了好一会儿，心中焦躁不安。她想尽快出发，但总也无法顺利开锁。

好不容易将锁打开，她蹬开支架便骑了上去。自行车的车把是直的，而且是越野式，自从丈夫买回来之后，除了应邀勉强试骑过一次之外，这是她第二次碰这辆车。

她抓紧把手，上身比想象中更加前倾，一蹬踏板，车就一下子冲了出去。可能是夜晚的原因，车速越来越快，令她心惊。现在不是踌躇的时候。虽然穿着外套，风还是很冷。

睡意已经全无。不管现在是四点还是几点，都管不了了。她回忆起刚才看到的电视画面，并排着停在警车旁边的确实是菊池将门的车。她满脑子全是不祥的预感。

电视台的直播车持续播出拍摄到的车窗外的场景，所以大致场所樋口晴子都知道。向西，十字路口往右，她边骑边在脑海里描绘着地图。

现在大概才早上四点，路上几乎没有车和行人。路面、天空和周围的建筑物全都被蓝色所包裹。那是深浅不一的蓝。

路灯的光亮越来越远。没有和七美一起而是单独行动令樋口晴子感到不可思议。那并不是自由的感觉，而是更接近某种不踏实。她喘着气，双腿越发沉重，趁着没有往来车辆，自行车斜斜地横穿过宽阔的双向四车道马路。她暂时停止了踩踏，让自行车保持一段距离的滑行。车子发出轻快的声响。她到达马路对面，前轮冲上路缘，人跟随着自行车跳动。

青柳雅春

在众人的环视之下，青柳雅春走了出去。他知道此时必定有数不清的眼睛正盯着自己。

他高举双手迈出脚步，想象着远方的摄像机正如饥似渴地寻找并锁定自己。四周看不见蜂拥而上的记者和警察，有的只是射向自己的灯光照明。

一步一步地迈出步伐。公园内十分宽敞。

摄像机在哪里、探照灯在哪里、枪口在哪里，他全都不知道，唯一能做的，只有朝着灯光聚集的广场前行。

青柳雅春刚通过电话宣布“投降地点改在中央公园”，佐佐木一太郎就立刻要求为确保人质安全，所有人不得接近公园及相邻道路。不相干的人员出现可能导致人质丧命，电视直播的画面将不堪入目。他这种拙劣的恐吓成效如何并不好说，暂时还没有人影在广场里出现。电视台的工作人员肯定和警方一样，正在周围建筑物的屋顶和道路外围等待机会。

青柳雅春提出要求，只要佐佐木一太郎单独前往市民广场，他便束手就擒，对方也答应了这个条件。

“我只要在公园里等你出现就可以了？”

“不可以。”青柳雅春坚决地否定道。他不希望自己刚现身就得面临和对方的厮打，他打算利用这个时间通过电视直播将自己说的话传出去。“我带着人质往广场方向走。大概到广场正中央时我会挥动手帕示意，到时候你就过来。人质我会放走，你抓我就行。”

“为什么要这样复杂？”

“我想让摄像机多拍拍我。”这其实是真话。他需要确保直播的时间。

“人质是什么人？你为什么要带人质？”

“我直接露面不就会被你们一枪打死吗？”

现在警方一定正为青柳雅春没带人质而意外，同时乱了部署。他们或许会以为青柳雅春留有后手，不得不暂时停止射杀计划。当然这必然拖延不了多长时间。他相信自己在公众面前、在电视直播下被枪击的可能性更低，但并不代表是零。

青柳雅春害怕自己完全暴露的身体会在某个时刻突然布满弹孔，一再确认着身上的痛觉。还没中枪、还没中枪，他不停地告诉自己，同时向前走去。他感觉随时可能昏倒，只能咬牙坚持。

这些灯光和摄像机的背后，一定有大群的人为了一睹刺杀首相的凶手而守在电视机前。不知道其中有多少人真的相信他就是凶手呢？青柳雅春觉得，恐怕其中大部分人甚至都不会去思考这个问题。凶手如何并不重要，他们只想关注这场电视直播的骚动而已，跟看足球比赛没什么两样。

隐约可以听到摩托车疾驰的声响，应该是配送晨报的摩托车。

是啊。青柳雅春忽然意识到，哪怕自己被卷入了如此险恶的风暴之中，送报人的工作还是要继续。晨报被送往各家各户，人们就此开始新的一天，将涌向公司和学校，跟身边的人抱怨“就因为看了直播，现在困得不得了”，投入到普通而永恒不变的日常生活当中。对他们来说，这和熬夜观看了世界杯日本队的比赛一样。

至少，它证明了我到此刻为止一直都在。没有人冒充，真正的青柳雅春就在这里。我不是凶手。青柳雅春多希望电视机前有人能明白这一点。

摩托车的声音还能听见。它行驶在哪里呢？青柳雅春真想跟那个素未谋面的送报人说一声：工作辛苦了。爸妈又在哪里呢？自己的清白是无法证明了，朝着镜头挥个手还是可以的。

樋口晴子

人行横道路口现在是红灯。樋口晴子本想直接过去，但发现警车就停在马路对面，于是捏住了刹车。一声短促而尖锐的摩擦声在清晨的街道回响，樋口晴子觉得周围建筑物上那些沉寂的窗户好像一下子都盯上了自己。四周被清冷的黑暗所包围，天空也是暗的，零落地飘有几朵云。警车并没有任何动静，只有车顶上的警灯闪着红光。

十字路口的一角是一栋高耸的银行大楼。此时并非营业时间，卷帘门还没被拉起，一名男子正面对着卷帘门站立。

是菊池将门。他的双手扶在门上，警察蹲在一边，摸着他的鞋和小腿，是在搜身。

樋口晴子再也按捺不住，蹬起了踏板。信号灯还是红色，她没有理会，径直穿过了马路，到人行道边时前轮又撞上了路缘。她捏住刹车，将自行车随手停在路边后立刻转身大喊了一声“将门”，随即跑了过去。

“樋口小姐！”菊池将门双手仍然扶着卷闸门，只是头转了过来。

四周的警察们立刻都站起身子对着樋口晴子，其中有两个人很快走到她面前挡住了去路。“站住。”

樋口晴子没理他们，从二人中间穿了过去继续往前，没走两步发现自己竟然倒在了路上，应该是其中的一个警察动手了。他们竟如此轻易地击倒了自己。樋口晴子手扶着膝盖站了起来。“他犯了什么事？”她质问着警察，声音有些沙哑，“他是我的朋友。”

樋口晴子忽然感觉到背后有动静，一转身，只见一个体格壮硕的男人正站在身后。樋口晴子一惊，随即发现肩膀已经被对方抓住，还没来得及感觉疼痛，整个人就再次倒在了地上。她感觉牛仔裤似乎发出了撕裂的声音，脚上的球鞋也几乎要脱落。

她抬起头，看到一个男人的脸。平头，细眼睛，头戴耳机，黑皮肤，宽额头，鼻梁高得看上去简直像假的，是自己在咖啡店跟平野晶和菊池将门见面时，和近藤守一起的那个人。樋口晴子看了好一会儿，才发现他左手拿着的是枪。一开始她还以为那是某种工具或者玩具，后来才意识到在美国电影中黑帮火拼的场景里常能看到那玩意儿，充满了震慑力。感觉光是被这东西砸一下都会身受重伤，因为它看上去就像一根粗糙的铁棒。

“我们的警车在附近巡逻，发现了他的车停在路边，所以就例行公事检查了车牌号码。”一名警察一边解释一边朝樋口晴子伸出手，要拉她起来。

樋口晴子并未领情，自己站了起来。左肩很痛，痛得她脸都扭曲了。

“我们很快发现那辆车是维护安保探头的工程车，而当时驾车的正是维护负责人菊池将门，也觉得没有什么问题，可正打算当面问两句的时候，坐在副驾驶座上的人却下车跑了。有人当面逃跑，我们当然要怀疑了。是不是？”另一名警察说道。

他们全都一个模样，好像没有表情、没有感情的幽灵。从副驾驶座逃跑的是谁，樋口晴子也知道，但她并没打算解释。一旦说出去，就什么努力都白费了，菊池将门恐怕也是因为这一点才反抗到现在。

“樋口小姐，对不起，打算把车停好看那边的电视，警察却忽然跑来，吓了我一跳。”站在卷帘门前的菊池将门已经转过身来，他视线所指的方向，正是樋口晴子骑车来时的方向。那是安在一栋大楼外部的巨大显示屏，屏幕上播放的正是中央公园的直播画面，出现了被灯光照得通明的公园。

樋口晴子眯起双眼盯着屏幕。其他警察也像被她传染，全都朝着相同的方位看了过去。

画面中央，被探照灯光照亮的市民广场上，刚好出现了一名男子。西边立时好似地震一般，涌出一阵低沉的近似于欢呼的嘈杂。人们很兴奋，就像终于见到了盼望已久的明星。

樋口晴子紧张了起来。许久未曾见过青柳雅春，他的轮廓还是那样分明，表情带着疲惫，脸有些脏。他并没有让人觉得悲壮，而是无所顾忌地坦然面对。

她感觉自己的心在怦怦跳。

演播室里肯定有人正在评论他这副模样吧，说他明明是凶手居然还这样理直气壮。

“各位不用赶紧去现场吗？”菊池将门开口道。

“安静。”警察说着，随后又发出喊叫，“你在干什么！”

等樋口晴子再转头去看时，菊池将门已经被摁倒在地上，左手被扭在身后，整个人无法动弹。他的手机就落在脚边。

“你刚才准备给谁打电话？”警察语气严厉地问道。

“给谁？当然是打给我女朋友。”菊池将门撒了个谎。随后又夸张地大声哭喊着说痛。这时那个高大男人动了起来，径直朝菊池将门走去。樋口晴子不知对方打算做什么，但总觉得不对劲，于是大叫一声“等等”，随即从他背后追了上去。

高大男子停下脚步，果断挥拳。准确地说，樋口晴子并没有看到他挥拳的动作，只觉得眼前一阵白光，自己的姿势随之变化，好像浮在了空中一般，脸却撞到了地面。她不知道究竟发生了什么，是被他手中那支巨大的圆珠笔一样的东西砸了吗？比起疼痛来，太阳穴上的灼热感更加强烈。

她陷入了一阵混乱。身体似乎被一层薄膜包裹，无法把握四周的情况，甚至不知道该如何让自己站起来。右侧的脸颊很痛，用手摸了摸，皮肉似乎裂开了，手感粗糙。

“樋口小姐！”被警察架了起来的菊池将门喊道。他直往上方使眼色。樋口晴子顺着他所指的方向，视线重新回到身后的大屏幕。

青柳雅春孤零零地站在市民广场的正中央。

他毫无防备，似乎成了全世界的标靶。樋口晴子背后的汗毛倒竖，感觉他随时有可能被麻醉枪击中。

青柳雅春大幅度地挥动起双手，那副样子看上去倒不像投降，更像是在挥手示意某个身在高处的人。

“哎呀！来不及啦！”菊池将门发出一声无可奈何的呼喊。他双手一摆挣脱了两边的警察，随后捡起地上的手机小跑着远离卷帘门，同时将手机放在了耳边。

戴耳机的高大男子将手中的霰弹枪放到地上，手伸向站在身旁的警察的腰间。

樋口晴子还没明白他此举意义，就听到一声枪响。

在樋口晴子的视线前方，是愣在当场的菊池将门。

高大男子手里拿着从旁边警察的腰间抽出的手枪。

她看见菊池将门双手按着左边大腿缓缓地蹲坐下去。

高大男子又挪动起巨大的躯体，一步步地朝菊池将门走去。没有用霰弹枪或许是他的慈悲，又或许是因为他觉得根本没那个必要。

樋口晴子再次冲了上去。她冲得比刚才更凶，可能打算拿身体撞击对手。高大男子察觉到她在背后的动作，一个转身面向她。他要开枪！樋口晴子感到恐慌，一阵寒意从头贯穿至脚，可她无法停止自己的动作。

离对方只有不到几米的距离，脑海里却突然闪出一个画面。它出现得那样唐突，让樋口晴子感觉好像被人戏弄般，脸上被拍了一块涂满奶油的蛋糕。

学校食堂。画面里出现的是学校食堂。

森田森吾和青柳雅春都在，正抱着阿一的身体指手画脚，好像在练习某种民族舞蹈一般。

“你们干什么呢？”樋口晴子靠近问道。

“我们练习练习。”森田森吾回答，“大外刈的练习。”

肯定是又在欺负阿一，樋口晴子笑了。

阿一叹了口气道：“唉，也算不上欺负，拿我练手呢。”

“怎么样，樋口，你也来试试？”青柳雅春说。

回忆那时的动作。

樋口，你也来试试？

樋口晴子的身体动了起来，她将左脚伸到了对方的右脚边。不要小看每天抱着女儿走路的母亲的力量，她心想。右脚高高抬起，从后方砸向对方的右膝关节，同时抓住对方腰腹部，用尽全身力气提拉。

你试试，樋口。这次是森田森吾的声音。

她大喊一声，右脚发力——然而被扔出去的还是她自己。什么时候、怎么被扔的，她全不知道，只感觉身体又在地上翻滚，浑身疼痛，根本分不出疼痛的具体位置。皮磨破了，手腕脚腕扭到了，膝盖也觉得痛。手上沾着血迹，却不知道血是从哪里流出来的。

高大男子如同岩石一般，厚实的胸膛显得难以撼动。他朝着倒在地上的樋口晴子再次举起了枪。

这次真的完了。樋口晴子几乎要闭上眼睛不敢再看，这时高大男子的身体却稍微晃了一晃。是菊池将门从后面扑了上来。只见他拖着一条腿，紧紧地从身后抱住了高大男子。“他呀，以前肯定是住在灯里的，只要灯被擦拭了，他就会跑出来，还养成了言听计从的习惯。”樋口晴子想起平野晶以前曾这样调侃菊池将门，再看他此时的形象，充满了勇气和斗志，那气势丝毫无愧于他的“将门”之名。

菊池将门一声惨叫之后也被摔倒。高大男子头上的耳机也因为动作太大而掉在了地上。这次，他面无表情地又将枪口对准了菊池将门。

这时，一部手机滑到了樋口晴子脚边。是菊池将门趁倒地时一个翻身扔过来的。

樋口晴子将手机捡起。

高大男子看着二人的动作，满脸讶异。

“樋口小姐，按重拨键就可以！”菊池将门大声喊道。

樋口晴子抓住电话，先是单膝半蹲，最后勉强站起了身子。她看了一眼身后。

画面里的青柳雅春还在挥手。还没有人朝他射击。

忽然间她想起很多年前，他们还是学生时曾约好一起去看电影，可因为自己太粗心，最后错过了开场时间。当时青柳雅春很无奈，还有些生气，但最后还是只说了一句“算啦”。他苦笑着告诉她：“下次可得准时啊。”

虽然已经过去太久，樋口晴子想。

这次一定准时。

她按下重拨键。她知道高大男子和警察都在看着自己。

樋口晴子挺直身子，将手机举过头顶，小声嘀咕了一句：“来来，大家一起喊——”高大男子一下子就冲到了面前。樋口晴子将手机放到耳边，听到了拨号音。“去吧，青柳屋！”她说。

啪、啪啪——街道的不同位置传来某种东西发射的声音。啪、啪、啪。声音之间有少许错落，但几乎是同时发出。黎明前的黑暗中有光线爬升至一百五十米左右的天空，伴随着高亢的鸣啸，拖着长长的尾音，跟着是充满震撼力的爆炸，余音扩散开来。火药燃烧而成的星星变成巨大的花朵，迸裂着，飞散着，挤满整片天空。

光芒在空中炸裂开来，形成一个个直径一百五十米的同心圆。

高楼后方的黑色背景里，光芒幻化成菊花的形状扩大蔓延。这样的市中心地区从未有过如此巨型的烟火燃放，让人觉得这些奇妙的光线好像是那些建筑物散发出的一般。夜色似乎淡了下去，城市一下子明亮了起来。烟火的花瓣拖着长长的余韵，缓缓落向地面。它们像慢慢消失的碳酸泡沫，又像是一阵短促而细小的冰雹，给人以舒爽的感觉。

警察们和高大男子都呆呆地看着天空。樋口晴子冲上前去，用尽全身的力气朝正仰视天空的高大男子的胯下踢去。

青柳雅春

自己的脚步声所造成的回响音又形成新的回音，好像是在下水道中呐喊一样。青柳雅春再度奔跑在雨水管道里。手电的灯光照射不了多远，让他觉得自己不是在管道中奔跑，而是在穿过圆环。黑暗的圆环包裹着他，而他只能一个又一个地穿梭过去。不知道目的地在哪儿，他只能往前跑。他十分害怕什么时候就会忽然撞到了前方的墙壁。

是远距离遥控吗？烟火不止一处，而是从城市里的好几个地点发射升空的，不可能每个地方都配置专人点火，一定是通过某种方式远距离遥控点火。“不久的将来，说不定只须拿起手机噼里啪啦按下一串号码，烟火就砰的一下上天啦。”他想起轰叔以前说过的话。他还说，“烟火的美好不会因为这些而改变。”让人看到了他对自己的这份工作所抱有的骄傲。

昨天晚上保土谷康志打电话来说“井盖已经替换成仿造品了”的时候，还乐呵呵地告诉青柳雅春：“另外我还有一个提议。”

为了不让儿岛安雄听到，青柳雅春专门走到稻井家的盥洗室继续说话。“提议？”

“你想通过电视台证明自己的清白，我对这个计划没有异议，也希望它能顺利进行。不过，我看还得想好万一计划进展不顺利了该怎么办，是吧？”

“那就一切都结束了。”青柳雅春对后续并没有想法。

“告诉你啊，市民广场的正中央也有一个下水道入口。”保土谷康志并没理他，自顾自地说道，“假如你在那里现身之后，觉得情况不对了，就再利用那里脱身，怎么样？而且，那里的井盖我也已经换成假的了。这是我们临时想到的主意。”

“我们？”另外还有谁呢？青柳雅春有些不放心。

“一个想法丰富的团队。”

“市民广场周边肯定有警察持枪戒备，广场周围又没有遮蔽物，你让我在他们的眼皮子底下钻下水道？”就算井盖再怎么轻，警察总不可能热心地送上一句“哦？你还要钻下水道啊，你辛苦了”，然后温柔地目送自己离开。“想当着他们的面脱身，警察肯定要开枪的。”

“我替你引开他们的注意。”保土谷康志哼笑了两声，“你呀，如果想跑了就使劲挥手。我看到了之后，就给你咚的来一下。”

“咚？”青柳雅春在问他的同时，脑子里想到了轰叔，“烟火？”

“小兄弟，你以前不是在烟火厂帮过工吗？我顺手给那边打了个电话，没想到就聊了两句，人家就说愿意帮忙。”

“慢着，那里应该也早就被警方盯上了。”轰叔的烟火厂很有可能也被监听了。在电话里问他们是否愿意为青柳雅春准备烟火，马上就会被发现。

“那个厂长说他的儿子因为跟媒体怄气，最近每天都跑去弹珠房玩到关门。所以呢，我就直接去弹珠房找他啦。一说这事，人家立刻就拍胸脯了。那气势，我看着都害怕呢。”

“轰叔的儿子？”自己在工厂帮工的时候，常听轰叔聊起他那个在青森县上班的儿子，“他回来接班了？”

“他儿子很痛快，答应马上帮我们去安装烟火。明天只要看到你挥手就点火。到时候突然看到那些烟火，人们肯定会吓一跳。你呢，就趁机钻进下水道里。”

“准备在哪里放烟火呢？”青柳雅春问。

“嗨，你就等着看好戏吧。”保土谷康志笑笑，“对了，如果从那里跑的话，”他补充道，“你从中央公园跑的话，就往西走。穿过西公园的下面，顺着雨水管道可以走到广濑川。出了下水道，就可以从广濑川的对岸回到地面了。”

“广濑川？”

“雨水管道的尽头是翻板闸门。止常情况下，在管道内的水压作用下可以向外侧打开。为了不影响河堤景观，外侧一般会用人造岩石之类的材料进行一下伪装修饰。你就从水管内侧把门推开然后出来。河水不深，步行可以蹚到对岸。对面应该是一所驾校。”

“然后呢？”

“自己想办法吧。”

青柳雅春拼命往前跑，都来不及回头看。脚步声在回响，他总觉得一旦停下来就会被包裹在这黑暗的管道里压碎。

警察应该已经发现他利用下水道脱身了。突然升空的烟火再怎么吸引注意力，摄像机应该会将他钻下水道的过程拍下来。不过，他们恐怕也无法立刻封锁下水道，现在可能正拼命理清各下水道的出口位置。刚才爬下来的时候，他已经将井盖背面的锁链挂在了扶梯上，想立即打开是不可能的。

必须在警察追上来之前到达终点，这是唯一的目标，为了这个目标，青柳雅春几乎大脑一片空白，只能偶尔想想“我的人生结束了”。鞋底和地面碰撞的声音传得很远，手电在有限的范围内发出淡淡的光。往前往后都是一片黑暗，青柳雅春觉得这也是自己现在的处境。过去和未来都已陷入黑暗之中，只能勉强看清脚下。

“既然能整出另一个我，一定也能把我整成另一个人。”

昨天晚上，接受了保土谷康志的提议后，青柳雅春又给整容医生打了电话。打电话时已是深夜，医生还是保持了一如既往的冷静。“你是要我给你换一张脸？”他问道。

“只是假设，万一走投无路了，我还可以有这个选择。放弃自己的长相，变成另一个不相干的我，再继续逃亡下去。我希望能在你的诊所住一段时间。”

“你想换张脸，变成另一个人生活？”

“如果可以的话，我不希望那样。但是，这是一个选项。”青柳雅春说出了心里话。如果可以，他当然希望洗清冤屈，保全自己的人生。

“最后恐怕还是得选这一项吧！”医生毫不避讳地说道。

“如果除此之外已经没有其他办法，那么我觉得这也是一种战斗的方式。”青柳雅春对着电话说出这句话之后才觉得，这的确是一个选择。在与这种庞然大物为敌的时候，无法再去管什么形式，即便是舍弃自我，也应该继续逃下去。身陷于汹涌洪水之中的时候，即便丢弃了行李和衣物，只要能活下来就可以。虽然失去的很多，但并不代表失去了全部人生。

“你打算怎样到我这里来？你知道我家在哪里吗？”医生问道。

青柳雅春请求他说出地址。“我只会在万不得已的情况下才会去你那里。”

“我家其实还挺难找的，所以还是找人去接你吧。”

“谁？”

“我的一个熟人很担心你的情况，还打电话来问过我呢。我可以让那个人带你来这里。”

青柳雅春问了来人的身份，觉得也在情理之中。“明天早晨四点，如果看到市里有烟火燃放，就在仙台西郊驾校和广濑川河岸相邻的地方等我。”青柳雅春说道。

“希望事情不要发展到那一步。”医生说。

“估计不会。”青柳雅春当时所考虑的就是让电视台直播自己的发言，然后被警察逮捕，接下来证明自己的清白。

没想到，竟然——

没想到，竟然真得放弃自己的人生，他想道。可是，要活下去。

“就算狼狈不堪也好，跑远些，活下去。人活着比什么都好。”森田森吾说过的话在漆黑的雨水管道中回响。

“森田，”青柳雅春喘着粗气问道，“这也是森林的声音告诉你的吗？”

才不是呢，是我自己说的 。他听到了这样的回答。

前方的地形开始有了变化，似乎已经到头了。青柳雅春回忆起保土谷康志的交代，走到尽头，弯下腰，右肩贴到墙壁上。他可以感觉到这块门板正缓缓向外侧打开，与此同时他听到了一阵声响，是水流的声音，听上去就像是一头熟睡的野兽正在打鼾。

青柳雅春调整姿势，站稳脚跟继续向前推，随后他脚底一滑，整个人向前倒去，等反应过来时已经一头扎进了河流当中。他慌忙仰起沉进水里的头，站起身，发现河水的深度还不及腰。他伸手抹了一把脸上的水，感觉到一股植物的腥臭。这里没有警车和警笛，也没有摄像机和探照灯。他左右摇晃着身体，两手划着水，慢慢向对岸走去。

好不容易到达河对岸之后，旁边立刻有一个人影朝他而来。是一个小个子女人，棒球帽檐压得很低，盖住了眼睛。青柳雅春大口喘息着。

“你还真来啦。”她说道。

“好久不见。”青柳雅春低头打招呼。

“身上湿成这样啊。”

“一言难尽。”

“我们赶紧走吧，我的车就停在附近。”她说着，抓起青柳雅春的右手。

“你还在仙台？”青柳雅春曾经接到过一封信，她在信上说退出演艺圈后就回了仙台老家。

“是呀。看到新闻后，我可吓了一跳。”她说着，带着青柳雅春顺着一条狭窄的小路前进，“我这样算不算是报恩啦？”

“被栽赃成那样一个大案的凶手，还要靠整容苟且偷生，我……”青柳雅春不禁叹息道。

“如果是电影的话，搞成这样肯定不能算是圆满结局。”她若无其事地笑道。

“我能问一个问题吗？”青柳雅春努力跟上她的步伐。

“你问。”

“其实你整过容吧？”

她没有回答，而是爽朗地笑着说道：“医生那里有游戏机，等你手术做完了，我们一起玩吧。”

青柳雅春使出最后一丝力气，努力向前迈着脚步。鞋子里的水漫了出来，打湿了地面。

第五部　事件发生三个月后

“不是说过了吗？我们只是被恐吓了，你也真够烦的。”轰厂长对坐在桌子对面的近藤守说道。近藤守旁边年纪稍大的刑警正靠在折叠椅上挖鼻孔。

窗外还积着两天前下过的雪。过完年后一直是晴天，刚跟厂里的工人说今年雪很少，这场雪就来了。在仙台这地方，不管次数和时间如何偏差，每年就跟对好了账似的一定会下差不多量的雪。轰厂长忽然想起以前好像有人这样跟他说过。

在青柳雅春清晨逃亡时突然出现的烟火全都来自轰烟火厂，这件事很快就被警方掌握，这三个月来他们也不知来过了多少次。每一次，轰厂长回答他们的话都一样——事发前一天，青柳雅春忽然前往当地一家弹珠房，拿枪指着正在里边玩的轰一郎，并威胁说，如果不想死，就赶紧替他准备烟火。

“可我们查了好几遍那家弹珠房的监控录像，根本没有青柳雅春出现的记录。而且，连一郎先生我们都没看到。”

“那是当然了，我从来都坐在摄像头拍不到的角落里。”坐在门边那张桌子后面的轰一郎变换了一下跷二郎腿的姿势，掏着耳朵回答道，“就算摄像头没拍到，我被恐吓的事可千真万确，我还以为真会被他杀死呢。难道摄像头没拍到，警察就不保护我了？”

自己这儿子不依不饶起来还真是不得了，轰厂长在一旁也目瞪口呆。“我也没办法，所以只能把烟火啦、发射筒啦、导火索啦还有工具啦之类的全都给他准备好。一郎呢，就被他带走了。我们都不想帮他，但是又不得不帮。”轰厂长也跟着说谎。

“工厂外头的媒体确实目击到当天深夜有面包车从这里出去。”近藤守不耐烦地说着，好像这句话他已经听了好多遍似的。而实际上，关于这个情况的报告他确实也看了好多遍。

“本来就是。那些家伙，脑子里全是青柳雅春，一看面包车里没有青柳雅春就全都没了兴趣，还给我让路呢。”轰一郎笑了，“都是他们的错。”他补充道。

“当时你为什么不对媒体说自己被恐吓了，车上装的烟火和设备都是青柳雅春要的呢？”年长的刑警不耐烦地问道。

“因为他们没问呀。”轰一郎鼻子里发出“哼”的一声。

“反正，说到底你们就是坚持自己是被恐吓，才替他装好了烟火是吧？”近藤守本人似乎并没有那么气愤，只是平静地念完分内要说的话。

“还有另外一个开面包车、维护安保探头的小哥也是一样。他是和我一起被恐吓的，我俩一起大半夜到处设置烟火来着。”

“菊池先生的证词也一样，还有同时在场的樋口晴子女士也是。你们几个刚好就在安保探头的死角处架设了烟火，因为……”

“我们被恐吓啦。”轰一郎用挖耳勺指着近藤守，“我们都是惜命的。”

近藤守深深地叹了口气。“樋口女士说，青柳雅春威胁她要杀了她女儿。所以她当时不顾一切地协助了青柳雅春，包括跟警方作对。”

“那是当然了，因为她受到了威胁嘛。我们可都是遵纪守法的好市民。”

“所以你们将车停在附近的十字路口，等待着青柳雅春的指示。但你们中途被警方的巡逻车发现，正被检查证件的时候，一直坐在副驾驶座的你却逃跑了。如果当时你的生命受到了威胁，为什么不直接向警方寻求保护呢？”

“我怎么知道他们是不是真的警察？反正我当时就是想跑。我太害怕了。”轰一郎若无其事地说道。这明显不是什么说得通的借口，但他从事发之后就一直坚持这样解释，就连轰厂长也几乎相信了他当时真的只是想跑。

继续听了一阵近藤守与轰一郎的唇枪舌剑，轰厂长叹了口气，他知道再怎么查下去也改变不了任何事实。青柳雅春得以逃脱，烟火确实是一个重要契机，但烟火来自哪里并不是太大的问题，明眼人一看就知道，警方只是想将自身的责任推给别人。摆弄着挖耳勺的轰一郎，用指甲挖着鼻孔的年长刑警，还有一直保持冷峻表情没变的近藤守，他交互地看着这三个人。

“轰厂长，您再不跟我们说实话……”近藤守沉默了一会儿之后说道，“再这样下去，或许工厂的生意就不能顺利做下去了。”

“这威胁也太赤裸裸了吧？”轰厂长简直要放声大笑，“可以啊。仙台没有了我们，烟火就少了一大半乐趣。这样真的好吗？当然了，你若一直要求强行关闭我们厂，我们也不会硬撑。”

年长的刑警可能看不下去了吧，打了个大大的哈欠。

“我知道你们的工作不好干。”轰厂长朝近藤守那边探出了身子，“恕我问句老实话。”

“请讲。”

“事件的真凶，你真觉得是青柳雅春？”

近藤守沉默了一会儿，静静地闭上眼睛。“当然。”他回答，似乎还想再补充些什么。

“当然是，还是当然不是？”

镰田昌太将车停在公寓的停车场后，摸了摸在副驾驶座上熟睡的儿子的脸，试图将其叫醒。想到他明年就要上小学了，这才觉得儿子真是长大了不少，但熟睡的脸庞看上去依旧稚嫩。可能太累了吧，总也叫不醒。抱着他进房间也怪麻烦，镰田昌太心想。

时隔一年半再次回到这所公寓，他有些担心里边究竟变成了什么样子。给的钱再多，也确实不应该把房子转借给一个完全不认识的人，事到如今他竟然才想到反悔。

“就因为你做事不考虑后果，全凭意气用事，实在叫人无法理解。”镰田昌太想起当初妻子离开自己时所说的理由。结婚之前，同样的事情，她明明说过那是自己的优点。现在倒好，翻脸不认人了。他不由得苦笑。

先等儿子醒了再说吧。他松开安全带，抓起之前扔在车后座的体育报读了起来。现在房间里肯定冰冷，车里反而更舒服些。

他看到一则关于三个月前发生在仙台的金田首相遇刺事件的报道。凶手青柳雅春在烟火的掩护下成功逃脱数日之后，仙台港口附近发现了一具尸体。警方对外声称那具尸体就是青柳雅春，但这篇报道主张此判断并无凭据。某作家以尸体并未进行 DNA 鉴定为论据，质疑那具尸体其实是警方为了尽快结案而一手制造的冒牌货。警方对此并未做正面回复，报纸将其登出来也只是抱着凑热闹的心态。

“事情一闹大，就根本搞不出来个所以然啦。”镰田昌太自言自语道，又看着报纸上登出的青柳雅春的照片，嫉妒地说道，“就是因为长得帅才落得这个下场。”

这时有人敲起车窗玻璃。他一看，一名男子正弓着腰朝车里看。男子的脸颊有些下垂，单眼皮显得很困倦，看不出年龄。镰田昌太当即觉得对方实在可疑，戒心顿时高涨，随后他降下了车窗。冷风一下子灌了进来。

“怎么啦？有什么事？”

“突然打扰你不好意思。”男子说。可以看到他的牙齿参差不齐。“我是想问你这辆红色跑车……”

“你认错车了吧。我常年在外头，今天才刚回来。”

“你是不是驾车旅行，绕日本一周了？”

“你怎么知道？”

“你把公寓转借给别人，得了一大笔钱？”男子像是掌握了一切，一件事接着一件事说个不停，让镰田昌太感觉很不舒服。

“你怎么知道？”镰田昌太解除车锁，开门下车。

对面这名男子，身体跟脸比起来显得瘦了些，身体看上去还很年轻，但面色却不知为何很阴沉。那张脸不算太丑，但也不算多么精致。

“你到底想说什么？”

“哦，没事。我就是一直以为你们早不在人世了，现在还挺高兴的。你们就住这里吧？”男子指了指旁边不远处的公寓，“之前我还上门打扰过一次。”

“你别说得这么可怕行吗？”镰田昌太大声嚷道。他很关注儿子的情况，说完立刻往车里看了一眼。

“原来你们没事，真是太好了。”镰田昌太听到男子还在一旁说话。他看到儿子睡得迷迷糊糊还伸着懒腰，于是再次转身向前，可那名可疑的男子已经消失不见了。

岩崎英二郎打开房门，刚一进屋就觉得今天的空气似乎有些凝重。没有见到女儿的鞋，应该是出去玩了吧，公园里的雪还没融化，可能跟小伙伴们去那里了。

他看了看表，刚过下午四点。今天不是自己值班，所以只在外头闲逛一圈就回来了。

“哎呀，好冷。”他故意大声夸张地说着，走进里屋。

厨房里传来妻子切菜的声音，但她没回应。

从长年累积的经验来看，他明白妻子生气了。岩崎英二郎不禁皱起了眉头。他用眼角的余光打量妻子的动静。此时的她表面上看只是在厨房一心忙家务，但是只有他知道，那明显是在生气。

原因是什么呢?

岩崎英二郎绞尽脑汁地想。不值班的日子一个人在街上闲逛也不是最近才开始的，今天自己做了什么吗？他问自己。厕所冲得不干净？脱下的衣服到处乱放惹到她了？脑子里涌出很多种猜测，但似乎都不大对得上号。没办法，他只得故意说着一些没什么意义的话，在客厅的榻榻米上坐下打开电视。

不一会儿妻子从厨房里出来，收拾起放在他面前被炉上的杂志。

当发现妻子根本没打算看自己的时候，岩崎英二郎更是彻底确定对方动怒了。他感到胃部一阵绞痛。

“对了。”她突然开口道，丝毫没打算隐藏语气里的怒意，“刚才来了一个怪人。”

“怪人？”

“我都没开门，就挂着防盗链跟他说话来着。”

“说什么？”

“他说，这岩崎英二郎啊，以前好像跟夜总会的姑娘发生过关系呢。”妻子说话的同时狠狠地盯着他，视线里似乎浓缩了所有的愤怒和质疑。

“啊？”岩崎英二郎一下子没明白究竟发生了什么，脑子里一团乱麻。

“我觉得可疑，立刻关上了门。最后那人又说，请替我向岩崎前辈道谢，说得毕恭毕敬的，然后就走了。”

哦！岩崎英二郎叫了一声，感到浑身一阵酥麻。“青柳！”他喊出了这个名字。

“才不是呢。如果是青柳我早认出来啦。刚才来的不是他，是一个耷拉着眼睛、感觉很阴沉的人……”话到一半她又忽然想起了什么似的说，“而且，青柳不是已经死了吗？就在那事件过后没几天。”

岩崎英二郎已经听不进妻子的话。他发出粗重的喘息，双手向后撑在榻榻米上，抬头望着天花板。“原来是这样啊。”

“什么原来是这样啊？”

原来是这样啊。岩崎英二郎又轻声地重复了好几次。原来是这样啊，他逃出去了！

“你听没听我说话？夜总会姑娘是怎么回事？”

岩崎英二郎爬了起来，这可得喝杯啤酒庆祝一番。他想。

“你装什么傻呢？说！你是不是在外头跟人乱搞了？”妻子在他肩膀上使劲拍了一下。

剧痛让岩崎英二郎发出了痛苦的呻吟，但他还是忍不住小声说了一句：“青柳，你真摇滚！”

青柳平一双腿伸在被炉里，正一边剥橘子吃，一边看电视。透过正面的落地窗，可以看到庭院里的雪还没有化完。

“干脆养只狗吧？”大约一个小时前，他这样对妻子昭代说过。

“嗯？”妻子似乎很意外。

“总觉得，院子这样空着怪可惜的。”

“唉，也是。”

自儿子青柳雅春被电视大肆报道，已经过去三个月了。警方公布在仙台港附近发现尸体的时候，自己还顽固地说那不是雅春，可到了现在竟然主动说要养狗，是不是因为已经在心里默认了儿子的死呢？眼前的妻子看上去是那样落寞。

媒体几乎不再打电话来，不过偶尔还有那么几个记者来问情况。警察对房屋四周的监视还在继续。他一直觉得，只要警方的调查还在继续，就代表青柳雅春还没死，所以看到那些警察时心里虽然很烦，但同时也是一种慰藉。

大概半个月前，他偶然碰到了在自家对面的公寓里负责监视的警察，于是将刚买的罐装咖啡递给他，还说“你也够辛苦的”。胡子拉碴的警察面无表情地一字一句回答：“父亲先生更辛苦。我这是工作，实在对不住。”说完还鞠了个躬。

“我可不是你的什么父亲。”说完青柳平一便转身离开了。

一口咬下，橘瓣溅出汁水，打湿了被炉的台面，青柳平一赶忙伸手去擦。“哎，橘子还有没有了？”他对着厨房喊道。妻子没有立刻回应，这让他心里一沉。可能因为精神压力太大，一个月前青柳昭代曾因为不明原因的腹痛倒下，当时也是叫她时没反应，觉得不对劲才跑去看，结果发现她已蹲在地上。

“哎！”他又喊了一声。会不会出事了？他立刻钻出被炉的毛毯，起身去找，结果正遇到妻子从客厅通往走廊的那扇门进来。“搞什么，你没事啊？”

“我去拿信而已。”

“你别吓我。”青柳平一苦笑着走进厨房，双手抓了橘子又回到客厅的被炉里。

青柳昭代跪坐在一旁，看着桌上那些信。“这一封又没写寄信人……”她将一个白色信封拿在手里晃着。

“又是恐吓信吧？真是窝火。他们就那么想逼我们上吊吗？”青柳平一说完，又笑着补充了一句，“多亏了他们，咱们都变成粗神经啦。”可妻子却马上回了一句：“你可是一直都那样。”

“但你却比我想象中坚强多了。”青柳平一坦率地说。妻子是个文静的人，本以为她在遇到麻烦或者危险时会受不了，可没想到这次面对儿子的事，虽然表面上有动摇，但内心却一直保持了冷静。

“我都想通了。”说着青柳昭代便准备开信，“遇到这样的信，我也知道先看看里面有没有藏剃须刀片了。”她拿起剪刀剪了起来。

青柳平一将拇指嵌入橘子底部，剥皮。冬天还是橘子好呀，他正说着话，妻子却突然大笑起来，把他吓了一跳。“你这是怎么啦？”

“收到了一封很有意思的信。”她递过一张纸来。

妻子的脸上堆满了笑，可又似乎随时都能哭出来。青柳平一畏畏缩缩地接过信纸。

拿在手上的触感有些不一样，原来是薄薄的和纸，摊开一看，纸上用毛笔写了几个大字："色狼去死"。

青柳平一愣愣地盯着这几个字，张了张口。他低沉地咕哝了一声，却怎么也说不出话来。

就在这时门铃响了。妻子已经泪眼婆娑，青柳平一于是起身去开门。是那名早已脸熟的警察。"刚才的那些信能让我看看吗？"他说。他几乎每天都要上家里来这样问。这对于查案来说可能也是必要的吧。

青柳平一跟以往一样将东西都给他看。而警察也是跟以往一样，带着一副十分愧疚的神情逐一检查。当看到那封写有"色狼去死"的信时，他满脸同情地说："到现在还有人寄这种故意找麻烦的信啊。"

"真是烦人啊。"青柳平一强装镇静地挠着头，偷偷趁警察不注意时，擦了擦眼角。

已经有两个半月没来仙台了。面部手术结束后，在医生开在家中的诊所疗养了大约两周，之后就乘坐夜间班车去了新潟。每天靠日结的短工过活，吃住都是在廉价旅馆和网吧。工作很难找，能找到的都是高强度的体力活，大部分都不怎么适合自己，但这时候根本无法挑剔。能这样光明正大地出卖劳力，青柳雅春反而觉得很幸福。

这次回来是为了给森田森吾扫墓。来到新潟之后，他才得知森田森吾在那场爆炸之后的确凿情况。在那之前，他尽量没去看网上或者报纸杂志上的消息，直到有一天偶然在便利店的杂志架上看到一则名为“青柳雅春亲友纪实”的报道，才拿起来站在店里看完了。那辆车爆炸的时候森田森吾就死了。杂志还以诙谐有趣的手法叙述了他的巨额欠款和家庭情况。

自己活了下来，森田森吾死了。因这件事受到牵连的人恐怕还有太多。青柳雅春曾尝试搭救的那个冒充自己的人，最终也成了一具在仙台港口被发现的尸体。自己只是活了下来，谁也救不了。当初肯尼迪遇刺事件的相关人员也有好多被灭口。奥斯瓦尔德死了，其他人也死了。现在的情况就和当时一样。

自己活了下来，但这并不代表幸福。青柳雅春甚至觉得自己无能、有罪。

他很快便决定要找到报道里提到的墓地，去见森田森吾。

墓地位于距仙台市内步行大约一小时的一座小山丘上，四周景色很好。森田森吾就在大约半山腰处。一块冰冷的黑色石碑上，写着“森田家之墓”几个字。“还能听见森林的声音吗？”青柳雅春想问。可能是错觉吧，他感觉刚好起了风，一缕缕地轻抚过自己的头发。他见四下无人，高喊了一声森田的名字。“拍青春偶像剧呢？”——等不到曾经的友人来调侃自己，青柳雅春心里很难过。

回到仙台车站，青柳雅春走进附近的一栋十层商业大楼。这栋楼大概一个月前才开业，但似乎人并不多，他一个人去顶层吃了饭。俯视着还残留着积雪的城市，他试图找出当初爆炸事件发生的地点。究竟都发生了些什么？四处潜逃，因恐惧和不安而崩溃，最终连容貌都不得不改变。

首相死了，自己变脸成了另外一个人，假冒自己的人也被发现已成了尸体，这世界却丝毫没有改变。

青柳雅春走出饭店，走进刚好上来的电梯。电梯里一个人都没有，背后一整面墙都是镜子，面对着镜子映出的那个人，青柳雅春不禁愣了。他还是没能熟悉自己新的面庞。

“越普通越好。”青柳雅春这样嘱咐道，“请给我一张可以普通地、默默无闻地活下去的脸。”

“好的。”医生没有任何表情，只回应了这样一句，“指纹我先不动，你以后出门时最好先涂一层这个。”他说着将指甲油一样的东西卖给了自己。也不知道他这是会做生意呢，还是替人着想。

电梯在五楼停住，门开后有人进来。是一个小女孩和她的父母。青柳雅春一直摁着开门的按钮，看到小女孩的母亲时，差点叫出了声。

他强作镇定地移开了视线，直勾勾地盯着面前的数字按钮。

一家人站在电梯后方，眺望着外面的景色。“妈妈，我们去哪儿？”小女孩问道。青柳雅春偷偷瞟了一眼，只见她正拿着一枚玩具印章胡乱挥舞。

“听话，这东西不能在这里玩。”樋口晴子说着就要将小女孩手上的东西拿走。

“不要。爸爸，妈妈抢我的。”小女孩喊了起来，爸爸看着她直笑。

他们当然不会知道，站在电梯门边的是青柳雅春。就算她是樋口晴子，看到自己这张脸，也不可能发现。

当初……青柳雅春茫然地想道。当初，很多人对自己伸出了援助之手，帮助自己逃脱警方追捕，其中当然也包括樋口晴子。“谢谢你帮我。”他正在心中默念着这句话的时候，电梯到了一楼。他摁着开门按钮，身体让向一边，尽量不露出正脸，同时示意身后的一家三口先下电梯。

小女孩同父母并排着走出电梯。此时青柳雅春发现自己竟然正用拇指摁电梯按钮，不禁一惊，慌忙又换成食指。他只能用余光观察，并不知道樋口晴子是否注意到了自己的这个动作。既然要舍弃青柳雅春的身份，作为另外一个人活下去，那么当初的那些习惯也得全都改掉。

见三人出门后直接往右去了，青柳雅春才走出电梯。见已经没有了樋口晴子等人的身影，他开始朝左走。

走了没一会儿，青柳雅春听到背后有人在叫“叔叔”。一转身，发现刚才的小女孩就站在身后。樋口晴子和同行的男子并不在。

“嗯？”青柳雅春低头看着她。

“妈妈让我替叔叔盖上这个。”看青柳雅春仍愣愣地站着，小女孩便拉起了他的左手，拿什么东西在手背上戳了一下。好像是一枚印章。

青柳雅春没搞清状况，只是任由她摆布，连一句像样的话都说不出来。一来二去之后，小女孩道了一声“叔叔再见”，便往反方向跑去了。

青柳雅春低头看了看盖在左手的印章。是一朵可爱的小花，正中间还有字——“做得非常好”。

四周的人潮往来穿梭，只有青柳雅春仍停留在原地，像是被遗忘在了河流的中央。他再次看了看女孩消失的方向。为了让印章快些干，他将左手凑到嘴边，呼呼地吹了起来。

谢词

写这本书时，我参考和引用了以下书籍。

《手机如何通话？ 移动通话和数据通信的基础知识》（『携帯電話はなぜつながるのか　知っておきたいモバイル音声＆データ通信の基礎知識』），中岛信生、有田武美著，日经 BP 社

《街头中国论》（『街場の中国論』），内田树著，MISHIMA 社

《美中代理战争时代 战争已经开始！》（『米中代理戦争の時代　すでに戦いは始まっている！』），藤井严喜著，PHP 研究所

《杀害肯尼迪的副总统 血、金钱、权力》（『ケネディを殺した副大統領　その血と金と権力』），Barr McClellan 著，赤根洋子译，文艺春秋

《30 秒说服策略 美国总统选举中的电视宣传 1952 → NOW》（『30 秒の説得戦略　アメリカ大統領選のテレビコマーシャル 1952 → NOW』），冈部一郎著，南云堂

《首相公选之思考 可能性和问题点》（『首相公選を考える　その可能性と問題点』），大石真、久保文明、佐佐木毅、山口二郎编著，中公新书

《JFK 暗杀——40 年后的震撼证词》(『JFK 暗殺—40 年目の衝撃の証言』)，William Reymond,Billie Sol Estes 著，广田明子译，原书房

《中伤和阴谋 美国总统选举狂骚史》(『中傷と陰謀　アメリカ大統領選狂騒史』)，有马哲夫著，新潮新书

《NHK 特辑 十月的噩梦——1962 年古巴危机战栗记录》(『NHK スペシャル　十月の悪夢—1962 年キューバ危機・戦慄の記録』)，阿南东也、NHK 取材部著，日本放送出版协会

《最终版 2039 年的真实》(『決定版　二〇三九年の真実』)，落合信彦著，集英社文库

《RC 直升机圣经 成为完美飞行者之路》(『RC ヘリコプターバイブル　完璧フライヤーへの道』)，RCFan 编辑部编，洋泉社

本书中所描写的刺杀事件的原型是美国肯尼迪总统遇刺事件，这一点不言而喻。第三部中所提及的事件内容、背景等均是以参考文献为基础加工而成，描写了一个存在首相公选制、同现实并不相符的日本。

评论家吉野仁先生在读完稿子后，向我介绍了一部名为《国家在监视你》的纪录片，非常感谢。

这次的稿子同样得到了多方协助。在此对以下接受过我采访的各位表示感谢。

关于烟火，我采访了芳贺火工先生，非常感谢您提供的珍贵材料。

关于下水道，我咨询了仙台市政厅的加藤公优先生和东海香女士。稻村哲明先生、镰田清孝先生和小松孝辉先生还带我实地参观。感谢

各位百忙之中的协助。

关于汽车，我咨询了东北马自达南吉成店的铃木忍先生和各位店员，还有本田东京中央井荻店的茅野尚义先生。感谢各位的悉心说明。

当然，本故事纯属虚构，在参考文献和采访材料的基础上，我加入了大量的假想。为了写故事，有太多地方远离现实，希望各位读者莫信以为真才好。

幸福的想象 独立的文学

代珂

洋洋洒洒一千页，一直在奔跑、一直在逃离。主题、思想、哲学——这些千百年来被信奉为文学所必不可少的要素在它面前一无是处。我一直大张着合不拢的嘴，在不知不觉间和主人公开始了一场逃亡。

《金色梦乡》获山本周五郎奖时，身为评委的浅田次郎给出了如此评价。引用到这里并非要证明这部小说多么优秀，而是想强调伊坂幸太郎确实是一名较难定位的作家。尤其在译完这部伊坂文学道路上里程碑式的著作之后，这样的印象尤为强烈。一直以来，读者们都愿意将伊坂的作品归为推理小说去阅读，伊坂自身也曾一再主张，他的创作动机始终是奔着“推理”而去。他崇拜岛田庄司，后者的一句“我相信日本列岛的某处一定潜藏着未被发现的才华”，让他满怀热忱地走上推理小说的创作之路。《奥杜邦的祈祷》作为新人出道之作，创意新颖、才华横溢，令他迅速立足文坛，读者和奖项的获得都水到渠成。之后的《重力小丑》《家鸭与野鸭的投币式寄物柜》等作品频繁出现于各种奖项评选，让伊坂式文学得以确立。

虽然屡获各种推理文学奖项青睐，但文坛对于伊坂文学的关注，主要还是放在了其题材或形式的新颖以及出众的写作才华上，“推理”似乎并未成为他的重要标签之一。《家鸭与野鸭的投币式寄物柜》获得吉川英治文学新人奖时，评委之一的北方谦三就曾评论这部作品构思精巧、技术新锐，但并不像推理小说，倒是青春文学的气息更为浓厚。形式构造新颖、写作技巧独特、知性气息洋溢——伊坂初期的作品常常给人这样的印象。几部入围直木奖的作品都获得这些方面的肯定，当然也有“偏年轻”“过度炫技”“过于另类”之类的评价，但并不影响评论家们对这位叫作伊坂幸太郎的新人作家寄予期冀。

直木奖和芥川奖的设置时间大致相同，最初目的是肯定和奖励新晋或已有一些作品但仍未成名的作家，不同之处在于前者面向大众文学而后者则是纯文学，两者在各自领域的地位相当之高。实际上随着时间的推移，直木奖的获奖作者正在“高龄化”，其“发掘新锐作家”的初衷早已不复存在，转而演变成对已成名作家的一种加冕。即便在这样的情况下，伊坂幸太郎的《重力小丑》《孩子们》《杀手界》《死神的精确度》《沙漠》仍数度入围该奖项的最终评审,其实力可见一斑。可惜正因为过于前卫的设定以及独特的写作风格和技巧，这些作品最终并未能获奖，因为直木奖所注重的是文学中的大众性，所谓大众文学，其定位类似通俗文学，即面向大众、更为重视普遍性和商业性的文学。这是一个有趣的现象。因为伊坂似乎一直想写推理小说，并且他的推理小说很受大众认可，否则不可能数次入围直木奖，可在评委们的眼中，他的作品却过于新颖或者说过于另类，并不适合登上大众文学的顶峰。更有意思的是，在回顾众多评委对伊坂作品的评价时，我发现固定评委之一的五木宽之在伊坂凭借《重力小丑》第一次入围直木奖时就道明了这一点：“我个人难以接受此类作品，然而对于作者独特的才华却不得不刮目相看。对于伊坂来说，或许远离直木奖才是他的荣光。”

绕了这么大一个圈子，只是想告诉各位：伊坂幸太郎的文学是独特的。他写推理，可推理并非主题而只是一种形式；他写给每一个人看，可他的作品里却带着无法融入大众主流的基因。他所呈现的是一种远离纯文学但又并不循规蹈矩的，有如一匹还在成长、还未被驯服、还对某种信念抱有热血的小马般的文学。

> 人生只有一次。让这仅有的一生充满想象力，再没有比这更加幸福的活法。

这句话来自于一本美术评论书籍，它让还是一名高中生的伊坂产生了这样的想法：“于是我就开始单纯地向往那样的生活。依靠想象力活着，真的会幸福吗？如果是写小说，或许我可以凭借想象力从零开始创作。”——所以在我看来，与其说伊坂是为了推理而写小说，倒不如说是为了他的想象力而选择了写作这样的形式。小说是他活着的方式，而推理只是其中并不唯一的形式之一。

伊坂的想象力是独特的，并且带有某种强烈的特征——他的故事永远是惩恶扬善的。作为文学来说，这似乎是过于“年轻”的表现，但也正是伊坂的魅力所在。伊坂小说中的“恶”，是处于存在与不存在之间、让人感觉虚幻却心生畏惧的恶，这种恶在特定环境下似乎强大到无法触碰，但最终因为种种因缘而被制服。比如《奥杜邦的祈祷》中在奇幻岛屿上被射杀的城山、《杀手界》中几可一手遮天却七零八落的“千金”，又或者其续篇《杀手界.疾风号》中机关算尽被抛出车外的王子。相对于这些恶，伊坂所表达的善或者美好常常通过角色之间的感情维系来构筑。为了保护自己的妻子而变得只说谎话的画家、在绝望的复仇之路上受到诸多帮助和暗中保护的教师、永远在斗嘴但死之前却都想着对方的蜜柑和柠檬……善与恶的交织在伊坂的安排下相互博弈，这其中的过程是环环相扣的，相较于推理小说中“侦探解开谜题”的模式，伊坂的小说更像是首先抛出看似与进程无关的种种线索和人物，最后汇集一处拼接成一个完整故事的“多线程模式”。这样的模式使他的故事中可能不常出现英雄式或全能式的侦探，人物总有各自的问题或缺陷，但一切总在潜移默化间朝着美好的方向发展。或许他希望故事之外的世界也是同样美好，但现实却难以理想化，所以才不得不运用自己的想象力，通过小说在理想与现实之间找寻平衡。

在我看来，那是一种幸福的想象，它赋予伊坂的作品以独特魅力。正如伊坂自己所说，他一直以来只写一件事，那就是如何在无奈之中找寻希望，如何在一个万分消极的世界中积极地展望未来。比起推理来，这才是伊坂文学中更为吸引人的部分。不应该再简单地以“推理小说”来概括他的作品，有时候作为读者会发现很多细节似乎经不起现实的推敲，那是因为推理只是承载幸福想象的道具之一，作者展现的本就是想象的世界，一个按照作者的设计去运作、或许看上去黑暗但最终会变得美好的世界。从伊坂幸太郎踏入文坛开始，他的创作一直秉承了这一理念。

我是一个单纯的人，总觉得只要能随心所欲地去写就好。

伊坂幸太郎是一名任性的作者。在同电影导演西川美和的对谈中，伊坂就自己的创作意图如是说道。这符合他的性格，也符合他作品一直以来的风格。他说他不喜欢也不会去写爱情小说，因为爱情相对于亲情来说很容易逃避，一段失败的爱情可以通过分手或离婚来结束；他表示希望通过小说去表达一种难以通过所谓喜怒哀乐去诠释的复杂情感；他说他正在写的作品中，男主角和女主角曾经是恋人，但女主角已经结婚了，这样就断了读者在读小说时希望男女主角发生恋爱情节的念头。很容易发现，这说的就是《金色梦乡》中的青柳雅春和樋口晴子。

之所以提及这些，是因为《金色梦乡》是伊坂文学道路上的一个路标。它完美地诠释了伊坂的理想主义、他趋近大众文学但又游离于主流之外的创作性格，让这部作品获得山本周五郎奖并再度入围直木奖。然而伊坂在入围之际却宣布了一个令外界意外的决定——退出直木奖的角逐。这一决定似乎无意中呼应了五木宽之最初对于伊坂幸太郎的评价：远离直木奖才是伊坂文学的荣光，它是特别的。

《金色梦乡》以历史事件为原型，却讲述了一个绝对难以发生在现实世界中的故事。它通过这样一个故事，从正面勾勒出人与人之间日渐稀缺的友情、爱情和亲情，而贯串这一切的是信赖和正义。这一切都源于伊坂的任性和想象，依托于他独特的才华。之所以说《金色梦乡》是标志性的，是因为这部作品虽然依旧贯彻了伊坂式的惩恶扬善，正义最终未曾屈服，但最终正义却未能完全战胜邪恶。作为善面的青柳雅春虽然逃脱了灭亡的命运，但代表恶面的势力却没有迎来破灭的结局。在《金色梦乡》中，伊坂文学中的想象更加趋近于现实了，它承认了现实中灰暗的一面强大而无法击破，同时又肯定了正义的一面，即人与人之间的友爱和信赖所产生的力量足以抗衡。

伊坂在《金色梦乡》中反复强调一个意象，那就是烟火。他借轰叔之口说出了这样一段话："你们看那些烟火，总有不同的人在不同的地方观看。或许它们在眼前绽放的瞬间，某个老朋友也正在某处眺望着同样的景色——想到这些不是很快乐吗？而那个老朋友一定也正想着同样的事情。我一直这样觉得。"烟火只是刹那间，但伙伴之间的情感永恒。人们聚聚散散，就像烟火有时绽放有时消逝，但只要坚持守候就一定能等到。这就是伊坂想表达的，也是他很少描写英雄式主角的原因。每一个平凡的人都有在看到烟火时能想起的伙伴，他们会在紧要关头伸出援手，帮助你成为英雄。《阳光劫匪》中的坏蛋们如此，《杀手界》中的铃木如此，《金色梦乡》中的青柳雅春更是达到极致。这样的作品让人在阅读时感到酣畅，它宣告了伊坂幸太郎的文学已经从年轻的想象中升华。

伊坂幸太郎是一个从读者的角度出发的作者。他依靠的是想象力，不愿意被读者猜测到故事的发展，讲故事的方式永远试图另辟蹊径；他同时又带有执着的信念，希望自己的作品可以给读者带去愉悦和痛快的阅读感。他希望读者阅读自己的作品时感到快乐，因为自己所讲述的故事而感到幸福。惩恶扬善，这是一个完美的词语，用来形容伊坂初期的作品再贴切不过。可人也总是在成长变化的，作家的作品主题同样不会一成不变。《金色梦乡》之前的伊坂幸太郎是年轻而单纯的，在此之后他更加多元化，作品中的善恶交集也更加复杂。但不管作者的转变和尝试给作品带来怎样的变化，《金色梦乡》通过幸福的想象而给人以酣畅淋漓的阅读感，一定是伊坂文学的代表之作。

我希望通过这样一篇拙劣而偏颇的文章，让各位读者意识到伊坂并不是推理作家，而是游离于固定文学模式之外的特殊存在。喜欢伊坂的读者一定知道他爱在作品中引入摇滚乐的因素。在摇滚乐中有一个分支叫作独立摇滚，要求乐队按照自己的思想不受局限地制作音乐，在我看来，伊坂文学就是大众文学中的独立文学。熟悉伊坂的读者肯定也知道，他在走上小说创作道路之前曾是一名普通职员，每天走在下班路上都会听一首歌，那首歌来自他最喜欢的摇滚歌手，给了他辞职走上创作道路的动力，后来也成为电影版《金色梦乡》的主题曲。或许这首歌的几句歌词可以帮助各位初读伊坂或者热爱伊坂的读者理解他和他的文学。

现在所走的这条路留给将来的某个时候怀念就好

将来的某个时候或许我会怀念现在所走的这条路

那个时候你一定要在

那个时候我一定要在

这样我会很开心

拜托了

我很开心

请多关照

图书在版编目（CIP）数据

金色梦乡 /〔日〕伊坂幸太郎著；代珂译 .-- 海口：
南海出版公司，2016.11
ISBN 978-7-5442-8502-5

Ⅰ．①金… Ⅱ．①伊…②代… Ⅲ．①长篇小说－日本－现代 Ⅳ．①I313.45

中国版本图书馆CIP数据核字（2016）第213895号

著作权合同登记号 图字：30-2016-116

金色梦乡

〔日〕伊坂幸太郎 著

代珂 译

出　　版　南海出版公司　（0898）66568511
　　　　　海口市海秀中路51号星华大厦五楼　邮编 570206
发　　行　新经典发行有限公司
　　　　　电话（010）68423599　邮箱 editor@readinglife.com
经　　销　新华书店

责任编辑　张　锐
特邀编辑　王　雪
装帧设计　韩　笑
内文制作　王春雪

印　　刷　北京盛通印刷股份有限公司
开　　本　850毫米×1168毫米　1/32
印　　张　16
字　　数　393千
版　　次　2016年11月第1版
印　　次　2025年3月第32次印刷
书　　号　ISBN 978-7-5442-8502-5
定　　价　69.00元